İnsan çoğu şeyle mücadele edebilir,
ama seveceği kişiye asla
kendi karar veremez.
Kalbin seçtiği kişiyi, istese de
değiştiremez.

ARKADYA YAYINLARI

SON KAMELYA
SARAH JIO
Özgün adı: The Last Camellia

Yayın Yönetmeni: Bülent Oktay
İngilizceden çeviren: Ayhan Ece Şirin
Editör: Yasemin Büte
Son okuma: Çağla Dirice Çakır
Sayfa Tasarım: Ayşe Çalışkan
Kapak Tasarım: İlknur Muştu

EKOSAN MATBAACILIK
Litros yolu 2. Matbaacılar Sitesi 2NF8
Topkapı - Zeytinburnu

Cilt: Ekosan Matbaacılık, İstanbul

YAYINEVİ SERTİFİKA NO: 16229
MATBAA SERTİFİKA NO: 19039

1. Baskı: Mayıs 2014
ISBN: 978-975-999-744-1

ARKADYA YAYINLARI
Maltepe Mah. Davutpaşa Cad. MB İş Merkezi
No: 14 Kat: 1 D: 1 Zeytinburnu / İstanbul
Tel.: 0212 – 544 41 41 / 544 66 68 / 544 66 69
Faks: 0212 – 544 66 70
info@arkadya.net

Arkadya Yayınları, Beyaz Balina Yayınları'nın tescilli markasıdır.

Son Kamelya

SARAH JIO

İngilizceden Çeviren
Ayhan Ece Şirin

ARKADYA

Beni kamelyalarla ve bahçedeki bütün güzel, önemli çiçeklerle tanıştıran annem, Karen Mitchell için

Yazarın Notu

Kamelyalar, popüler olmayan çiçeklerdendir. Güller kadar sevilmezler. İnsanlar, lalelere ve zambaklara duydukları özlemi, kamelyalara duymazlar. Gardenyalar kadar güzel kokuları ya da yıldızçiçeklerinin gösterişleri onlarda yoktur. Buketlerde çok iyi durmaz ve çiçek açtıklarında taçyaprakları kahverengi olmakla beraber hemen dökülür. Yine de ben kamelyaların bu sakin ve abartısız yapısını hep çekici bulmuşumdur.

Kamelyayı ilk olarak ne zaman fark ettiğimi pek hatırlamıyorum. Büyükannemin bahçesinde yetiştiklerini ve büyüdüğüm evin giriş kapısının hemen yanında bir pembe, bir beyaz renkte çiçek açtıklarını anımsıyorum sadece. Nedense hayatım boyunca kamelyalar hep *orada,* rüzgârda salınır halde dururlardı.

Kamelyalar, aslında ağaççık sınıfına giren eski çiçeklerdendir. Yaşadığım yer olan Seattle'da, çoğu ev yüzyıl sonunda inşa edilmiştir ve ön bahçelerinde eski kamelyalar boy gösterir. Aslında, eşim ve ben 1902 tarihli Victoria döneminden kalma ilk evimizi aldığımızda, önünde bir adet kamelyası vardı. Onun o iri gövdesini, uzunluğunu, ikinci kattaki yatak odamızın camına değen dallarını hâlâ hatırlarım.

Bahçelerin popüler alternatifleri olan lavantalara, süs çimlerine, açelya ve Japon akçaağaçlarına yer açmak adına, kamelyalar arka planda kalsa da bu görkemli ağaçları, hali hazırdaki bahçelerde ara sıra da olsa görürsününüz. Moda nasıl değişiyorsa, bahçe tanzimlerindeki tercihler de sürekli değişmektedir. Yine de benim kamelyalara karşı hâlâ zaafım vardır.

Bu romanı yazmaya başladığımda, çay tabağı büyüklüğünde çiçekleri, parlak ve zümrüt yeşili renginde yaprakları olan tek bir kamelya ağacı gözümün önünde canlanmıştı. Kafamda oluşturmuş olduğum görüntünün geriye kalan kısmı ise dizi dizi kamelyalardan, daha doğrusu bir *bahçeden* oluşuyordu.

Sonrasında ise bu hayali bahçedeki kamelyanın nadir bir tür ya da türünün son örneği olup olmadığını merak etmeye başlamıştım. Bunun üzerine ender rastlanan kamelyaların gerçek hayatta da var olduğunu, münzevi bir şekilde, kişiye özel bahçelerde ve seralarda, özellikle de İngiltere'de bulunduğunu öğrendim.

Bu romanı bitirişimin üzerinden aylar geçti ve şimdi gözlerimi kapattığımda hâlâ Livingston Köşkü'nün bahçelerini görebiliyorum. İtiraf etmeliyim ki bu yerin gerçekte var olmadığını bilmek beni biraz üzüyor; çünkü orayı ziyaret etmeyi her şeyden çok isterdim. Bahçesinde oturur, melek figürlü bahçe heykelinden çiftlik evine kadar uzanan mesafeye bakar, kamelyalara hayranlık duyardım.

Bu hikâye umarım sizleri, hemen kapınızın dibinde duran veya yüreğinizin bir yerlerinde saklı olan, güzel ve özel bahçenize yakınlaştırır.

SJ

Kaderim senin ellerinde…

Victoria çiçek diline göre, kamelya çiçeğinin anlamı

Giriş

İNGİLTERE'NİN KIRSAL KESİMİNDE BİR KIR EVİ

18 Nisan 1803

Yaşlı kadının eli, çay fincanını tutarken titriyordu. Nefes nefese kalmış bir şekilde tırnaklarındaki kiri durmadan temizlemişti. Bir yandan parmağındaki açık yaraya bakarken, sobanın önünde durmuş, çaydanlığın kaynamasını bekliyordu. Parmağının kenarını bahçe makasıyla kesmesi bir anlık dalgınlığına gelmişti ve kanlı bandajın olduğu yer hâlâ zonkluyordu. Yarasıyla sonra ilgilenecekti. Artık aklının başına gelmesi gerekiyordu.

Köşesinde incecik bir çatlağı olan porselen demliğe kaynamış olan suyu döktü ve çayın demlenmesini bekledi. *Böyle bir şey olabilir miydi?* Bal gibi de çiçek açmıştı işte. Hem de pembe kenarlı beyaz bir çiçekti. Bunun Middlebury Pembesi olduğundan emindi. Huzur içinde yatsın, sevgili kocası yirmi yıl boyunca bu kamelya ile uğraşmıştı. Bahar aylarında, hatta ayaz vurduğu zamanlarda zümrüt rengi yaprakları donduğunda bile ona şarkılar söylerdi. Adını 'kıymetli' koymuştu. Yaşlı kadın, kocasının özellikle arazinin sürülmesi ve patateslerin toplanması gereken zamanlarda cılız bir ağaççık için bu kadar titizlenmesine bir türlü anlam veremezdi.

Kocası keşke o ağaççığı bir de şimdi görebilseydi. Çiçek açmış halini... *Ya kasabadan biri bunu fark ederse?* Hayır, bunun olmasına izin veremezdi. Bundan emin olmak onun sorumluluğu altındaydı.

Kocası yıllar önce, seramik bir kapta belli belirsiz filizlenen bir ağaççığa altı peni vermişti. Seyyar satıcı ona, bu türün tek bir daldan çoğaldığını, Middlebury Pembesi'nin İngiltere'nin, hatta belki de dünyanın en güzel kamelyası olduğunu söylemişti. En çok tomurcuklanan ve pembe kenarlı beyaz renkteki harika çiçekleriyle bilinen bu kültür bitkisi, kraliçenin sarayının bahçesinde boy gösterirdi. Elbette, kadın bu efsaneye inanmamıştı ve yabani bir ot olup olmadığını dahi bilmediği bir şeye bu kadar çok para verdiği için kocasını aptallığından dolayı azarlamıştı. Ama içten içe onu böylesine mutlu görmek de hoşuna gitmişti. Fidana baktığı an mutlu oluyordu. Kadın, "Parayı içkiye harcamaktan iyidir herhalde," demişti. "Hem olur da çiçek açarsa, belki fidanlarını pazarda satarız."

Ama ağaç çiçeklenmedi. Ne ilk, ne ikinci, ne üçüncü ne de dördüncü yılda. On yıl geçtikten sonra kadın umudunu tamamen yitirmişti. Kocası sabahları kamelyaya doğru fısıldadığında, kadın daha da üzülüyordu. Bu tekniği bir bahçe dergisinde okuduğunu söylese de, kocasının, ağacı su ve sebze çorbası karışımıyla suladığını gördüğü zamandan beri bu yöntemin haşereleri yok edip etmeyeceğine aldırmamaya başlamıştı. Artık sabrı taşmıştı. Bazen bir yıldırımın bu ağaca düşüp, onun ortadan ikiye ayrılmasını diliyordu. Böylece kocası onunla bu denli ilgilenmeyi artık bırakacaktı. Defalarca, ağacın gövdesine bir balta sallayıp, yeşil gövdesini parçalamayı bile düşünmüştü. Sinirini ağaçtan çıkartmak ona iyi gelebilirdi. Fakat kendini tutmuştu. Kocası öldüğünde ağaç bahçede kalmaya devam etti. Yıllar geçti, ağacın gövdesinin etrafındaki çimler iyice uzadı. Sarmaşık, kamelyanın filizlerini dallarından itibaren kaplamıştı. Pembe bir noktanın gözüne çarptığı o sabaha kadar kamelyayla hiç ilgilenmemişti. Kocaman açan çiçeği hayal edemeyeceği kadar harikaydı. Bu zamana kadar gördüğü bütün güllerden de güzeldi. Sabah rüzgârında adeta ahenkle dans ediyordu. Yaşlı kadın, çiçeğin karşısında reverans yapmamak için kendini zor tutmuştu.

Çayından bir yudum daha aldı. Zamanlama gerçekten inanılmazdı. Krallık daha birkaç gün önce kraliçenin bahçesinde nadir bulunan bir kamelyanın fırtınadan dolayı yok olduğunu bildirmişti. Kraliçe eski bahçıvanının, kamelyasından fide aldığını ve sayfiyedeki bir çiftçiye sattığını da öğrenince büyük üzüntü yaşamıştı. Uşağına, bu çok sevdiği ağacının akıbetinin ne olduğunu araştırmasını ve yıllarca bu bitkinin ticaretini yapan kişiyi yakalamasını emretmişti.

Yaşlı kadın uzaklara daldı. Dışarıdan gelen at toynaklarının seslerini duyduğunda başını cama çevirdi. Birkaç dakika sonra kapının çalınmasıyla birlikte çayının üzerinde dalgalar oluşmuştu. Topuzundan düşen gri saç tellerini düzelterek derin bir nefes aldı ve kapıyı açtı.

Karşısında duran düzgün giyimli bir adam, "İyi günler," dedi. Ses tonu kibar, fakat aceleciydi. "Majestelerinin emri üzerine, nadir ve değerli bir kamelya arıyoruz." Kadın, adamın üzerindeki sade ve sıradan giysilere bakıyordu. O bile adamın dolandırıcı olduğunu anlamıştı. Eşi zamanında onu bu çiçek hırsızlarına karşı çok uyarmıştı. Tabii ya, Kraliçe'nin uşağından önce kamelyayı alabilirlerse, karşılığında bir servet isteyeceklerdi. Adam elinde rulo şeklinde bir kâğıt tutuyordu. Kâğıdı büyük bir titizlikle açarak üzerine çizilmiş olan pembe kenarlı beyaz çiçeği gösterdi.

Kadının kalbi hızla atmaya başlamış, adeta hiçbir şey duyamaz hale gelmişti.

Adam, "Bunun nerede bulunduğunu biliyor musunuz?" diye sordu. Ardından kadının vereceği cevabı beklemeden bahçeye bakınmaya başladı.

Bahçede, sıra sıra sebzelerin ve şifalı otların yanından geçerek gezinirken, yeni çözülmeye başlayan toprağın üzerinde oluşan havuç yapraklarına bastı. Kara toprakta baş gösteren lalelere bakıyordu. Daha yeşermemiş ve olgunlaşmamış olan lale soğanını, yere eğilip kopardıktan sonra dikkatlice incelemeye başladı. Elindeki laleyle oynayarak, "Eğer aradığımız kamelyayı görecek olursanız bana haber verin," dedi. "Adım Harrington."

Yaşlı kadın başını itaatkâr bir biçimde salladı. Adam bakışlarını kuzeye çevirmişti. Tepenin ardında Livingston Köşkü bulunuyordu. Köşkün hanımı onlara kibarlık ederek sebze bahçesiyle ilgilenmeleri karşılığında çiftliğin yanındaki eski kır evinde kalmalarına izin vermişti. Adam, "Benim geldiğimi köşktekilere söylemezseniz iyi olur," dedi.

Kadın alelacele, "Tabii efendim," diye yanıt verdi. Adamın atına doğru gidişini izlerken hareket etmeden duruyordu. Yolda yankılanan toynak sesi kesilince, bahçede ilerleyip çitlerin hemen bitişiğinde bulunan armut ağacının yanından geçerek, muhteşem çiçeğiyle duran kamelyaya doğru yaklaştı.

Çiçeğe dokunarak, kendi kendine hayır diyordu. Kraliçe ülkedeki bütün bahçeleri araştırabilir, çiçek hırsızları her çiçeği inceleyebilirdi, ama bunu bulmalarına izin vermeyecekti.

Birinci Bölüm

Addison

NEW YORK

1 Haziran 2000

Mutfaktaki telefon ısrarla ve sinir bozucu bir şekilde çalıyordu. Granit tezgâhın üzerinde duran şey telefon değil, sanki bir dinamitti. Üç kere çaldıktan sonra açmazsam telesekreter devreye girecekti. *Telesekreterin yanıt vermesine izin veremem.*

Kocam Rex, başını bilgisayarından kaldırıp oturduğu koltuktan, "Telefona bakıyor musun?" diye sordu. Eski eşyalarla oldukça ilgiliydi. Daktilolar, pikaplar ve bir de 1987'den kalma bu telesekreter... Ama işte o an sesli mesaj özellikli telefonumuzun olmasını o kadar çok istemiştim ki. Keşke bizde de sesli mesaj teknolojisi olsaydı.

"Bakıyorum!" Kahvaltı masasından fırladığımda ayak parmağımı sandalyenin sol ayağına çarpmıştım. Acıyla yüzümü buruşturdum. Telefon bir çaldı, iki çaldı.

Tüylerim diken diken olmuştu. Arayan ya *oysa*? İki hafta önce aramaya başlamıştı ve her telefon çaldığında aynı korkuyu hissediyordum. *Sakin ol. Derin derin nefes al.* Belki de müşterilerimden biridir. Belki korkunç bir kadın olan ve bana gül bahçesini üç kez baştan yaptırtan Bayan Atwell'dir. Ya da vergi dairesi… Umarım vergi dairesidir. Telefonun diğer ucundaki kişi kim olursa olsun korktuğum kişi olmasından iyidir diye düşünüyordum.

Telefonu kapatırsam tekrar arayacaktı. Suyun içinde dağılan kanı hisseden bir köpekbalığı misali istediğini elde edene kadar etrafımda dönmeye devam edecekti. Cevap vermek zorundaydım. "Alo?" dedim sakince.

Rex bana bakıp, gülümsedi ve bilgisayarına geri döndü.

"Tekrar merhaba, Addison." Sesi içimi titretiyordu. Onu göremesem de yüzünün aldığı ifadeyi, çenesinin etrafına yayılan kirli sakalı ve gözlerindeki alaycı bakışı tahmin edebiliyordum. "Yeni adın umurumda değil. *Amanda* sana daha çok yakışıyordu ama."

Sessizliğimi korudum. Hemen çift kanatlı kapıyı açıp, küçük bahçeyi gören avluya adımımı attım. Böyle bir bahçe şehirde çok nadir bulunsa da tamamı bize aitti. Ben ve Rex'in ilk evlilik yıldönümümüzde diktiğimiz kamelya ağacının üzerinde duran kuş neşeyle ötüyordu. Bu adamın özel alanıma bu şekilde girmesinden nefret ediyordum.

"Dinle," diye fısıldadım. "Beni bir daha aramamanı söylemiştim." Pencerelerden birinden beni görüp görmediğini merak ederek evimizin arkasındaki apartmana doğru baktım.

"Amanda, Amanda," dedi, sesinden eğlendiği anlaşılıyordu.

"Bana bu şekilde hitap etmeyi bırak."

"Ah, unutmuşum," diyerek devam etti. "Şimdi sosyete oldun tabii. Gazetede çıkan düğün haberinizi okudum." Sitem edercesine dilini şaklattı. "Bir kız için tam bir mutlu son, hele ki-"

"Lütfen," dedim. Bana geçmişi anımsatan bu ses tonuna artık dayanamıyordum. "Neden beni rahat bırakmıyorsun?" diye yalvardım.

"Beni özlemediğini mi söylüyorsun? Beraber geçirdiğimiz güzel zamanları hatırlasana. Hani biz eskiden-"

"Sus," diyerek karşılık verdim.

"Ah, şimdi anladım," dedi. "İngiltere Kralı ile evlendin diye burnun havalarda. Kendini bir şey zannediyorsun. Bari şunu sormama izin ver: Kocan *senin gerçekte kim olduğunu* biliyor mu? Ya da *ne yaptığını*?"

Kendimi kusacakmış gibi hissediyordum. "Lütfen, lütfen beni rahat bırak," diye yalvardım. Yutkunurken boğazım düğümleniyordu.

"Ama bunu yapamam," dedi gülerek. "Hayır. Senin de bildiğin gibi hayatımın on yılını hapishanede geçirdim. Bu, tüm olanları düşünmek için oldukça uzun bir süreydi. Ve seni çok düşündüm, Amanda. Neredeyse her gün hem de."

Ürpermiştim. Onun hapiste olması bana sahte bir güven duygusu vermişti. İki kez kara para aklamaktan ve tecavüz suçundan dolayı cezaevine girmesi üzerimi kalın ve sıcak bir battaniye misali örtmüştü. Ama şimdi hapishaneden çıkmış, sarındığım bu battaniye adeta yok olmuştu. Kendimi açıkta ve korku dolu hissediyordum.

"Şöyle ki, bebeğim," diyerek devam etti. "Seninle ilgili çok önemli bir bilgi taşıyorum. Yani yaşadığın rahat hayatın aynısını ben de istedim diye beni suçlayamazsın."

"Şimdi kapatıyorum," dedim. Parmağımı telefonun kapatma tuşunun etrafında gezdiriyordum.

"Bunu güzel bir şekilde halledebiliriz," dedi. "Ne istediğimi biliyorsun."

"Sana o kadar param olmadığını söyledim zaten."

"Senin olmayabilir," dedi, "ama kocanın ailesinin var."

"Hayır, konuyu onlara getirme."

"Eh," dedi, "o zaman başka çarem kalmadı." O anda telefonun diğer ucundan gelen dondurma arabasının sesini duydum. Küçük bir kızken kocaman gözlerle ve umutlu bir şekilde bu arabaların ardından ne kadar çok koştuğumu anımsamıştım. Nedendir bilinmez, dondurmayı alacak bir dolarım olmasa bile beni inatla kendine çekmeye devam ederdi.

Telefonu kulağımdan çekerek, belki de sadece iki bina uzağımdan gelen bu sesi dinlemeye başladım. Ses, beni dehşete düşürmüştü. Araba buraya yakındı. Hem de çok yakın.

"Neredesin sen?" diye sordum. Birden paniklemiştim.

"Neden? Beni görmek mi istiyorsun?" diye sordu neşeyle. Tehditkâr sırıtışını gözümde canlandırabiliyordum.

Çenem titriyordu. "Lütfen, beni rahat bırak," diye yalvardım yeniden. "En azından bunu yapamaz mısın?"

"Bu çok kolay olurdu," dedi. "Ama sen benim sabrımı zorluyorsun. Hafta sonuna kadar para elime geçmezse, kocana her şeyi anlatmaktan başka çarem kalmayacak. Ve her şeyi diyorsam, bu *her şeyi* kastettiğim anlamına gelir."

"Hayır," diye bağırdım. "Lütfen!"

Binanın etrafında yürüyerek, yan bahçenin üst tarafında kalan pencerelere göz gezdirdim. Dondurma arabası yavaşça ilerliyordu. Ses hoparlörden gelmeye devam ederken, çocuklar neşe içinde bağırıyorlardı. Yine de çalan şarkının ezgisinin her notası beni korkutmaya yetiyordu. "Beş günün var, Amanda," dedi. "Ve elbisenin içinde harika görünüyorsun. Mavi sana çok yakışıyor."

Telefon kapandı. Caddeye dönmeden önce mavi keten elbiseme baktım. Ceviz ağacı uzakta kalıyordu. Yanında boyalı camları olan, kaportası paslı, eski bir Honda park edilmiş vaziyette duruyordu. Bir otobüsün gölgesi kaldırıma düşüyordu.

Eve doğru koşup, çift kanatlı kapıyı kapattıktan sonra kilitledim. Rex'e, "Haydi, İngiltere'ye gidelim," dedim. Nefes nefese kalmıştım.

Rex koyu çerçeveli gözlüğünü burun kemiğine doğru iterek, "Gerçekten mi?" diye sordu. Kafası karışmış gibi görünüyordu. "Bu geziyi yapmak istemediğini zannediyordum. Kararın neden değişti?"

Kocamın annesiyle babası İngiltere'nin kırsal kesiminde bulunan tarihi bir köşk satın almışlardı ve onlar, Rex'in babası James'in çalıştığı yer olan Asya'yı gezerken, yaz tatilinde kalmamız için bizi davet etmişlerdi. Rex'in üzerinde çalıştığı roman da İngiltere'nin kırsal kesiminde geçiyordu, bu yüzden bunun yaptığı araştırma için harika olacağını düşünmüştü. Ve ikimiz de eski evlere bayılırdık. Annesi Lydia'nın söylediğine göre bina adeta tarih kokuyordu.

Ancak zamanlama berbattı. Peyzaj tasarımı ile ilgili işlerim giderek artıyordu. Şu an dört müşteriyle birden uğraşıyordum. Ayrıca Manhattan'da oldukça büyük bir çatıya bahçe yapıyordum. Gitmek için çok kötü bir zamandı. Yine de başka bir çarem yoktu. Sean'ın köşkten haberi yoktu. Beni orada bulamazdı. Bu seyahat bana düşünmek için zaman verecekti.

Gergin bir şekilde oturma odasına göz gezdirdim. "Şey, ben... Yani demek istediğim, kararım değişmedi." Kendime gelerek iç geçirdim. "Küçük bir kaçamağın bize iyi geleceğini düşündüm sadece. Evlilik yıldönümümüz de yaklaşıyor." Yanına oturup, parlak ve koyu renkli saçını okşadım. "Bahçeleri incelerim, hem belki bir iki bir şey de öğrenmiş olurum. Malum buradaki herkes İngiliz bahçelerine bayılıyor." Endişeli olduğum zamanlarda yaptığım gibi yine hızlı konuşmaya başlamıştım. Rex bunu anladı, bundan emindim çünkü elimi sıkıyordu.

"Uçaktan korkuyorsun, değil mi hayatım?" diye sordu.

Evet, az da olsa uçak korkum vardı ve doktorum bu gibi durumlar için bana bir antidepresan yazmıştı. Ama hayır, Rex endişeli olmamın asıl nedenini bilmiyordu ve bunu bilmesine asla izin veremezdim.

Bir zamanlar, ona kendim ile ilgili gerçeği anlatabileceğime içten içe inanıyordum. Ama zaman geçtikçe, dilimden o acı dolu kelimelerin dökülmesi imkânsız hale gelmişti. O yüzden anlatmamıştım. Üzerinde çok düşündüğüm uydurma bir hikâyenin arkasına saklanıyordum. New Hampshire'da yaşayan varlıklı bir ailenin kızıydım ve ailemi yıllar önce trafik kazasında kaybetmiştim. Tüm param da sahte bir yatırım planı yüzünden gitmişti. Rex bunların hepsine, dahası *bana* inanmıştı. Neden hiç yılbaşı kartı veya doğum günü mesajı almadığımı merak bile etmemişti. Büyüdüğüm evi ziyaret etmek isteyip istemediğimi hiç sormamıştı. Güçlü duruşuma hayranlık besliyordu. Bana, anı yaşadığımı ve geçmiş için yas tutmayan bir insan olduğumu söylüyordu. *Keşke gerçeği bilseydin.*

Elini, elimin içine alarak, "Sorun yok," dedim. "Hem bu evin araştırmana yoğunlaşman için harika bir yer olduğunu söylüyordun. Yapalım işte, Rex. Haydi, gidelim."

Gülümseyip, yanağıma hafifçe dokundu. "Eğer kendinden eminsen, ben de bu seyahati yapmayı çok isterim."

"Eminim," dedim. Cama doğru bakıp, caddede park halinde duran paslı arabaya göz gezdirdim. Ardından ayağa kalkıp perdeleri çektim. "Bugün güneş çok göz alıyor," diye konuşmaya devam ederken telefonuma uzandım. "Seyahat acentesini arayıp yarın için bilet alsam iyi olacak."

"Gerçekten mi?" dedi Rex. "O kadar çabuk mu?"

Zar zor gülümseyerek, "Neden olmasın?" diye karşılık verdim. "Yazın çoğunu orada geçirmiş oluruz."

"Şey," dedi Rex, bilgisayarını kenara bırakarak, "bizimkileri arayıp hazırlıklar hakkında konuşurum o zaman. Dur bir dakika, müşterilerin ne olacak?"

İrkilmiştim. Bir müşteri için şimşirlerden oluşan bir avlu planlıyordum ve iki kızı için de kelebek şeklinde bahçe düzenlemem gerekiyordu. Bahçeyi kızının doğum gününe denk gelen hafta sonuna kadar bitirmeye söz vermiştim. Asistanım Cara, hepsinin üstesinden gelebilirdi. İyi bir iş de çıkarabilirdi aslında. Ama benim yapacağım kadar iyi olmayacaktı. Taşkırançiçekleri muhtemelen iyi yerleştirilemeyecekti. Hebe çalıları yumuşak alana benim öngördüğüm şekilde tutturulmayacaktı. İç geçirmiştim. Üzerimde kara bulutlar dolanırken, burada kalamayacağımı biliyordum. Bunun beni İngiltere'de de bunaltmayacağından emin olmam gerekiyordu.

Rex ertesi akşam kapının önüne geçip, "Hazır mısın?" diye sordu. Londra'ya direkt giden akşam dokuz uçağına iki kişilik yer ayırtmıştım.

Kapının önündeyken, "Evet," diye yanıt verdim. Ardından şalımı boynuma iyice doladım. Kaldırımda bekleyen arabaya doğru birkaç adım attıktan sonra donakalmıştım.

Rex bana bakıyordu. "Telefon mu çalıyor?"

Titreyerek eve doğru baktım. Ses boğuk bir şekilde gelse de duyuluyordu.

"Geri dönüp baksam mı?"

"Hayır," dedim arabaya hızlı adımlarla yürüyerek. "Durmayalım. Uçağı kaçıracağız."

İkinci Bölüm

Flora

NEW YORK

9 Nisan 1940

"Yün ceketini almayı mı unuttun?" diye sordu annem. Bitkin görünüyordu. Rüzgârın gözlerinin önüne savurduğu bir tutam gri saçını un bulanmış kollarıyla ittirdi.

"Anne," dedim gri ceketimi düzelterek. "Bu iyi, diğerine ihtiyacım olmayacak."

"Ama bu çok ince," dedi. "İngiltere soğuk olur, Flora."

"Dikkat edeceğim," diye söz verdim. Annemin dışarıda sıkı giyinmemden daha büyük endişeleri vardı. Ağlamamak için kendini zor tutuyordu. "Lütfen üzülme, anne." Kollarımı ona sıkıca doladım.

Ellerini yüzüne götürerek, "Keşke gitmek zorunda kalmasaydın," dedi.

Elbisemin cebinden bir mendil çıkarıp, "Ah, anneciğim," dedim. Adımın başharfleri olan FAL, kırmızı iplikle mendilin sağ tarafına nakışla işlenmişti. Annem her elbiseyi düzgünce katlayıp bavula dizerek, hazırlıkları gidişimden sadece birkaç saat öncesine kadar tamamlamıştı.

"Bu mendili bana vermene gönlüm razı gelmez," dedi annem burnunu çekerek. Babam kendi mendilini annemin eline tutuşturmuştu. "Şuna bak, zaman ne de çabuk geçiyor." İç geçirdi ve ellerime uzandı. Ondan önce davranarak ellerini tuttum. "Benim küçük kızım artık kocaman oldu."

Evin tek çocuğuydum. Güneş doğmadan önce kalkıp, Bronx'ta, evin altındaki fırını açma düzenini devam ettirip bu şekilde onlarla sonsuza dek beraber yaşamamı çok isterlerdi belki. Şafak vakti hamuru açıp, kahvaltı için bir şeyler almaya gelenlere ekmekleri hazır eder, fırının işlerini çok güzel hallederdim.

Hayatlarına bensiz nasıl devam edeceklerini çok merak ediyordum. Annemin bilekleri kötü durumdaydı ve omzu yıllarca hamur yoğurmaktan artık iflas etmişti. Babamın gözleri de iyice bozulmuştu ve iş yapabilmesi artık pek de mümkün değildi. Geçen hafta bir öğrenci elini kasaya çaktırmadan sokmuş ve yedi doları alarak kaçmıştı. Babam arkasından koşmamıştı bile çünkü ayakkabısının altındaki deliği fark ettiği için gitmesine izin vermişti. Akan çatımız ve yüklü elektrik faturalarımız olmasa çok güzel olacaktı. Annem, babama kalsa bütün ekmekleri dağıtacağını söylerdi. Çünkü o öyle bir adamdı.

Yine de birilerinin muhasebe kayıtlarına göz kulak olması gerekiyordu. Fırının üzerindeki küçük apartman dairemiz kendi masraflarını çıkaracak halde değildi. Geçen ay, ev sahibi kızgın ve yüzü kıpkırmızı olmuş bir vaziyette gelmişti. Bay Johnson üç aylık kirayı istiyordu. Üç tane tarçınlı ekmek vererek gönlünü almıştım ve kirayı ödeyeceğimize söz vermiştim.

Bineceğim yolcu gemisine endişeyle bakıyordum.

"Seninle öyle gurur duyuyorum ki," dedi babam yanaklarımı ellerinin içine alarak.

"Küçük kızımız," diye ekledi annem. "Bitki bilimci olmak için Londra Serası'na gidiyor."

Onlara bakamıyordum bile. Sırrımı kendime saklıyordum. Bu yalan taşıyamayacağım kadar ağırdı.

Babam, "Orada kendini hemen gösterecektir," diyerek annemin lafını kesti.

Yanaklarım acısa da güler gibi yaptım. Londra Serası'nda benim yapabileceğim ne bir iş ne de staj vardı. Bu, seyahatimin asıl nedenini saklamak için uydurduğum detaylı bir hikâyeden ibaretti. Evet, hayatım boyunca gerçekten bitki bilimci olmayı istemiştim. Kıvrımlı ekmekleri yaparken sürekli akçaağaç türlerini ve orman güllerini düşünürdüm. Geniş bir saksıya salkım dikerek fırının tentesinde büyümesini beklerdim. Dükkânı kapattığımız o gece New York Botanik Bahçesi'ne gönüllü olmaya karar vermiştim. Dalları ve dökülen yaprakları temizlerken, beyaz şakayıklara ya da taçyaprakları kayısı reçeli renginde olan sarmaşık güllerine bakma fırsatı elde ettiğim için bu bana işmiş gibi gelmiyordu.

Evet, pastacılık değildi benim tutkum, bahçecilikti. Bay Price iki ay önce, fırında bana iş teklif ettiğinde sanırım bunu çoktan biliyordu.

"Adım Philip," demişti. "Philip Price." Tezgâhın üzerine işyerinin kartını bırakmıştı. "Akşamları Botanik Bahçesi'nde çalışıyormuşsun."

Başımı olumlu anlamda salladım. "Evet, ama bunu siz nereden-"

"Bitkilerle ilgili olan birine ihtiyacım var," dedi sigara kutusundan bir sarma çıkartarak, "önemli bir iş için."

Annem bu gibi erkeklere karşı beni uyarmıştı. Saçları çok düzgündü ve fırının ışıklarının altında adeta parlıyordu. Daha teklifini sunmadan başımı sallamaya başlamıştım. "Hayır, teşekkürler." Sipariş etmiş olduğu altı tane tatlı çöreği poşete koydum. Bir dolarlık gıcır gıcır banknotu uzatmadan önce çörekten bir ısırık aldı. "Ailem bu fırının sahibidir," diye devam ettim. "Onlara yardım etmek için burada kalmak zorundayım."

Küçük fırına göz gezdirirken tezgâhın üzerindeki çatlağa ve döşemedeki dökülen boyalara gözü takıldı. "Demek ki kârlı bir iş yürütüyorsunuz burada?" dedi.

Ses tonunu beğenmemiştim. Meraklı ve küçümseyici bir hali vardı. "Eh, çok zengin insanlar değiliz, eğer bunu soruyorsanız." Kaşlarımı çatmıştım. "Annem ve babam bu fırını yirmi üç yıl önce açtılar. Ben burada büyüdüm."

"Anladım," dedi adam. Sesi aşağılayıcıydı. "Aman ne duygusal."

Sinirli bir şekilde kasaya döndüm.

"Bak," dedi yine, "ailenin zor zamanlar geçirdiğini biliyorum."

Gözlerim gözleriyle buluştu.

"Kentin bu taraflarında kiraların epeyce yüksek olduğunu duydum," dedi bıyığında kalan pudra şekerini silerek. "Ailen için endişeleniyor olmalısın."

Öyleydi de. Babam fiyatları arttırmayı prensip olarak reddetmişti. Ama kâra geçmezsek fırının kapanması an meselesiydi. Bunu biliyordum. Çöreklerin olduğu tepsiye yaklaştım. Siparişleri paketlemem gerekiyordu. "Hepsi bu kadar mı, Bay Price?" diye sordum. Ailemin geçirdiği maddi zorluklar onu ilgilendirmezdi.

"Yardım edebilirim," dedi.

Yapmacık bir şekilde gülümsedim. "Alınmayın ama bizim yardıma ihtiyacımız yok."

Bay Price, "Sana iş teklif edebilirim," diyerek devam etti. "Hem de sadece senin yapabileceğin iyi bir iş."

"Ama size söyledim, ben *burada* çalışıyorum."

O sırada kapının üzerinde duran ziller şıngırdadı. Bayan Madison, "Raftaki tam buğday ekmeği hâlâ duruyor mu, Flora?" diye her zamanki gibi sordu. Yaşlı ve dul kadın korkunç derecede zayıftı ve babam, ona karşılıksız olarak her gün taze ekmek vermemi söylemişti.

"Evet, hanımefendi," dedim ona doğru gülümseyerek. "En iyisi hem de." Hâlâ sıcak olan tam buğday ekmeğini kâğıda sararak uzattım. Gülümseyerek, "Para vermenize gerek yok," dedim. "Babam ısrar ediyor."

Gözlerinin içi gülüyordu. "Teşekkür ederim, kibar kızım," dedi ekmeği sepetine koyarak.

Bay Price gülerek döndü. "Parayı dert etmeden aynı şeyi defalarca yapmayı gerçekten seviyor musun?"

Dalga geçer gibi güldüm. "Bakın, bayım. Nereye varmaya çalıştığınızdan emin değilim ama sanırım artık gitmeniz gerekiyor."

Ceketinin cebine elini soktu ve bir zarf çıkarttı. Açık olan ağzından, içinin nakit para ile dolu olduğunu görebiliyordum. Zarfı tezgâhın üzerinde itti.

"İşi bitirdiğinde bunun on katını alacaksın," dedi.

Ağzım açık kalmıştı.

"Sende kartım var," diyerek devam etti. "Hazır olduğunda beni ararsın."

Kocaman gözlerle zarfı açıp, içindeki parayı saydım. Bundan iki kiranın parası çıkardı. Bay Price kapıya yönelmeden önce şapkasıyla bana selam verdi.

Alacaklılar bir hafta sonra babamı fırının arkasındaki dar sokakta sıkıştırınca, Bay Price'ı aradım. Babam mutfağa kanlı bir yüzle girmişti.

"Bay Price, ben Flora Lewis," dedim titrek bir sesle. "Sizinle iş hakkında konuşmak için hazırım."

"Güzel," dedi. "Beni arayacağına dair içimde bir his vardı zaten."

İskeleden gelen rüzgâr yanaklarımı okşuyor, beni geçmişten günümüze geri getiriyordu. Hayır, annem ve babam İngiltere'ye olan seyahatimin asıl nedenini asla bilmemeliydi. Annem gözünden akan tek damla yaşı sildi. "Seninle öyle gurur duyuyorum ki," dedi.

İskele köprüsüne doğru gitmeden önce onları yanaklarından öptüm ve aşağıda duran adama biletimi uzattım. Onlara son kez bakarken içimde bir suçluluk duygusu oluştu. Babam yuvarlak yüzü ve sakin gülümsemesiyle, annem de bileği hasta halde öylece duruyordu. *Bensiz ne yapacaklar?* Öyle veya böyle, gidiyor olsam bile, tırnaklarımın altına işleyen unun daima kalacağını biliyordum. Fırında yaşadığım hayattan daha başka bir hayatı görmeyi delicesine istiyordum, hatta öyle bir hayatın var olduğunu bile bilmek yetiyordu bazen.

Babam bana doğru yürürken, annem olduğu yerden seslendi. "Dikkatli olacağına ve orada çok kalmayacağına söz ver."

Başımı olumlu anlamda salladım. Yağmur çiselemeye başlamıştı ve damlalar yüzüme çarpıyordu. "Hoşça kalın," diyerek ağlamaya başladım. "Yerleştiğim zaman size yazarım."

"Git artık, tatlım," dedi babam. Cebime kâğıda sarılı olan tarçınlı bir tatlı koymuştu. "Yoksa gemi sensiz gidecek."

El sallayıp yoluma devam ettim. Bu sefer arkama bile bakmamıştım...

"İngiltere'ye tek başınıza mı gidiyorsunuz?"

Bir adım ötemde duran, üst güvertenin parmaklıklarına yaslanan adamı görmek için arkamı döndüm. Benim yaşlarımda, belki benden birkaç yaş büyüktü. Gri takım elbise giymişti ve kasketi alnına değiyordu. Sadece başımı sallayıp, yürümeye devam ettim. Ne de olsa planlarım onu ilgilendirmezdi. Ama genç adam dostane bir şekilde gülümsüyordu. "Atlantik'i tek başına geçtiğim ilk zamanları hatırlıyordum da," dedi yaklaşarak. Hareketleri sanki eski iki arkadaşmışız izlenimi veriyordu. İngiliz aksanını sevmiştim ve New York'ta ne yaptığını merak ediyordum. "Dokuz yaşındaydım ve ödüm patlıyordu."

"Şey," dedim gergin bir şekilde. Nasıl hissettiğimi, ailesinden ayrılan küçük bir kız olduğumu anlamamasını umut ediyordum. "Aslında hiç de korkmuyorum."

Başıyla onayladı ve bavuluma şöyle bir baktı. Ben de hemen onu arkama sakladım. Babamın bavulu çok güzel olmasa da elimizde olan bir bu vardı. Kumaşı eskimiş ve lime lime olmuştu. Pirinçten yapılan menteşeleri kararmış, koyu kahverengine dönmüştü. "Sizi İngiltere'ye götüren şey ne?" dedi. Kasketini çıkartıp başparmağının çevresinde döndürmeye başlamıştı.

Gözlerim yuvalarından çıkacak gibiydi. *Ne demeliydim?* "Ben, ben..." Duraksamıştım. "Londra Serası'nda çalışacağım."

Gözleri ilgiyle bakıyordu. "Ah? Demek ki bitki bilimcisiniz."

"Şey," dedim. Bocaladığımı anlamamasını umuyordum. "Ben-"

"Annem bir zamanlar sürekli Londra Serası'na giderdi," dedi. "Pek güzel bir yerdir orası."

"Evet," dedim. "Şey, ben de-"

"Nerede çalışacaksınız?" diye sordu bir adım daha yaklaşarak. "Yani, hangi serada?"

"Ah," diye kekeledim, "sanırım hepsinde."

Başını evet dercesine salladı ve elini uzattı. "Ben Desmond." Yeşil gözleri parıl parıl parlıyordu.

"Ben de Flora," diye cevap verdim. Tokalaşırken, biletim elimden kaydı ve yere düştü.

Desmond yere eğilip bileti yerden aldı. "Hımm, yani siz-"

"Teşekkürler," dedim. Hızlı bir şekilde bileti elinden alarak üzerinde yazan kabin numaramı saklamaya çalıştım. Belli ki benimkinin aksine lüks bir kamarada kalacaktı. "Gitsem iyi olacak."

Gemi görevlisi gelmişti. "Hanımefendi, kamaranızı bulmanızda size yardımcı olabilir miyim?"

Büyük okyanus gemisine bakarak adamı başımla onayladım.

Desmond, "Görüşürüz," dedi. Üst güverteye çıkan merdivenleri tırmanırken şapkasını takıyordu.

Gemi görevlisi şüpheci bir şekilde, "Birinci sınıfta mı kalacaksınız?" diye sordu. Bir yandan Desmond'ın çıktığı merdivenlere bakıyordu.

"Hayır," dedim. "Sanırım, ben, şey, üçüncü sınıftayım."

Homurdanmaya başladı ve başka bir görevliye işaret etti. Beni merdivenlerden indiren daha genç görünümlü birisiydi. Bir başkası da geminin en alt kısımlarına doğru giderken bana eşlik etti. Köhne ve yarı aydınlık bir koridorda yürümeye başladık, ta ki alelade bir kapının önünde durana kadar. Duygusuz bir şekilde, "Kabininiz burası," dedi. İçeride, üzerinde eski püskü bir yorganı olan bir yatakla küçük bir masa vardı. Üzerinde duran vazoda sarı ve solmuş bir kasımpatı bulunmaktaydı. Oda bizim fırının büyüklüğündeydi; ama burayı sanki sadece bana ait olan bir çatı katı olarak düşünüp keyif alabilirdim. Memnun bir şekilde iç geçirdim. "Teşekkür ederim," dedim neşeyle. Görevli başını sallayarak yanımdan ayrıldı.

Bir süre sonra gemi penceresine burnumu dayayıp dışarıyı izlemeye başladım. Cam buharlaşınca, iskeleyi net görünceye dek elbisemin koluyla pencereyi sildim. Düdük sesini duyana kadar önümde uzanan manzaraya bakmaya devam ettim. Gemi limandan yavaşça kalktığında, motor gürültülü bir şekilde çalışıp titremeye başlamıştı. Sanki bir an önce yolculuğa başlamak ister gibiydi. Gemi giderek hızlanıyordu. Yoğun sis, şehri yavaşça yutarken, boğazım düğümlenmiş bir biçimde dışarıya bakıyordum.

Annem ne demişti? Evet, "Cüzdanını her zaman yanında taşı. O tür gemilerde hırsızlar kol gezer." *Keşke bilseydi.*

Öğle vakti Bay Price ile buluşmaya söz vermiştim. Kapıdan dikkatli bir biçimde çıkıp, mavi halı boyunca ilerledim. Çekinerek, "Affedersiniz, bayım," dedim mürettebattaki birine. "Üst güverteye nasıl gidebilirim?"

Gülerek baktı. "Demek ki siz sosyetedensiniz, öyle mi?"

Yanaklarım al al olmuştu. "Şey, evet. Yani, hayır," dedim bocalayarak. "Orada biriyle buluşacaktım."

Umursamayarak merdivenleri gösterdi. "Keyfinize bakın."

Bay Price ile üst güvertede buluşmuştuk. Yanına oturmamı söylemişti. "Gelmene sevindim," dedi beni süzerek. "Planımızdan ailenin haberi yok, değil mi?"

Başımı hayır dercesine salladım. Annemden ve babamdan bahsetmesi hoşuma gitmemişti. "Tabii ki söylemedim."

Martinisinden bir yudum alarak, "Güzel," dedi. Bardağını masaya geri koyduğunda içkisinin bir kısmı dökülmüştü. "Başkası var mı?"

Daha önce tanıştığım Desmond'ı düşünüyordum ama ondan bahsetmek istememiştim. "Hayır," dedim.

Bay Price, başını olumlu anlamda salladı. "Önceden de söylediğim gibi kırsaldaki bir köşkte kendini dadı olarak göstereceksin. Ama orada asıl yapacağın şeyi henüz söylemedim."

Sabırsızlıkla dinliyordum.

"Uluslararası çiçek hırsızlığı zincirini ben yönetiyorum," dedi Bay Price.

Bu cümle karşısında soluğum kesilmişti. Dedikleri bir roman sayfasından alıntılanmış gibiydi. Yanımda bir elebaşı tüm pişkinliğiyle oturuyordu adeta.

Yüzümdeki şaşkın ifadeyi görünce tüm masumiyetiyle gülerek, "Tabii biz kendimizi tam manasıyla *hırsız* olarak görmüyoruz," diye açıkladı. "Biz, sadece iyi çiçeklerin *komisyoncusuyuz*. Pek kıymetli New York Botanik Bahçesi'ndeki değerli numuneler, iş ortağım tarafından getirilmiştir. Gerçek şu ki çiçekler de alınıp satılabilen ürünlerden biridir. Eğer biri ücretini vermeye razıysa, biz de seve seve o kişiye istediklerini sağlarız."

Temkinli bir şekilde başımı salladım. Yapabildiğim tek şey, batı kanadındaki nadir bulunan gardenyaları, gülleri ve zambakları düşünmekti. Bu çiçeklerin hepsi, birilerinin bahçelerinden sahtekâr adamlarca el altından öylece sökülüp alınıyor muydu? Bu bana çok acı ve çok yanlış geliyordu. Yanaklarım kızarmıştı. "Bay Price, siz bunu ne hakla-"

Bay Price, "Detaylara girmenin bir anlamı yok şimdi," diyerek devam etti. "Laf salatası yapmayı bırak. Bilmen gereken tek şey, bir müşterimin, nadide ağacın bahsettiğim yerde olduğuna dair bir tahmini var. Bir kamelya. O müşteri bunun için bir servet ödemeye hazır ve senin görevin de bunu bulmak."

"Anlamadım," dedim. "Bir ağaç mı bulmamı istiyorsunuz? Bunu *herkes* yapamaz mı zaten?"

"Hayır," dedi. "Orası kişiye özel bir arazidir. Güvenilir bir çalışanı olmadığın sürece oraya girmek çok zordur."

Midem altüst olsa da başımı evet dercesine sallamaya devam ediyordum.

"İşte," diyen Bay Price, ceketinin cebinden içinde fotoğraf olan kırışmış bir zarf çıkardı. Fotoğraf siyah beyaz olsa da bunun kamelyanın harika bir türü olduğu gözlerden kaçmıyordu. Arkasında yazan kelimeleri okumak için fotoğrafın tersini çevirdim. "Middlebury Pembesi."

Bay Price, "Bir zamanlar Buckingham Sarayı'nın bahçesinde çalışmıştım," diyerek konuşmasına devam etti, "ama nedense bunun tohumlarının hiçbiri saklanmadı ve yıllar içinde kaybolup gitti. Araştırmacımın dediğine göre, bu ağacın son örneği Livingston Köşkü'nde bulunuyor."

Gözlerimi fotoğraftan alamıyordum. "Müşteriniz neden kendisi gidip almıyor?"

"Bu öyle kolay bir şey değil," dedi sırıtarak. "Orada yüzlerce çeşit kamelya bulunuyor. Görünüşe göre bu ağaç genelde pencere önlerinde yetiştiriliyor." Konuşmayı kesip sigarasını yaktı. "Sen köşkün sahibi olan Edward Livingston'ın çocuklarına dadılık yapacağın için çiçek açana kadar orada kalabileceksin. Bu mükemmel bir hile olacak. Kimse bir dadıdan şüphelenmez. Ağacın kaybolduğunu anladıklarında sen çoktan gitmiş olacaksın zaten."

"Ama ben çocuklar hakkında hiçbir şey bilmem ki," dedim. Göğsüm sıkışıyordu. "Bunu *ben* nasıl yapacağım?"

"Bir şekilde yap işte," dedi Bay Price. "Güvenlerini kazan, sonra da kamelya hakkında sorular sormaya başla. Bul ve bana haber ver." Londra adresli bir kart verdi. "Telefon etme. Birileri duyabilir."

Başımla onayladım. "Ama anlamıyorum. Bu adamın bu bitkiyle ne işi olabilir?"

Bay Price gözlerini kısıp omuz silkti. "Neyse ne. Belki de bilsen iyi olur," diyerek esnedi. "Nazilerden yüksek rütbeli bir adam istiyor. Metresi için."

"*Nazi*," dedim korkuyla. Midem bulanıyordu. "Ancak, siz nasıl... Ben şimdi? Eminim bunu-"

"Bak, Bayan Lewis," dedi ciddi bir ifadeyle. "Teknik olarak yanlış bir şey yapmıyorsun zaten. Tek yapman gereken, o ağacı bulup haber vermek. Sonra ödemeni alırsın. Bu kadar basit. Al gülüm ver gülüm hesabı. Geri kalanı bana bırak."

"Ama-"

Bay Price martini bardağını masaya bıraktı. Dibinde zeytin yüzüyordu. "Aileni önemsiyorsun, değil mi?"

Başımı olumlu anlamda salladım. Alacaklının babamın suratını nasıl kana buladığını hatırlamıştım.

"Ve onların kimseye borcu olmadan, rahat bir şekilde yaşadıklarını görmek isterdin, yanılıyor muyum?"

"Evet," diye mırıldandım. Gözlerim mendilin üzerine sabitlenmişti.

"O zaman *bu kamelyayı bul*."

Kabinimde huzursuz bir şekilde dururken, gemiyi dolaşmaya karar verdim. Rüzgâr esmeye başlamıştı ama kabanımı almaya üşenmiştim. Onun yerine, geminin daha az rüzgâr alan batı tarafındaki bir banka oturdum ve karalama defterimle kalemimi çıkarttım. Bir yandan bulmak için görevlendirildiğim kamelyayı düşünüyor, bir yandan da büyük ve yuvarlak yapraklı bu narin çiçeği çiziyordum. *Bunu gerçekten başarabilecek miydim?*

"Ah, tekrar merhaba." Başımı kaldırdığımda Desmond'ın bana doğru geldiğini gördüm.

Karalama defterimi hızla çantamın içine soktum. "Merhaba," dedim hemen.

Desmond, "Burada donuyor olmalısınız," diyerek yanıma oturdu, ardından kabanını çıkardı. "Buyurun, bunu giyin."

"İyiyim ben," dedim. "Açıkçası temiz havayı seviyorum."

Desmond yine de kabanını omzuma yerleştirmişti. Kabanın vermiş olduğu sıcaklıktan dolayı açıkçası memnun olmuştum.

"Israr ediyorum. Annem, genç bir hanımefendi yanımda tir tir titrerken benim öylece durduğumu görse çok kızardı."

Gemi sağ tarafa doğru sallanırken kendimi sabit tutmaya çalışıyordum. "Birkaç gündür gemi çok sallantılı," dedi Desmond. "Umarım hep böyle gitmez."

Başımı evet anlamında salladım.

Desmond, "Sizi üst güvertede gördüm," diye konuşmasına devam etti. "Yanınızdaki erkek arkadaşınız mıydı?"

Başımı iki yana salladım. "Hayır," dedim sert bir şekilde. Bay Price ile yaptığım anlaşmanın hiçbirini duymuş olmamasını umut ediyordum. "O-"

"Yani, demek istediğim," dedi Desmond kekeleyerek, "bu beni ilgilendirmez elbette, ama ben-"

"O iş ortağım."

"Ah," dedi Desmond. "Seradan mı?"

"Evet," diye karşılık verdim hemen.

Güneş batıyordu. Ufukta turuncu renkler belirmişti. "Hep Londra'da mı yaşadınız?"

Desmond kasketini çıkartıp başını kaşıdı. "Evet. Yani, genelde kırsal bölgede kaldım. Ama babam Londra'da ev tuttu."

Başımla onayladım. Benimkinden çok farklı olan hayatını hayal etmeye çalışıyordum.

"Amerika'da ne yapıyordunuz peki?" diye sordum.

Desmond sarı saçlarını eliyle düzelterek, "Ah, sadece ticari işlerimi hallediyordum," diye yanıt verdi.

Başımı öne eğdim. Ben dediklerimde samimi olmazsam, onun da hayatıyla ilgili detaylarını ortaya dökmesini bekleyemezdim.

Gemi adeta beşik gibi sallanıyor, biz de sessizce oturuyorduk.

"Size bir şey itiraf edebilir miyim?" dedi sonunda.

Ona doğru döndüm.

"Ben New York'tayken," dedi Desmond dikkatli bir biçimde, "neredeyse orada kalmaya karar vermiştim." Gözleri ufka sabitlenmişti.

"Neden kalmadınız peki?" diye sordum.

Omuz silkti. "Görev yüzünden. Altı ay önce İngiliz ordusuna katılmıştım. Yakında gideceğim."

"Ah," dedim. İçim acımıştı. Fırındayken savaşı düşünmüyordum. Benim için sadece gazetelerdeki başlıklardan ibaretti. Ama ya şimdi? Gerçekler önümde, omuzları yağmurdan ıslanan gri takım elbiseli bir adamda duruyordu.

"New York'ta kendimi öylesine özgür, öylesine serbest hissediyordum ki," diyerek devam etti konuşmasına Desmond.

"Her şeyi arkamda bırakıp kalmaya karar vermiştim." Gülümsedi. "Yeniden başlamak ne demek bilir misiniz?" Başını salladı. "Ama başladığım şeyi bitirmek zorundayım."

Başımı olumlu anlamda salladım. Kamelyayı ve anlatmak üzere olduğum yalanları şöyle bir düşündüm. "Ne demek istediğinizi anlıyorum."

Hemen sonra üst güverteden müzik sesleri gelmeye başladı. "Ah, az kalsın unutuyordum," dedi Desmond. "Bu gece Kaptan'ın Hoş Geldin Balosu var. Davetiyeyi gördünüz mü?"

Yanaklarım kızarmıştı. Elbette, üçüncü sınıf yolcular kapıların altından atılan aynı davetiyeden almamıştı. "Evet," dedim. Bir an için kendimden utanmıştım. Ama Desmond elimi tutunca, tüm endişelerim yok olup gitmişti.

"Haydi," dedi. "Beraber gidelim."

"Ama kıyafetim bunun için uygun değil," dedim basit mavi elbiseme bakarak. "Yanımda hiç şık şeyler getirmedim."

"Saçmalık bu dediğiniz," diye itiraz etti Desmond. "Böyle de harika görünüyorsunuz. Hem istemiyorsanız içeri girmek zorunda da değiliz. Biraz müzik dinler, lobide şampanyanın tadına bakarız."

"Şey," dedim. "Ben-"

"Güzel," diye karşılık verdi. "O halde çıkıyoruz."

Şık giyimli hanımefendiler, kollarına girdikleri şık adamlarla yanımızdan aceleyle geçiyorlardı. Kendimi rahatsız hissediyor, Bay Price beni burada görürse ne düşünür diye merak ediyordum. Etrafıma baktım. Beni balo salonunda görmemesini umut ediyordum.

Bir görevli bana dönmeden önce, "İyi akşamlar, efendim," dedi Desmond'a. Adamın bir an için şaşırdığını anlamıştım, ama görmezlikten gelmeye çalışıyordum. "İyi akşamlar, hanımefendi," dedi bir süre sonra. "Şampanya?"

"Evet, teşekkürler," diye yanıtladı Desmond. Adamın bize doğru tuttuğu tepsiden iki tane alıp, birini bana uzattı. Flüt şampanya kadehinin içindeki kabarcıkların adeta dans edişine bakıyordum. Desmond'dan sonra ben de benimkinden bir yudum aldım. İlk defa şampanya içiyordum ve sevmiştim de. İçkimi bitirir bitirmez garson yenisini getirmişti. Desmond dışarıya çıkmayı teklif ettiğinde, her yanım alev alev yanıyordu. Soğuk esen rüzgâr az önceki kadar sert değildi, hele ki Desmond'ın kabanı omuzlarımdayken.

Müzik grubu daha yavaş bir şarkı çalmaya başlamıştı. Desmond gülümsedi. "Dans edelim mi?"

"Olur," dedim. Kendimi kuş kadar hafif ve özgür hissediyordum. Bay Price görse ne düşünürdü diye merak etsem de bu düşünceyi kafamdan attım.

Desmond, beni kendine doğru çekti. Yıldızların altında, müziğin etkisiyle salınıyorduk. Yukarı doğru bakıp parmağıyla işaret ederek, "Bakın," dedi. "Şu yıldız bize bir şeyler demek istiyor."

Güldüm. "Ah, öyle mi?"

"Evet," diye cevap verdi Desmond. "Yıldızların kendilerine ait bir dili vardır. Eğer dikkatinizi verirseniz, siz de öğrenirsiniz."

"Pekâlâ, Aristo," dedim. "Ne demeye çalışıyormuş bu yıldız?"

Birkaç dakikalığına gökyüzüne baktı. Yıldızların parlayışını izliyordu.

"Ya sonra?" dedi. Kendi kendine başını sallayıp, bana baktı. "Tam da düşündüğüm gibi."

"Bana söylemeyecek misiniz?"

"Söyleyemem," dedi Desmond gülümseyerek.

Gözlerimi gözlerine dikerek, "Siz bir başkasınız," dedim. Ardından başımı göğsüne yasladım ve bir anlığına beraber sallanmaya başladık. Sonra omzuma birinin dokunduğunu fark ettim.

Başımı kaldırdığımda Bay Price'ı gördüm.

"Affedersiniz, Bayan Lewis," dedi. "Geç oluyor. Sizce de artık odanıza dönmeniz gerekmiyor mu?"

Ellerimi iki yanıma indirip, geriye doğru bir adım attım. "Ben sadece-"

Bay Price sert bir ifadeyle bakarak, "Bayan Lewis," dedi.

Desmond'a döndüm. Kafası karışmış ve endişeli görünüyordu. "Haklı," dedim. "Geç oluyor. Beraber geçirdiğimiz bu güzel akşam için teşekkür ederim."

Desmond, üzüldüğünü belli etse de başını evet dercesine salladı. Döndüm ve Bay Price'ın ardından mavi halıyla kaplanan merdivenlere yöneldim.

"Bayan Lewis," dedi Bay Price, kabinime açılan kapının önünde beni durdurmuştu. "Yolculuğun geri kalanını kendi başına geçirmeni öneririm."

"Evet, efendim," dedim. Bay Price daha fazla bir şey demeden yanımdan uzaklaştı. Uzun koridoru geçip köşeden döndüğünde, ben de anahtarımı kilide sokmakla uğraşıyordum. Ama tam o sırada arkamdan birinin bana seslendiğini duyunca o tarafa doğru döndüm.

Benden birkaç yaş büyük olan bir kadın, karşı taraftaki bir kapının arkasından başını çıkarmış bana bakıyordu. "Özür dilerim," dedi. "Sizinle hemen bir şey konuşabilir miyim?"

"Benimle mi?" diye sordum. Kafam karışmıştı.

Kadın koridora doğru bir adım atıp kapısını ardından kapattı. "Evet," dedi. "Çok önemli bir konu hakkında."

Başımı olur dercesine salladım. "Tamam."

Bana doğru yürüdü. "Burada konuşamayız," dedi. "Sizin kabininizde konuşalım."

Odama geçtikten sonra hemen kapıyı kapattım.

"Bay Price ile çalışıyorsunuz, değil mi?" diye sordu kadın.

Başımı iki yana sallayarak, "Ne demek istediğinizi anlamadım," diye yanıt verdim.

"Rol yapmak zorunda değilsiniz," dedi. "Onunla ilgili her şeyi biliyorum. Bir zamanlar onunla çalışırdım."

Güçlükle nefes alıyordum. "Çalışıyor muydunuz?"

"Evet," dedi. "Bugün ikinizi üst güvertede konuşurken gördüm ve sizin onun yeni çalışanlarından biri olduğunuzu anladım."

"Şey, ben… Evet," diye itiraf ettim sonunda. "Ama anlamıyorsunuz, benim bunu ailem için yapmam gerekiyor."

"Ben de öyle tahmin etmiştim," dedi kadın yüzünde anlayışlı bir gülümsemeyle. "Ama başka yollar da var."

Başımı yeniden iki yana salladım. "Bu işi çoktan üstlendim. Artık geri dönemem."

"Dönebilirsiniz," dedi kadın. "Sadece düşünün. İnanın bana, bu adama bulaşmak istemezsiniz. Ben hâlâ kendimi kurtarmaya çalışıyorum."

Başımı salladım.

"Adım Georgia."

"Ben de Flora," diye cevap verdim.

"Seninle tanışmak güzeldi, Flora." Georgia kapıya yöneldikten sonra bir an arkasına baktı. "Yolculuğun geri kalanında sana bu odadan çıkmamanı öneririm. Garsona hasta olduğunu ve yemekleri odana getirmesini söyle. Bay Price'ı ne kadar az görürsen, senin için o kadar iyi olur. Gemi limana vardığında, Londra'da izini kaybettirebilirsin. Eve geri dönmen için gerekli olan parayı bulmanda sana yardımcı olabilirim."

Desmond'ı, babamı ve onu tehdit eden adamı düşünüyordum. Georgia'nın planı çok mantıksız geliyordu; yine de başımı olumlu anlamda salladım. "Ve lütfen, neye karar verirsen ver, beni gördüğünü Bay Price'a söyleme."

Üçüncü Bölüm

Addison

Bir elin kibarca omzuma dokunduğunu hissettim. "Tatlım," diye fısıldadı Rex kulağıma. "Geldik."

Gözlerimi açtığımda, arabanın camından gözüken görüntüye odaklanmıştım.

O an soluğum kesildi adeta. "Annenlerin *Buckingham Sarayı*'nı aldıklarını söylememiştin!"

"Harika, değil mi?" diye sordu Rex gülerek.

"Harika da laf mı?" dedim, köşkten gözlerimi alamıyordum. "Bu *muazzam*." Bina üç katlıydı ve detaylı taş işlemeleriyle öylece önümüzde duruyordu. Açık yeşil renkteki sarmaşık tüm duvarı kaplamıştı. O an çatı katı penceresinde perdenin oynadığını gördüm. Sonra gözlerim Rex'in gözleriyle buluştu. "Evde kimsenin olmadığını söylememiş miydin?"

"Şey, evet," dedi Rex çakıltaşlarıyla dolu olan yola adımını atarak. "Kâhya hariç." Sırıtıyordu. "Babam, köşkü aldıklarında kâhya kadının da burada olduğunu söylemişti."

"Demek öyle," dedim, arabadan çıkmama yardım etmek için uzattığı elini tutarken. Ayaklarımın altındaki çakılları hissedebiliyordum.

Rex bana doğru dönerek, "İçeri geçelim mi?" diye sordu. Şoförün elinden çantaları alıp, evin girişine doğru ilerledi.

Şoför boğazını temizleyince ondan yana döndüm. "Ah, çok özür dilerim, eşim ödemenizi yapmayı mı unuttu?"

"Hayır, efendim," dedi hemen. Eski eve doğru bakarken şapkasını çıkartıp, alnını gergin bir şekilde kaşıdı. "Sadece, şey... Buranın hikâyesini biliyorsunuz, değil mi?"

Kaşlarımı çatarak, "Ne hikâyesi?" diye sordum.

Rex ne hakkında konuştuğumuzu anlamayacak kadar uzaklaşmıştı.

"Annem batıl inançları olan bir kadındır," dedi şoför bana bir adım daha yaklaşarak. Binanın ön cephesine bakıyordu. "Onun Clivebrook'ta adım atmaya cesaret edemediği tek yer burasıymış." Başını temkinli bir şekilde sallıyordu ve gözleri köşke kilitlenmiş vaziyetteydi. "Şey," dedi şapkasını düzelterek. Endişeli bir şekilde gülümsüyordu. "Sizi tedirgin etmek istemem."

Rex'e yetiştiğimde, "Ne oldu?" diye sordu.

"Annesi bu köşkün perili olduğuna inanıyormuş da," dedim. Merdivenlerin başında duran taştan yapılma aslanlara göz gezdirdim.

"Periliymiş, öyle mi?" Rex merdivenleri tırmanırken birden bana doğru dönüp çığlık attı.

Korkudan yerimden sıçradım. İrkilmiştim. "Yapma!" diye bağırdım.

Rex çantaları yere bırakıp, beni kollarının arasına aldı. Ciddi ifadesinden artık şaka yapmadığını anlayabiliyordum. "İyi misin, Addie?" diye sordu. Yüzüme bakıyordu.

"Elbette iyiyim," dedim. İster istemez sesim kendimi savunur gibi çıkmıştı. "Neden ki?"

"Son birkaç gündür diken üstünde gibisin."

"Özür dilerim," dedim sıkılgan bir ifadeyle. "Sanırım kafam çok dolu. Bu yolculuk ve başka şeyler de buna dahil."

Rex burnunu burnuma sürttü. Beni kitap gibi okurdu. Kendimi hasta hissederek eve geldiğim zamanlarda bunu hemen anlardı. "Migrenin tutacak," dedi. Nereden anladığını sorsam da sadece omuz silkti. "Migrenin başlamadan hemen önce gözlerin değişiyor." Başımı evet dercesine salladım. Gelen telefonları ve *onu* düşününce göğsüm daraldı. Ama kendimi zorlayarak gülümsedim.

"Çok tatlısın," dedim, "ama her şey yolunda. İnan bana, burada hiç olmadığım kadar mutluyum." Ellerini, ellerimin içine aldım. "Seninle beraber olduktan sonra..."

Rex bileğimi aşkla öpse de gözleri hâlâ tedirgin bakıyordu.

O sırada yaşlı bir kadın önümüze dikiliverdi. Sanki bir anda yanımıza ışınlanmış gibiydi. Seyrek ve kısa saçları kulaklarının arkasından itibaren geriye toplanmıştı ve toplu saçları, yorgun kara gözleriyle çökük yanaklı yüzünü ortaya çıkarıyordu. Omuzları vatkalı, lacivert bir elbise giymiş, beline beyaz bir önlük takmıştı. Ellerini önünde birleştirmiş bir şekilde bekliyordu. "Livingston Köşkü'ne hoş geldiniz," dedi görev aşkı içinde. İnce dudaklarında huzursuz bir gülümseme belirse de hemen kayboldu.

"Teşekkürler," dedi Rex elini uzatarak. "Adım Rex Sinclair ve bu da eşim, Addison. Siz Bayan Dilloway olmalısınız? Babam 1930'dan beri burada çalıştığınızı söyledi. Bu oldukça etkileyici."

"Evet," dedi kadın duygusuz bir biçimde. Bana merakla bakıyordu. O sırada ben de yıllar önce kusursuz elbiseleriyle köşke gelen kadınlarla karşılaştırıldığımda nasıl göründüğümü düşünüyordum. Sol başparmağımdaki şeytantırnağımı ısırdım. Gelmeden önce keşke biraz ruj sürseydim diye geçirdim aklımdan.

Rex başıyla onayladı. "Buraya bir tek siz mi bakıyorsunuz?"

"Ben, aşçı Bayan Klein ve bahçe için ara ara tuttuğum bir çocuk var," diye yanıtladı. "Ah, bir de cumartesi günleri çamaşırlara yardıma gelen bir kız daha." Ardından bana bir an için sert bir şekilde baktı.

Rex, Bayan Dilloway'e endişeyle bakmadan önce ayakkabısının ucunu çakıltaşlarının arasına sokarak bir karıncayı ezdi. "Babam kalmaya devam edeceğinizi söyledi, zaten kalabilirsiniz de... Ama ben ve eşimin evi yalnız da idare edebileceğimizi bilmenizi isterim. Yani demek istediğim, yaz tatili yapmak isterseniz, izinlisiniz." Rex'in ne demek istediğini anlamıştım. Kadının artık çarşaf değiştirmek yerine emekli olması gerekiyordu.

"Bay Sinclair," dedi Bayan Dilloway resmi bir şekilde, "Livingston Köşkü benim evimdir ve öyle de kalacaktır. O yüzden, tüm saygımla belirtmek isterim ki, size hizmet etmeme izin verirseniz bundan onur duyarım."

Rex başıyla onayladı. "Anlaştık o zaman."

Bayan Dilloway rahat bir nefes aldı. "Buyurun, içeri geçelim."

İşte o an cebimdeki telefonum titremeye başlamıştı, ama önemsemedim.

Dördüncü Bölüm

Flora

11 Nisan 1940

Yolculuğun ikinci gününün sabahında beni deniz tutmuş, rengim adeta solmuştu. Kapımın çalındığını duydum. "Evet?" dedim yattığım yerden. Ayağa kalkamayacak kadar zayıf düşmüştüm. Gelen kişi muhtemelen kahvaltımı getiren garsondu. Tepsiyi en fazla kenara bırakır diye düşündüm. Kendimi hiç bu kadar zavallı hissetmemiştim. Başıma aldığım iş konusunda da oldukça dikkatli davranıyordum.

"Flora?" Boğuk çıkan sesin Georgia'dan geldiğini anlamıştım.

Yatakta doğruldum. Hemen başım dönmeye başladı ve masanın yanındaki komodinden destek alarak sabit durmaya çalıştım. Sonrasında hemen saçlarımı düzelttim.

"Flora, orada mısın?"

Duvardaki oval aynadan kendime baktım. Rengim kaçmıştı. Giyinmeye yeltenmemiştim bile. Georgia kapıyı bu sefer daha yüksek sesle ve kararlı bir şekilde çalıyordu.

"Bir dakika," diye seslendim. Kapının yanındaki askılıktan pembe sabahlığımı aldım. Ardından kapı tokmağını çevirip, aralıktan başımı uzattım.

"Ah, iyi bari," dedi. "Endişelenmeye başlamıştım." Hızla yanımdan geçti. Beni ilk defa görmüş gibi bakıyordu. "İyi misin?"

"Hayır," dedim. Rahatım kaçmıştı.

"Okuyacak bir şeyler aramışsındır diye düşündüm."

"Evet," diye yanıtladım. "Saatlerdir duvarı izliyorum."

"İyi o zaman," dedi Georgia, lacivert renkli deri ciltli kitabı uzatarak. Kitabın sırtını çevirip üzerinde yazan kelimeleri okudum: "Virginia Woolf – Yıllar."

"Seveceğini umuyorum," dedi Georgia. "New York'tan Londra'ya ilk defa giderken okumuştum bunu."

"Deniz tutmasını bana unutturacak ne varsa okuyabilirim." Kitabın ilk sayfasını açtım. Karşıma çıkan ilk cümle, "Belirsizliklerle dolu bir ilkbahardı," idi. *Evet*, öyleydi gerçekten.

14 Nisan 1940

Yolculuğun geri kalan zamanında okumaktan başka yapabileceğim hiçbir şey yoktu. Denizde geçirdiğimiz son gün kitabı bitirmiştim ve o son sayfaya gelinceye kadar Georgia'nın kapağın iç kısmına yazdığı notu hiç fark etmemiştim: "Flora, işin gerçeği şu ki, ikimiz de doğru olanın ne olduğunu biliyoruz. Bunun en zor kısmı ise bunu faaliyete geçirmek. Sevgiler, Georgia."

Kitabı çantama koyup, bavulumu topladım. Bu kısa yolculuk süresince bile ne kadar değiştiğimi düşünüyordum. New York'tayken işin bir beyaz bir de siyah tarafı vardı. Ya şimdi? Şu an Georgia'nın bütün kışkırtmalarına rağmen, olayın bir de gri tarafının olduğunu fark etmeye başlamıştım. Yapacak olduğum şeyden nefret etsem de bunu annem ve babam için yapıyordum. Ve Georgia dediği şeyi yapabileceğime inansa da, buraya kadar gelmişken artık geri dönmem mümkün değildi.

Şapkamı alnıma doğru çekiştirdim ve dikkatli bir şekilde dışarı çıktım. Önce danışmadan tren biletlerimi aldım, sonra da yolcuların indiği kısma yöneldim. Bay Price, beni tren istasyonuna götürmesi için bir araba ayarlamıştı. İstasyondan Londra'ya giden trene binecek, oradan da Clivebrook'taki köşke gitmek için yoluma arabayla devam edecektim. Bir yanım Desmond'ı bir daha görmek istese de, Bay Price'ın verdiği talimata uyarak yolculuğun geri kalan kısmını tek başıma geçirmiştim. Desmond acaba beni aramış mıdır diye merak etsem de onu düşünmenin artık bir anlamı yoktu. Yapmam gereken bir iş vardı ve onu bir daha asla görmeyecektim.

Liverpool'dan Londra'ya giden trende Georgia ile karşılaşmadığım için mutlu olmuştum. Kararımı çoktan vermiştim. Tren hızla ilerlerken, sisle kaplanan yemyeşil arazilere bakıyordum. Koridorun karşısında durmuş, çantasından bir somun ekmek çıkartan genç anneye gülümsedim. Ekmekten bir parça koparıp, yanında oturan oğluna uzatıyordu. Çocuğun başında kasket, üzerinde gömlek vardı. Ekmek parçasını hızla ağzına atmıştı. Sonrasında kadın ekmeği bana doğru uzattı. "Biraz ekmek ister miydiniz, hanımefendi?"

Elbisenin dirseğindeki yamayı görünce, başımı gülümseyerek salladım. "Hayır, teşekkür ederim. Çok naziksiniz, ama tokum. Gemide kahvaltı yapmıştım."

Küçük çocuk bana bir bakış atıp gülümsedi. *Nasıl bir insan olduğumu, ülkelerine bir suçun işlenmesinde yardımcı olmak için geldiğimi bilseler acaba ne düşünürlerdi?* Dudağımın kenarını yemeye başlamıştım. Tam anlamıyla çalmak sayılmazdı bu aslında. Bay Price, sadece nadir bulunan bu kamelyayı bulup haber vermemi söylemişti. Kendi kendime o farklı iş, bu farklı iş diyordum. Suçluluk duygusu yine de bedenime bir kanser gibi yayılıyordu.

Tren Londra'ya vardığında çantalarımı alıp, ağır adımlarla caddede yürümeye başladım. Cüzdanımdan adres yazan kâğıdı çıkardım. Livingston Köşkü, Westland Caddesi, Clivebrook. *Bu kadardı.*

Bir araba yanımda durdu. "Arabaya ihtiyacınız var mı, hanımefendi?" diye bağırdı şoför.

Kafamı kaldırıp, kendimi gülümsemek için zorladım. "Evet," dedim, elimdeki karta bakarak. "Beni Clivebrook'a götürebilir misiniz?"

"Tabii ki, hanımefendi," diyen şoför, çantalarımı almak için arabadan çıktı.

Arabada arkama yaslanıp iç geçirdim. Ardından cüzdanımdan zarfı çıkardım ve kamelyanın olduğu fotoğrafa baktım. Şoför arabayı çalıştırıp, yavaşça caddeye doğru çıkarken bir anda frenlere asıldı. "Hanımefendi," dedi, dikiz aynasından bir şeye bakarak. "Orada duran beyefendiyi tanıyor musunuz?"

"Kimi?" dedim arkamı dönerek.

Desmond kaldırımda durmuş, arabaya doğru el sallıyordu. Arabaya binerken beni görmüş olmalıydı. Orada öylece dururken üzgün bir hali vardı. Fırlayıp ona doğru koşmak istedim, peki ya ne diyecektim? Ve eğer ona gerçeği söylesem benimle ilgili ne düşünürdü?

"Geri dönmemi ister misiniz?" diye sordu şoför.

Elimde duran fotoğrafı sıkıca tutuyordum. "Hayır." Desmond'a doğru el sallayıp dudak hareketlerimi belirginleştirerek, "Üzgünüm," dedim.

"Hayır," diye devam ettim. "Lütfen durmayın."

"Tamam, efendim," dedi şoför gaza basarak.

Beşinci Bölüm

Addison

Bayan Dilloway, bizi odamıza kadar götürdü. Geniş süit oda bahçeye bakıyordu. "Burası zamanında Lord Livingston'ın özel bölgesiydi," dedi. "Tabii o ölünce, Lord Abbott için oda tekrar yenilendi." Gözlerinden yaşanmışlıklar okunuyordu. Ellerini koyu renkli kapı çerçevesinin üzerinde gezdirdikten sonra bir anda geri çekildi. "Havlularınızı banyodan alabilirsiniz," diyerek devam etti. "Size yemek çıkarması için Bayan Klein'a haber vermemi ister misiniz?"

"Biz tokuz," dedi Rex. "Londra'da bir şeyler atıştırmıştık."

Cama doğru yaklaşıp, bahçeye baktım. Zümrüt yeşili rengindeki yaprakların arasından pembe, kırmızı ve beyaz renkler görünüyordu. Yaratmış olduğu etki baş döndürücüydü. "Pekâlâ," dedi Bayan Dilloway kapıya doğru giderek.

"O da ne?" dedim. "Meyve bahçesi. Bu harika. Bu ağaçlar… Bunlar kamelya, değil mi?"

Bayan Dilloway dudaklarını büzmüştü. "Evet."

"Hiç bu kadar kamelyayı bir arada görmemiştim," dedim hayranlıkla. Çiçeklenme zamanları çoktan geçmişti tabii. Bazıları erken, bazıları geç açsa da çoğu ilkbaharın başında, hava daha soğukken çiçeklenirdi. Kalan birkaç çiçek bile, tüm çiçeklerin açmasıyla oluşacak görüntüyü gözünüzde canlandırmanıza yetiyordu. *Alice Harikalar Diyarı*'ndaki beyaz güllerin kırmızıya boyandığı sahne gibiydi.

"Hepsi bu kadar mı?" diye sordu Bayan Dilloway ters bir şekilde. Muhabbet etmeye pek alışık olmadığını anlamıştım.

Başımı evet anlamında sallayıp pencereye geri döndüm.

Belimde, Rex'in elini hissediyordum. Üzerinde kuştüyü yorgan bulunan maun ağacından yapılma yatağa doğru baktı ve muzip bir şekilde güldü. "Şu an bu köşkün beyefendi ve hanımefendisi biziz."

Kendimi geriye çektim. "Şimdi, bebeğim," dedim hızlıca. "Boşaltmamız gereken bir sürü valiz var."

"Ah," dedi üzgün bir şekilde. Yatağa oturup, gömleğinin yakasını düzeltti.

Ne kadar mutlu ve birbirimize ne kadar âşık olsak da, gittiğimiz her yerde bizi izleyen bir şey vardı sanki. Ben asla çocuk sahibi olmayı istemesem de Rex istiyordu. Zoraki bir şekilde gülümsedim. "Nasıl yapacaksak," dedim yanağına bir öpücük kondurarak, "kâhya sürekli etrafımızdayken? Akşama mı bıraksak?"

Rex tekrar gülümsemeye başlamıştı.

"Burası araştırma yapman için mükemmel bir yer," dedim konuyu değiştirerek. "Yukarı çıkarken o tuhaf eski merdiveni gördün mü?"

"Evet," dedi. "Hizmetçi merdivenini mi diyorsun?"

Başımı evet dercesine salladım. "Eski cinayet hikâyelerinde katillerin kaçmak için kullandığı merdivenlere benziyor."

"Bu ev, gerilim filmi yönetmeni olan Alfred Hitchcock'un tarzında değil mi sence de?" diye soran Rex, ceketini yan sandalyeye bıraktı. "Ailemin bu dayalı döşeli evi kelepir fiyata almalarına hâlâ inanamıyorum."

"Bu evin hikâyesi ne?" diye sordum duvarda asılı olan sert görünümlü ve yakışıklı bir adamın portresine bakarak. "Bir ailenin, bütün yadigârlarını satması ne kadar garip."

Rex omuz silkti. "Annemin dediğine göre, Lord Livingston altmışlı yıllarda ölmüş ve Bayan Dilloway de onun oğullarından birine bakmak için burada kalmış. Zavallı çocuk, hastalığından dolayı birtakım sıkıntılar çekmiş. Durumu zamanla kötüleşmiş."

"Çocuk ölmüş mü?"

"Evet," dedi Rex. "Geçen sene, ailenin evi satılığa çıkardığı zamanlarda vefat etmiş. Annem bunun yaptıkları en garip alışveriş olduğunu söyledi. Evi satan avukat, evin bütün eşyaları ve tablolarıyla verilmesi konusunda çok ısrar etmiş."

"Tuhaf," dedim, maun ağacından yapılan masanın köşesine dokunarak. "Bu ailenin en azından bu eşyalarla duygusal bir bağı olduğunu düşünür insan."

"Sanırım, öyle değilmiş," dedi Rex. "Babam, onların mirasçılarıyla birtakım sıkıntıları olduğunu söylemişti." Detayları hatırlamak istercesine başını kaşıdı. "Evin sahibi, babasıyla o ölünceye dek konuşmamış. Aile içinde bir düşmanlık vardı, sanırım."

O an aklıma şoförün ev hakkında söyledikleri geldi. "Rex, sence burada bir şey *olmuş* mudur?"

"Kim bilir?" dedi Rex, belli belirsiz gülümseyerek. "Kâhya kadın belki de bodrum katta birkaç ceset saklıyordur."

"Şişşt," dedim. "Ya seni duyarsa şimdi?" Bavulumdaki kıyafetleri çıkarıp, karşı duvarın orada duran dolaba yerleştirmeye başladım. "Hem ben bu hizmetçi için biraz üzüldüm. On sekiz yaşlarında hizmetçi olarak çalışmak zorunda kaldığını bir düşünsene."

Rex omuzlarını silkti. "Babam evi aldığında ona cömert bir kıdem tazminatı teklifi yapmış, fakat o burada kalmakta ısrar etmiş," dedi.

Odadaki antika mobilyalara ve kristal avizeye göz gezdirdim. "Burada kendini güvende hissediyor olmalı."

Rex başını sağa doğru çevirerek, "Ya öyle ya da bir şeyden saklanıyor," dedi. Ardından defterini çıkarıp hemen bir şeyler not etmeye başlamıştı. "İlla ki bir nedeni vardır. Böyle bir zamanda kim hâlâ birilerine hizmet etmek ister ki, hele ki ailedeki herkes ölmüş ya da hayatına bir şekilde devam etmişken? Bu romana konu olabilir işte."

"Bana böyle şeylerle gel," dedim. Dedikleri beni de meraklandırmıştı. Cama yaklaşıp, tepelerden ve bahçelerden beri gözüken meyve bahçesine baktım. O an ev hasreti çekmiştim. New York'taki küçük bahçemizde, birkaç ay önce tohumdan yetiştirmiş olduğum acı baklaları, yıldızçiçeklerini ve nadir bulunan gelincikleri özlemiştim. Güzelliğin ve renklerin oluşturduğu ahengin sefasını sürmek, bahçedeki sincaplara kalmıştı.

Makyaj masasına oturup açık kahverengi saçlarımı taradım. Geçmişimi gizli tutmak için çok çabalamıştım ve şimdi, geçmişte yaşadıklarım kafesteki kuduz bir hayvan misali bana hırlıyor, adeta beni tehdit ediyordu. Alyansımı parmağımın etrafında döndürdüm.

"Sanırım duş alsam iyi olacak," dedi Rex bavulunda bir şeyler arayarak. "Tıraş bıçağımı almış mıydın?"

"Özür dilerim," dedim. "Almadım."

"Ah, peki. Arabayla kasabaya gidip, bir tane alırım. Başka bir şeye ihtiyacın var mı?"

"Hayır," dedim. "Bir şey istemiyorum. Dur, evet... çikolata. Çikolataya ihtiyacım var."

Rex sırıtarak yan masada duran ceketine uzandı. "Birazdan gelirim."

Rex gittikten sonra altın yaldızlı, büyük aynadaki yansımama baktım. Kral Edward zamanından kalma gibi gözüken bu aynaya, kim bilir kaç tane belirgin hatlı, korseli ve dantellerle süslü kontes bakmıştır diye merak ediyordum. Gri Gap marka ütüsüz hırkamla siyah pamuklu taytımı şöyle bir inceleyince bir an kendimden utandım. İşte yine, çocukluğumdan bu yana içime işleyen korku, "Yeterince iyi değilsin," diye fısıldıyordu.

Bu düşünceleri bir yana atıp, uzaktan kumandayı elime aldım ve televizyonu açtım. CNN'deki son haber başlıklarına bakıyordum. İsrail'deki karışıklık devam ediyordu. Irak'ta bir helikopter düşmüştü. Televizyonu hemen kapatıp, bahçeleri gören bölmeli pencereye yöneldim. Sarı-beyaz renkteki tuval perdeleri eski haline getirip, pilisini düzelttim. Lydia'nın dekoratörü, yakın geçmişte Nigella Lawson'un Londra'daki evini tasarlamıştı ve Lydia'yı bu evin geleneksel havasını koruması için ikna etmişti. Kayınvalidemin kararından vazgeçtiğini görmek beni mutlu ediyordu. İmarcı kızı olan Lydia, evi restore edip, burayı hafta sonu kullanabilecekleri bir yer yapmak istiyordu. Ama yüzyıllık köşkü tahrip edip, buraya sade bir görüntü verme planı doğru gibi görünmüyordu. Bu, modern mimarinin önemli isimlerinden olan Frank Lloyd Wright'ın yapmış olduğu bir evin etrafına beyaz renkteki klasik bahçe çiti çekmekle aynı şeydi. Neyse ki Lydia, bu büyük onarımı yapmamaya ikna olmuştu. Ev yine de yenilenecekti. Rex bir mimarın plan çizmeye başladığını söylemişti. Ev ve bahçenin bütünlüğünü korumalarını umut ediyordum.

Camdan dışarı baktığımda, Rex'i eski bir arabanın önünde dururken gördüm. Arabanın markası muhtemelen Rolls-Royce'tu. Babası araba koleksiyonculuğu yapıyordu ve köşkün garajında bu arabalardan birini bile bulmak Rex'i mutlu etmişti. Bir kadın yaklaşınca, onu daha iyi görebilmek için eğildim. Sarı saçları lüle lüleydi ve kadın güneş gözlüğü takmıştı. İyice eğildim. *Kim bu kadın?* Rex, kadınla konuştuktan sonra başını salladı ve eve doğru baktı. Biraz daha konuştuktan sonra kadın büyük bir zarf uzattı. Ardından yolda park halinde duran mavi üstü açık arabaya doğru yürüdü. Rex de eski arabaya bindi. Aynı anda arabalarını çalıştırdılar. Cama dokunup, gidişlerini izledim. *Herhalde evde çalışan biridir sadece.*

Rex'in dönmesini bekliyordum, fakat yarım saat geçtikten sonra tek başına aşağıya inmeye karar verdim. Bayan Dilloway, bana köşkü dolaştırmayı teklif etmişti, ama kendisi neredeydi? Antika duvar saatinin sarkacı, bu ağır ortamın sessizliğini bozuyordu. Ahşap tahta kaplamaların, süslü pervazların ve İngiliz kırsal yaşam tarzını yansıtan resimlerin önünden yürüyerek, giriş salonunun içinden geçtim. Evin batı tarafında kalan odaya girmiştim. Pencerenin yanındaki küçük bir oda gözüme çarpmıştı. Ahşap kapısının üzerindeki çiçek desenleri titizlikle işlenmişti. Cam tokmağa dokunmak için uzandım ve kapıyı açmaya çalıştım, ama sıkışmıştı. Bu sefer daha sert bir şekilde denedim ve tokmak elimde kaldı. O an arkamda biri boğazını temizledi.

Bayan Dilloway ile göz göze geldiğimde yanaklarım kızarmıştı. "Ah, merhaba," dedim suçluluk duygusuyla. "Bu küçük odaya hayran kaldım, ancak korkarım ki tokmağı kırdım. Çok özür dilerim, eminim-"

"Onu bana verin," dedi Bayan Dilloway sert bir şekilde.

Bana doğru yürüyüp, elimden tokmağı aldı ve elbisesinin cebine koydu. "Ben onu tamir ettiririm."

"Özür dilerim," dedim tekrar.

"Önemli değil," dedi, ama yüzünden öyle olmadığı anlaşılıyordu. Bana güvenmemişti ve köşkte hırsız gibi dolanmamı, ne niyetle olursa olsun oda kapılarını açmamı istemiyordu. Bu kapılar kapalı kalmalıydı. "Şimdi," dedi merdivenlere bakarak. "Evin geri kalanını görmek ister misiniz?"

"Evet," diye yanıtladım. "Ama belki de Rex'i beklesek iyi olur. O da köşkü gezmek istiyordu." Canım sıkılmış bir şekilde pencereye döndüm. "Neden geç kaldığını bilmiyorum. Bir tıraş bıçağı alacaktı sadece."

"Ah," dedi Bayan Dilloway. "Evet, kocanız iki saat daha kasabada olacağını söylemek için aramıştı. Onun, ne demişti, halletmesi gereken *işleri* varmış."

"İşleri mi?" diye sorarken başımı iki yana sallıyordum. Rex'in buraya varır varmaz kasabada ne gibi bir işi olabilirdi ki? "Anlamadım. Size herhangi bir detay verdi mi peki?"

"Söylemedi," dedi Bayan Dilloway usulca. Bana meraklı gözlerle bakıyordu. Elleri hâlâ önünde birleşik bir şekilde duruyordu.

"Bu çok saçma," dedim alçak bir sesle. "Neden beni aramadı ki?" Cebimden telefonumu çıkardığımda şarjımın bittiğini gördüm.

Antreye kadar Bayan Dilloway'i takip ettim ve kitaplığın önüne gelince bir anda durdum. Kitabımı uçakta unuttuğum aklıma gelmişti. "Okuyacak bir şey alsam iyi olacak sanırım," dedim. Bayan Dilloway ile göz göze geldik. "Eğer sakıncası yoksa tabii?"

"Elbette yok," diye cevap verdi. Yine de yüz ifadesi öyle olmadığını söylüyordu.

Lacivert deri ciltli kitabı, kitaplıktan aldım ve kapağındaki yazıyı okudum: Virginia Woolf - Yıllar. "Ne garip," dedim. "Asistanım Cara, İngiltere'ye gittiğimde bu kitabı mutlaka okumam gerektiğini söylüyordu. Kitaptaki karakterler tıpkı bunun gibi bir evde yaşayan insanlarmış." Bayan Dilloway'i karşılaştığımız yere -giriş salonuna- kadar takip ettim. Bir anda dudaklarına belli belirsiz bir gülümseme yerleşmişti.

"Ne oldu?" diye sordum, onu incitmediğimi umut ederek.

"Amerikan aksanını unutmuşum sanırım," dedi Bayan Dilloway, bir an için neşelenmişti. "Buraya çok uzun zaman önce gelen bir kızı anımsatıyorsunuz bana."

Altıncı Bölüm

Flora

"İşte geldik," dedi şoför, Clivebrook tabelasının önünde durduğunda. "Adresi tekrar alabilir miyim, hanımefendi?" Kasaba beklediğimden de küçüktü. Sadece anacadde boyunca dükkânlar vardı ve kasabanın tam ortasında bir fıskiye bulunuyordu. O sırada yeşil bir tente gözüme çarpmıştı. Kapıdaki tabelada HAROLD'IN FIRINI yazıyordu. Karnım guruldamıştı.

"Sakıncası yoksa burada durup bir şeyler atıştırmak istiyorum," dedim.

"Tabii," diye cevap verdi şoför.

Taksi ücretini ödeyip, fırına doğru yürüdüm. İçeri girmeden önce vitrinde duran garip görünümlü hamur işlerine baktım.

"İyi günler," dedi yaşlı bir kadın tezgâhın arkasından.

"Merhaba," diye yanıtladım.

"Şehir dışından mı geliyorsunuz?"

"Evet," dedim. "New York'tan."

"İnanamıyorum!" diye bağırdı kadın, arka odaya doğru dönerek. "Harold!" diye seslendi. "Buraya gel!"

Biraz sonra tıknaz ve göbekli bir adam belirdi. Sıcak bir şekilde gülümsüyordu.

"New York'tan gelmiş," dedi kadın. "Keşke Elsie de burada olsaydı. New York'a gitmeyi hayal ederdi hep." Duvarda, dondurma kutusunun üzerinde duran çerçeveli fotoğrafı gösterdi. "Kızımız. Dört yıl önce kayboldu. Polise göre bir arkadaşıyla Londra'ya kaçmış, ama o bunu yapmazdı. Bizim Elsie'miz bunu yapmaz."

"Kaybınız için çok üzgünüm."

Kadın tekrar gülümsemeye başladı. Kocasına aşkla bakıyordu. "Yine onun hakkında çok fazla konuştum, Harold. Bunu bir daha yapmayacağım demiştim. Geçmişi kovalamanın hiçbir anlamı yok. Elsie bunu istemezdi." Tekrar duvardaki fotoğrafa bakmaya başlamıştı. Genç kızın sarı saçları yüzünün etrafına bukle bukle dökülüyordu. Bir meleği andırıyordu adeta.

"Hanımefendi, söyleyin bana, sizi Clivebrook'a getiren şey nedir?"

Gergin bir şekilde gülümsedim. "Sadece… ziyaret etme amaçlı."

"Peki," dedi yaşlı kadın kayısılı bir çörek uzatarak, "burada kaldığınız sürenin tadını çıkarın."

Gülümseyip teşekkür ettim. Dışarıda rüzgâr esmeye başlamıştı. Kabanımın üst düğmesini iliklerken aklıma annemle babam geldi. Daha şimdiden onları çok özlemiştim. *Bana bir şey olursa, acaba onlar da fırına benim fotoğrafımı asarlar mıydı?*

Kaldırım boyunca tren istasyonuna kadar yürüdüm. Yün bir kasket takmış olan siyah takım elbiseli bir şoför, arabaya yaslanmış bir şekilde bekliyordu. Bir yandan da cep saatini daire şeklinde sallıyordu. "Nereye gideceksiniz?" dedi şoför, ona doğru yaklaşırken.

Bay Price'ın bana vermiş olduğu kâğıt parçasına endişeyle baktım. Buraya kadar gelmeme rağmen bu planı uygulayıp uygulayamayacağımı düşünüyordum. "Livingston Köşkü," dedim en sonunda. Kelimeler dudaklarımdan soğuk ve yabancı bir şekilde çıkmıştı.

Adam kaşlarını kaldırarak bana merakla baktı. "Büyük eve gidiyorsunuz, öyle mi?"

"Evet," dedim.

"Hem de bir Amerikalı olarak?" diye sordu, sesinden eğlendiği anlaşılıyordu.

"Evet," dedim tekrar.

"Peki, böyle güzel bir hanımefendiyi Livingston Köşkü'ne getiren şey nedir?"

"Bir iş için," diye yanıt verdim sertçe. Küstahça çıkan ses tonundan hoşlanmamıştım.

"Eh, umarım size iyi maaş verirler," dedi şoför burnunu çekerek. "Önüme milyonları serseler de ben oraya gitmem, hele ki o şeyden, yani olup biten her şeyden sonra."

"Ne demek istiyorsunuz?"

"Evin hanımefendisi geçen sene öldü," diye yanıt veren şoför, bana biraz daha yaklaşıp sesini alçalttı. "Orada bir şeyler yolunda gitmiyor." Başını iki yana doğru salladı. "Kardeşim garip işlerin adamıdır, elinden her iş gelir. Şey, şubatta köşkün ikinci katının camını tamir ediyordu ve çatı katında bir kadının ağladığını duyduğunu söylemişti. Sanki-"

Bu sözler karşısında bir an ürpermiştim. "Ee, hayaletlere inanmıyorum."

"Orayı gördüğünüzde inanacaksınız," dedi şoför. "Yine de nasıl isterseniz."

Valizimi yerden aldı ve yine merakla bana baktı. "Köşkteki işinizin ne olduğunu söylemiştiniz?"

"Ben yeni dadıyım," diye yanıt verdim.

Şoför sırıtıyordu.

"Komik olan nedir?"

"Şaşırdım sadece, hepsi bu."

Kollarımı göğsümde kavuşturarak, "Neden?" diye sordum.

"Bir şey yok," dedi şoför sırıtarak.

Araba, köşkün önüne geldiğinde yavaşladı ve oraya daha fazla yaklaşmak istemiyormuş gibi öksürüp stop etti. Görüntü nefesimi kesmişti. Evin taş ön cephesi sarmaşıkla kaplıydı ve süslü pervazları vardı. Bu harika detaylar tarih kitabının bir sayfasından kopartılmış gibi duruyordu. Köşk üç kattan oluşuyordu ve beş tane bacası görünüyordu. Ev beklediğimden de büyüktü. Girişe doğru bir adım attığımda kalbim bir beklenti içine girmişçesine pır pır etti.

"Burada bekleyeyim mi?" diye sordu şoför.

Başımı iki yana doğru salladım. "Beklemek mi? Neden?"

Şoför, sanki karşısındaki bir deliymiş gibi bana bakıyordu. "Kararınızı değiştirme ihtimaline karşı."

"Hayır," dedim. "Kararımı değiştirmeyeceğim."

Adam valizimi arabadan çıkarıp, birkaç adım öteme pat diye koydu. O sırada köşke çekimser bir tavırla bakıyordu. "Eh, benden bu kadar," dedi. "Size bol şans, hanımefendi."

Başımı onaylarcasına salladım ve eline son kalan paramı sıkıştırdım. "Teşekkürler, ama şansımı kendim yaratırım." Bu annemin söyleyebileceği türden bir cümleydi.

Araba giderken, valizimi yerden alıp arkamı döndüm. O sırada çakıltaşlarından çıkan sesler geliyordu kulağıma.

Muhtemelen altmış yaşlarında, soylu birine benzeyen yaşlı bir adam bana doğru yaklaşıyordu. Uzun boyluydu ve biraz göbeği vardı. Siyah takım elbisesinin içinde bana merakla bakıyordu. "İyi günler, hanımefendi," dedi. "Siz kimsiniz?"

"Flora," diye cevap verdim. "Flora Lewis." Bay Price bana ne dememi söylemişti? "Beni acente yolladı," dedim hemen, burada bir işim olduğunu ve özel mülklerin olduğu alanlarda aylak aylak dolaşmadığımı belirtmek istercesine. Adam baştan aşağı beni süzerken, elbisemin kırışıklığını düzelttim.

"Ne için, ah evet," dedi dostça gülümseyerek. "Tabii. Siz yeni dadısınız." Elini bana doğru uzattı. "Ben Bay Beardsley, evin uşağıyım. Nasılsınız?"

"Çok iyiyim, teşekkür ederim," dedim tedirgin bir şekilde.

"Özür dilerim," dedi çantamı elimden alarak, "bahçelerin bu hali için."

"Tam olarak anlamadım," dedim.

"Görüyorsunuz ya," diye cevap verdi uşak, çantama bakarak. Annemin çantanın yan tarafına yaptığı yamayı görmemesini umut ediyordum. "Bu ara yeterli sayıda çalışanımız yok ve korkarım ki yakın zamanda da bu durum iyileşecekmiş gibi görünmüyor."

"Öyle mi?"

Bay Beardsley boğazını temizleyerek, "Bahçıvanımızla ilgili bir *olay* oldu," diye devam etti. "O gittiği için bahçeler bu halde. Bu düzensizlikte olmaları beni üzüyor."

Başımı evet dercesine salladım. "Söylemem gerekirse, bahçe o kadar da kötü görünmüyor."

Evet, açelyalar fazla büyümüştü ve şimşirlere şekil verilebilirdi. Ama her yer zenginliğini korumaya devam ediyordu. Kan kırmızısı açelyalar duvar boyunca dizilmişti. Onların, öğlen güneşinin altındaki o hafif odunsu kokusunu hissedebiliyordum.

"Böyle söylemeniz çok nazikçe, Bayan Lewis," dedi. "Ama bu leydimizin standartlarına uymazdı." Defnelerin kulağı varmışçasına sesini alçalttı. "O her çiçekle, çiçekler de onunla ilgilenirdi." İç geçirdi. "Onun geçen seneki ölümünden bu yana, bahçeler hiç eskisi gibi olmadı." Parmağıyla ilerideki kaldırımı gösterdi. "Şey, sizi içeri geçireyim." Çantamı almak için durdu. "Açıkçası bir *Amerikalı* beklemiyordum."

"Ah," dedim şaşırarak, "acente bunu size söylememiş miydi?"

"Sanırım detay vermediler," diye yanıt verdi Bay Beardsley.

"Umarım bu problem yaratmaz, efendim."

"Hayır, hayır," dedi. Gözleri yumuşak bir ifadeyle bakınca, konuşmanın en başından beri eksikliğini hissettiğim kibarlığı ortaya çıkmıştı. "Size kalacağınız yeri göstereyim, böylelikle Lord hazretleri ve çocuklarla tanışmadan önce hazırlıklarınızı yaparsınız."

Şimşirlerin kare şeklinde biçimlendirildiği karışık bahçeden geçerken Bay Beardsley'yi takip ettim. Çiçekler düzensiz görünüyordu ve dikkatli bir şekilde kırpılması gerekiyordu. Bay Beardsley birden durup yerde duran büyük çiçeği almak için eğildi. Ona bir an için şaşkın şaşkın baktıktan sonra cebine koydu.

Bahçelerde gezmek, bütün güzelliğini içime çekmek istiyordum, fakat Bay Beardsley'nin peşi sıra yan kapıdan içeri girip, merdivenlerden indim. "Tabii görevleriniz gereği, uyumak dışında burada çok fazla zaman geçirmeyeceksiniz, ama hizmetçiler odasına sizi de her zaman beklediğimizi bilin lütfen."

Başımı olumlu anlamda salladığım sırada kilolu, on sekiz yaşlarında bir kız yaklaştı. Kıvırcık kırmızı saçları beyaz başlığının altından sarkıyor, kırmızı yanaklarının üzerine düşüyordu. "Affedersiniz, Bay Beardsley," dedi beyaz önlüğünü tedirgin bir şekilde çekiştirerek. Cebinin yan tarafında is lekesi olduğunu fark etmiştim. "Sizinle konuşabilir miyim?"

"Evet, Sadie?"

"Sadece, şey, efendim..."

"Ne oldu?"

"Bay Nicholas, efendim," diye konuşmaya devam etti. "Un çuvalını yine çaldı."

Bay Beardsley kaşlarını çattı. "Yine mi?"

"Evet, efendim," dedi. "Ve unun tamamını kütüphaneye saçmış. Kitaplığın üzerine kar yağmış gibi duruyor." Tekrar konuşmaya başlamadan önce kıkırdayıp eliyle ağzını kapattı. "Bayan Dilloway, Lord Livingston'ın Shakespeare serisinin mahvolduğunu söylüyor. Sanırım eli ayağına dolaşmış durumda. Bu çocukla ne yapacağını bilemez bir halde. Ona göre çocuğun bundan sonra yapacağı şey, sanırım bütün evi yakıp-"

"Şanslıyız ki bugün çocukların yeni dadısı geldi," dedi Bay Beardsley. "Sadie, seni Bayan Lewis ile tanıştırmama izin ver."

Sadie sıcak bir şekilde gülümseyerek, "Sizinle tanıştığıma memnun oldum, hanımefendi," dedi.

"Ben de," dedim. "Lütfen, bana Flora de."

Başını olumlu anlamda salladı. "Ben şimdi gidiyorum," dedi çamaşır sepetini tekrar eline almadan önce.

"Sadie," dedim, ileri doğru yürüyen Bay Beardsley'yi görmezlikten gelerek. "Çocuklar gerçekten... o kadar kötü mü?"

Başını evet dercesine salladı. "Ocaktan bu yana üç tane dadı değiştirildi," diye fısıldadı. Takındığım ifadeyi inceledikten sonra gülümsedi. "Umarım sen kalıcı olursun. Seni sevdim."

"Teşekkürler," dedim sırıtarak.

Bay Beardsley'ye yetiştikten sonra birlikte mutfağa giden koridorda ilerlemeye başladık. "Bu Bayan Marden," dedi, "aşçımız." İri ve aksi görünümlü kadın ocağın yanındaki masaya oturmuş, özenle patatesleri soyuyordu. "Bayan Marden, bu Bayan Lewis, çocukların yeni dadısı."

"Başka bir dadı daha mı?" dedi yüzüme bile bakmadan.

"Evet, Bayan Lewis acente tarafından gönderildi ve onun gelmesinden çok memnunuz."

"Eh," dedi, yeni doğranan patatesi kaynayan kazana atarak. İlk defa bana bakmıştı. Patateslerin düşmesiyle sıcak su etrafa saçılınca, haşlanmamak için kendimi geriye doğru çektim. "Buraya çok alışmasan iyi edersin. Senin canına okumaları an meselesi." Beni baştan aşağı süzdü. "Alınma, ama yemeğe kadar bile dayanırsan, şaşırırım."

Bay Beardsley boğazını temizledi. "İşin zorlukları var tabii, ama eminim Bayan Marden de bunun güzel tarafları olduğunu kabul edecektir. Bu civarda bundan daha güzel ev bulamazsınız. Ve Bayan Marden'in yemekleri de cabası."

Kadın sebzeleri doğrarken kibirli bir ifadeyle güldü. Ardından ince bir havucu alıp ucunu kesti. "Hepsi acı," dedi. "Böyle malzemelerle nasıl başa çıkacağımı düşünüyorlar, bilmiyorum. Bay Blythe gittiğinden beri mutfak resmen acı çekiyor. Herkes aşçıyı suçluyor ama. Bakın söylüyorum, bu adil değil. Adam gibi bir mutfak, adam gibi bir bahçeden geçer. Bu hiç doğru gelmiyor."

"Endişelerinizi dile getirdiğiniz için teşekkürler, Bayan Marden," dedi Bay Beardsley. "Bunu başka zaman tartışmalıyız."

Aşçı kadın sebzelere geri dönüp sessizce homurdanmaya başladı.

Mutfaktan çıktıktan sonra başka bir koridor boyunca Bay Beardsley'yi takip ettim. Parmağının ucuyla sağdaki kapıyı gösterdi. "Burası sizin odanız," dedi. "Umarım rahat edersiniz."

Odada basit bir ikiz yatak, makyaj masası, şifonyer ve dolap vardı. Pencereden dışarı baktığımda terastan bahçelere bakan seçkin görünümlü bir adam görmüştüm.

"Orada duran adam," dedim Bay Beardsley'ye. "O kim?"

"Ah," dedi uşak, tedirgin bir şekilde kravatını düzelterek. "Lord hazretleri Londra'dan erken dönmüş olmalı. Peki öyleyse. Gitmem gerekiyor. Lütfen duş alıp, çocuklarla tanışmak için bir saate hazır olun. Evin kâhyası Bayan Dilloway saat ikide misafir odasında olur."

Bay Beardsley kapıya doğru giderken, başımı onaylarcasına salladım. "Bekleyin," dedim, gözlerimi yemyeşil manzaradan alamıyordum. "Uzaktaki çiçekli ağaçlar. Onlar..." Kalbim hızla atmaya başlamıştı. "Kamelya mı?" Bay Price'ın bana söylediği cümleyi düşünüyordum. *Middlebury Pembesi'ni bul ve evine dön. Al gülüm ver gülüm hesabı.*

Bay Beardsley iç geçirdi. Konuşmadan önce, bir an için canı yanmış gibi görünüyordu. "Evet. Onlar Leydi Anna'nın değerli varlıklarıydı."

"Çok güzeller," dedim cama doğru dönerek. Çok fazla kamelya vardı. *Aralarından Middlebury Pembesi'ni seçebilecek miydim?*

"Aynen," dedi, tekrar gülümseyerek. "Şimdi sizi yalnız bırakıyorum. Saat ikide görüşürüz."

Kapı kapandıktan sonra kamelya bahçesine bakmaya başladım. Zarif ağaçlar pembe, beyaz ve kırmızı renkler içinde sıra sıra dizilmişti. Pencereden içeriye, tiz bir uğultuyla tüyler ürpertici bir rüzgâr girmişti. Titredim. Kamelyaları ve ardındaki sırları merak ediyordum.

Yedinci Bölüm

Addison

Aşçı Bayan Klein, merdivende bizi durdurdu. Yanakları açık pembe rengindeydi. Bayan Dilloway'e doğru yürüdü.

"Sizi rahatsız ettiğim için özür dilerim," dedi. "Bayan Dilloway, size telefon var."

"Sanırım biraz eski kafalı insanlarız," dedi Bayan Dilloway bana dönerek. "İkinci katta hat yok. Telefona mutfaktan bakmak zorundayım."

"Önemli değil," diyerek onunla birlikte aşağı indim. Misafir odasındaki ayakları maundan olan mavi kadife koltukta onu beklemeye koyuldum. Bu bana üniversiteyi bitirdikten sonra tuttuğum ilk evdeki ayaklı küveti hatırlatmıştı. O evi, New York Botanik Bahçesi'nde yapılan yardım toplama gününde, Rex ile tanışmadan önce kiralamıştım. O zamanlar hayat bu kadar zor değildi. İç geçirerek elimde duran kitaba baktım. *Yıllar*. Bileğimi koltuğun koluna yasladım ve omurgamı çıtlattım. Kitaba sanki yıllardır dokunulmamıştı ve adeta iç çekercesine bir ses çıkarıyordu. Burnuma gelen hafif küf kokusu yerini çiçeksi ve hoş bir kokuya bırakmıştı. Başparmağımla, narin ve üzerinde su lekesinin olduğu ilk sayfadan itibaren ilk bölüme gelene kadar sayfaları çevirdim. Basit bir şekilde atılan başlıkta "1880" yazıyordu. İlk satırı tekrar okudum:

"Belirsizliklerle dolu bir ilkbahardı."

Bu satırı sanki yüzlerce kez okumuşçasına beynimde yankılanmıştı. Ama daha önce hiç okumamıştım. New York'u ve beni ele geçiren korkunç gölgeyi düşünmeye başladığım sırada, iç kapakta bir şeyler yazılı olduğunu gördüm. Mavi mürekkep biraz dağılmış olsa da kelimeleri seçebiliyordum: "Flora, işin gerçeği şu ki, ikimizde doğru olanın ne olduğunu biliyoruz. Bunun en zor kısmı ise bunu faaliyete geçirmek."

Flora kimdi? Peki ya Georgia? Ve ne demek istiyordu? Cevabın sayfalarda gömülü olduğunu düşünürcesine kitabın sayfalarını hızla çevirmeye başladım. O sırada bir şey kucağıma düşmüştü. Küçük kare kâğıdı elime alıp arkasını çevirerek, elimdeki bu değerli şeye dikkatle bakmaya başladım. Üzerinde rengârenk ve tek çiçekli kamelya olan siyah-beyaz bir fotoğraftı bu. Çiçek o kadar güzeldi ki nefesim kesilmişti. Fotoğrafı tekrar kitabın içine koymadan önce ona yapışan bir şey daha olduğunu fark ettim. İki fotoğrafı dikkatli bir biçimde birbirinden ayırdığımda, diğerinde üniforma giymiş yakışıklı bir asker olduğu gözüme ilişti. Merdivenlerin başında durmuş, fotoğraf makinesinin ardında sevdiği –belki de çok sevdiği– biri varmışçasına gülümsemişti. Fonda tahta bir tabela olduğunu fark ettim. Burası Livingston Köşkü'nün giriş salonuydu.

Arkamdan gelen ayak seslerini duyunca, fotoğrafları hızla kitabın içine yerleştirdim. "Ah, şükürler olsun ki sensin," dedim kapıda kocamı görmüş olmanın verdiği memnuniyetle.

Rex alnıma bir öpücük kondurdu. "Önemli bir şey mi kaçırdım?"

"Evet," dedim. "Bak ne buldum."

Kitabı eline aldıktan sonra omuz silkti.

"İçine bak," dedim. "İthafın olduğu yere."

"Flora mı?"

"Evet," dedim. "Onun kim olduğunu merak ediyorum."

"Belki de Lord Livingston'ın eşidir," diye tahmin yürüttü Rex.

"Belki. Ya da kızıdır." Kamelyanın olduğu fotoğrafı çıkarıp, tekrar incelemeye başladım. "Sence bu fotoğraf neden buraya bırakılmış?"

"Kitap ayracı olabilir mi?"

Başımı iki yana doğru salladım. Çalışma odasının duvarında asılı olan gül resmini hatırlamıştım. "Hayır, bence bu çiçek onun için önemliydi."

"Olabilir," dedi Rex, koltuğa oturarak.

Başımı onaylarcasına salladım. Pencereden gelen ışık bütün odayı dolduruyor, Rex'in siyah saçlarını aydınlatıyor, yanık tenine ve ela gözlerine ışık saçıyordu. Yakışıklıydı. Bazen onun çok yakışıklı olmasından dolayı endişe duyuyordum. "Tıraş bıçağını aldın mı?"

Bir an için kafası karışmış gibi görünse de başını evet dercesine salladı. "Ah, evet," diye yanıt verdi Rex, kirli sakalını kaşıyarak. "Evet, aldım."

"Neden bu kadar geç kaldın?" diye sordum ayağa kalkarak. "Bayan Dilloway, kasabada bir işin olduğunu söyledi."

"Evet, babamın bir evrak işi vardı," dedi. "Evrakı Çin'den dolduramadığı için noterde onun adına imzaladım." Parmağıyla yolu gösterdi. "Ben tam çıkarken kurye kâğıtları getirdi."

"Anlıyorum," dedim, mavi üstü açık arabası olan kadını hatırlayarak.

Bayan Dilloway bir anda kapıda belirdi. "Bu fuzuli telefon görüşmemi mazur görün," dedi, sesi o kadar resmi çıkıyordu ki bu ne günümüze ne de yaşadığımız yüzyıla uyuyordu. "Bana eşlik ederseniz, size evi gezdirmeye başlayabilirim."

Merdivenlerde onu takip etmeye başladık. Tepemizdeki kristal avizeye hayranlıkla bakıyordum. Zincirleri taşıdığı ağırlığa rağmen tehlikeli bir zariflikteydi. İkinci kata doğru çıkarken, adımlarımız merdivenleri gıcırdatıyordu. Merdiven sahanlığında güzel bir kadının resmi asılıydı. Sarı dalgalı saçları, solgun yüzünü bir hale misali çevrelemişti. Gerdanında bir kolye vardı. Kaçırmak istemediğim çiçek desenli detayını daha iyi görebilmek için eğildim. O sırada resimdeki kadın bana gerçekten bakıyor gibi görünmüştü. O gözler... O bakışı biliyordum. Yalnızdı. Sıkıntılıydı. Hapsolmuştu. Başka bir tarafa bakmaya çalışsam da tekrar tuvale döndüm. Kadın sağ elinde bir çiçek tutuyordu. Pembe bir kamelya. Bunu, çiçeğin yapısından ve yaprağın şeklinden dolayı anlamıştım. Loş ışığın altında gözlerimi kısarak bakıyordum. Tırnaklarının uçlarındaki şey kan olabilir miydi? Kendi tırnaklarımı ovuşturmaya başladım. *Belki de sadece bir gölgeydi.*

"Geliyor musun, Addison?" diye seslendi Rex koridordan.

"Geliyorum," dedim kendimi toparlayarak. Yine de tuvale bakmadan edemiyordum. "Bir dakika, Bayan Dilloway... tuvaldeki kadın kim?"

Gönülsüzce yanıma geldi. "O Leydi Anna," dedi sonunda. "Lord Livingston'ın eşiydi." Bayan Dilloway gözlerini sıkıca kapatıp tekrar açtı. "Köşke ilk geldiğinde daha on sekiz yaşındaydı," diye devam etti, uzun zamandır resme bakmaya cesaret edemiyormuş gibi tuvali inceliyordu. "Bir daha eskisi gibi olmadı..." Bir anda arkasını döndü. "Haydi devam edelim."

Leydi Anna. Buraya ilk geldiğimiz dakikada oluşan his yeniden tüm bedenimi sarmıştı. Her kapı gıcırtısında, bahçeden gelen her rüzgârda, her pencereden duyulan uğultuda varlığını hissettiriyordu. Onu uzun koridorun sonunda dururken hayal ettim. Bizi, garip, modern, burnunu karıştıran, eşyalarına dokunan, tuvalini inceleyen insanları izliyordu. Boynunda kolyesi, elinde kamelya olan bu kadın bizim hakkımızda ne düşünürdü? Ve neden bu kadar üzgün duruyordu?

"Livingston'ın çocukları bu tarafta kalırdı," dedi Bayan Dilloway karanlık koridoru göstererek.

"Çocuklar mı?" diye sordum. "Kaç taneydi?"

Bayan Dilloway, "Beş," diye yanıt verdikten hemen sonra başını iki yana salladı. "Yani dört."

Aklım karışmış bir halde Rex'e baktım.

Koridorun sonundaki çift kanatlı kapının önüne geldiğimizde durdu. Kapıları açarken menteşeler gıcırdıyordu. Sonra Rex'e döndü. "Annenizin o korkunç dekoratörü bu odaya henüz gelemedi." Yüzü bir anda yumuşamıştı. "Burası çocukların bıraktığı gibi kaldı." Bayan Dilloway keyifli görünüyordu. "Burada çok zaman geçirmişlerdi."

Kitaplığa gidip, raflardaki masal kitaplarını inceledim. Küçük bir kızken, sadece bana ait olan kitaplarım olsun istemiştim. Hikâyelerde kaybolmayı, benim hayatım iç karartıcı bir hal almışken, kitapların dünyasında yaşamayı hayal ederdim. O yüzden okuldan çıktığım her öğle vakti kütüphaneye giderdim. Bunun bir nedeni de beni evde bekleyen kimsenin olmamasıydı.

Kitapların sırtlarında ellerimi gezdirerek iç geçirdim, ama Bayan Dilloway'in yaklaştığını hissedince kendimi geriye doğru çektim. Sanki onun huzurunda bir müze geziyor gibiydik.

"Devam edelim mi?" diye sordum kapıya doğru ilerleyerek.

"Şuna bak!" dedi Rex heyecanla karşı duvardaki oyuncak sandığını göstererek. Elinde kırmızı boyası aşınmış, tenekeden yapılma bir uçak vardı. "Bu eski kurmalı modellerden," dedi. "Bir arkadaşım bunun koleksiyonunu yapıyor. Çok nadir bulunurlar. Bu bir servet değerinde olmalı."

Bayan Dilloway, Rex onu oyuncak sandığına tekrar koyana kadar baktı. "O Lord Abbott'a aitti," dedi. "Lord Livingston'ın oğullarından biri." Sonra da arkasını dönüp kapıdan çıktı. Bu da bizim onu takip etmemiz gerektiği anlamına geliyordu.

"Yanlış bir şey mi söyledim?" diye fısıldadı Rex bana doğru.

Cevap vermeyip yalnızca omuz silktim. Hiç vakit kaybetmeden Bayan Dilloway'in arkasından yürümeye başladık.

"Misafirlerin kaldığı bölüm bu tarafta," dedi Bayan Dilloway. "Livingstonların konuklarını ağırladıkları yer burası. Şimdi üçüncü kattaki perdeleri kontrol etmem gerekiyor. O şeytan dekoratör perdeleri geçen hafta taktırdı ve öyle inceler ki ışığın Lord Livingston'ın tuvallerini mahvedeceğinden korkuyorum."

Tam tırabzanlara tutunmuş yaşlı kadını takip edecektim ki Bayan Dilloway soğuk ellerini ellerimin üzerine koydu. "Bu tarafta önemli bir şey yok."

"Ah," dedim hemen.

"Akşam görüşmek üzere," dedi kibirli bir ses tonuyla.

O gittikten sonra Rex bana döndü. "Bu garipti işte."

Sessizce başımla onu onayladım.

"Addie," diye fısıldadı Rex, "Lord Livingston'dan o hâlâ *hayattaymış* gibi bahsediyor."

Sekizinci Bölüm

Flora

Bayan Dilloway, saat birde beni misafir odasında karşıladı. "Merhaba, Bayan Lewis," dedi kapının önünde durarak. Bu kadın gerçekten evin kâhyası mıydı? Benden çok da büyük durmuyordu. Açık kahverengi saçları o kadar düzgün bir şekilde topuz yapılmıştı ki tek bir saç teli bile eğri değildi. Çıkık elmacıkkemikli yüzü ve pembe dudakları yaşına göre çok görmüş geçirmiş gibi duruyordu. Resmi bir duruşu olsa da, derinlerde bir yerlerde uysal olduğunu gösteriyordu. Onunla arkadaş olabilir miyiz diye merak ediyordum.

"Merhaba," dedim.

Şüpheli bir ifadeyle bana gülümseyerek, "Başkasını mı bekliyordun?" diye sordu.

"Hayır, hayır," diye kekeledim. "Sadece, şey…"

"Ne düşündüğünü biliyorum," dedi Bayan Dilloway hafifçe gülümseyerek. "Böyle harika bir evin kâhyası olmak için oldukça gencim. Ama seni temin ederim ki bu iş için biçilmiş kaftanım. Hayatını kaybeden Leydi Anna işleri bir başkasına asla yaptırmazdı."

"Tabii," dedim. "Bundan hiç şüphem yok."

Bayan Dilloway'in yüzü yumuşamış, iyi niyeti bu garip tanışmamızın etkisini silmişti. "Şey," dedi. "Gelmen beni oldukça rahatlattı. Çocuklara bir gün daha bakacak olsaydım, yorgunluktan ölürdüm." Tekrar gülümseyip, merdivenlere yöneldi. "Korkarım ki işin zor."

Merdivenlerin altında bir şeylerin gümbürdediğini duyduğumuzda, tepemizde duran ışıklar cızırdamaya başlamıştı. Kendimi korumak için elimi yan masaya koydum. "Gergedan sürüsünün sesine benziyor," dedim tedirgin bir şekilde.

"Gergedanlar olsa iyi," dedi alçak bir sesle. Hemen ardından, "Çocuklar!" diye bağırdı, söz konusu çocuklar ise merdivenin aşağısında bağırıp çağırıyordu. "Babanızın evde koşmanıza izin vermediğini biliyorsunuz! Ve siz Bay Abbott, hemen tırabzanlardan inin."

O sırada köşede sarı saçlı bir çocuk belirdi.

"Bay Abbott," diye konuşmasına devam etti Bayan Dilloway, "lütfen gelin ve yeni dadınız Bayan Lewis ile tanışın."

"Biz yeni dadı istemiyoruz!" diye bağırdı başka bir çocuk kardeşinin arkasından. Bu ondan daha küçüktü ve siyah saçlıydı.

"Bay Nicholas," dedi Bayan Dilloway, "Bayan Lewis hakkında bu şekilde konuşamazsınız. O size bakmak için uzun yollardan geldi. Lütfen kibar olun ve ona merhaba deyin."

Nicholas dilini çıkarıp, pencerenin yanındaki berjer koltuğa kendini attı. "Ona merhaba demeyeceğim. Ve sen de bunu bana yaptıramazsın!"

Bayan Dilloway bilmiş bir ifadeyle bana baktı. "Bayan Katherine ve Bayan Janie?" Siyah saçlı ve ciddi ifadeli küçük bir kız bir anda yanımızda belirmişti. Onun arkasından elinde kirli bir oyuncak bebeği olan, sarı saçlı bir kız badi

badi yürüyerek geliyordu. "Peki ya *siz* Bayan Lewis ile tanışır mısınız?"

Kızların önünde diz çöküp, garip bir şekilde gülümsedim. "Merhaba," dedim büyük olan kıza. "Söylesene, kaç yaşındasın?"

"On yaşındayım," diye yanıt verdi. "Janie ise iki." Tedirgin bir şekilde iç geçirdi. "Ve sen bizim annemiz *değilsin.*"

"Ben sizi yalnız bırakayım," dedi Bayan Dilloway. Kapıdan çıkarken, kendi kendine gülümsüyordu.

Abbott kollarını göğsünde kenetlemiş, duruyordu.

Ayağa kalkıp kanepeye doğru yürüdüm. "Ben buraya, size bakmaya geldim. Umarım arkadaş olabiliriz," dedim gergin bir şekilde. Çocuklara bu şekilde kendimi yanlış tanıtmak bana hiç doğru gelmiyordu. Özellikle onların içinde bulundukları durumu ve burada fazla kalamayacağımı bilirken... Ama bahçedeki kamelyayı bulmada bu çocukların yardımına ihtiyacım vardı. "Sizce olur muyuz?"

"Ben kızlarla arkadaş olmayı sevmem," diye konuşmaya başladı Nicholas.

"Ben de," diye ekledi Abbott.

Ellerimi kucağıma kenetleyip iç geçirdim. Ayaklı duvar saati tik tak ediyordu. "Pekâlâ," dedim. "Anlıyorum."

"Ben senin arkadaşınım," dedi küçük Janie çok tatlı bir sesle. Buz gibi sessizlik tamamen ortadan kalkmıştı. Bana doğru yürüdü ve kucağıma oturup, tombul ellerini yanağımda gezdirdi. Gülmeden edemedim.

"Teşekkür ederim," dedim küçük kıza.

Katherine omuz silkti ve yaşını hiç göstermeyen sinirli bir bakış fırlattı. "Janie ne söylediğini bilmiyor," diye öfkelendi. "O sadece bir bebek."

"Hayır," diye karşı çıktı Janie. "Ben büyük bir kızım."

"Katherine haklı," diye ekledi Nicholas. "Janie annemizi bile hatırlamıyor."

Janie bana baktıktan sonra mahzun bir ifadeyle kucağımdan indi.

"Sorun yok, tatlım," diye fısıldadım büyük çocuklara dönmeden önce. "Sizin de bildiğiniz gibi, ben Amerikalıyım. Biz orada bu kadar resmi değiliz, o yüzden bunu size sormam gerekiyor: Size Leydi ve Lord olarak mı hitap etmeliyim? Saygısızlık yapmak istemem, ama bu, eee, kulağa çok sert ve resmi geliyor. Ve neticede siz daha çocuksunuz."

"Şey, ben, özellikle bu unvandan nefret ediyorum," dedi Abbott. Sonunda kenetlenmiş kollarını göğsünden indirmişti.

"Ben de," dedi Nicholas. Bir anlığına rahatlamış ve düşünceli görünüyordu. "Bana Ulu Nicholas der misin onun yerine? Okuduğum çizgi romanda bir karakterin adı öyleydi."

"Tamam o zaman, Ulu Nicholas," dedim gülerek.

"Bana Leydi Katherine diye hitap edin," dedi Katherine gergin bir hava içinde. "Ve bizim bir dadıya ihtiyacımız yok. Biz kendi kendimize bakabiliyoruz."

Abbott yüzünde koca bir gülümsemeyle, "Bay Beardsley sizi buraya gelmeniz için ayarladı, değil mi?" diye sordu.

"Evet," diye yanıt verdim. "O ayarladı sanırım."

"Bay Beardsley cimri, yaşlı bir mankafa!" diye bağırdı Nicholas, yeniden kollarını göğsünde kavuşturarak.

"Şimdi, Nicholas," dedim, gülmemek için kendimi zor tutuyordum. "Yani, Ulu Nicholas." Güldüğünde, ön dişlerinden birinin eksik olduğu ortaya çıkmıştı. "Bence, Bay Beardsley'ye şey diye hitap etmek hiç hoş bir şey değil" -ağzımı elimde kapatsam da güldüğümü görmelerine engel olamamıştım- "mankafa diye."

Nicholas gülümsedi. "Ama sen de onun bir mankafa olduğunu düşünüyorsun, değil mi?"

Oda sessizleşmişti ve hepsi vereceğim cevabı bekliyordu. Omzumun üzerinden Bayan Dilloway yakınlarda mı diye baktım ve ortalıkta olmadığını görünce, gülerek yeniden çocuklara döndüm. "Sanırım bir ya da iki tane mankafa özelliği taşıyor olabilir."

Katherine hariç bütün çocuklar gülmeye başladılar. Katherine ise kaşlarını çatmış, saçındaki kurdele ile kendini oyalıyordu.

Janie oturduğu yerden bana bakıp, "Mankafa," diyerek kıkırdadı.

Gülümsedim. Bu hiç kolay olmayacaktı ama şu ana kadar iyi gitmişti.

O öğlen hizmetçiler odasındayken, "Çocuklar saat üçte çaylarını içerler," dedi Bayan Dilloway. "Hemen ardından Nicholas ve Abbott'ın binicilik dersleri var. Katherine ile Janie de piyano derslerine gidecek. Katherine için dersler tam bir işkence. Onun yerine erkek kardeşleriyle ata binmeyi tercih ediyor."

Bayan Dilloway koridora çıkarken, başımla onu onayladım. "Sakıncası yoksa neden Katherine'in kardeşleriyle ata binmesine izin verilmediğini öğrenebilir miyim?" diye sordum yanımda oturan Sadie'ye.

Sadie iç geçirerek, "Lord Livingston buna izin vermeyecektir," diye yanıt verdi. "Hele ki Leydi Anna öldükten sonra."

Sesimi alçalttım. "O ata binerken mi öldü?"

"Hayır, hayır," diye cevap verdi Sadie. "Keşke binicilik kazası olsaydı." Boynundaki zinciri sıkıca tutup iç geçirdi. "O öldüğünden beri Lord Livingston eskisi gibi değil."

"Nasıl yani?"

Sadie, dolaplarda duran fincanlar sanki birer casusmuşçasına bir sağına bir soluna baktıktan sonra, "Şu anda küskün bir halde," dedi. "Kendini her şeye kapatmış durumda. Şey, sanırım her zaman öyleydi aslında. Ama artık daha farklı, hatta daha beter. Bana soracak olursan, Leydi Anna'nın öldüğü gün çocuklar hem annesini hem babasını kaybetti. Lord Livingston çocuklarla neredeyse hiç ilgilenmiyor. Bu çok acı."

Sadie'ye biraz daha yaklaşarak, "O nasıl öldü?" diye fısıldadım.

Sadie omuz silkerek, "Gerçekten kimse bilmiyor. Cesedini orada buldular," dedi. Bir an duraksayıp, sesini iyice alçalttı. "Bahçede."

Ağzımı elimle kapattım. "Bu çok kötü. Sanırım Lord Livingston onu çok seviyordu."

Sadie ne diyeceğini kestiremiyormuş gibi görünüyordu. Çöreğinden bir ısırık aldı ve ağzındaki lokmayı bitirene kadar konuşmadı. "Öyle de denilebilir, ama Leydi Anna burada mutlu değildi. Hiç olmadı. Buranın bu yalnız haline hiç alışamadı. Amerika'yı özlüyordu. Tabii Lord Livingston onu hep mutlu etmeye çalışmıştı." Pencereye doğru baktı. "Beyefendi hayal bile edilemeyen her türlü bitki, ağaç ve çalıyı getirmişti. Nadir bulunanları bile. Bahçıvanların, Amazon ormanlarının derinliklerinden getirilen çiçekleri sıra sıra nasıl dizdiğini keşke görebilseydin." İç geçirdi. "Ve o bahçeyi. Lord Livingston ona her çeşit kamelyayı bulmasında yardımcı olmuştu. Tanrım, hanımefendi kamelyaları nasıl da severdi. Konu Leydi Anna'nın bahçeleri olunca hiçbir masraftan kaçınılmazdı. Yine de bu bahçeler, Amerika'daki bahçeleriyle karşılaştırılamazdı." Sadie kendi kendine başını salladı. "Bir gün Amerika'dan ona bir mektup geldiğinde, yüzünün aldığı ifadeyi asla unutamayacağım. Görseydin, kalbinin tam o anda gerçekten paramparça olduğunu düşünebilirdin."

"Evini ziyaret etmeye gitmiyor muydu?"

Sadie başını iki yana sallayarak, "Leydi Anna zengin bir ailenin kızıydı," dedi. "Anladığım kadarıyla, Lord Livingston köşkü kurtarmak için bir servete ihtiyaç duyuyordu. Ve Leydi Anna'nın babası da onun Charleston'dan olabildiğince uzağa gitmesini istiyordu."

"Neden?"

"Onun, fakir ve ona uygun olmayan bir erkeğe âşık olduğu dedikoduları vardı. O yüzden Leydi Anna'yı İngiltere'ye göndermişler. Ama Lord Livingston'ın fark edemediği şey, bir eşin, bir insanın kilitli kapılar ardında tutulamayacağıydı. Dünyanın en nadir bulunan çiçeklerinin olduğu yerde bile. Lord Livingston pek umursamasa da hanımefendi Charleston'daki yaşamına özlem duyuyordu. Çocuklar da doğunca, kaderi çizilmiş oldu. Buradan ayrılamadı. Bence bu onu mahvetti."

"Çocukların tam bir baş belası olduğuna hiç şüphe yok," dedim başımı iki yana doğru sallayarak. "Tahammül edilebilecek gibi değil!"

Sadie başını evet dercesine salladı.

"Onu bahçede bulduklarını mı söylemiştin?"

Sadie, "Evet," diyerek konuşmasına devam etti. "Leydi Anna ve Lord Livingston, o sabah tartışmışlardı. Bayağı kötü bir kavgaydı bu. Ben de o sırada misafir odasının dış tarafında kalan yerleri sildiğim için biliyorum. Hanımefendi koşarak dışarı çıkmıştı. Bir yandan da ağlıyordu. Bir süre sonra Leydi Anna, o korkunç bahçıvan Bay Blythe ile birlikte terasta çayını içti ve ardından bahçeye yürüyüş yapmaya gitti. O gece onu yerde ölü buldular."

"Ne oldu?" Nefesim kesilmişti.

"Kimse bilmiyor," dedi Sadie sessizce. "Ama bu benim hiçbir zaman aklıma yatmadı. Lord Livingston, Bay Blythe'i hemen oracıkta kovdu." Bir iç çekti. "O bahçede ne olduğunu bir tek Tanrı biliyor. Zavallı Leydi Anna, o-"

"Bu kadar yeter, Sadie," dedi Bayan Dilloway kapının eşiğinden. Ne zamandır orada duruyordu? İkimiz de onu fark etmemiştik.

"Tabii, efendim," dedi Sadie hemen. Yanakları kızarmıştı. "Ben sadece Bayan Lewis'e şeyi-"

"Evet, Bayan Lewis ile ne hakkında konuştuğunuzu biliyorum. Konuşulmaması gereken şeylerden bahsediyordunuz," dedi. "Şimdi, yatak odası hazırlıklarına başlama vakti. Çamaşırlar toplanmaya hazır. Lütfen bunlarla ilgilenin."

"Evet, efendim," dedi Sadie bir anda fırlayarak.

Bayan Dilloway beni onaylamadığını ima eden bir bakış attı ve topuklarının üzerinde dönüp gitti.

"Amerika nasıl bir yer?" diye sordu Sadie, yine hizmetçiler odasında olduğumuz bir zaman. Burası pek de oda sayılmazdı, ama öyle diyorlardı. Uzun bir masanın bir tarafında bank, diğer tarafında ise sandalyeler vardı.

"Ah, sanırım güzel bir yer," diye yanıt verdim.

"Amerikalılardan hiç hoşlanmam," dedi Bayan Marden bana

doğru bakarak. "Ama aksanlarını severim. Leydi Anna'nın konuşma şekli çok güzeldi." Aşçı, hoş olmayan bir şeyi hatırlarcasına kaşlarını çatmıştı. "Sanırım Amerika'da yahni yenmiyor?"

"Ne demek istediğinizi anlamadım," dedim şaşırmış bir şekilde.

Bayan Marden, "Bugün yemeğine neredeyse dokunmadın bile," diyerek sırıttı.

"Özür dilerim," dedim. "Evimden ayrıldığımdan beri pek iştahım yok."

Aşçı, hem enine hem de boyuna, iri bir kadındı. Beyaz saçları kısacıktı ve nadir de olsa güldüğü zaman, çarpık ön dişleri ortaya çıkıyordu. "Yemeklerimi sevmiyorsan, söyleyebilirsin. Lafı dolandırmanın bir anlamı yok."

"Onu demek istemedim, efendim," diye itiraz ettim, yüzümün kızardığını hissedebiliyordum. Hatamı telafi etmek için masada duran ekmek tahtasını parmağımla işaret ettim. "Bu çok iyi bir somun."

Bayan Marden kaşlarını kaldırdı. "Bunu *sen* nasıl bilebildin?"

"Ekmekten anlarım," dedim. "Fırında büyüdüm ben."

"Bak sen şuna," dedi. Bu dediğim ateşe barutla gitmek gibi olmuştu. "Fırıncının kızı, Livingston Köşkü'nde çalışmaya başlamış."

Bayan Dilloway boğazını temizledi. "Bayan Marden, o belki de size ekmekleriniz için tavsiye verebilir."

Aşçı zoraki bir şekilde gülümseyip yemeğine geri döndü.

O sırada hizmetçiler odasının kapısında iri, siyah saçlı ve âdemelması fazlasıyla çıkık olan bir adam belirmişti. O kadar uzundu ki kapıdan geçerken eğilmek zorunda kalmıştı. Yanımıza gelmeden önce pencerenin yanındaki lavaboda elini yıkayışını izledim. Sabuna doğru elini uzattığında göz göze gelmiştik, ama gülümsemeden arkasını dönmüştü. Ellerinden pis sular akıyordu.

"Bayan Lewis, bu Bay Humphrey, Lord Livingston'ın şoförüdür kendisi," dedi Bayan Dilloway. O sırada adam masaya oturmuş kendine bir dilim ekmek alıyordu. "Bay Humphrey, Bayan Lewis, yeni dadımız."

Başıyla onayladı. "Onlar hakkında ne düşünüyorsun?"

"Efendim?" diye sordum.

"Çocuklar hakkında," dedi kalın ekmek dilimine yağ sürerken. Ellerini iyi yıkamadığından tırnaklarının altındaki kir hâlâ duruyordu.

"Ah, evet," dedim. "Yaşadıkları şeylerden sonra umarım bana alışırlar."

Bay Humphrey çayından bir yudum almadan önce bir şeyler homurdandı. "En büyük olanına dikkat et," dedi. "O oğlan elinde yabayla dolaşıyor, ben sana söyleyeyim."

"Bunu söyleyecek kadar ileri gidebilir miyim bilmiyorum," dedim.

"Eh," dedi sinirli bir şekilde. "Ne dersen de, ama o çocuk tam bir şeytan."

"Bayan Lewis," diye araya girdi Bayan Dilloway, "Bay Humphrey bilmişlik yapıyor çünkü geçen hafta arabanın lastiğini patlatan kişinin Abbott olduğunu düşünüyor."

"Neden onun yaptığını düşünüyorsun?"

Bay Humphrey arkasına yaslandı. "Suçlu bakan bir yüz gördüğümde anlarım ben," dedi. "Hem ben lastiği yamalarken nasıl sırıttığını görmeliydin."

"Belki de onu yanlış anlamışsındır," dedim. "Erkek ve kız kardeşleri de yanlış anlaşılmış olabilir. Ne de olsa, daha yeni annelerini kaybettiler."

Odaya bir sessizlik çöktü. Yanaklarımın pembeleşmeye başladığını hissedebiliyordum.

"Bayan Lewis," diye başladı Bayan Dilloway, "iştahınız yoksa size evi göstermeme ne dersiniz?"

Başımı evet dercesine salladım. "Çok güzel olur, teşekkür ederim."

Üst kata çıkıp, koridordan misafir odasına açılan yere geldik. Bayan Dilloway diğer tarafta duran altın duvar lambasına doğru gidip, onu elbisesinin koluyla sildi. "Ah, şu Sadie," dedi kızarak. "Bu aksesuvarları hep es geçiyor." Lambaya uzaktan bakabilmek için bir adım geriye gitti ve kaşlarını çattı. "Lord Livingston parmak izi görmeyi sevmez."

Üç kata açılan misafir odasına baktım. Duvarlar ayrıntılı ahşap panellerle kaplanmış, yüzyıl öncesinden kalma İngiliz kırsalını yansıtan tablolarla tilki avı ve at biniciliği resimleriyle donatılmıştı. Bir an için Desmond'ı düşündüm. Onun da bunun gibi bir evde büyüyüp büyümediğini merak ediyordum.

"Çok iyi, değil mi?" dedi Bayan Dilloway gururla.

"Ah, evet," diye yanıtladım.

"Buradaki ilk günümü hatırlıyorum. Hayatımda hiç bu kadar güzel bir şey görmemiştim."

"Nedenini anlayabiliyorum," dedim etrafa hayranlıkla bakarak. "Burası geldiğim yerden çok farklı."

"Benim gibi sen de burayı sevmeye başlayacaksın," dedi Bayan Dilloway kendinden emin bir şekilde.

Ayağının dibinde bir köpek olan, ciddi ifadeli bir adamın olduğu tuvale baktım. O an babamın sakin gülüşü ve pembe yanakları aklıma gelmişti. "Bay Livingston, yani şey, Lord Livingston nasıl biridir?"

Bayan Dilloway tuvale sevgiyle baktı. "Anlaşılması zor bir

adamdır," dedi. "O-" Ön kapı açıldı ve iri, sarı bir Labrador cinsi köpek içeri girdi. Açık renkli tüyleri çamurla kaplanmıştı. Kuyruğunu sallayıp, ayaklarımın dibine lastik topunu bıraktı. Hemen arkasından Abbott ile Nicholas süklüm püklüm ve pantolonları çamur olmuş bir şekilde içeri girdiler.

"Bay Abbott! Bay Nicholas!" diye azarladı Bayan Dilloway. "Neredeydiniz?"

"Ferris'i gül bahçesinde yürüyüşe çıkardık sadece, efendim," dedi büyük çocuk.

"Çocuklar, babanız bunu size yasaklamıştı," diye devam etti. "Neden onun kurallarını çiğnemek zorundasınız ki?"

"Bu Ferris'in suçu," dedi Nicholas. "O kaçtı. Biz de peşinden gitmek zorunda kaldık."

Bayan Dilloway, Abbott'ın gömleğindeki çamur lekesine yapışmış olan pembe çiçeği aldı. Bir gül için oldukça büyük bir çiçekti bu. "Bana dürüst olmadığınızı biliyorum," dedi elindeki çiçeğe bakarak. "Bahçeye gittiniz yine, değil mi?"

Bahçe.

Suçlu bir şekilde başıyla onayladı.

"Bay Abbott, siz on iki yaşındasınız. O yüzden siz daha iyi bilirsiniz. Şimdi, üst kata çıkıp, banyoya giriyorsunuz. Siz de, Bay Nicholas. Yıkanmanız ve odanın temizlenip, yemeğe kadar hazır olması için de yeteri kadar vakit var. Bayan Lewis ile benim iyi kalpli olduğumuz ve babanıza bundan bahsetmeyeceğimiz için çok şanslısınız. Şimdilik paçayı kurtardınız."

Çocuklar üst kaça çıkıp, ortadan kaybolduklarında Bayan Dilloway iç geçirdi. "Ferris'i yıkaması için Bay Humphrey'yi çağıracağım," dedi. "Köpeği tutmakta bu kadar ısrar ediyorsa, onu yıkamak zorunda olan da o. Lord Livingston'a köpek almanın kötü bir fikir olduğunu söylemiştim, ama Bay

Humphrey onu ikna etti." Bir iç çekti. "Sen çocuklara bak. Kulaklarının arkasını iyice ovduklarından ve kıyafetlerinin ütülendiğinden emin ol. Saat altıda seni Lord Livingston ile tanıştıracağım. Hizmetçiler aileyle yemek yemezler, ama dadılar konusunda istisna vardır."

"Evet, efendim," dedim, hemen ardından yukarı çıktım. Merdiven sahanlığında, tırabzanlara yaslanmış ve beyaz örtüyle kaplanmış olan büyük bir şey duruyordu. Örtüyü kenarından kaldırdığımda, elinde pembe bir çiçek olan bir kadın resmi olduğunu gördüm. Üzgün gözleri bana doğru bakıyordu. Ressamın, fırça darbeleriyle resimlendirdiği bu duyguya hayranlıkla bakıyordum. *Lütfen*, diyordu sanki ve ağlayacak gibiydi, *bana yardım et.* Ürperdim ve kimse beni fark etmeden örtüyü geri örttüm.

Dokuzuncu Bölüm

Addison

"Bu gece parkta bir konser varmış," dedi Rex o akşam. "Gitmek ister misin?"

"Bana çıkma teklifi mi ediyorsun?" dedim sırıtarak.

"Evet," diye cevap verdi Rex, yüzünde kocaman bir gülümsemeyle.

Eski Rolls-Royce marka arabayı aldık ve caddeye park edip, parka doğru yürümeye başladık. Küçük sahnenin önüne masalar yerleştirilmişti. Masalarda genç yaşlı bütün çiftler Arjantin biralarını yudumluyor, gülüyor, konuşuyor, birbirlerinin kulaklarına bir şeyler fısıldıyorlardı.

"Sen bize bir masa bul," dedi Rex, yanağımı yavaşça öperek. "Ben de biraları alayım."

Sağ tarafta duran bir masayı gözüme kestirip oturdum. Rex'in dönmesini beklerken, yaşlı bir çiftin yan masada oturduğunu fark ettim. El ele tutuşmuş, birbirlerinin gözlerinin içine bakıyorlardı ve belli ki sadece kendilerine ait bir dili konuşuyorlardı.

"Senin için," dedi Rex, önüme bir İngiliz birası koyarak. Köpüğün bir kısmı masaya dökülmüştü. Birayı höpürdeterek içtim.

Rex kendi birasından bir yudum alıp, sandalyeye yaslandı. "Düşünüyordum da romandaki kötü karakter ağzı sıkı olan bir hizmetçi olmalı-"

"Bayan Dilloway'i mi kastediyorsun?"

Başını evet dercesine salladı. "Ya da orada duran gizemli adam da olabilir." Parmağıyla, siyah takım elbiseli yaşlı bir adamı gösterdi. Kahverengi bir Labrador ayağının dibinde oturuyordu.

"Hayır, köpekli adam olmaz," dedim. "Köpekler, insanların iyi huylu olduklarını gösterir."

"Bu okuyucuyu şaşırtabilir," dedi Rex. "Karakteri iyi *göstermek* için kullanılabilir."

"Buradan bir yerlere varabilirsin," dedim bir yudum daha alarak. "Demek, romanına yeni bir karakter eklemek istiyorsun?"

"Belki de," dedi biraz esrarengiz bir şekilde. "Ama bir fikrim var."

"Nedir o?"

Rex bana doğru biraz daha eğilerek, "Kitabı baştan yazıp, bizim kaldığımız gibi eski bir köşkte yaşayan ailenin hakkında, polisiye tarzı bir roman yazsam nasıl olur?" diye sordu. "Nesiller boyu aktarılan bir gizem olsa mesela."

"Bence bu harika," dedim.

Elini çenesine dayayıp gülümsedi. Bana, sanki dünya benim etrafımda dönüyormuş gibi bakması çok hoşuma gidiyordu. "Yardım edecek misin?"

"Tatlım, kelimelerin adamı olan sensin," dedim.

Rex, "Ama sen hikâyenin taslağını çıkarma konusunda oldukça iyisin," diyerek konuşmasına devam etti. "Hatırlasana, bana ne kadar yardımcı olmuştun. Hani romandaki karakter New York'u terk etmeye karar verir-"

"Ve o an, hayatının aşkını arkasında bıraktığını fark eder?"

Rex başını evet dercesine salladı. "O sahne olmasaydı, hikâye öyle olmayacaktı."

Omuzlarımı silktim. "Onların beraber olması gerektiğini biliyordum sadece, hepsi bu. Çifti ayırsaydın, okuyucu senden nefret edecekti."

"Aynen öyle," dedi Rex. "Bunu sen fark ettin. Ben değil."

"Şey," dedim alçak gönüllülükle. "Bunca yıldır Nancy Drew okumam bir işe yaramış demek ki. Ya da benim romantik komediye duyduğum hayranlıktan da kaynaklanabilir."

"Bu konularda altıncı hissin kuvvetli," dedi Rex. "Ve bence, senin yardımınla bu roman bir başyapıt olabilir."

Elini sıktım. "O zaman emrine amadeyim."

Grup, sahneye çıktı ve bir adam gitarının tellerine dokunurken onu izlemeye başladım. "Bir bira daha ister misin?" diye sordu Rex.

"Olur."

"Hemen geliyorum," dedi yerinden fırlayarak.

Rex'in kalabalığı yararak bira standına gidişini izledim. Güneş batmış, masanın üzerindeki mumlar etrafına turuncu ışıklar yaymaya başlamıştı. Uzaktaki yaşlı ıhlamur ağacına hayranlıkla baktım. Gözlerimle dallarının kıvrıldığı yerleri takip ediyordum ve tam o an ağacın gövdesinin arkasında bir gölge olduğunu fark ettim. Midem altüst olmuştu. *Hayır, bu o olamaz... Olabilir mi böyle bir şey?* Rex'i görene kadar kalabalığa baktım ve iki eline de bira almış bir şekilde geldiğini gördüm. Gülüşü korkularımı silip atmaya yetmişti.

Ertesi sabah Rex, yatak odasında bulduğu kitapları misafir odasına getirdi. Bunların içinde Britanya'nın savaş öncesi zamanının modasını anlatan bir kitap da vardı. "Direkt iç çamaşırlarının olduğu kısma geçebilirsin," dedim sırıtarak.

"Ne, *iç çamaşırı* kısmı da mı var bunun?" diye sordu neşeli bir şekilde.

Kitabı elinden alıp, son kısımlara doğru gelerek zamanın kombinezonlarını gösteren sayfaya geldim. "İyi okumalar," dedim kitabı kucağına bırakarak.

Rex sırıtıyordu. "Sen 'iç çamaşırı' dediğinde kafamda daha *farklı* bir şey canlanmıştı."

Tam da o an onun fotoğrafını çekmek istemiştim. Çocuksu bir şekilde gülüyordu. Aşkla, memnuniyetle bakıyordu. Göremiyor muydu peki? Birbirimizi tamamlamak için çocuğa ihtiyacımız yoktu ki. Biz zaten bir bütündük. Benim çiçeklerim ve bitkilerim, onunsa yazdığı romanlar vardı. Bu yeterli değil miydi? Hayatımızdaki iniş ve çıkışlara böyle beraber göğüs germeyi sevmiyor muydu? Akşam yemeğine elimde marketten aldığım bir torba sebze ve bahçe projesinin mahsullerinden olan şifalı bitkilerle gelir, o gün yazdığı sayfaları okumak için can atardım. Bahçede geçirdiğimiz sakin sabahları, kahvelerimizi içerken Queens'teki bitpazarında ya da Connecticut'taki antika dükkânlarında yaptığımız son şeyleri tartışmayı sevmiyor muydu? Bir keresinde kocaman, boyanmış bir şifonyeri, Çin'de yapılıp yapılmadığını öğrenmek için *Antika Tanıtım Turu*'na taşımıştık. Bu anıyı hatırlayınca gülümsedim.

Rex kitabı kenara koyup bana baktı. "Diyelim ki bu gizemi tam da bu köşkte kurguladım," dedi. "Tamamen yeni bir kitap olduğunu düşün. Karakterler kimlerden oluşurdu?"

"Bakalım," dedim. "Evin otoriter Lordu ve tabii onun üzgün, gizemli eşi."

Rex defterine birkaç not aldı.

Pencereden bahçeye doğru baktım. "Belki de üzgün olduğundan dolayı zamanını bahçelerde geçirmiş olamaz mı? Ya da çiçekler ona huzur veriyor olabilir mi?"

"Bunu sevdim," dedi Rex. "Ve hizmetçi... O bir şeylerin peşinde olsun. Belki Lord ile aralarında bir şeyler vardır?"

"Belki de," diye onayladım. "Başka şeyler de olabilir. Mesela çocuk odasındaki çocuklar. Diğer ev ahalisi." Yan masanın sol tarafına bıraktığı *Yıllar* adlı kitaba baktım. "Bir de Flora olsun."

Rex bir an kafası karışmış bir şekilde bana baktı. "Flora mı?"

"Evet," dedim. "Onun adını bu kitapta gördüm."

"O kim?" diye sordu.

"Bilmiyorum. Ama kim olduğunu bilmek isterim."

"Ben de," dedi defterine tekrar gömülerek.

Dışarıdan bir tıkırtı sesi duymuştum. "Rüzgâr çıkıyor," dedi Rex.

Dışarı bakmak için pencereye doğru yürüdüm. Bardaktan boşanırcasına yağmur yağıyordu. "Bu çok kötü oldu," dedim. "Bugün bahçeye çıkarız diye düşünüyordum."

"Belki öğlene kadar hava açar," dedi.

"Umarım," dedim *Yıllar* adlı kitabı elime alarak. "Ben biraz yukarı çıkacağım, sen de o sırada araştırmanı yaparsın."

Merdivenin tepesinden, evin batı yakasından çocuk odasına kadar uzanan bölüme baktım. Yüzyıllar öncesinden kalma çocuk seslerini neredeyse hâlâ duyabiliyordum. Burada mutlu olmuşlar mıydı? Bebek evleriyle, oyuncaklarıyla ve tam donanımlı kitaplıklarıyla nasıl mutsuz olabilirlerdi ki?

Doğuda kalan, çift kanatlı maun kapıya döndüm. Bu odayı daha önce fark etmemiştim. Bayan Dilloway bize köşkü gezdirirken doğu tarafını atlamıştı. Biraz daha yaklaştım ve tokmağa dokunmadan önce etrafıma baktım. Kilitli olup olmadığını bilmediğim için tokmağı yavaşça çevirdim. Şansıma kilitli değildi.

Kapıyı ittiğimde gıcırdayarak açılmıştı. İçerideki soğuk havayı tenimde hissetmiş, odanın görüntüsüne odaklandığımda titremiştim. O an keşke yanımda Rex de olsaydı diye geçirdim aklımdan. Perdelerin tamamen kapalı olmasına rağmen loş ışıkta bile bu yatak odasının bir zamanlar önemli bir kadına ait olduğunu anlayabilmiştim. Çiçek desenli dantel yatak örtüsünde tek bir kırışıklık bile yoktu. Diğer duvardaki büyük dolabın kapakları ardına kadar açıktı ve içindeki sıra sıra dizilmiş olan elbiseler göze çarpıyordu.

Makyaj masasına doğru gidip, fırçaları ve üzerinde AML yazan aynayı inceledim. Bu Leydi Anna'nın özel odası mıydı? Ortasında çatlağı olan eski aynadan kendime baktım. Leydi Anna da kendi yansımasına öldüğü gün bu aynadan bakmış mıydı? Şimşek şeklindeki çatlağın üzerinde parmağımı gezdirdim.

Yağmurun yağdığını hâlâ duyabiliyordum. Yağmur damlaları pencereyi dövüyordu. Rüzgârın uğultusu penceredeki çatlaklardan içeri sızarken, çarpıcı, leylak kokusuna benzer bir çiçek kokusu burnuma gelmişti. Sanki daha yeni boynuna parfüm sürmüş olan bir kadın arkamda duruyor gibiydi. Etrafımda dönerken, kalbim deli gibi atmaya başladı ve tam o anda şifonyerin üzerinde duran vazodaki çiçekleri gördüm. Kristal vazoda yeni kesilmiş şakayıklarla mor leylak dalları vardı. Bayan Dilloway mi bunları buraya bırakmıştı? Neden? Peki ya kim için?

Daha yakından bakabilmek adına, şifonyere doğru ilerledim ve dantel kıyafetlerin üzerine bir kitap bırakıldığını gördüm. Bir günlükten daha büyüktü. Bu ya bir koleksiyon defteri ya da bir çeşit albümdü. İçine birçok şey sıkıştırılmıştı. İlk sayfayı çevirdim ve elyazısıyla yazılan başlığı okuyabilmek için gözlerimi kıstım: "Livingston Köşkü'nün Kamelyaları; Derleyen: Anna Livingston."

Gözlerim iri iri açılmıştı. İçinde onlarca kurutulmuş çiçek vardı. Her biri soluk ve kâğıt kadar ince olan çiçek, yanında elyazısıyla yazılmış tarih ve kaynak bilgileriyle birlikte detaylı ekim ve bakım bilgileri olan sayfalara tutturulmuştu. "Petelo Kamelyası"nın yanına Leydi Anna şöyle bir açıklama eklemişti: "Edward doğum günümde beni bu küçük ağaçla şaşkına uğratmıştı. Vietnam'dan gelen bu çiçek, dağ eteklerindeki deniz seviyesinin altında olan ormanlarda bulunur. Açık sarı rengindeki çiçekleri beni hemen neşelendirdi. Bu, bana yıllar önce Charleston serasında görmüş olduğum çiçeği hatırlatır."

Demek ki onu neşelendirmek için ona nadir bulunan kamelyalar getiren Lord Livingston'dı. Neden neşelendirilmeye ihtiyacı vardı? Kitaptaki kamelya türlerinden oldukça etkilenmiştim. Kırmızı, pembe ve beyaz kamelyalar. Renk renk türler. Dünyanın her yerinden gelen kamelyalardı bunlar.

Her sayfaya iliştirilen notlara dikkatimi vermiştim. "Bahçenin kuzey köşesinden yeteri kadar güneş ışığı alamazlar. Toprağın iyi olduğu, batı cephesine taşıyın. Daha fazla su çeker." Birdenbire daha özel bir yapı gözüme ilişti. Sayfaların sağ köşeleri bir dizi sayı ile numaralandırılmıştı. Petelo'nun olduğu sayfaya geri döndüm ve yazan kodu inceledim: 5:3:31:2:1. Onun altında ise "L. Sussex Hertzberg" yazılıydı. Büyük ihtimalle botanik sınıflandırma koduydu bu. Ama bu kelimeler ne bu kamelyaya ne de benim aşina olduğum kamelyalara hitap ediyordu.

Yırtılmış olan son sayfaya gelene kadar bütün kitabı okudum. Bu sayfanın bir zamanlar var olduğunun tek kanıtı ise kenarında kalan yırtık parçalarıydı. *Kim bu sayfayı almıştı? Peki ya neden?* Anna'nın kitabı özenle oluşturulmuştu. Bu sayfayı kesinlikle Anna yırtmamıştı.

Merdivenden gelen sesleri duyunca, aceleyle koridora çıktım ve kapıyı arkamdan dikkatli bir şekilde kapattım. Merdivene giden koridora doğru yürürken kitabı kolumun altına sıkıştırdım. O sırada neredeyse Bayan Dilloway ile çarpışıyordum.

"Bayan Sinclair," dedi elindeki gül saplarını düzelterek. "Size... yardım edebilir miyim?"

"Evet," diye kekeledim, kitabı saklamaya çalışarak. "Yani, hayır. Sorun yok."

"Pekâlâ," dedi şüpheli bir ses tonuyla.

Hemen yatak odasına koştum. Rex'in hâlâ yatakta oturuyor oluşu içimi rahatlatmıştı. "İşte geldin," dedi başını kitabından kaldırarak.

"Evin doğu kanadındaydım," dedim yanına oturarak. "Bir oda buldum."

"Yani?" Meraklanmıştı.

"İçeri girdim. Kapı kilitli değildi. Rex, bu çok garipti. Orası Leydi Anna'nın odası olmalı. Bayan Dilloway, orayı Leydi Anna hâlâ yaşıyormuş gibi muhafaza etmeye devam ediyor. Elbiselerini, her şeyini... Vazoda taze çiçekler bile var."

"İşte bu çok *korkunç*," dedi Rex.

"Aynen." Kamelya kitabını yatağın üstüne koydum. "Ve bak ne buldum."

"Bu ne?" diye sordu kitabı eline alarak.

"Bahçedeki kamelyaları garip simgelerle birlikte bu kitaba kaydetmiş. Son sayfayı görüyor musun? Yırtılmış."

Rex kitabı biraz inceledikten sonra omuz silkti. "Belki kamelyalardan biri öldüğü için sayfayı tutma ihtiyacı duymamış olamaz mı?"

Başımı iki yana salladım. "Hayır, kamelyaların bazıları 1934'teki kar fırtınasında ölmüş zaten," dedim. "Şuna bak. Bu sayfada öyle olduğu yazıyor. Bu farklı bir şey."

Rex durumu düşünürken başını kaşıyordu. Sonra aklına bir şey gelmiş gibi donakaldı. "Ya bunlar kod gibi bir şeyse?"

"Ben de onu düşündüm," dedim. "Bu çok güzel bir romana dönüşebilir."

Rex bir anda bana gülümsedi. "Teşekkür ederim."

"Neden?"

"Bana inandığın için. Biliyorsun, annem ve babam bu roman olayından nefret ediyorlar. Yatırım şirketi işlerine dönmemi tercih ederler."

"Ama sen o işte perişan bir durumdaydın," diye yanıt verdim. Rex'in mutluluğu, ebeveynlerinin öncelik listesinde yer almıyordu. Onlara göre Sinclair soyadına yaraşan şey, mücadeleci bir yazar olmak değil, bir yönetici olmaktı.

"Eh," dedim, "bakalım *New York Times* çoksatanlar listesine girince ne diyecekler."

Rex sırıtarak, "Birikimlerimizin çoğunu tükettik," dedi. "Bu kitap başarılı olmazsa, sanırım başka bir plan yapmak zorunda kalacağız." Omuzlarını silkti.

Başımı iki yana salladım. "Hayır. Biraz zaman ver. Benim işlerim devam ediyor. Ve" -kelimeleri daha özenli seçmek için duraksadım- "iş oraya varacak olursa, annenler her zaman yardım eder."

"Ben onların parasını almayacağım," dedi Rex. Bu onun hassas noktasıydı. Bize New York'ta ev aldıkları zaman, bir bağlılık söz konusu olmuştu. Babam hep, "Seni bu dünyaya ben getirdim ve geri gönderecek olan yine benim," derdi. Ama Rex'in ebeveynleri ise olaya, "Sana ayrıcalıklarla dolu bir hayat verdim ve hepsini geri alabilirim," şeklinde bakarlardı. Tabii ki iyi niyetli insanlardı. Ama Noel'de ve Paskalya bayramlarında ayrıca büyükannesinin doğum gününde onları ziyaret etme gibi istisnalarımız olurdu. Sanırım, bunlar tahammül edilebilecek şeylerdi. Ama annesi beni İngiliz Kilisesi mensubu yapmayı önerdiğinde (eşime üzerinde ismim yazan, kısmen doldurulmuş bir üyelik kartı bile göndermişti) Rex araya mesafe koymuştu.

"Onların bize yardım etmesine izin vermeyeceğim," dedi gururlu bir şekilde. "Bu çok idealist gözükebilir, ama çocuklarımız olduğu zaman... Yani çocuklarımız olursa, evlatlarımızın bizim onlar için çalıştığımızı bilmelerini isterim."

Ayaklarıma bakmaya başladım. "Rex, ben düşünüyordum ki, biz karar vermiştik-"

"Neye karar vermiştik?"

İç geçirdim. "Şimdilik ertelemiş olduğumuz tartışmadan bahsediyorum."

"Yapamam, Addie," dedi Rex. "Ben sevdiğim kadından çocuğum olsun istiyorum. Bunu inkâr edemem. Bu durum benim için fark etmiyormuş gibi de davranamam."

Ayağa kalkıp pencereye doğru yürüdüm. Kalbim daha hızlı atmaya başlamıştı.

"Keşke bana söylesen," dedi.

Ona doğru döndüm. "Neyi söylesem?"

Gözleri endişeyle dolmuştu. "Benden sakladığın şeyi," dedi.

"Bazen sen uyurken seni izliyorum ve sana uzun süre bakarsam, aklını okuyabilecekmişim gibi düşünüyorum."

Bu tartışmayı daha önce onlarca kez yapmıştık, elbette. Her seferinde onu yatıştırmaya çalışmıştım. Ona kendini daha iyi hissettirecek şeyler söylemeye çalışsam da bunları aslında kendim için söylüyordum. Kendimi bir anne olarak görmüyordum ve bence annelik herkesin yapabileceği bir şey değildi. Ama gözlerinin içine baktığım zaman, onu kandıramadığımı anlıyordum. O, anlattıklarımdan daha fazlasının olduğuna inanıyordu. Öyleydi de.

Arkamı döndüm. İçimde sakladığım acıyı gözlerimden anlamasın diye göz göze gelmek istemiyordum. Bazen Rex'in aklımdan geçenleri *okuyabildiğinden* şüphe ediyordum. Öyle ki bazı küçük ve saçma şeyler bunu kanıtlıyordu. Cümlelerimi tamamlardı ve ne zaman tam restoranı paket siparişi için arayacak olsam, eve sigara böreğiyle Tayland usulü çubuk makarna ile gelirdi. Üstün yeteneği sayesinde, ne zaman migrenimin tuttuğunu anlayabilirdi. Şimdi de aklımı okuyabiliyor muydu? Yaşadığım sürenin yarısı boyunca içimde sakladığım bu ıstırabı görebiliyor muydu?

Ayağa kalkıp çantasına doğru uzandı. Ardından defteriyle birkaç kitabı çantasının içine koydu. "Kasabadaki kafeteryaya gidip, orada bir şeyler yazacağım," dedi.

Başımı olumlu anlamda salladım. Onu böyle incinmiş görmekten nefret ediyordum, ama ne diyeceğimi de bilemiyordum. Yapabildiğim tek şey, çantasını omzuna asıp, koridora yöneldikten sonra kapıyı yavaşça arkasından kapatışını seyretmekti.

Başımı yastığa koyup, uzun bir süre Rex'i düşündüm. Sonra, yan masada duran bilgisayarımdan bir ses geldi. Rex'in ailesi internet kullanımı için odaya kablo çektirmişti. Neredeyse bir gece önce dizüstü bilgisayarımı şarjda bıraktığımı unutmuştum. Bilgisayarımı kucağıma koyup, e-posta hesabımı açtım. Bir müşterimden ve asistanım Cara'dan e-posta gelmişti. Cara, kelebek bahçesinin başarıyla tamamlandığını söylüyordu. Yanında bir de fotoğraf göndermişti. Astilbeler birbirlerine çok yakın dikilmişlerdi, ama bunun yanında asistanım iyi bir iş çıkarmıştı.

Kendi hayatımı düşünmek istemiyordum, o yüzden aklımı Livingston Köşkü'nün bahçelerine, özellikle kamelyalara ve Leydi Anna'nın tuttuğu kitaba verdim. Eski profesörlerimden biri olan ve New York Üniversitesi'nde Bahçe Çalışmaları dalının başkanlığını yapan Louise Clark'a e-posta göndermeye karar verdim. Geçen sonbaharda, nadir bulunan pembe bir leylağın Brooklyn'de oturan müşterilerimden birinin bahçesinde ortaya çıkması hakkında yazışmıştık. Belki kamelyalar hakkında da bir şeyler biliyordur diye düşündüm.

Merhaba Louise,

Nasılsın? Eşim Rex ile İngiltere'de, ailesinin köşkünde yaz tatilimi geçiriyorum. Burası harika bir yer ve kesinlikle bu dünyaya ait değil. Bahçeleri, özellikle de arka taraftaki kamelya bahçelerini görsen inanamazsın. Sana yazmamım nedeni de bu. Burada kamelyalar hakkında bilgi içeren eski bir kitap buldum. Çoğunu biliyorum. Bazıları ise oldukça nadir bulunan türden. Yağmur durursa sana fotoğraflarını gönderirim. Bu arada, sana iki sorum var. 1) AnnaMaria Bellweather diye bir tür hiç duymuş muydun? Bu ismi hatırlayamasam da ortası koyu pembe, kenarları ise pembe olan harika büyük bir çiçeği var. Ve 2) İngiltere'de 1920 ya da 30'lu yıllarda ender rastlanan türleri bir ihtimal de olsa biliyor olabilir misin? Dikkate değer herhangi bir şey? Bununla nereye varırım ben de bilmiyorum, sadece önsezi işte. Bahsettiğim koleksiyon defterinin bir sayfası yırtılmış. Bu sayfadaki çiçeğin önemli olup olmadığını merak etmeden duramıyorum. Neyse, umarım bunun bir anlamı vardır. Uçak yolculuğundan dolayı sersem gibiyim.

İngiltere'den en içten dileklerimle,
Addison

Not: Ah, bahsetmeyi unutmuşum: Çiçekler hakkında bilgi veren her sayfada tuhaf notlar var. Mesela, Petelo'da "5:3:31:2:1." sayıları mevcut. Bunun altında ise "L. sussex Hertzberg" yazıyor. Bunun ne demek olduğuna dair herhangi bir fikrin var mı?

E-postayı gönderdikten sonra, kamelya kitabına dönüp tekrar sayfalarını okumaya başladım. On beş dakika sonra bilgisayarımdan uyarı sesi geldiğinde, büyük bir istekle Louise'in göndermiş olduğu cevabı açtım.

Merhaba, Addison! Senden haber almak ne güzel! Bu hızlı bir cevap olacak çünkü birazdan kurul ile toplantıya gireceğim, ama sana hemen cevap vermeden edemedim. Keşfettiğin şey gerçekten heyecan verici. Öncelikle, veritabanında AnnaMaria Bellweather ismini arattım ve görünen o ki bu tür ismini 1900'lü yılların başında yaşayan Charleston'daki bir kadından almış. Bildiğim kadarıyla, sosyeteye yeni giren herkes kamelyalara kendi isimlerinin verilmesini isterlerdi. Bu büyük ve sosyetik bir onur olarak düşünülürdü. Ancak herkese yetecek kadar kamelya yoktu. Bayan Anna Bellweather önemli biri olmalı. Ender rastlanan kamelyalarla ilgili soruna gelince, evet. Google'dan bakman gereken özel bir kamelya var. Middlebury Pembesi. Yaklaşık olarak on beş yıl önce, yeni bir ilgi alanı ortaya çıkmıştı. Sanırım *Telegraph* gazetesiydi, orada yayımlanan bir yazıyı hatırlıyorum. Biraz araştırman gerekecek. Her neyse, bu türün tükenmiş olduğuna inanılıyor. Belki öyledir, ya da değildir. Eğer bunun yerini tespit edebilirsen, nasıl da büyük bir iş başarmış olursun! Bitki sever birinin hep hayal ettiği bir şeydir bu! Bahsettiğin botanik kod için ise söyleyecek bir şey bulamıyorum. O yüzyılın başında İngiltere'de sık kullanılan Viyana kodu olabilir ama bu da pek bir anlam ifade etmiyor. Bu, bahçıvanın belgelemede kullandığı kişisel bir yöntem olmalı. "L. Sussex Hertzberg"e gelince, hiçbir veritabanında bununla ilgili bir bilgiye rastlamadım. Tam bir muamma! Şimdi bu sayfaları bitirmeye gidiyorum.

En içten dileklerimle, Louise
Not: Beni haberdar et!

Hemen Google'da *Middlebury Pembesi*'ni arattım. Hakkında yüzlerce şey yazılıydı. Makaleleri inceleyerek, beyaz üzerinde pembe noktaları olan bu dudak uçuklatıcı tür hakkında öğrenebileceğim tüm bilgilere baktım. Botanik tarihi kitaplarında bu bilgilere yer verilmişti, ama mevcudiyeti bahçıvanlar tarafından yıllarca hatırlanmamıştı ve çoğu bunun sadece bir efsane olduğunu bile söylüyordu. Sonra, Londra Serası'nda çalışan bir bitki bilimcinin internet günlüğünde, bu türün son örneğinin 1930'da Livingston Köşkü'nde bulunduğuna değindiğini gördüm.

Pencereye koşup, yamaçlarına sis çöken bahçeye baktım. Middlebury Pembesi bunca yıl yaşamış mıydı?

"Merhaba," dedi Rex, o akşamüzeri araba yolundan eve yürürken. Onu karşılamak için dışarı çıkmıştım. "Bugün yaptığım araştırmaya inanamazsın."

Sırıttım. "Öyle mi?" Yaptığımız o zor konuşmadan sonra, onu böyle gülerken görmek beni mutlu etmişti.

"Evet," dedi. "Sanırım kitabın konusunun nerede geçeceğiyle ilgili taslağı tam anlamıyla çıkardım." Bir şey hatırlamaya çalışır gibi başparmağıyla alnına dokundu. "Ve ne oldu bil? Bugün kasabada çok garip bir şey yaşadım."

"Ne oldu?"

"*New York*'lu biriyle tanıştım," dedi Rex. "Bronx'tan."

İçim titredi. Bu bir tesadüf olmalıydı.

"Adını keşke hatırlayabilsem," diye devam etti. "İsmi Tom ya da Shawn'dı veya öyle bir şey. Buraya eski kız arkadaşını ziyaret etmek için gelmiş. Her neyse, dünya küçük, değil mi?"

"Evet," dedim başımı sallayarak. Eski korkularım nüksetmişti.

Aklım o anda 1985 yazına, hayatımın tamamen değiştiği o geceye gitmişti. On beş yaşına yeni girmiştim. Hava dayanılamayacak kadar sıcaktı. New York Botanik Bahçesi'ndeki 4 numaralı seranın yerlerindeki yapraklar ayaklarımın altında hışırdıyordu. Sean, elime bir kürek verip, "Kaz," demişti.

"İyi misin, tatlım?" diye sordu Rex, elini omzuma koyarak.

Zor da olsa kendimi toparlamıştım. "Evet," dedim, karnımı tutarak. "Zengin İngiliz usulü yemeklere alışık olduğumu sanmıyorum, hepsi bu."

Rex başıyla onayladı. "Biraz hava almaya ihtiyacın var. Tüm gün evde tıkılıp kaldın." Kapının yanında duran masadaki gazeteye doğru uzandı ve koltuğunun altına koydu. "Haydi gidip biraz terasta oturalım."

Arkasından giderek, dışarı, tentenin altına koyduğumuz iki sandalyenin olduğu yere çıktım. Yağmur sonunda durmuştu ve yerler sisin etkisiyle kül rengine dönmüştü. Rex gazeteyi açtıktan hemen sonra başını kaldırdı. "Şuna bak," dedi. "Küçük kasabamız, anlaşılmayan bir gizemin göbeği olmuş gibi görünüyor. Clivebrook'lu bir kız 1931'de kaybolmuş." Siyah saçlı ve sevecen bakışlı genç bir kızın siyah-beyaz fotoğrafını gösterdi. "Belli ki bugün, kızın kayboluşunun yıldönümü."

"Ne fena," dedim, gazeteyi elime alarak. "Ve korkunç." Manşeti okumaya başladım. "Lila Hertzberg, 2 Ocak 1931'de kaçırıldı ve hiç bulunamadı." *Hertzberg. Ben bu ismi daha önce nerede duymuştum?*

Rex başını kitabından kaldırdı. "Aynen. Clivebrook'un zamanında bir Karındeşen Jack'i varmış meğer. Dün kafeteryanın sahibiyle konuşmuştum ve 1930'da kaybolan başka bir kadın daha olduğunu söyledi. Adı Elsie'ymiş. Ben çocukken bu isimde bir dadım vardı. Biz yattıktan sonra annemin karton kutulardaki şaraplarına dadanırdı." Neşelenerek gülümsedi. "Çözülemeyen kaçırılma olayları mı yoksa kutulanmış şaraplar mı daha rahatsız edici bilmiyorum."

Kendimi gülümsemeye zorladım. O sırada bir kuzgun terastaki taş kaba kondu ve geçmişimdeki hayalet misali bize küstahça gakladı. Ellerimi birbirine kenetlediğim sırada kuzgun da geri çekildi.

Sessizliği Rex'in çalan cep telefonu bozdu. Rex telefonu cebinden çıkararak, "Buna baksam iyi olur," dedi ve evin önündeki yola çıktı. Telefonu kulağına götürdüğünde, *birazdan gelirim* dercesine bana eliyle işaret yaptı. Sesi her adım attığında gittikçe azalıyordu ama yine de onu dinledim. "Bulabildin mi?" diye sordu. "Güzel. Şimdi oraya geliyorum. Bunu görmem lazım… Evet, tabii… Hayır, o..."

Rex gözden kaybolunca, içeri girmeye karar verdim. Rüzgâr esmeye başlamıştı ve hırka almam gerekiyordu. Girişte duran posta kutusunun yanından geçerken bir sürü mektubun geldiğini gördüm. Kahverengi bir mektup gözüme çarpmıştı. Sol üst köşesinde, "Lord Nicholas Livingston," yazdığını gördüm. Bu kişi, burada yaşayan çocuklardan biri değil miydi? Kayınpederime gönderilmişti bu mektup. Rex'in babası bunu açmama bir şey demezdi herhalde. İçinde öğrenmesi gereken önemli bilgiler olabilirdi. Mektubu alıp, misafir odasına geçtim. Zarfı yırtmadan önce, kapıya doğru göz gezdirdim ve hemen içindeki kâğıdı çıkardım.

Bay Sinclair'a,

Ben Livingston köşkünün bir önceki sahibi, Nicholas Livingston. Sizinle konuşmak istediğim önemli bir konu var. Londra'daki ofisime uğrayabilirseniz, konuyu tartışabiliriz. Lütfen bu mektuptan evdeki çalışanlara, özellikle de Bayan Dilloway'e bahsetmeyiniz.

Saygılarımla,
Nicholas Livingston

Kayınpederime ne söyleyebilirdi ki ve neden bundan Bayan Dilloway'e bahsetmemesini istiyordu? Arkamdan gelen ayak seslerini duyunca mektubu kot pantolonumun cebine tıktım. Sesten yana döndüğümde kapıda Bayan Dilloway'in durduğunu gördüm.

"Ah, merhaba," dedim gergin bir şekilde.

"Siz ve Bay Sinclair yemeğinizi altıda mı yoksa altı buçukta mı yemek istersiniz?"

"Ah, hayır," dedim. "Ben de size onu söyleyecektim. Bugün biz şehirde yiyeceğiz."

"Evet, tabii," dedi sert bir şekilde, elindeki zarfı uzatmadan önce. "Bu size geldi."

"Bana mı?" diye sordum, Bayan Dilloway FedEx adlı kurye şirketinin zarfını bana uzatırken. Köşesinde ekspres yazan etiketi gözümden kaçmamıştı. "Anlamıyorum," diye devam ettim. "Buraya geleceğimi kimseye söylememiştim."

Yaşlı kadın kapıya dönmeden önce bana meraklı gözlerle baktı. "Şey, şimdi sizi yalnız bırakayım," dedi.

Koltuğa oturdum ve zarfı elime aldım. Açmadan önce Bayan Dilloway'in ayak seslerinin iyice uzaklaşmasını bekledim. Kalbim hızla atıyordu. Üzerindeki elyazısını tanıdığım anda midemde o aşina olduğum kötü his belirmişti. *Beni burada nasıl buldu?* Rulo şekline getirilmiş kâğıdın kenarları yırtık pırtıktı. Spiralli bir defterden özensizce yırtılmış olduğu belliydi. "*Merhaba, Amanda.*"

Kâğıdı açtım ve koltukta arkama yaslandım. Umutsuzca unutmak istesem de olanları hatırlıyordum.

On Beş Yıl Önce

"Kayıt altına almamız için yaşınızı söyleyin," dedi polis memuru ruhsuz bir şekilde. Üzerinde bir sürü dosya birikmiş olan gri çelik bir masada oturuyordu. Telefon ısrarla çalsa da duymazlıktan geliyordu. "Bayan Barton," dedi tekrar. "Lütfen vaktimden çalmayın. Meşgul olduğumu görüyorsunuz."

Ayaklarıma doğru bakıyordum.

"Tekrar soruyorum ve eğer yardımcı olmazsanız, bunun sonu gözaltı olur," diye bağırdı. Bu ses tonunu hatırlıyordum, tıpkı babamınki gibiydi. Saniyeler içinde siniri zıplar, bir canavara dönüşürdü. Küçükken, buna neyin sebep olduğunu ya da ne olduğunu anlamazdım. Normalken, bir anda kemerini çıkarıp, gözlerindeki vahşi bakışlarla peşimden koşmaya başlardı. Annem onun hasta olduğunu söylerdi. Yine de yaptığı şey ona bu hakkı vermiyordu.

"Siz kaçaklar hiç anlamıyorsunuz," dedi polis memuru. "Hayat size sokaklarda daha heyecanlı geliyor, ama darmadağın bir hale geliyorsunuz ve sizi ıslah etmemiz gerekiyor." Kalemini yanındaki çelik masaya vuruyordu. "Sağır olma ihtimaline karşı gözaltına alınmadan önce sana kendini ifade etmen için bir şans daha veriyorum. Bu sefer altmış gün kalırsın. Kayıtlara geçmesi için doğum tarihini söyle."

Kanayan tırnaklarımı yolup, uçlarını kemirmeye başladım. Islahevine gönderilmeyi *istediğimi* göremiyor muydu? Gözlerinin tam içine bakıp, hiçbir şey söylemedim.

Klipsli kâğıt altlığını masaya fırlatıp ayağa kalktı. "Stan! Al şunu!"

"Ah, işte buradasın," dedi Rex. "Uzun sürdüğü için özür dilerim."

"Acelem yok," dedim biraz kendimi savunmaya çalışır gibi. "Her neyse, arayan kimdi?"

"Babamın müdürü. Evin mimari sunuş tekniğiyle ilgili bir şeyleri imzalamam gerekiyor."

"Anlıyorum."

"Baksana, neden bahçeleri görmeye gitmiyoruz?" diye sordu Rex. "Sonunda güneş açtı ve yürüyüş yapmanın seni neşelendireceğini biliyorum."

"Seve seve," dedim, tekrar gülümseyerek. "Ceketimi alayım."

Cep telefonumla kamelya kitabını hemen sırt çantama koydum ve Rex'in arkasından, terastan açılan bahçe yoluna doğru ilerledim. Yol boyunca sıralanan şimşirler yıllarca ihmal edilmişti, ama önceden nasıl göründüklerini merak ediyordum. Şüphesiz mükemmel bir şekilde kesilmişlerdi. Ancak şimdi ise fazlasıyla büyümüşlerdi ve bakımsızlardı. Bazı yerleri fırça gibi olmuş, renkleri sarıya dönmüş ve cansızlaşmıştı. Zavallı şeyler, haftalık kuaför randevularından mahrum kalan yaşlı kadınlara benziyordu. Çit budama makasını elime alıp, onları düzeltmemek için kendimi zor tutuyordum.

Evet, bitkiler çok büyümüş olabilirlerdi, ama burası çok şey vaat ediyordu. Bu evler için temeli sağlam derlerdi. Biraz budama ve yer değişikliği ile bahçeler tekrar muhteşem olabilirdi. Parmaklarım hemen işe girişmek için sabırsızlanıyordu.

Rex ile yolu takip ederek kötü haldeki gül bahçesinin yanından geçerken yaşlı çay gülünü saran sarmaşık dalını koparmak için durdum. Teoride, sarmaşıklar garip, hatta çekicidir. Fakat çoğu bahçenin, bunların filizleri yüzünden mahvolduğunu görmüştüm. Dünyanın çoğu yerinde sarmaşıklar, istilacı otlar haline gelmiştir. Yavaşça ilerler ve altındaki bütün canlılar ölünceye dek çiçek tarhlarını yılan gibi sararlar. Eğildim ve muhtemelen son on yıldır budanmamış olan güllerin altındaki toprağa, sarmaşığın kökünü bulana kadar parmaklarımı soktum. İnatla ve kararlı bir şekilde sıkıca toprağa tutunmuştu, ama biraz daha zorladım ve çarpık çurpuk olan kökün tamamını çıkardım. İstilacı bitkiler şeytana benzer; tekrar çıkmayacaklarından emin olmak için yapılabilecek tek şey direkt onlarla yüzleşmek, savaşmak ve kazanmaktır. Diğer yollar, sadece geçici bir çözüm olur. Kendi hayatımı düşünerek iç geçirdim. Otların her yanımı sarmasına izin veriyordum. Onlar mutluluğumu ve hatta çoğu açıdan hayatımı tehdit ediyorlardı. Peki neden ben de yüzleşemiyordum?

"Otları yolmadan edemiyorsun, değil mi?" dedi Rex gülümseyerek.

Yaptığım şeye bakmak için bir adım geri attım. "Böylesi daha iyi," dedim.

Güneş, bulutların arkasında kaybolmuş, ufuk çizgisi kararmıştı. Yanağıma bir yağmur damlasının düştüğünü hissettim ve ceketimin kapüşonunu başıma çektim. Sonra Rex ile birlikte vadiye doğru giden yokuştan ağır adımlarla inmeye başladım. Sarmaşıkla neredeyse tamamen kaplanan taş bir heykel görünce durdum. Çantamı bırakıp, üstündeki dalları çektim.

"Sana yardım edeyim," dedi Rex. Melek figürlü taş heykelin üzerindeki sarmaşıkları söktük. Rex, meleğin kanatlarındakileri, ben de bedenindeki dalları çektim. "İşte," dedim taştan oyulan güzelliğe. "Bu şekilde daha iyi." Ayağa kalkmadan önce, heykelin dibindeki mor filizleri fark ettim. Daha iyi görebilmek için eğildim. Bu güzelavrat otuydu ya da diğer adıyla *Atropa belladonna*. "Rex!" dedim.

Rex biraz daha yaklaşarak, "Bu ne?" diye sordu.

"Bunun adı *Atropa belladonna*," diye açıkladım. "Oldukça zehirli bir bitkidir." Parmağına bu bitkinin suyu bulaşan bir bahçıvanın, gözünü eliyle ovması sonucunda hastaneye kaldırıldığını hatırlamıştım. Az bir miktarı bile zehirli ve öldürücü olabiliyordu. "Ailene bu bitkiye dikkat etmelerini söyleyeceğimi unutturma." Rex'in kız kardeşinin küçük çocukları vardı.

Rüzgâr çıkmıştı. Soğuk ceketimin içine kadar işleyince titremiştim.

"Geri dönelim mi?" diye sordu Rex.

"Hayır," dedim. "Haydi kamelyalara bakalım." Çiçeklerinin açtığı mevsim geçmiş, ağaçların çiçeklerinin çoğu dökülmüştü. Ama bazıları hâlâ canlı ve gösterişli duruyordu. Daha yakından bakıldığında, ağaçlar o kadar da hayal kırıklığına uğratmıyordu. Sarı çiçeğe hayranlık içinde bakarak, yapraklarına nazikçe dokundum ve dinlendirici, limoni kokusunu içime çektim. Sonra da Anna'nın kitabını çıkartıp, Petelo kamelyasının olduğu sayfayı açtım.

"Bu çiçek, sence bu kitaptaki mi?" diye sordu Rex.

Başımı evet dercesine salladım. Çiçeğin yapısını kitaptakiyle karşılaştırmadan önce Leydi Anna'nın bıraktığı notlara baktım. "Bu olmalı," dedim. "Ama şu sayısal kod sence ne anlama geliyor?" 5:3:31:2:1. "Bulunduğu yer mi?" Sıralanmış ağaçları saydım ve toplamda beş taneydi. "Evet, doğudan saymaya başlarsak, bu beşinci ağaç." Duruş yerimi yeniden belirlemek için arkamı döndüm.

"Ve bu ağaç önden üçüncü sırada," dedi Rex, gözlerimin içine bakarak. "Sanırım şifreyi çözdük."

"Neredeyse," dedim. "Peki sondaki sayılar ne anlama geliyor?" Bir sonraki ağaca doğru yürüdüm ve koyu zümrüt yeşili rengindeki parlak, pürüzsüz yapraklarına hayranlıkla baktım. Yeni düşmüş olan pembe çiçeği yerden alıp, kitaptakiyle karşılaştırdım. AnnaMaria Bellweather. Ama bunun yanında sadece iki sayı vardı -5:4- ve gizli botanik kodu yoktu. "Bu mantıklı değil," dedim Rex'e.

Ağaçların arasından teker teker geçtik. Bazıları, diğerlerine göre daha çok büyümüştü. Zamanında bir kısmı yanmış olan bir ağacın gövdesine dokunmak için duraksadım. Yapraksız, sivri uçlu dallarının bir kısmı kömürleşmişti. Bu muhtemelen düşen yıldırımdan dolayı meydana gelmişti. Bunun Middlebury Pembesi'nin başına da gelmemesini umut ediyordum.

"Lanet olsun," dedi Rex, yağmur şiddetini arttırınca. Uzaktaki ek binayı işaret ettiğinde, oraya doğru koşmaya başladık. Yağmurdan korunmak için bir süre evin saçaklarının altında durduk. Evin çatısından yosunlar sarkıyor ve eski, paslı bir rüzgârgülünün üzerinde durduğu ayak gıcırdıyordu. Karanlık pencereden içeri göz attım ve içeriyi görebilmek için ceketimin koluyla camın buharını sildim. Tam o anda evde bir hareketlilik olduğunu anladım. "Merhaba?" dedim, kalbim deli gibi çarpıyordu.

"Ne oldu?" diye sordu Rex.

"Tatlım, sanırım içeride biri var."

Paniklemiş görünse de cesur davranmaya çalıştığını anlayabiliyordum. "Yoktur," dedi.

Kapı menteşelerinin gıcırdadığını sandığım an geri çekildim. Korkmuştum. Patikaya doğru dönüp, adımlarımı hızlandırdım ve tam o sırada bir ağacın köküne takıldım. Dirseğimin üzerine düşünce acıdan bağırmaya başladım.

"Addison!" diye seslendi Rex arkamdan. "İyi misin?"

Rex yanıma geldiğinde kolumdan kan akıyordu. "Ah, bebeğim, yaralanmışsın."

"Özür dilerim," dedim yamacın korunaklı yerindeyken. Bu taraftan ek binanın çatısını görebiliyordum. Çatıdan sarkan yosunlar bahçeye karışmıştı. "Biraz panikledim."

"Haydi," dedi, beni kaldırırken. "Yara bandı yapıştıralım."

Rex ve ben çamurlu ayakkabılarımızı kapıda bırakarak antreye girdik. Yağmurdan ıslanan ceketimi oraya asmıştım.

"Bahçeye gitmişsiniz," dedi Bayan Dilloway merdivenlerden.

"Evet," dedi Rex. "Ama yürüyüş yapmak için güzel bir gün değildi."

"Aynen," dedi Bayan Dilloway. "Hem de hiç güzel bir gün değil."

Merdivenlere doğru yürürken Bayan Dilloway'in gözlerimin içine baktığını hissedebiliyordum. Ve o anda aklıma bir şey geldi. *Hertzberg.*

Etrafımda döndüm. "Rex, gazeteyi terasta mı bıraktın?"

"Sanırım," diye cevap verdi.

Bayan Dilloway başını iki yana doğru salladı. "Yağmur yağmaya başlayınca onu aldım ben," dedi, masayı göstererek. "Orada."

Yağmur damlaları gazete kâğıdını ıslatmıştı, ama yazılanları hâlâ okuyabiliyordum. Kolumun altına sıkıştırıp, merdivene doğru yürüdüm. İkinci kata gelip, yatak odasının kapısını ardımızdan kapatana kadar durmadım. Gazeteyi ve kamelya kitabını yan yana gelecek şekilde yatağın üstüne koydum. Gazetedeki başlık Lila Hertzberg'in 2 Ocak 1931'de kaçırıldığını söylüyordu. Hemen kamelya kitabından Petelo çiçeğinin olduğu sayfayı açtım. O sayfada "31:2:1." yazıyordu. Nefesim kesilmişti. *Bu bir tarih olmalıydı.* Habere göz gezdirip, Lila Hertzberg hakkında yazılan şeyleri okudum. Sussex'te doğmuştu. *Sussex.* Kodun altında yazılı olan, şifreli botanik isme tekrar baktım: *L. Sussex. Hertzberg.* Rex ile göz göze gelmiştik. "Aman Tanrım," dedim başımı yavaşça iki yana sallayarak. "Ne bulduğumuza bakar mısın?"

O gece Rex beni kasabadaki Milton's adlı bara götürdü. "Ne alalım, soslu etli sandviç mi ya da balık ve patates cipsi mi?" dedi mönüyü masaya bırakırken.

"Eh, senin ne alacağını biliyorum," dedim gülümseyerek. Mönüyü bırakıp, garsonun yeni açtığı şaraptan bir yudum aldım. Rex, balık ve patates cipsini asla kaçırmazdı.

Bugün bahçede yapmış olduğumuz keşfi, ikimiz de aklımızdan çıkaramamıştık. "Rex, bahçedeki olayı ne yapacağımızı bilmiyorum."

"Ben de," dedi başını kaşıyarak. "Ama sence, kızı kaçıran kişi bu bilgiyi ortaya serer mi?"

"Bilmiyorum," dedim şaraptan bir yudum daha alarak. "Bu belki de onun kartvizitidir." Kendi kendime başımı salladım. "Ya da Leydi Anna parçaları birleştirmeye çalışıyordur."

"Son dediğine katılıyorum," dedi. "Belki de köşkte bir şeylerin ters gittiğini biliyordur. İpucu ararken, bulmak istediklerini bahçede keşfetmiş olabilir."

Kucağımdaki peçeteyi katladım. "Sence Bayan Dilloway bir şey biliyor mudur?"

"Ah, kesin," dedi Rex. "Uzun süredir köşkte yaşıyor, bir şeyler bilmek zorunda."

İç geçirdim. "Ama onunla konuşmak büyük cesaret ister. Hiç bu kadar ketum biriyle tanışmamıştım."

"Baksana," dedi. "Dedektif şapkalarımızı biraz kenara koyalım ve gecenin tadını çıkaralım." Ardından elimi tuttu. "Ne dersin?"

"Tamam," dedim gülümseyerek.

Kollarımı kendine doğru çekti ve parmaklarını nazikçe tenimde gezdirdi, ta ki kol saatime gelene kadar. "Saçma bir şey duymak ister misin?" diye sordu başını sağa doğru çevirerek. "Sanırım bileğinin çıplak halini hiç görmedim."

İçgüdüsel olarak elimi geri çektim.

Bir an için afallamış görünüyordu. "Şimdi fark ettim de, senin her santimetre kareni gördüm," dedi, parmağını bileğim ve saatim arasında gezdirerek, "ama *bu* bileği hiç görmedim."

Hemen doğrulup kolumu arkama aldım. "Elbette gördün."

"Yine de," dedi Rex, kollarımı nazikçe kendine doğru tekrar çekerek. Amacı romantik ve şakacı olmaktı, ama ilgisi yanlış yerlere kaymıştı. "Haydi saatini çıkaralım." Saatin tokasını açınca umutsuzca saklamaya çalıştığım yaralar ortaya çıktı. "Aman Tanrım," dedi nefes nefese. "Ne oldu?"

"Hiçbir şey," dedim elimi çekerek. "Bunlar... sadece suçiçeği izleri."

"Ah," diyen Rex'in kafası karışmıştı. "Suçiçeği geçirdiğini bilmiyordum."

"Şey, geçirdim," dedim. O sırada garsonun yemeğimizi getirdiğini görünce pek bir sevinmiştim. "Ve artık biliyorsun işte."

Onuncu Bölüm

Flora

"Tak, tak." Bayan Dilloway odama şöyle bir baktı. Kendimi soyutlamış olarak göstermemek için kapıyı aralık bırakmıştım. Çocuklar dersleriyle meşguldü, o yüzden ben de bu fırsatı eve mektup yazarak değerlendirmek istemiştim. Annem ve babam, sağ salim geldiğimi duymak için can atıyor olmalılardı. Elimdeki zarfı bir kenara bırakarak kapıya doğru baktım.

"Ah, merhaba," dedim, hemen kalemle kâğıdı masanın çekmecesine attım.

"Bir şeye ihtiyacınız var mı?"

"Evet," dedim, bahçelerle ilgili soru sormak için cesaretimi toplayarak. "Merak ediyordum da... Şey... Aranjman için kamelyaların birazını toplayabilmem mümkün müdür diye soracaktım. Çiçekleri dökülmeden."

"Bunu tavsiye etmem," dedi Bayan Dilloway hemen. Ben daha cevap veremeden ellerini birbirine kenetledi. "Ev turumuz bölünmüştü, şimdi devam edelim mi?"

"Teşekkürler," dedim. "Olur."

Üst kata çıktığımızda, Bayan Dilloway beni misafir odasına

geçirdi ve Nicholas'ın saklandığı süpürge odasını ve Janie'nin ara sıra girip kaybolduğu servis asansörünü gösterdi. Yemek odasından salona, oradan oturma odasına geçerek, merdivenlerden çıkıp çocuk odasını gezerek tura devam ettik. Yamaçtan itibaren bahçelere bakan kurşun şeritli pencereleri olan büyük bir odaydı burası. Yazları pencerelerin tam açık olduğunu ve içeriye bahçelerden gelen çiçek kokusunun girdiğini hayal ettim. Katherine'in boyu kadar olan oyuncak bebek evinin yanından geçerken neredeyse ahşap bloğa takılıyordum.

"Bastığınız yere dikkat edin," dedi Bayan Dilloway. "Çocuklar dağınıklıklarını toplamada berbatlardır."

Sağ tarafımda duran büyük kitaplığa baktım. "Masal seviyorlar mı?"

"Eskiden severlerdi," dedi.

Raftan resimli bir kitap çıkardım. "Ah, Beatrix Potter'a bayılırım," dedim. "Sizce onlara kitap okumam hoşlarına gider mi?"

Bayan Dilloway omuz silkti. "Deneyebilirsiniz. Ama son dadının bu konuda pek şansı olmamıştı."

Kitaplığın yanındaki koltuğa oturdum. "Size bir şey sorabilir miyim?"

"Tabii."

"Annelerine ne olduğu konusunda bilmem gereken bir şey var mı? Sadie bana dedi ki-"

"Hizmetçi dedikodularını dinlemezseniz, iyi edersiniz, Bayan Lewis," dedi kaşlarını çatarak. "Geçmişi deşmek çocuklara bir yarar sağlamayacaktır. Geçtiğimiz yıl normalde çocukların yaşamaması gereken şeyleri yaşadılar onlar."

Başımı olumlu anlamda salladım.

Ayağa kalktığımda, Bayan Dilloway yüzünü bana döndü. "Devam edelim mi?"

"Evet," dedim kapıdan çıkarken.

Karanlık bir koridordan geçtik. "Bunlar çocukların yatak odaları," diye açıkladı Bayan Dilloway. "Kızların odası bu tarafta, oğlanlar ise sağ tarafta kalıyorlar."

Beş tane kapı saymıştım. "Bu oda," dedim, sağ taraftaki son odaya doğru gidip tokmağa uzanarak. "Kimin burası?"

Bayan Dilloway kapı koluna benden önce uzandı. "Fazladan bir yatak odası sadece," dedi hemen diğer merdivene yönelerek.

"Peki ya buradaki salon?" diye sordum, ilerideki karanlık koridoru işaret etmiştim.

Bayan Dilloway düşünceli görünüyordu. "Evin doğu kanadı Leydi Anna'ya aitti," dedi, ifadesinden eski anıların hayat bulduğu anlaşılıyordu. "Orada onun yatak, giyinme ve çalışma odası var."

"Anlıyorum," dedim. Sorduğum sorudan dolayı utanmıştım. "Ben, ben-"

"Önemli değil," dedi Bayan Dilloway. "Çocukların hatırına bunu bilmeniz gerekiyor. Çocuklar sabahları burada annelerini karşılamayı çok severdi. Annelerinin, çocuklara yatakta zıplamalarına izin vermesine Lordumuz çok sinirlenirdi. Leydi Anna hiç onun kadar geleneksel biri olmadı. "

Bayan Dilloway konuşurken bakışları hüzün dolu ve soğuk görünüyordu. Leydi Anna hakkında daha çok şey bilmek için sabırsızlanıyordum. Koridora göz gezdirirken, oranın beni bir mıknatıs gibi çektiğini hissetmiştim. Daha ilerlemeden Bayan Dilloway'in soğuk elini bileğimde hissettim.

"Lütfen," dedi üçüncü kata çıkan merdivenleri göstererek. "Size göstermem gereken bir şey var."

Bayan Dilloway'in peşinden merdivenleri çıktım. Kubbeli

ve süsleme işli tavanlara, üzerinde meleklerin, hayvanların ve çiçekli kırların olduğu duvarlara göz gezdirdim. Çocuklar için adeta müze gibi olan bu evde yaşamak acaba nasıl bir şeydi?

Bayan Dilloway karşımızda duran bir kapıyı gösterdi. "Bayan Lewis, size sır tutmanız konusunda güvenebilir miyim?"

"Tabii," dedim ama aklım karışmıştı.

Kapının önüne geldiğimizde, elbisesinin cebinden pirinçten yapılma bir anahtar çıkardı ve yuvasına yerleştirdi. "Açması biraz zordur," dedi. Kilit açıldı ve tokmağı çevirdi. Kapı açılırken yüksek bir sesle gıcırdıyordu. "Yıllar geçtikçe menteşeler paslandı." Sesi hayal kırıklığıyla doluydu. "Hep bu lanet olası şehir havası yüzünden oluyor. Bizim de içten içe paslanmamamız hayret verici."

Uzağa, kapının ötesine ve Bayan Dilloway'e baktım. "İçeri girin, Bayan Lewis," dedi tereddüt ettiğimi fark edince.

Işık huzmesi loş koridoru aydınlatıyordu. Bayan Dilloway iki tarafa da dikkatle baktıktan sonra, "Acele edin," dedi. "Kimseye gözükmememiz lazım."

Ben içeri girer girmez, Bayan Dilloway de kapıyı aceleyle ardımızdan kapattı. Tepemizdeki cam tavandan içeri ışık süzülüyordu. Arkasından ilerlerken, önümü kapatan birbirine dolanmış asmayı elimle ittirdim. Geri çekilmesiyle, arsızca tekrar yüzüme çarpması bir oldu. "Burası neresi?" diye sordum hayranlıkla.

"Sera," diye yanıt veren Bayan Dilloway, sesini alçaltarak konuşmasına devam etti. "Leydi Anna'nın serası." Birkaç adım daha attı. "Nasıl güzel bir görüntü, değil mi?"

Duyduğum hayranlıktan konuşamıyordum bile. Üzerinde açık pembe çiçekler olan asma, ferforje çardağın üzerinde adeta dans ediyordu. New York Botanik Bahçesi Sera No.4'te yetişen aynı türden olan begonvilleri görür görmez tanımıştım. Hemen ötesinde duran iki minyatür ağaç dikkatimi çekmişti. Biri, güneş ışığında sarı topları parlayan limon ağacı, diğeri ise hiç görmediğim kadar küçük meyveleri olan portakal ağacına benzeyen türdü.

"Bu ne?" diye sordum büyülenmiş bir şekilde.

"Kamkat," dedi. "Leydi Anna bunları çocuklar için toplardı." Ağaçtan küçük meyveyi koparmak için uzandı. "İşte, tadına bakın."

Elime aldım ve pürüzsüz parlak dokusuna hayran kaldım. Dişlerimi meyveye geçirdiğim anda ince kabuğu ağzımda dağılmıştı. Tatlı ekşi tadı ise gözlerimi iri iri açıp, gülümseyişimin yüzüme yayılmasını sağlamıştı. "Aman Tanrım," dedim. "Hiç böyle bir şey denememiştim."

Bayan Dilloway başıyla onayladı. "O zaman clementine mandalinayı da denemelisiniz. İran mandalinasıdır."

İleri doğru birkaç adım daha attım. Saksıdaki orkideleri çok beğenmiştim. En az yüz kadar türü mevcuttu ve o kadar mükemmellerdi ki tarlatan giyen güneyli güzel kadınlara benziyorlardı. Karşı duvardaki rengârenk eğreltiotlarının, şebboyların ve bir adet leylak ağacının kokularının karışımını odanın öte tarafından bile duyabiliyordum.

Bayan Dilloway beni sessizce izliyordu. "Tanısa sizi severdi," dedi. "Leydi Anna."

Alaycı bir bakış fırlattım.

"Çoğu dadıdan hoşlanmadı," dedi. "Sizi buraya getirmemin nedeni de bu," diyerek devam etti. "Yardımınıza ihtiyacım var."

"Ne için?"

"Oturun," dedi Bayan Dilloway, solumuzda kalan taş bankı göstererek. Dediğini yaptım ve o da benim yanıma oturdu. "Görüyorsunuz ya," diyerek konuşmasına devam etti. Devasa seraya bakıyordu. "Leydi Anna'nın ölümünden sonra, Lord Livingston buraya gelmeye cesaret edemedi. Bütün hizmetçilere, serayı olduğu gibi bırakması için sıkı talimatlar verdi."

"Ama bu bitkiler," dedim ağzımı elimle kapatarak. "Hepsi ölür."

Başını evet dercesine salladı. "Leydi Anna'nın değerli çiçek ve bitkilerinin çatımızın altında öylece öldüğünü bilerek yaşayamam. Hem Leydi Anna'ya söz verdim ve bu sözü tutmak zorundayım."

"Neye söz verdiniz?"

Kendi kendine gülümsedi. Üzgün ve ona özgü bir gülüştü bu. "Bahçelerine bakmaya," diye iç geçirdi Bayan Dilloway. "Kolay olmuyor." Elini kalbinin üzerine koydu. "Çiçeklerle ilgili bir şey biliyor musunuz, Bayan Lewis?"

"Evet," dedim hemen. Ama çok mu hevesli göründüm diye de endişelenmeden edememiştim. "Yani biraz."

"Güzel," dedi iç geçirerek.

Gözlerimle bir asmayı takip ettim. Cam tavana doğru tırmanmıştı. "Bu çarkıfelek çiçeği mi?" dedim yukarıyı işaret ederek.

Bayan Dilloway başıyla onayladı. "Leydi Anna bunun çiçekli halini görmeyi pek severdi."

"Lord Livingston'ın neden tüm bu güzelliklerden kurtulmak istediğini anlayamıyorum," dedim mest olmuş bir şekilde.

Bayan Dilloway ellerini birbirine kenetleyerek, "Leydi Anna öldüğünde, Lordumuzun onunla birlikte dünyadaki tüm güzel şeylerin de öldüğünü hissettiğini düşünüyorum bazen," diye yanıt verdi. "Bugünlerde bahçedeki tek bir çiçeğe bile bakamaz oldu. Bay Humphrey'ye, laleleri sökmesini söyledi ve sıranın kamelyalara gelmesinden çok korkuyorum."

Nefesim kesilmişti. "Onları ortadan kaldırmaz, değil mi?" dedim. Ardından yerden sararmış bir yaprak alıp parmaklarımın arasında ufalamaya başladım.

"Bilmiyorum," dedi Bayan Dilloway ayağa kalkarak. "Ama evin artan işleri yüzünden seraya bakacak zamanım kalmadı. Buraya sizin bakmanızı istiyorum. Çiçekleri sulayın. Otların yayılmadığından emin olun. Ara sıra dalları budayın. Yani bunun gibi şeyler yapacaksınız."

Duyduklarım karşısında gözlerim iri iri açılmıştı. Bir şekilde rüyalarım gerçek olmuştu. Birçok yabancı bitkiyle dolu bir sera benim gözetimim altında mı olacaktı? Ama bunun sorumluluğu çok büyüktü. Ayağa kalktım ve kibar bir şekilde reddedercesine başımı iki yana salladım. "Bayan Dilloway, ben bu iş için uygun değilim. Bitkiler hakkında pek fazla bir şey bilmiyorum."

Bayan Dilloway elini açık yeşil eğreltiotunun üzerinde gezdirdi. Bitki o kadar narindi ki adeta Fransız dantelini andırıyordu. "Leydi Anna'nın da botanik eğitimi yoktu," dedi. "Ama o, bu bitkileri çocuğuymuşçasına sevdi. Onları dinledi. Kendi kendilerini anlatmalarına izin verdi. Sizin de yapmanız gereken tek şey bu." Bana doğru döndü. "Size güvenebilir miyim?"

Derin bir nefes aldım. "Şey, ben-"

"Güzel," dedi. "Musluk orada. Bahçe makası ise dolaptadır. Gürültü yapmamaya dikkat edin. Lord Livingston sizi duyabilir. Yatak odası ve teras buranın hemen altında kalıyor."

Ölü eşinin yasak bahçesinde sinsice dolaşırken yakalanma

fikri, kalbimin daha hızlı atmasına sebep olmuştu. "Belki de ben-"

"Ah," diye devam etti Bayan Dilloway, "bir şey daha var. Leydi Anna'nın kolyesi o öldüğünden beri kayıp. Hep burada bulurum diye düşünmüştüm, ama ortaya çıkmadı. Eğer görürseniz, şey, hemen bana getirin."

"Evet," dedim. "Evet, tabii."

Bayan Dilloway daha fazla bir şey demeden kapıya döndü ve güneş ışığında tatlı bir koku yayan limon ağaçlarının yanından yürümeye başladı. Ben de onu takip ediyordum. Çiçeklerle kaplanmış kemerli yolu geçip, kapının önüne gelmeden önce, biraz kamkat toplamak için durdu. O tokmağa uzanmadan, omzuna dokundum. "Kolye," diye fısıldadım, hikâyenin devamının olduğunu düşünerek. Belki de daha fazlası vardı. "Neden bu kadar önemli?"

Uzun uzun bana baktı. "Önemli olan kolye değil," dedi, "içindeki şey."

Başımla onayladım.

"Alın bunları," dedi Bayan Dilloway, kamkatları elbisemin cebine koyarak. "Sonra yersiniz."

Gülümsedim.

"Bundan tek bir kelime bile bahsetmeyin şimdilik," dedi. "Kimseye."

Merdivenleri indiğimizde, Bay Beardsley misafir odasında duruyordu. "Bayan Dilloway," dedi kaşlarını mendille silerek. "Hemen gelin. *Bir şey* oldu."

On Birinci Bölüm

Addison

Gece ikide gözlerim bir anda açılmıştı. Doğrulup, derin bir nefes aldım. Rüyamda yine Sean'ı görmüştüm. Yanımda huzurlu bir şekilde uyuyan Rex'e baktım. *Bu sadece bir rüya. Bu yalnızca bir rüya.* Fakat gözlerimi kapattığımda, görebildiğim tek şey Sean'ın yüzüydü.

On Beş Yıl Önce

Jean teyzem arabada bir sigara yakıp, dumanını bana doğru üfledi. "Pek konuşkan biri değilsin sanırım, he?"

Kollarımı bağladım. Pencerenin ötesindeki sisli havaya ve yolda dizilen ağaçlara bakıyordum.

"Şey," dedi, "New York'u seveceksin." Başına mavi bir bandana takmıştı. Turkuvaz renkteki küpeleri kulağında sallanıyordu. Annem sağken büyük kız kardeşinin bir hippi olduğundan bahsederdi. Teyzem sigarasını içine çektikten sonra gülümsedi. "Daire biraz küçüktür ama zamanla alışırsın."

Söylediklerinde iyi niyetli olduğunu biliyordum. Sosyal hizmet uzmanı evdeki durumu fark ettiğinde beni kabul etmek zorunda değildi. Annem ölünce, babam içki içmeye başlamıştı.

"Sana ne yaptığını duydum," dedi Jean dikkatli bir biçimde. "Tatlı çocuk. Sen çok şey yaşadın."

"Öyle yapmak istemedi," dedim hemen şakağımdaki yaraya dokunarak. "İçki yüzünden oldu."

"Anlıyorum," dedi teyzem. "Artık kimse sana zarar vermeyecek."

New York'un nasıl bir yer olduğunu düşünerek başımı olumlu anlamda salladım. Adirondack Dağları'nın oradaki evimizden uzağa gitmemiştim hiç. Annem şehirden ve orada yaşayan insanlardan çok korkardı. Jean'in kolundaki kelebek dövmesi dikkatimi çekmişti. İki kardeşe göre birbirlerinden çok farklıydılar.

"Dinle," dedi sigarasını bir darbede söndürerek. Küllerin bir kısmı paspasa gelmişti. Ayakkabımın ucuyla onları ittirdim. "Benimle konuşabileceğini biliyorsun, değil mi? Her şey hakkında?"

Dudağımı ısırıp başımı evet anlamında salladım.

Çayırların, bir kilisenin ve yol boyunca sergilenen yüzlerce paslanmış arabanın olduğu hurdalığın yanından geçtik. "Kardeşim ve ben çok yakın değildik," dedi Jean teyzem. "Tabii sen bunu biliyorsun. Tanrım, sana benim hakkımda anlatmak zorunda kaldığı şeyleri düşünüyorum da." İç geçirdi. "Şey, artık bunlar geçmişte kaldı. Şimdi umarım arkadaş olabiliriz." Gözünü yoldan kısa bir süreliğine ayırıp bana baktı ve gülümsedi.

Yeniden arabanın camından dışarı bakmaya başladım. Bir saat, belki de daha fazla bir süre yolculuğa devam ettik. Sanırım içim geçmişti çünkü gözlerimi açtığımda, arabanın camından uzun binaları görmüştüm. "Eve neredeyse geldik," dedi Jean. "Biraz da olsa uyumana sevindim."

Arabayı tuğladan yapılan bir binanın önüne park etti. Üstsüz bir adam verandasına oturmuş sigara içiyordu. Yoldan geçen bir kadına bir şeyler söyledi. Uzakta bir köpek havlıyordu.

Yerde duran sırt çantama uzandım ve arabadan dışarı adım atar atmaz çantayı sıkıca tuttum. Jean'in arkasından binanın önündeki merdivenleri çıktım. Köşede, McDonald's'ın kırışık poşetinin yanında ezilmiş bir teneke kutu duruyordu. Bir sinek etrafımda dolanınca onu elimle kovaladım. Etrafa idrar kokusu yayılıyordu.

"Altıncı kata çıkacağız," dedi Jean. "Asansör bir yıldır bozuk. Zorlu bir yürüyüş olacak, ama zamanla alışırsın."

Nefes nefese kalmış bir şekilde altıncı kata kadar Jean'i takip ettim. Koridorun yarısına geldiğinde bir kapının önünde durdu ve anahatarı yuvasına yerleştirdi. "Anneniz geldi," diye seslendi içeriye doğru. O ana kadar Jean teyzenin çocuklarının olduğunu bile bilmiyordum. Varsa dahi annem bundan hiç bahsetmemişti.

Bir kedi koltuğun üzerinden atladı ve Jean, adeta yün yumağı olan bu kediyi kollarına aldı. Kapının yanındaki plastik market poşetinin içindeki tek kullanımlık bebek bezleri ve elmaların olduğu torba yere dağılmıştı. "Sean!" diye bağırdı. "Neredesin?" Arka taraftaki yatak odasından metal müzik sesi geliyordu. "Ah bu çocuk," dedi Jean belli belirsiz bir şekilde. "Ona Miles'a göz kulak olmasını söylemiştim." Üzerinde sadece ıslak bir bebek bezi olan küçük çocuk, televizyonun karşısında oturuyordu. Ona doğru eğildi. "İyi misin, tatlım?" Çocuk gözlerini televizyondan ayırmıyordu.

Çocuğu kilimin üzerine yatırıp, bezini değiştirdi sonrasında ise ıslak mendille kirlenmiş olan ağzını sildi. "Ara sıra evlatlık çocukları eve alıyorum," dedi. "Bunu meslek edindim. Bu ve ayda ekstra gelen yüz otuz dolar, faturaları ödememde yardımcı oluyor." Teyzem çocuğu yerden alıp kucağına oturttu. "Bu Miles. Çok konuşmaz. Evinde yaşanan felaketten dolayı buraya geldi. Daha üç yaşında, yaşına göre çok minyon."

Başımla onu onayladım.

Jean ötede duran oyuncak ayıyı yerden aldı. Oyuncağın kafası kopmuştu. Önce Miles'a, sonra arka taraftaki odaya kaşlarını çatarak baktı. "Bunu Sean mı yaptı?"

Çocuk başını evet der gibi salladı ve kucağına baktı.

"Sean!" diye bağırdı Jean. "Ben sana söyleyeyim," dedi bana, "bu çocuğa ne diyeceğimi şaşırdım. Onu değiştirebileceğimi sandım, ama bazı çocuklar doğuştan acımasız oluyor sanırım."

Ardından benden bir ya da iki yaş büyük, en az on altı bilemedin on yedi yaşlarındaki bir oğlan ortaya çıktı. Yağlı ve siyah uzun saçları yüzünü çevreliyordu. Siyah bir kot pantolon ve AC/DC adlı hard rock grubunun tişörtünü giymişti.

"Yine mi?" dedi çocuk sırıtarak.

"Bu Amanda," dedi Jean. "Benim *yeğenim*. Bizimle yaşamak için buraya geldi. Ve Sean, sen ona saygılı davranacaksın, duyuyor musun?"

Sean hiçbir şey söylemedi. Sadece bana doğru bakıp, öyle bir gülümsedi ki korku o an içime işledi.

Ertesi sabah Bayan Dilloway kahvaltı saatinde üzerinde yumurta, jambon, meyve ve çöreklerin olduğu bir tepsiyi yemek odasına getirdi. "Umarım bunlar sizin için yeterlidir," dedi sert bir şekilde bana dönerek. "Bayan Klein Amerikalılara yemek yapmaya alışkın değildir."

"Affedersiniz," dedi Rex şakacı bir tavırla. "Amerika'da yaşıyor olabilirim, ama tamamen İngilizim ben."

Boğazımı temizledim. "Yemek güzel demek istiyor, teşekkürler." Kristal kâsenin içindeki meyvelerin dizilişine öyle hayran kalmıştım ki hemen yememek için kendimi zor tutuyordum. Sonra küçük portakala benzeyen şeyi işaret ettim. "Bu-"

"Kamkat," diye cevap verdi Bayan Dilloway bana merakla bakarak.

Çatalı meyveye geçirdim ve bir ısırık aldım. Kitabıma dönmeden önce, ağzım mayhoş bir tatla dolmuştu.

"Ne okuyorsun?" diye sordu Rex.

"*Yıllar*'ı," diye cevap verdim. "Misafir odasında bulduğum kitap."

"Ah, evet," dedi Rex. "Bayan Dilloway?"

Tam mutfağa dönecekken, başını tepsiden kaldırdı ve baktı. "Buyurun?"

"Zamanında köşkte yaşayan Flora adlı birini tanıyor musunuz?"

Bayan Dilloway, tepsideki portakal suyunun olduğu sürahiyi az kalsın düşürecekti, neyse ki düşmeden tepsiyi elinden bıraktı. "Neden soruyorsunuz, Bay Sinclair?"

Rex elimdeki kitabı işaret ederek, "Adı, bu kitabın içinde yazıyor," diye yanıt verdi.

Bayan Dilloway, köşkün geçmişini gözünde canlandırmaya çalışırcasına pencereden dışarıya bakıyordu.

"Livingston çocuklarından biri miydi?" diye sordu Rex.

Bayan Dilloway başını iki yana doğru salladı. "Uzun zaman önce burada dadı olarak çalışıyordu," dedi sonunda. "İzninizle." Elbisesinin cebindeki bezle masanın üzerindeki portakal suyu lekesini silmeye başladı. "Çayı getireceğim."

Bayan Dilloway gözden kaybolunca, "Demek Flora dadıydı," diye fısıldadı Rex. "Bu olaya başka bir boyut katıyor, sence de öyle değil mi?"

Başımla onayladım. "Bayan Dilloway'in Flora'nın adının geçmesinden etkilenmesi çok garip."

Kahvaltıdan sonra yukarı çıkınca yeniden kitabın sayfalarına gömüldüm. O sırada iç kapağın yukarı kısmında yazılan, daha önce fark etmediğim bir şeyi gördüm. Mavi mürekkeple "F. Lewis," yazıyordu. Şimdi Flora'nın soyadını öğrenmiştim. Bir hevesle dizüstü bilgisayarımı açıp, 1940'larda Flora Lewis adını arattım. Bunun samanlıkta iğne aramak gibi bir şey olduğunu biliyordum ama belki şansım yaver giderdi.

Çıkan sonuçlara göz gezdirdim, hiçbir şey bulamadığımı düşünürken "Çözülemeyen Gizemler" başlıklı Vikipedi sayfasına gözüm takıldı.

"Bir şey buldun mu?" diye sordu Rex, bilgisayarın üzerine doğru eğilerek.

"Şuna bak," diyerek ekranı gösterdim. Sayfanın altındaki başlıkta AMERİKALI DADI İNGİLTERE'DE SIRRA KADEM BASTI yazıyordu. Linkin üzerine tıkladım ve 13 Kasım 1940 tarihli *New York Sun* adlı gazetenin taranmış kopyasını okumaya başladım.

New York'ta yaşayan 24 yaşındaki Flora Lewis, en son İngiltere, Clivebrook'taki Livingston Köşkü'nde görüldü. Dul ve Londralı işadamı Lord Livingston'ın çocuklarına bakmak için işe alınmıştı. İletişime geçilemeyen dadının ailesi, Bronx'ta fırın sahibiydi. Bölgenin yerlisi Georgia Hillman Flora'yı akıllı ve kibar bir genç kız olarak hatırlıyor. "Onunla İngiltere'ye giden gemide tanışmıştım," dedi. "Onu asla unutmayacağım." Lewis'in nerede olduğuna dair bir bilgiye sahip olan kişilerin, New York polisine ya da İngiltere'deki yetkililere bilgi vermesi bekleniyor.

Flora kayıp mı olmuştu? Lila Hertzberg'i hatırlayarak başımı iki yana salladım. "Bu iyi değil, Rex," dedim. "Bu kadınlara ne oldu sence?"

Rex yastıklara yaslanıp defterine baktı. "Bir dakika, haberde adı geçen arkadaşının adı ne demiştin?"

Tekrar ekrana baktım. "Georgia Hillman."

Rex'in gözleri parladı. "Bu kitapta yazan isim," dedi *Yıllar* adlı kitaba uzanıp, ilk sayfayı açarak. "Bak, bu yazıyı o yazmış."

"Hımm," dedim bilgisayara dönerek. "Belki onu bulabilirim." Adını arama motoruna yazdım ve çıkan sonuçlara bakarken aynı isme sahip bir kadının adının, Manhattan'daki huzurevi açılışıyla ilgili bir haberde geçtiğini gördüm. Huzurevinin numarasını bulunca aradım. İki, üç derken, telefon dört kez çaldı.

"Roosevelt Huzurevi," dedi bir kadın neşeyle.

"Evet, merhaba, Bayan Georgia Hillman orada mı kalıyor diye sormak için aramıştım."

"Sakinlerimizle ilgili bilgi vermiyoruz," dedi biraz sinirli bir ses tonuyla.

"Ah, tabii," dedim. "O zaman mesajımı iletebilir misiniz?"

"Elbette," dedi.

"Umarım Bayan Hillman beni geri arayabilir," diye konuşmama devam ettim. "Onunla önemli bir konu hakkında konuşmam gerek." Telefonu kapatmadan önce ona cep telefonu numaramı verdim. *Beni arar mıydı? Acaba orada gerçekten yaşıyor muydu? Gazete haberi yedi yıllıktı.* Telefon görüşmesinden bir süre sonra, "Şimdilik bu kadar yeter," dedim. "Muhtemelen ölmüştür zaten."

E-postanın uyarı sesi gelince yeniden bilgisayara döndüm. Gönderen kişiyi tanımadım. Yani en azından ilk başta. E-postayı açtıktan sonra kalbim paramparça olmuştu.

Kocanı kasabadaki kafeteryada gördüm. Ona neredeyse her şeyi anlatacaktım. Ama sabırlı olacağım, Amanda. Kayınpederinin ve kayınvalidenin Asya'da olduğunu biliyorum. O kadar parayı temin etmek zaman alır, o yüzden sana hak veriyorum. Ama bu uzun sürmeyecek.

Kalbim deli gibi atarken, Rex yanıma uzanmış huzur içinde tarih kitabının sayfalarında geziniyordu. *Aman Tanrım. O burada. O gerçekten burada.*

On İkinci Bölüm

Flora

Bay Beardsley'nin neden bu kadar tedirgin olduğunu merak etsem de şimdi bunu sorgulayacak vakit yoktu. Çocuklar odalarında bekliyordu. Abbott cam kenarındaki koltuğa yerleşmiş, bahçelere bakıyordu. Nicholas, durumu protesto edercesine yerde yüzüstü yatıyordu. Her zamanki gibi kaşlarını çatan Katherine, Janie'nin mutlu bir şekilde oynadığı bebek evinin yanından ayağa kalkarken kendi saçını çekiştirmekle meşguldü.

"Nicholas," diye bağırdım. "Giysilerini mahvedeceksin."

Çocuk uyuşuk bir şekilde doğruldu ve Abbott'ın oturduğu koltuğa ayaklarını sürüye sürüye gitti. "Hop!" diye bağırdı Abbott kardeşini düşüncesizce ittirerek. "Buraya ilk ben geldim."

"Haydi ama çocuklar, ikinize de yer var," dedim.

Bayan Dilloway önceden çocukların programlarını bana anlatmıştı. Lord Livingston onları yatılı okuldan aldığı için günleri özel derslerle geçiyordu. Hafta sonları hariç oyun oynamak için sadece bir saat kadar zamanları vardı.

Saate baktım. Çocuklar saat altıya kadar giyinip, yemek

için hazır olmalılardı. Lord Livingston ile ilk defa karşılaşacağımı düşündükçe, midem altüst oluyordu ve beni o an hıçkırık tutsun istemiyordum.

Abbott, yüzünü pencereye dayayarak iç geçirdi. Kırlar griye boyanmıştı. Yağmur damlaları cama vuruyordu. "Burada neden hep yağmur yağmak zorunda?"

Janie birden ayağa fırlayıp yanıma koştu. "Sadece gök gürüldüyor, tatlım," dedim ipek gibi olan sarı saçlarını elimle düzelterek.

"Ben gök gürültüsünü sevmiyorum," dedi Janie. Mavi gözleri yaşlarla dolmuş, küçük ağzının kenarları büzülmüştü. Çok güzel bir çocuktu. Annesine benziyor mudur diye merak ediyordum.

"Bunu kafaya takmamak için ne yapmamız gerekiyor o zaman?" diye sordum. Kollarını göğsünde kavuşturarak koltuğun kenarında oturan Katherine'e dikkatli bir şekilde baktım. "Katherine, senin bir önerin var mı?"

"*Leydi* Katherine diyeceksiniz," dedi sert bir şekilde.

Nicholas lastik topu havaya atınca, top, bebek evinin çatısına çarptı. "Sen daha leydi değilsin," dedi dalga geçerek.

"*Ben* leydiyim," diye itiraz etti Katherine. "On yaşındayım ve babam hizmetçilerin bana Leydi Katherine diye hitap etmesini söyledi."

"Bayan Lewis hizmetçi değil," diye çıkıştı Nicholas.

"Hayır, hizmetçi," diye karşı çıktı Abbott.

"Çocuklar," dedim bağrışmalarını bastırmak için sesimi yükselterek. "Lütfen, tartışmayı bırakın. İstediğiniz şekilde düşünebilirsiniz. Ama ben sizin dadınızım ve sizinle ilgilenmek için buradayım. Beni sevin ya da sevmeyin, ama lütfen birbirinize bağırmayın."

Katherine iç geçirip yüzünü kitaplığa çevirdi ve yüksekteki bir rafa uzandı. O sırada elbisesinin kolu dirseğine çıkınca, sıra sıra dizilmiş olan yaraları gözler önüne serildi.

Nefesim kesilmişti. Koşarak yanına gittim. "Katherine, koluna ne oldu? Yaralandın mı?"

Kolunu hemen elbisesiyle kapatan Katherine, "Bir şey yok," diye azarladı.

"Bir bakayım," dedim. "Birisi canını mı yaktı? Lütfen, ben-"

"Ben iyiyim," diye bağırdı. "Bahçede düştüm sadece. Önemli bir şey değil."

Nazikçe elimi kolunun üzerine koydum. "Ama sadece yardım etmek is-"

"Lütfen," dedi elimi ittirerek. "Söyledim ya, bir şey yok."

Abbott çizgi romanı eline alıp burnunu içine gömdü. Nicholas da surat asıyordu. Elinde saçlarının düzeltilmesi gereken bir bebek tutan küçük Janie'ye döndüm. Katherine'in üstesinden gelebilirdim, ama bunu şimdi yapmayacaktım. "Şu bebeğin saçlarına bir bakalım," dedim koltuğun yanında yerde duran saç fırçasına uzanarak.

Katherine'e döndüm. "Bebekleri sever misin?"

"Hayır," dedi bana bakmadan.

"Katherine hiçbir şeyi sevmez," dedi Abbott sırıtarak.

Söz konusu Katherine ise, "Benim hakkımda hiçbir şey bilmiyorsun," diyerek karşı çıktı.

"Eskiden çiçeklerle ilgilenmeyi severdi," diye ekledi Nicholas. "Annemizle."

Nefret dolu bir ifadeyle kardeşine baktı. "*Onun* yanında annemizden bahsetme!" diye bağırdı Katherine.

"Neden?" diye karşı geldi Nicholas.

Tekrar Katherine'e baktım. "Demek çiçek bahçelerini seviyorsun, Katherine?"

Cevap vermedi.

"Ben de severim," dedim. "Aslında, yağmur durunca çocuklar beni bahçeye çıkarır diye düşünüyordum. Belki yarın çıkarız." Çocukları, kamelyaya ulaşmak için kullanma düşüncesinden nefret ediyordum, fakat dikkat çekmeden bahçeye girmenin bir yolunu bulmalıydım.

"Babam bahçeye gitmemizi sevmiyor," dedi Katherine, böylece ortaya attığım fikri geri çevirmişti.

"Neden?" diye sorduğum sırada aynı uyarının Bayan Dilloway'den de geldiğini hatırladım.

"Çünkü annem-"

Katherine Nicholas'ı dirseğiyle dürtünce, çocuk, "Ayy!" diye bağırdı.

"O ne dediğini bilmiyor," dedi Katherine gözlerini devirerek.

"Lütfen, birbirinizle dalaşmayı kesin ve düzgün bir şekilde oynayın," dedim birkaç adım ötemde duran kitaplığa bakarak. "Kim hikâye seviyor?"

Büyük olan çocuklardan cevap gelmedi, ama küçük Janie yanıma gelip, bacağıma sarıldı. "Ben severim," dedi gülümseyerek.

"Güzel, o zaman," dedim ve raftan rasgele bir kitap seçtim. "Okuyalım."

Katherine yanımdan geçti ve koltukta istediği yere oturmak için Nicholas'ı itti. "Affedersin," diyerek bir yastığın yanına yerleştikten sonra kollarını eskisi gibi bağladı. Nicholas onun yanında oturuyor ve Abbott da kilimin üzerinde esneyerek yatıyordu.

"Şimdi," dedim saate bakıp, kitabın ilk sayfasını açarak.

"Yemek için hazırlanmadan önce, güzel bir hikâye için yeteri kadar vaktimiz var."

"Çocuklar!" diye bağırdı Bayan Dilloway. "Babanız gelmeden hemen yerlerinize oturun." New York'ta, şimdi fırınımızda olan babamı düşündüm. Tırnaklarına un bulanmış ve neşeli bir şekilde kocaman gülümseyen babamı. Bu çocuklar için üzülüyordum. Hiçbir evlat, onlar gibi babasından korkmamalıydı.

Nicholas ve Abbott sandalyelerine yerleşti. Şık yemek kıyafetlerinin içinde adeta birer küçük adam gibiydiler. Masanın karşısında oturan Katherine, açık sarı elbisesinin kolundaki asılda olmayan kırışıklığını düzeltip, bana sinsi bir şekilde güldü. Çocukların arasında beni en çok endişelendiren oydu.

Bayan Dilloway, dört çocuk ile bir baba için oldukça büyük ve kimsesiz duran uzun masanın en ucundaki yeri işaret etti. "Bayan Lewis, Janie'nin yanındaki yere oturabilirsiniz. Yemek yedirilirken, onun yardıma ihtiyacı oluyor."

"Evet, hanımefendi," dedim. Bayan Dilloway salonu terk ettiğinde, Janie'yi kollarıma alıp yanıma oturttum. Özenilmiş bir tiyatro sahnesinin perdeler açılmadan önceki hali gibi hissediyordum hepimizi.

Abbott bıçağıyla tabağına vurmaya başladığı an, Nicholas da çatalını alıp su bardağına vurdu.

"Siz ikiniz," diye ofladı Katherine. "Hep barbarlar gibi davranmak zorunda mısınız?"

Janie, sevinçle tiz bir ses çıkardı ve ağabeylerinin vurmalı çalgılar orkestrasına katılmak için harekete geçti. Önünde duran kaşığı aldı ve kristal su bardağının kenarlarına vurmaya başladı. Su önce masa örtüsünü, sonra yerleri ıslattı ve bardak halıyı es geçerek tahta zemine düşünce tuzla buz oldu.

"Aman Tanrım," dedim ve hemen yerdeki dağınıklıkla ilgilenmek için eğildim. Ben bunları yaparken, yemek salonunda derin bir sessizlik hâkimdi. "Teneke bardaklar senin yaşındaki biri için daha uygun olacaktır. Bayan Dilloway ile bunu konuşmam lazım." Kristal parçaları masanın altına sakladım. "İşte," dedim ayağa kalkarak. "Baban bunu asla bilmeyecek. Bu bizim küçük bir sırrımız olarak kalacak."

Lord Livingston odaya girer girmez yanaklarım kızarmıştı. Uzun ve ince bir adamdı. Şakakları grileşmiş olsa da yakından oldukça genç görünüyordu. Nicholas'ın yakışıklılığını nereden aldığını anlayabiliyordum. Babasının aynısıydı. Acaba Abbott bu benzerlik karşısında sinirleniyor mudur diye merak ettim.

Lord Livingston boğazını temizledi.

"Hoş geldin, baba!" dedi Katherine yüksek bir sesle.

Onu resmi bir şekilde başıyla onayladıktan sonra, tepesinde kubbe şeklinde kapağı olan tepsiyle masaya yaklaşan Bayan Dilloway'e döndü.

"Bu," dedi parmağıyla beni göstererek, "*kim?*"

"Bayan Lewis," diye cevap verdi Bayan Dilloway gergin bir şekilde. "Çocukların yeni dadısı. Dün geldi."

"Tanıştığımıza memnun oldum, efendim, yani, şey, Bay..." dedim.

Bayan Dilloway bir an için acı çekiyor gibi göründü gözüme. "Bayan Lewis Amerikalıdır, Lordum," dedi. Sanki durumu iyi bir şekilde kurtarmak ister gibiydi.

Lord Livingston ise gözlerini benden ayırmadan ceketini Bayan Dilloway'e verdi. "Gerçekten mi?" dedi küçümseyerek. "Amerika'da nasıl çocuk yetiştirildiğini bilemeyeceğim, ama Livingston Köşkü'nde, kimse *teneke* bardaklardan bir şey içmez."

"Ah, evet," diye kekeledim. "Evet, elbette. Ben sadece çocukların-"

"Çocuklar," diye devam etti Lord Livingston, "hanımefendi ve beyefendiler gibi cam bardaklardan içeceklerini içmeyi öğrenirler."

"Bu sadece, affınıza sığınarak söylüyorum efendim, küçük Janie daha iki yaşında ve-"

"Kızımın kaç yaşında olduğunu çok iyi biliyorum, Bayan..."

"Bayan Lewis, efendim," dedim. Yanaklarım kızarmıştı ve Katherine'in olduğu taraftan bir kıkırdama sesi geldiğini duyar gibi olmuştum. "Evet, efendim, yani Lordumuz."

Lord Livingston yerine oturduğunda ben de oturdum.

"Baba, atımı nehirden atlatabiliyorum," diye övündü Nicholas.

"Hayır, yaptıramıyorsun," diye lafa atladı Abbott. "Üç adımla kaçırdın."

Nicholas yere doğru baktıktan sonra, Abbott'ı görmezlikten gelerek babasına kendini kanıtlamaya devam etti. "Sabah benimle at binmeye gelip, kendi gözlerinle görebilirsin."

"Yarın olmaz, evlat," dedi. "Sabah işim var."

Nicholas arkasına yaslandığı sırada Bayan Dilloway de önümüzde duran kâselere yoğun ve turuncu renkli çorbayı kepçeyle koymaya başladı.

"Yemekten sonra, beni piyano çalarken dinlemeyi ister misin, baba?" diye sordu Katherine tatlı bir şekilde. "Menuet adlı besteyi G minörde çalabiliyorum artık."

"Çok güzel, Katherine," dedi. "Ama yemekten sonra dinleneceğim. Başka bir zamana kalsın, tatlım."

"Tamam, baba," dedi Katherine hayal kırıklığıyla iç geçirerek.

Janie uzattığım bir kaşık dolusu çorbayı neşeyle içerken, kardeşlerinin yaşadığı hüsrandan bihaberdi.

"Burada kaldığınız yeri sevdiniz mi, Bayan Lewis?" diye sordu Lord Livingston peçetesiyle ağzını silerek.

"Çok iyi, teşekkür ederim," dedim. "Çok güzel bir eviniz var."

"Evet," dedi sert bir şekilde. "Nesiller boyu bu ev hep bizim olmuştur."

"Özellikle bahçeler şahane," diye ekledim. Dediğim şeyi geri almak istercesine yumruklarımı sıkıyordum. Bayan Dilloway odanın diğer köşesinden bana bakıyordu.

"Eh," diye cevap verdi Lord Livingston, "bu sonbaharda değişiklikler görebilirsiniz. Kamelyalar çiçek açacak." Çatalını öyle sert vurdu ki porselenin kırıldığını sanmıştım. "Hepsi. Toprak şu sıra rutubetli ama baharda yağmurlar başlamadan önce çiçekler kendini gösterecektir." Büyük bir beğeniyle bifteğini kesti. "Kamelyalar bir işe yaramazlar. Hem de hiç. Meyvesi yoktur. Sadece çiçekleri var ve onlar da uzun süre kalmaz."

Bahçenin mahvolduğunu düşününce ürkmüştüm. Bu tam bir katliamdı. Middlebury Pembesi'nin yok edilmesindense, bir Nazi'nin bahçesinde durmasının daha iyi olup olmayacağını düşündüm.

"Bayan Dilloway," dedi ağzını mendille silerek, "uğraşmam gereken birçok evrak işim var. Yemeğimi çalışma odasına getirmeniz mümkün mü? Yemeğimi orada bitirsem iyi olacak."

Lord Livingston ayağa kalkarken, Bayan Dilloway de "Elbette, efendim," diyerek yan masada duran tepsiye uzandı.

Abbott ve Nicholas üzgün görünürken, Katherine ise kucağına bakarak elindeki bir şeye göz gezdiriyordu. "Ah, baba, keşke gitmesen," dedi bana sinsi bir şekilde bakarak. "Sana göstermem gereken bir şey var. Çocuk odasında bulduğum bir şey. Bayan Lewis'in cebinden düştü."

"Nedir, tatlım?" diye soran Lord Livingston, kızının elinde tuttuğu şeye bakmak için yanına yaklaştı. Avucundaki şeyi görebilmek için gözlerimi kıstım ve o an tuttuğu şeyin kamkat olduğunu anlayınca panikledim. Seradaki kamkattı bu.

"Aman Tanrım!" diye bağırdı Lord Livingston. "Bunu nereden buldunuz, Bayan Lewis?"

Katherine'in yüzünde sinsi bir gülümseme hâkimdi.

"Ben…"

Bayan Dilloway, "Bayan Marden marketten bir sepet dolusu alıp, eve getirmişti," diye araya girdi. "Size yemekte birazını ikram etti, değil mi Bayan Lewis?"

"Evet," diyerek lafa karıştım. "Sonra yemek için bir kısmını cebime koymuştum, sanırım unutmuşum. Çok üzgünüm."

Lord Livingston rahatlamış görünse de yorgun olduğu her halinden anlaşılıyordu. "Pekâlâ," dedi. "Size iyi geceler."

"İyi geceler, baba," dedi Abbott Nicholas'ın ardından. Katherine suratını asmıştı, ama Janie doğrulup, "İii gecele, babacık," dedi. Ancak babası onu duyamayacak kadar uzaklaşmıştı bile.

"Bayan Katherine," dedi Bayan Dilloway kaşlarını çatarak, "kamkatı alayım."

Katherine egzotik meyveyi vererek kollarını zafer kazanmış bir edayla birbirine kenetledi. "Ne dediğin umurumda değil. Onu nereden aldığını biliyorum."

"Bu kadar yeter," diye azarladı Bayan Dilloway. "Oğlanlar ve Janie tatlılarını yiyecek. Ama sen odana gidip, Livingston Köşkü'nde misafirlere nasıl davranılması gerektiğini düşüneceksin."

Katherine ayağa kalkıp, başı dik bir şekilde yürüdü.

"Lütfen," dedim Bayan Dilloway'e, "benim adıma onu cezalandırmayın."

Katherine bana keskin bir bakış fırlattı. "Fark etmez," dedi ve merdivenlere yöneldi. "Bayan Marden'in bayat limonlu kekini sevmem zaten."

Çocuklar uyuduktan sonra odama dönüp, eve yazdığım mektubu tamamlamak için kalem kâğıt çıkardım.

Sevgili anneciğim ve babacığım,

İngiltere'ye geldim ve iyiyim. Ama bir şey itiraf edeceğim: Londra Serası'na gelmedim. Ailemiz için dolambaçlı yolu seçtim ve umarım sizi hayal kırıklığına uğratmam. Adeta büyümüş de küçülmüş dört çocukla ilgilenmek için Livingston Köşkü'nde çalışmaya başladım. Köşk çok güzel ve çocuklar da iyi ama pek ele avuca sığmıyorlar. Yakın zaman önce annelerini kaybettikleri için yaptıklarını affetmek daha kolay oluyor. Babaları soğuk ve duygusuz. O senden çok farklı biri, baba. En küçük olanının, benim sana yaptığım gibi kucağına kıvrılamamasına çok üzülüyorum. Ah anneciğim, babacığım, sizi nasıl özledim.

Her neyse, bir süre için burada kalmak zorundayım. Yapmam gereken çok önemli bir şey var ve yaptığım zaman parasal sorunlarımızın biteceğini mutlulukla söyleyebilirim. Beni merak etmeyin. Burada iyi olacağım. Meyve bahçelerine ve tamamen kamelya ağaçlarından oluşan bir bahçeye bakan küçük, sevimli bir odam var. Burada pek çok güzellik mevcut olsa da ne yazık ki görmezden geliniyor. Farkına varabilmeleri için dua ediyorum.

Sizi seven kızınız,

Flora

Mektup kâğıdını katlayıp, bir zarfın içine koyduktan sonra yatağa geçtim. Pencereden yıldızları seyrederken çocukları, Lord Livingston'ı ve gizemli Leydi Anna'yı düşündüm. Keşke ona ne olduğunu bilseydim. Diğer tarafıma doğru döndüm ve bir saat düşündükten sonra sabahlığımı alıp, yürüyüşe çıkmaya karar verdim. Yürümek iyi gelebilirdi. Hem hazır uyanıkken, Janie'ye de bakabilirdim.

Parmak uçlarımda koridora çıkıp, merdivenlere yöneldim. Sessizce evin orta yerine sızdım. Köşk, ay ışığında oldukça farklı duruyordu. Vuran ışık resimleri adeta birer hayaletmiş gibi gösterirken, eşyalarda da korkunç bir etki oluşturuyordu.

Yukarı çıkıp, koridordan geçerek kızların yatak odasına geldiğimde içim ürperdi. Yavaşça kapıyı açıp, içeriye göz attım. Janie, küçük yatağında mışıl mışıl uyurken, Katherine diğer tarafta horluyordu. Zavallı şeyler. Annelerini kaybetmeyi hak etmiyorlardı.

Kendime odama gitmem gerektiğini söylesem de aynı kattaki sera adeta beni çağırıyordu. Bayan Dilloway'in anahtarları koridordaki süpürgeliğin yanındaki halının altına koyduğunu hatırladım. *Neden içeri girmemeliyim ki?* Oraya göz kulak olmamı istemişti ve ben de orkide saksılarında bazı otların türediğini fark etmiştim. Onlarla ilgilenebilirdim. Belki. Evet, sadece birkaç dakikalığına. Yatağa geçmeden önce, ağaçları hemen sulayabilirdim. Anahtarı buldum ve yuvasına yerleştirdim. Seraya aceleyle girip, kapıyı ardımdan kapattım. Üzerimdeki cam tavandan ayı ve yıldızları görebiliyordum. Ünlü bir ressam tarafından yapılmış bir duvar resmine benzeyen bu muhteşem görüntü nefesimi kesmişti. Leydi Anna'nın burayı sevmesine şaşmamalıydı.

Orkidelere doğru yürüyüp, üzerinde pembe ve beyaz renkte çiçek açmış olan küçük toprak saksıdaki otları yoldum. "İşte böyle, seni güzel şey," diye fısıldadım orkide sapının yanındaki yonca köklerinin bir kısmını kopararak. "Böyle daha mı iyi?" Gecenin sessizliğinde, çiçeklerin iç çekişlerini neredeyse duyabiliyordum.

Musluğa doğru ilerleyerek, yeşil çiçek sulama kabını ağzına kadar doldurdum ve çiçeklerle onların dostlarını suladım. Su damlalarının ay ışığının altındaki hallerine hayran kalmıştım.

Katherine kamkatları biliyordu. Annesi onu buraya getirmiş miydi? İçeri akşam havası girsin diye evin ön tarafına bakan pencerenin sürgüsünü çıkardım. Eğildiğimde alt kattaki balkondan bahçeye bakan birinin gölgesini gördüm. *Lord Livingston.* Dirseklerini korkuluklara dayamış, başını ellerinin arasına almıştı.

El yordamıyla pencerenin mandalını kavrayıp, o beni görmeden kapatmaya çalışırken pencere pervazından aşağıdaki balkona bir çakıl düşmüştü. Pencereyi kapatıp, duvarın arkasına saklandım ve girişe yöneldim. Kapıyı kapatıp kilitledikten sonra kilidi halının altına geri koydum.

Parmak uçlarıma basarak koridordan geçerken, kalbim hızla atıyordu. Ayaklarımın merdivende gıcırtılı sesler çıkardığının farkındaydım. İkinci kata geldiğimde rahatlayarak iç geçirmeme rağmen köşeyi döndüğümde biriyle çarpıştım. Cüssesine baktığımda bu kişinin bir adam olduğunu anladım.

"Affedersiniz," dedim hemen. "Ben sadece, şey, çocuklara bakıyordum." Işık, yüzünü çıkaramayacağım kadar loştu, ama konuştuğunda tüylerim diken diken olmuştu.

"Flora?"

"Desmond?"

On Üçüncü Bölüm

Addison

Ertesi gün Rex duştayken yanımdaki masada duran telefonum titredi. Numarayı tanımayınca, arayan kişinin Sean olmasından korkarak açmamaya karar verdim. Buna rağmen sesli mesajlarımı kontrol ettiğimde, iş için arandığımı anlamıştım. Chelsea'deki bir kadın, yeni aldığı evin arka bahçesi hakkında soru sormak istiyordu.

"Georgia'dan haber alabildin mi?" diye sordu Rex banyodan. Beline havlu dolamıştı ve göğsü su damlacıklarıyla kaplıydı.

"Hayır, bunu başarabileceğimi sanmıyorum."

"Şey, o zaman biz de başka bir yol buluruz," diye önerdi Rex. "Belki kasabada yaşayan birini tanıyordur. Biraz daha araştırma yapmak için tekrar kafeteryaya gitmeyi planlıyordum. Belki birilerine sorarım."

"Evet," dedim. "İyi fikir."

"Sen de gelmek ister misin?" diye sordu Rex.

"Yok, ben burada kalacağım."

"Yabani otları temizleyeceksin, değil mi?"

"Nereden bildin?"

"Öyle yapacakmışsın gibi bakıyorsun da ondan," dedi Rex.

Gülümsedim. "Ortancaların olduğu yerde karahindiba çiçeklerinin ve yoncaların olması seni de deli etmiyor mu?"

Rex sırıtarak, "Hayır," diye yanıt verdi. "Ama seni ediyor. Bunu anlayabiliyorum." Beni kendine doğru çekti. "Ailem, ot temizleme işlerini yaptırmak için birini tutabilir, bunu biliyorsun değil mi?"

Başımla onayladım. "Ama ben ot temizlemeyi *seviyorum*."

"Harikasın."

O öğlen telefonum çaldığında, tereddüt ederek cevap verdim. "Alo?"

"Evet, merhaba, ben Georgia Hillman." Sesi yorgun ve çatallı geliyordu. "Bu numarayı aramam için mesaj almıştım."

"Evet," dedim büyük bir istekle. "Adım Addison Sinclair. İngiltere'de Livingston Köşkü denilen yerde kalıyorum ve ben-"

"Ne dediniz?"

"Sizi Livingston Köşkü'nden aradığımı söyledim."

O an hattın diğer ucundan hiç ses gelmedi.

"Bayan Hillman, hâlâ orada mısınız?"

"Evet," diye cevap verdi Bayan Hillman sonunda. "Buradayım."

"Sizi rahatsız ettiğim için üzgünüm," diyerek devam ettim konuşmaya, "ama zamanında burada çalışan Flora Lewis hakkında bir bilgi aldım. Onu tanıyor musunuz?"

Hiçbir şey söylemedi.

"Bayan Hillman?"

"Evet," dedi. "Özür dilerim. Bu ismi uzun zamandır duymamıştım."

"O zaman onu tanıyorsunuz?"

"Tanıyordum," diye onayladı. "Evet."

"Sizin de adınızın geçtiği bir haber buldum," dedim. "Sanırım bu kişi İngiltere'de kaybolmuş, öyle mi?"

"Evet. Ve onu bulamadıkları için çok üzgünüm."

"Ona ne olduğu hakkında bir bilginiz var mı?"

"Hayır," diye yanıt verdi Bayan Hillman. "Keşke bilsem. Onu çok kısa bir süre için tanıdım."

"İngiltere'ye giden gemide, değil mi?"

"Evet," dedi. "Bir dolandırıcı ile çalışıyordu."

"Dolandırıcı mı?"

"Evet ve bir zamanlar bunu ben de yaptığım için söylemeye utanıyorum," dedi. "Bakın, o zamanlar yaptığım şeyden gurur duymuyorum, ama o hayatı bir kenara bıraktım. Flora'nın bu işe karışmamasını istemiştim. O, bunu yapamayacak kadar iyi bir insandı."

"Anlamıyorum."

Bayan Hillman, "Bay Price, istediği şeyi nasıl elde edeceğini biliyordu," diyerek devam etti. "İnsanları kukla gibi nasıl oynatacağını çok iyi bilirdi. Flora'nın ailesinin vahim bir şekilde paraya ihtiyacı vardı ve o da bunu biliyordu. Bu yüzden, bu durumu kullandı."

"Demek Flora İngiltere'de dolandırıcılık işinin bir parçasıydı?"

"Evet," dedi. "Hatırladığım kadarıyla Flora, Bay Price ile konuşurken kulak misafiri olmuştum. Nadir bulunan bir çiçeğin ya da ağacın yerini bulmakla yükümlüydü."

"Kamelyayı kastetmiyorsunuz, değil mi?"

"Olabilir," dedi. "Aslında evet, dediğiniz doğru."

"Bay Price neden kamelyayı istiyordu?"

"Para için," dedi. "Bu muhtemelen birisi için çok değerliydi ve o bunu almak için görevlendirilmiş bir insandı. Çiçek hırsızlığı zincirini yönetiyordu. Ulaşamadığı ne bir bitki ne de bir ağaç vardı." Kendi kendine iç geçirdi. "Tampa'daki bir hapishane hücresinde, 1970'li yıllarda öldü. Bu size onun nasıl bir adam olduğunu açıklıyordur."

"Sizce Flora işi tamamladı mı? Kamelyayı bulduğunu düşünüyor musunuz?"

"Bilmiyorum," diye cevap verdi Bayan Hillman. "Bir yanım onun kaçıp, onu bulamayacağı uzak bir yere gittiğini düşünüyor. Bay Price bir an için bile olsa Flora'nın yaşadığını düşünseydi onu bulurdu. Flora'nın hep hayalini kurduğu hayatı yaşadığını düşünmek hoşuma gidiyor. Ama emin değilim. Bildiğim kadarıyla ailesini seviyordu ve onlar bir daha kızlarından haber alamadılar."

"Nereden biliyorsunuz?"

"Flora kaybolduktan beş yıl sonra onları görmeye gittim," dedi. "Az da olsa param vardı. Bay Price ile yaptığım son işten kalan param. İsveçli aileden çaldığımız parayı, onlara geri veremedim. O yüzden bunu borçlarını kapatabilmeleri için Flora'nın ailesine vermeyi planlamıştım. Flora, çok zor zamanlar geçirdiklerini anlatmıştı. Ama oraya gittiğimde, yapmak istediğim hiçbir yardımı kabul etmediler. Bir akrabalarının onlara yüksek meblağda para bıraktıklarını söylediler. Onlara birilerinin bakmasına memnun olmuştum. Ama para onlara kızlarını getiremezdi. Kızlarının suç işlediğini de hiçbir zaman öğrenmemelerine sevinmiştim."

"Bayan Hillman," dedim, "bunların hepsini benimle paylaştığınız için size çok teşekkür ederim. Aklınıza başka bir şey gelirse, lütfen beni arar mısınız?"

"Evet, elbette," diye onayladı Bayan Hillman. "Hayatımın o kısmından uzun zamandır bahsetmeye bahsetmeye neredeyse unutacaktım. Ölen eşim bunu hiç bilmedi. Geçmişimizin dönüp dolaşıp bizi tekrar bulması ne kadar tuhaf."

Başımı olumlu anlamda salladım. "Evet, öyle," dedim sessizce.

Telefonu kapattığımda, evde biraz daha araştırma yapmaya karar verdim. Bayan Dilloway sadece çarşamba günleri kasabaya iniyordu. Bayan Klein'a soracak olursanız saçlarını yaptırmaya gidiyordu, ama Bayan Dilloway bunu kabul etmezdi. Ne olursa olsun, yalnızca onun yokluğunda evin keşfedilmemiş yerlerine göz atabileceğimi biliyordum. Buraya geldiğimiz ilk günden beri, onun yukarda bir odaya girip çıktığını fark etmiştim ve orayı kendi gözlerimle görmek için can atıyordum.

Araba yola çıkınca, kimsenin beni takip etmediğinden emin olarak üçüncü kata çıktım. O gün evde olduğunu bildiğim tek kişi, Bayan Dilloway'in çalıları budaması için tuttuğu kasabalı çocuk John'du. Uzaktan ot biçme makinesinin sesi geliyordu kulağıma.

Merdivenlerin sonuna geldiğimde etrafıma bakındım. Bayan Dilloway haklıydı. Bu katta kayda değer hiçbir şey yoktu. Belki de yakından bakıldığında kubbeli tavanında duvar resmi görülen yer dışında. Bahçenin üzerinde gezinen melekleri seçebilmek için gözlerimi kıstım. Yakından bakıldığında, kenarların örümcek ağıyla kaplandığını görebiliyordum. Kapıya doğru ilerleyip, tokmağı çevirdim. Kilitliydi. Kilidin çok eski olmasından dolayı açılabileceğini düşünerek daha sert ittirdim, ama işe yaramadı. İç geçirdim ve dizlerimi göğsüme çekerek halıya oturdum.

Yıllardır kullanılmanın etkisiyle eskimiş ve parçalanmış olan halının örgüsüne baktım. Yakın zamanda kayınvalidem bunu da kesin kaldıracaktı. "Berbat," diyecekti. Altındaki zeminin ahşap olup olmadığını merak ettim. Halıyı kaldırıp parlayan tahta zemine bakarken o anda metal bir şeyin parladığını gördüm. Eğildim ve pirinçten yapılma küçük anahtarı elime aldım. Hayır, bu olamazdı. Ayağa kalktım ve hemen anahtarı yuvasına yerleştirdim. Kımıldamıyordu, ama nazikçe çevirdiğimde bir anda tokmak döndü. Nefes nefese kalmış bir şekilde kapıyı açtım.

İçeri dikkatli bir şekilde adım attığımda, karşımdaki manzaraya hayran kalmıştım. Karşımda kocaman bir sera vardı. Ya da *bir zamanlar* seraydı. Büyük cam tavandan güneş ışığı süzülüyordu. Aşağıdan bakıldığında bu çatının görülmesinin imkânsız olduğunu fark etmiştim. Etrafa hayranlıkla bakarken, kalbim deli gibi atıyordu. Gövdesi benim bileğimden bile kalın olan, açık pembe renkli begonvillerle donatılmış çardakta dolandım. Çoğu ölmüş olsa da üzerinde kızılımsı mor rengindeki çiçekleri olan sağlıklı bir sarmaşık hâlâ duruyordu. Güneşin sıcaklığıyla limon kokusu alıyordum, çok geçmeden de kaynağını bulmuştum. Karşı köşede duran eski bir saksıdaki limon ağacından geliyordu. *Burası Leydi Anna'nın olmalıydı.*

Yapraklarla kaplanmış yoldan geçerek, bir zamanlar üzerinde onlarca orkideye vitrin olmuş olan masaya doğru ilerledim. Şimdi ise orkide mezarlığıydı. Geriye sadece kahverengi ve buruşuk dalları kalmıştı, ama önceden nasıl göründüklerini hayal edebiliyordum. Saksıların birindeki etiketi kaldırınca gülümsedim. *Leydi Fiona Bixby. Onlara sanırım isim takıyordu.* Belki de bahçede kötü bir şey olmamıştı. Leydi Anna belli ki yaratıcı bir ruha sahipti ve bahçelerinde yapılacak işleri tükenince, çiçeklere ve ağaçlara isimler takıyordu.

Camın yanındaki banka oturarak, dadı Flora'yı düşündüm. O da buraya gelmiş miydi? O da burayı Leydi Anna kadar sevmiş miydi? Kenarları paslanmış olan eski bir malayı elime aldım. Bu bana unutmayı dilediğim bir anımı hatırlatmıştı. Gözlerimi sımsıkı kapatıp, çaresizce aklımdan çıkarmaya çalıştım.

On Beş Yıl Önce

Jean duvardaki saate baktı. "Saat altı oldu mu? Randevuma geç kaldım." Bana döndü. "Tatlım, dolapta çabuk makarna var. Onu Miles ve kendin için yapabilir misin?"

"Birini unutmuyor musun?" dedi Sean sinirli bir şekilde. "Bildiğim kadarıyla devlet sana benim adıma her ay dolgun bir çek gönderiyor."

Jean Teyze kaşlarını çatarak, "Çoğu geçen hafta mahvetmiş olduğun duvarın tamirine gitti," diye yanıt verdikten sonra bana baktı. "Miles'a göz kulak ol. Saat sekize kadar dönerim."

O kapıdan çıkarken, donmuş bir şekilde ileriye bakıyordum.

"Anonim Alkolikler," dedi Sean. "Hiçbir buluşmayı kaçırmaz. Bir yıldır alkol almıyor, en azından buna herkesin inanmasını istiyor." Mutfağa gidip, dolaba uzandı ve bir şişe likör çıkardı. Kapağını açtıktan sonra bana uzatmadan önce bir yudum aldı.

Korkuyla kafamı iki yana doğru salladım.

"Haydi, al biraz," dedi Sean. "Biraz gevşersin."

"Hayır," dedim hemen.

Televizyonun karşısındaki küçük çocuğa döndü. "Onun şişesine biraz alkol katsak mı?"

Nefes nefese kalmış, böyle bir şeyi önerdiği için şok olmuştum.

"Queens'teki diğer evde ona bunu yapmıştım," dedi gülerek. "Çok komikti."

"Bu çok kötü," dedim.

"Pekâlâ, seni kanatsız melek." Sean şişeden bir yudum daha alıp, kapağını geri kapattı ve dolabın en üst rafına geri koydu.

Oturma odasına geçtim ve meraklı gözlerle bana bakan Miles'ın yanına oturdum.

"Ben Amanda," dedim ona.

Utanarak gülümsedi ve kafası olmayan ayısını bana doğru uzattı.

"Bahse girerim ayıyı düzeltebiliriz," dedim. "Kafasının... nerede olduğunu biliyor musun?"

Çocuk, mutfağın yanındaki yangın merdivenini parmağıyla işaret etti. Başımla onayladım ve oraya gidip, açık camdan dışarı göz attım. Kafası, dalları birbirine girmiş olan gül ağacının orada, metal ızgaranın üzerinde yüzüstü duruyordu. Yerden aldım ve turuncu günbatımı rengindeki tek çiçeğe hayranlıkla baktım. Güle nazikçe dokunduktan sonra şehre çevirdim gözlerimi. Kornalar çalıyor, ışıklı reklam tabelaları yanıp sönüyordu. Parmaklıklara tutunmuştum ve arkamda bir hareketliliğin olduğunu duyunca donakaldım. Paslı bir bahçe malasını içgüdüsel olarak elime aldım hemen.

"Dur, bu kadar korkma," dedi Sean. Sıcak elini sırtımda hissedebiliyordum. "Ne, seni delirteceğimi mi düşünüyorsun yoksa?" Turuncu gülü koparmak için uzandı. "Çiçekleri sever misin?" diye sordu. İki büklüm olmuştum. Bu nasıl bir ziyandı. "Ahh!" diye bağırdı. "Bu lanet şey benim hakkımdan geldi." Birkaç damla kan akan elini geri çekti ve gülü yere atıp, botunun topuğuyla nazik yapraklarını ezdi.

Bu anıyı zihnimden atmaya çalıştım. Önümde duran güzelliğe odaklanıp, geçmişin çirkin yüzünü arkamda bırakmak istiyordum. Çardağın yanındaki saksıda duran ağaca doğru ilerledim ve dalındaki küçük portakalı kopardım. Gülümsedim. Bunlar kamkattı, tabii. Bir ısırık alıp, mayhoş tadının duygularımı harekete geçirmesine izin verdim. Tam o sırada arkamda kapının açıldığını hissettim. Ve ayak sesleri. Eski malayı sımsıkı tutup, kendimi koruma altına aldım.

On Dördüncü Bölüm

Flora

Loş ışıktaki tanıdık simayı görünce, kalbim deli gibi atmaya başlamıştı. "Burada ne işin var?" diye sordum tedirgin bir şekilde. Onu bir kez daha görmeyi beklemiyordum. Ben merdivenlerde sabahlığımla dururken, o ise gri takım elbisesinin verdiği şıklıkla karşımda dikiliyordu.

"Ben burada yaşıyorum," dedi Desmond gülümseyerek.

"Ne demek burada *yaşıyorum*?"

"Burası benim evim," dedi. "Şey, ailemizin evi." Başını kafası karışmış bir şekilde salladı. "Ama sen bana demiştin ki-"

"Çok üzgünüm," dedim belimdeki kuşağı iyice sıkılaştırarak. "Sana karşı dürüst olmadım." Kelimeler dudaklarımdan dökülürken nabzımın hızlandığını, yanaklarımın da kızardığını hissedebiliyordum. "Londra Serası'nda bir işim yok. Olayın aslı şu ki, ben burada dadıyım." Dudağımı ısırdım. "Hemen burayı terk etmemi istersen, anlarım." Midem altüst olmuştu. *Köşkte bulunmamın asıl nedenini itiraf etmeden, kendimi ve yalanımı nasıl açıklayabilirdim ki?*

"Lütfen," dedi Desmond elime uzanarak. "Sen neden bahsediyorsun? Terk etmek mi? Bunu duymamış olayım. Sadece köşk için bir çalışan olduğunu bilmemi istemedin. Bunu anlıyorum. Herkesin seçtiği bir yol vardır. Zararı yok."

"Yol mu?" dedim elimi geri çekerek.

"Evet," diye cevap verdi. "Kimse mükemmel değildir."

"Eğer bir şey ima etmek istiyorsan-"

"Hiçbir şey ima etmiyorum," diyen Desmond, bir adım daha yaklaşınca ister istemez geri çekildim."Bu çok komik," diyerek konuşmasına devam etti. "Seni bir daha göremeyeceğim diye endişelenmiştim, ama sen sabahlığınla, benim evimde karşıma çıkıyorsun." Sırıttı ve elini tekrar uzattı. "Baksana, bunu baştan alamaz mıyız? Merhaba, ben Desmond Livingston."

Gülüşüne dikkatli bir şekilde karşılık verdim. "Selam, ben de Flora," dedim. "Flora Lewis."

15 Nisan 1940

"Biri uykusunu alamamış mı?" Bay Humphrey ertesi sabah kahvaltıda dalga geçiyordu.

"Özür dilerim," dedim, esnememek için elimden geleni yapıyordum. "Avrupa saatine uymakta hâlâ güçlük çekiyorum." Elbette, gece yarısına kadar Desmond ile misafir odasında konuştuğumdan bahsetmemiştim.

Bay Humphrey kucağındaki peçeteyi alarak ayağa kalktı. "Şey, benim gitmem gerekiyor. Bugün Lordu kasabaya götüreceğim."

"Öyle mi?" dedi Bayan Dilloway. "Kasabada ne yapacakmış?"

Şoför bir bana, bir Bayan Dilloway'e baktı. "Programını tutmuyorum, hanımefendi," dedi garip bir şekilde. "Bana şoförlüğünü yapmam için para ödüyor, soru sormam için değil."

"Ah, Bay Humphrey," dedim aileme yazdığım mektubu elbisemin cebinden çıkararak. "Postaneden geçme ihtimaliniz varsa, rica etsem bunu gönderebilir misiniz?" Ardından pul işleri için birkaç bozukluk verdim. "İşte, bunun yetmesi lazım."

"Elbette," dedi zarfı gömleğinin cebine koyarak.

"Teşekkür ederim."

"Buraya alışabildiniz mi, Bayan Lewis?" diye sordu Bay Beardsley masanın başından. Kahvaltı yapma sırası ona gelmişti ve önünde bir defter açık bir şekilde duruyordu.

"Gayet iyiyim, efendim," dedim. "Çok güzel bir ev."

"Öyle," diye onaylayan Bay Beardsley, yüzüme bakmadan deftere bir şey karaladı.

"Merak ediyordum da efendim, bugün çocukları bahçelere çıkarabilir miyim? Tabii, derslerinden sonra."

Bay Beardsley önce Bayan Dilloway'e, sonra da bana baktı. "Bahçeye mi?"

"Evet," dedim. "Görmeyi çok isterim ve çocuklar da evde tıkılıp kaldılar. Onları yürüyüşe çıkarmayı düşünmüştüm. İzin verirseniz, onları kamelya bahçesine götürmek isterim."

"Bunu tavsiye etmem," dedi Bay Beardsley hemen.

"Ama, efendim," diye yalvardım. "Çok uzun kalmayacağımıza söz veriyorum. Lordumuz gözetim altındaki küçük bir yürüyüşe bir şey demez herhalde?"

"Şey," dedi defterini kapatıp, bana bakarak, "çok uzaklara gitmeyin. Bahçe çok büyük ve sis çöktüğünde... Şey, orası çocuklar için ideal bir yer değil."

"Dikkatli olacağım," dedim. "Söz veriyorum."

"Bay Humphrey, Lord Livingston'ı eve getirdiği zaman, saat ikiye kadar dönmüş olun," diye ekledi Bay Beardsley.

"Evet, efendim," dedim.

Çocuklar kahvaltılarını ederken, Katherine'in gönülsüzce yumurtasını didikleyişini izliyordum. Onun sırlarıyla üzüntüsünü anlamam için zaman ve sabır gerektiğini biliyordum.

"Çocuklar," dedim, sabah sessizliğini bölerek, "bu sabah derslerinizden sonra keşif için bahçeye çıkmaya ne dersiniz?" Desmond o sabah işleri için şehre inmişti ve nedeni her neyse, eve yaptığı ziyaretini gizli tutmak istiyordu. Ben de bu sırrı tutmak için ona söz vermiştim.

Abbott sandalyesinde doğrularak, "Gerçekten mi?" diye sordu. "Gidebilir miyiz?"

Nicholas, elinde kılıç sallarcasına bir hareket yaptı. "Bu bizi şeytani ruhlardan koruyacak."

Abbott hemen onu dürterek, "Salak," dedi.

"Ben de mi?" dedi Janie masaya doğru eğilerek. Onu kollarıma alıp, yanağına bir öpücük kondurdum. "Sen de, Bayan Janie."

Katherine bana bakıp, yapmacık bir şekilde gülümsedi. "Babamın seni kovacağını biliyorsun. Eğer böyle bir şeyi önerdiğini duyarsa-"

"Neyi?" dedim karşılık vererek. "Çocukların temiz hava almasını önerdiğim için ne olacak? Saçmalık! Çocukların açık havada olması gerekir! Bahçeye yürüyüş yapmaya gitmede ben yanlış bir şey görmüyorum. Hem Bayan Dilloway ve Bay Beardsley izin verdiler."

"Verdiler mi?" diye sordu Katherine.

"Evet," dedim, Janie'yi sandalyesine yerleştirip, Katherine'e dönerek. "Bize katılacak mısın?" Göz göze geldiğimizde gülümsedim. "Meşgul değilsen, tabii."

Omuz silkti.

"Tamam o zaman, anlaştık," dedim ayağa kalkarak. "Janie ve ben çocuk odasında vakit geçireceğiz. Saat on birde buluşup, beraber terasa çıkabiliriz."

Janie saat dokuz buçukta yatağında uykuya dalınca, çocuk odasını toplamaya karar verdim. Öncelikle, bir gece önce Nicholas'ın üzerine titrediği tren raylarını tamir ettim. Çalışır durumda olduğunu görmek onu mutlu edecekti. Bebek elbiselerini düzenli bir şekilde katladım ve bebek evinin yanındaki küçük beyaz masanın üzerine koydum. Abbott'ın çizgi romanları da düzenlenmek istiyordum. Onları da türlerine göre sıralayıp kitaplığa yerleştirdim. Ardından üst rafı görebilmek için merdivene çıktım. Aşağıdan içi boş gözükse de yakından bakınca köşeye sedir ağacından yapılma küçük bir kutunun bırakıldığını fark ettim. Kutuyu almak için uzandım ve üzerindeki kalın toz tabakasını fark edince hayretler içinde bakakaldım. Çünkü Bayan Dilloway bunu görse, gözünden kaçtığı için çok utanırdı. Merdivenden inip, kutunun içindekilere bakmak için yere çömeldim. Kapağını kaldırdım. İçinde Desmond için yazılan bir mektup vardı ve zarfın üzerindeki yazı bir kadına aitti. Gönderen kişiye baktım: Vivien Wainwright. *Kim bu?* Her ne kadar zarfı yırtıp içine bakmak istesem de kendimi tutarak zarfı yerine bıraktım ve onun yerine, beyaz kırışık bir kurdeleyle tutturulan eski fotoğrafları elime aldım. Kurdeleyi çözüp, fotoğraflar arasında gezindim. Bir fotoğrafta Lord Livingston'ı ve yanında duran cazibeli kadını fark etmiştim hemen. Kadın objektiften başka bir yöne bakıyordu. *Bu Leydi Anna olabilir miydi?*

Koridordan gelen ayak seslerini duyunca, çocuklar içeri girmeden önce kutuyu rafa kaldırdım. "Merhaba," dedim biraz heyecanlanarak.

Katherine'in arkasından Nicholas ve Abbott da içeri girdi. "Ne yapıyorsun?" diye sordu Katherine.

"Odayı topluyordum," dedim. "Gördün mü? Bu kutuyu rafta buldum." Çocukların yüzlerindeki ifadeyi incelerken, ellerimi kenetleyerek, "Şimdi," dedim, "hâlâ benimle yürüyüşe çıkmak istiyor musunuz?"

"Evet!" diye bağırdı Nicholas. Pencereden gelen sabah ışığı, gözlerini çevreleyen siyah kirpiklerini aydınlatıyordu.

"Pekâlâ, ceketlerinizi giyin de küçük kardeşinizi uyandıralım."

"Keşif için harika bir gün," dedim, güneş ışığına hayranlıkla bakarak. Kuşlar ağaçların çevresinde şakıyordu. "Evin her köşesini bildiğinizi varsayıyorum."

"Eskiden bilirdik," dedi Nicholas, ayağını çamura soktuğunda çıkan şıpırtılı sese hayran kalarak, "annem ölmeden önce. Şimdi babam, binicilik dersleri dışında dışarı çıkmamıza pek izin vermiyor."

Katherine gözlerini devirerek, "Sana işkence ediliyormuş gibi davranma," dedi. "En azından ata biniyorsun. Buna şükretmek için çok küçüksün."

"Çocuklar," dedim, "lütfen bu güzel günü mahvetmeyin."

Oğlanlar önden koşunca, Katherine ve ben sessizce yürümeye devam ettik. Ta ki ben bu sessizliği bozana kadar.

"Sadece şunu söylemek istiyorum, şey, hangi konuda olursa olsun, benimle konuşmak istersen ben hep burada olacağım. Anneni özlüyor olmalısın ve şey-"

"Annem ve benim hakkımda hiçbir şey bilmiyorsun," dedi Katherine ilgisizce, ardından yürümeye devam etti.

Havada dolanan kara bulutlara bakarak iç geçirdim. Yağmura yakalanırsak, Bayan Dilloway bundan hoşnut kalmayacaktı. Janie'nin kapüşonunu sarı kıvırcık saçlarının üzerinden geçirdim ve ceketinin ilikli olduğundan emin oldum. Abbott'ın bütün itirazlarına rağmen çocukların hepsine ceketlerini giydirmiştim. Başımı kaldırdığımda bir kuzgunun uçarak bir akçaağacın yanına konduğunu gördüm. Kuş dalın kabuğunu kemirdikten sonra, *Bir adım daha yaklaşma. Yoksa*, der gibi bana doğru gakladı. İçim titremişti. Annem kuzgunların bilinenin aksine daha zeki ve kurnaz hayvanlar olduğunu söylerdi. Mesela, babamın, fırının arkasındaki patikadaki çöpü ne zaman boşaltacağını saati saatine bilirlerdi. En sevdikleri bayatlamış çavdar ekmekleri olmadığı zaman hoşnutsuzlukla gaklarlardı.

Belki de geri dönmeliyiz. "Çocuklar," diye bağırdım, "çok uzağa gitmeyin!" Janie kucağımdayken, büyük çocukların hızlarına yetişemiyordum.

"Buradayız," diye seslendi Abbott bana doğru koşarak.

"Öcü!" dedi Nicholas, köknarın arkasından başını çıkararak.

Bileğime bir yağmur damlasının düştüğünü hissetmiştim. "Fırtına yaklaşıyor," dedim. "Maceramıza yarın devam etsek iyi olur."

"Yaa," diye sızlandı Abbott, "ama daha yeni evden çıktık." Gökyüzünü gösteriyordu. "Birazcık yağan yağmurdan korkmayız biz. Hem sana göstermek istediğimiz bir şey var."

Bulutlara şüpheyle baktım, ama kamelya bahçesi tam önümde durmuş, adeta beni çağırıyordu. *Özellikle Middlebury Pembesi yakınlardayken, biraz daha yürümenin ne zararı ola-*

bilirdi ki? Bay Price onu bulup, yaza kadar haber vermemi bekliyordu. Ceketimi Janie'nin omuzlarına koyup, onu ısıtmak için göğsüme iyice yaklaştırdım. "Pekâlâ," diyerek teslim oldum. "Ama hemen döneceğiz."

"Oley!" diye haykırdı Nicholas.

Üzerinde pembe ve açık pembe renklerde yabani çiçekler olan, çimenlerle kaplı yamaçtan yürüdüğümüz sırada rüzgâr çıkmıştı. "Burası biraz orman gibi olmuş," diye açıkladı Abbott. "Babam iyi ki bütün bitkilerin yerini yabani otlara bırakmasına izin vermiş."

"Bunlar ot değil," diye araya girdi Katherine. "Annemin ektiği alev çiçeğini görmüyor musun? Bak, burada, çimendeler."

"Bana göre ot," dedi Abbott. "Ben on iki yaşındayım ve senden çok daha fazla şey biliyorum."

"Şimdi, Abbott," dedim ortamda huzur sağlamaya çalışarak, "bize göstermek istediğin şeyi bul, sonra sırılsıklam olmadan eve dönmemiz gerekiyor."

Çocuk başıyla onayladı. "Pekâlâ, buradan çok uzakta değil."

Hemen önümüzde, üzeri ot ve devedikenleriyle kaplanmış taştan oyulma bir melek heykeli gördüm. Sadece yüzü ve kanadının ucu görünüyordu.

"Annemin heykeli!" diye bağırdı Nicholas, onunla neredeyse aynı boyda olan meleğe doğru koşarak.

"Dikkatli ol, Nicholas," diye azarladı Katherine. "Çimenlerin arasında zehirli bir çiçek olabilir."

Denilene kulak asmamış gibi görünen Abbott ise böğürtlenleri incelemek için yürümeye devam etti. Bu taş meleğin ona da annesini hatırlatıp hatırlatmadığını merak etmiştim. Ama göz göze geldiğimiz an Abbott başını çevirdi.

"Ne demek istiyorsun, Katherine?" diye sordum.

Üzerinde yeşil yapraklı adaçayı olan küçük çalıyı ve noktacıklarını parmağıyla işaret etti. Etrafında mor renkte ve böğürtlene benzeyen çiçek fidanları vardı. Bu bana, fırının dışındaki saksılara ektiğim hasekiküpesi çiçeğini hatırlatmıştı. "Onu görüyor musun?" dedi. "O zehirli bir çiçek. Dokunursan seni öldürebilir. Annem demişti."

Yakından bakabilmek için eğildim. "Bu kadar güzel bir şeyin zehirli olduğuna inanamıyorum," dedim.

"Eh, ama öyle," diyerek devam etti Katherine. "Annem yalan söylemez."

"Elbette söylemez," dedim.

Nicholas elini cebine sokarak meleğe baktı. "Annem bu heykele bayılırdı," dedi duygusal bir şekilde. "Babam seyahatlerinin birinden getirmişti. Kapımıza, kahverengi bir kâğıda sarılmış bir şekilde getirildi. Bay Blythe, onu buraya, kamelyaların yanına koymuştu."

Babamın bana on dokuzuncu yaş günümde aldığı kol saatime baktım. "Hay aksi," dedim, "daha kamelyaları göremedik."

Abbott'ın öncüğülünde yamaçtan aşağı inerek küçük vadiye çıktık. Sis o kadar yoğundu ki resmen bir bulutun içinde kaybolmuştuk. Abbott, bizi büyük kamelya ağaçlarının yanına getirdi. Çiçeklerine göz gezdiriyordum. Bazıları benim elim kadar büyük ve gösterişliydi. Diğerleri ise küçük ve narindi, taçyaprakları ise ipek gibiydi. Hepsi parlak ve yeşil yapraklıydı. İkinci ve üçüncü sırayı da gezmiş olmamıza rağmen, o ana kadar Middlebury Pembesi ortaya çıkmamıştı.

Çiçeklerin birine dokunmaya çalışırken, dışarı fırlamış olan kökün bir tanesine takıldım. Dengemi kaybedip sola doğru sendeleyince, Janie'yi sımsıkı tuttum. Düşmemek için sol kolumu uzattığımda, bileğimdeki acıyı hissederek irkildim.

O anda Katherine çığlık attı: "Dikkat edin, Bayan Lewis!"

Artık çok geçti. Dişleri dışarıya dönük olan paslı tırmığın üzerine düşmüştüm. Janie'yi dikkatli bir biçimde yere bıraktıktan sonra yarama baktım. Derin bir şekilde sıyrılmıştı ve bileğimden kanlar akıyordu.

Katherine yanıma çömeldi. "İyi misiniz? Acıyor mu?"

"Evet," dedim. "Bir yara bandına ihtiyacım olacak."

"İşte," dedi Abbott övünerek. Ceketinin düğmelerini açıp, gömleğinin bir kısmını yırttı. "Bunu kullanın."

Yaptığı iyi niyet gösterisine gülmüştüm. "Teşekkür ederim," dedim beyaz gömleğinin parçasını bileğime sararak. Kan kumaşı ıslattığı için daha sıkı bağlamak adına Abbott'tan yardım istedim.

"Geri dönmek isterseniz," dedi, "anlarım."

Bileğim zonklasa da ayağa kalktım. Elbisemdeki tozu silkeleyerek Janie'yi kollarıma aldım. Yarama çok fazla baskı yapmak istemiyordum. Bay Price'ın kulağıma fısıldadığını duyar gibi olmuştum. *Bu bir şans. Bu bir fırsat. Kullan.* "Devam edelim."

"Eminseniz," dedi Abbott.

Başımı olumlu anlamda salladım. "Biraz daha gidebiliriz."

Kamelya ağaçlarının arasından geçmeye devam ediyorduk ama hâlâ Middlebury Pembesi'ne benzeyen bir şey yoktu. Abbott sözünü tuttu ve çok geçmeden durdu. "İşte geldik," dedi. Yüzünde kocaman bir gülümseme hâkimdi.

Bir sağa, bir sola baktım ve başımı iki yana doğru salladım. "Nerede? Ben hiçbir şey görmüyorum."

"Yaklaşın," dedi Abbott, sisin çöktüğü yeri işaret ederek. Gösterdiği şeyi görmek oldukça zordu. "Göreceksiniz."

Pembe güllerle kaplı bir çardağın yanından geçtik. Kollarına diken değmesin diye Janie'yi kendime iyice yaklaştırdım. Her adımda daha iyi görüyordum. Üzerinde paslanmış bir rüzgârgülü olan, yosunlarla kaplı bir çatı dikkatimi çekti. Bu bir ev miydi?

"Burası neresi?" diye sordum Abbott'a, kollarımdaki tüylerin diken diken olduğunu hissederek.

"Ahır evi," dedi hayranlık içinde bana dönerek. "Bayan Lewis?"

"Efendim Abbott?"

"Buranın şey olduğuna dair bir hisse kapıldınız mı?" Duraksadı ve başını kaşıdı. "Şey, burası… şeytani bir yer mi sizce?"

Katherine iç geçirerek kollarını göğsünde kavuşturdu. Çok geçmeden vadiden gelen rüzgâr, pencere pervazlarına çarpıp, menteşelerini gıcırdatınca, Katherine yerinden zıpladı.

"Gördünüz mü?" diyerek devam etti Abbott, yanakları kızararak. Akçaağacın gövdesine yaslı duran yabayı görünce eline aldı. "Korunmak için," diye açıklama yaptı.

"Abbott!" diye bağırdım. "Lütfen, kız kardeşlerini korkutma."

Nicholas, Abbott'ın yanına gelmişti. "Burada şeytani ruhlar olduğunu mu düşünüyorsun?"

"Belki," dedi Abbott önce sağına, sonra soluna bakarak.

Nicholas başını olumlu anlamda sallayarak, "Endişelenme," dedi. "Kamelyalar bizi korur. Annem onların özel olduğunu söylemişti." Bahçeye doğru göz gezdirdi. "O yüzden annemin bu kadar çok kamelyası var."

Katherine ilerleyip, bir ağacın üzerindeki kırmızı çiçeği inceliyor gibi yaptı.

Abbott, kardeşine baktı ve yabayı pembe kamelyaya doğru salladı. "Annemin en çok ihtiyacı olduğu zamanda, ağaçlar onu korumadı," dedi küçümseyerek.

"Abbott!" diye kızdım. "Yeter." Bileğime tekrar baktım. "Görmek istediğin şeyi gördün mü?"

"Henüz değil," dedi, ahır evinin kapısına, ondan etkilenmişçesine bakıyordu. "O ölmeden bir ay önce, annemi buraya gelirken takip ettim. O zamanlar babam annemle küstüğü için bahçede yalnız kalmayı seviyordu. Onunla konuşmak istemiştim. Onu neşelendirebileceğimi düşünmüştüm. Ama oraya gittiğimde, ortadan kaybolmuştu. Koştum ve onu bulmak için ağaçların arasından geçtim. Arkamı döndüğümde annemin ahır evinden ağlayarak çıktığını gördüm. Ağlıyordu."

"Ah, Abbott," dedim elimi omzuna koyarak.

"Muhtemelen eline kıymık batmıştır," dedi Nicholas araya girerek. "Benim başıma geldiğinde, hep ağlarım."

"Çünkü sen muhallebi çocuğusun," diye dalga geçti Katherine.

Nicholas'ı rahatlatmak için gülümsedim. "Sen muhallebi çocuğu *değilsin.*"

"Şey," diyerek konuşmasına devam etti Abbott, "kıymık batmamıştı, bildiğim kadarıyla başka türlü de yaralanmamıştı. Kahrolası Bay Blythe yüzündendi."

"Neden öyle diyorsun?" diye sordum.

"O buradaydı," dedi. "Onu arkasından koşarken gördüm. Onu o ağlatmıştı. Eminim."

"Belki yanlış bir izlenime kapılmışsındır," dedim Abbott'ın ne gördüğünden emin olamayarak.

Başını iki yana salladı. "Ne gördüğümü biliyorum."

Eski binaya bakıyordu. Çatısındaki yeşil ve yumuşak yosunlar üzerinde tümsek oluşturmuştu. Evin dışı griye dönmüştü.

Abbott iyice yaklaşıp, bize bakmadan önce elini tokmağın üzerine götürdü. "Kilitli."

"Şey, büyük turumuz burada sona eriyor," dedim. "Gelin artık. Perili hikâyelerin bu kadarı yeter. Haydi eve dönelim."

Abbott iç geçirdi. "Ben size söyleyeyim," dedi kararsız bir şekilde ahır evine tekrar bakarak, "burada bir tuhaflık var."

Bir süre sonra bahçenin girişine ilerleyerek eve doğru yürümeye başladık. Elimi Abbott'ın omzuna koymuştum ki hemen arkama döndüm. Bir ses gelmişti. Uzaktan, bir kapı açılıp gürültüyle kapanmıştı.

"Koşun!" diye ciyakladı Abbott yola doğru dönerek.

Katherine çığlık attı ve Nicholas da elinde tuttuğu sopayı bıraktı. İkisi de jet gibi uçtu. Janie kucağımdayken olabildiğinde hızlı koşmaya çalışıyordum.

"Çocuklar!" diye bağırdım. "Lütfen yavaşlayın. Yaralanacaksınız." Ama dediklerim işe yaramamıştı. Onlar durmayınca, Janie'yi kendime iyice yaklaştırıp adımlarımı hızlandırdım. Arkama bakmadan, kenarında kamelya ağaçları olan yolda yamaca gelene kadar koştum. Aşağıdan bakınca dik bir dağı çıkacakmışım gibi gelse de yürümeye devam ettim. Uzaktan gök gürültüsü sesi geldi ve bu sefer şiddetli bir biçimde yağmur yağmaya başladı.

"Abbott, Katherine, Nicholas!" diye bağırdım. Sis ve yağmurdan, sadece önümdeki ağaçları görebiliyordum. "Lütfen bekleyin!"

Sonsuza doğru yürüyormuşum gibi geliyordu. Çocukları dışarı çıkardığım için kendimi aptal gibi hissediyordum. Sonunda evi görebilmiştim. Önümdeki manzarayı fark edince içim burkulmuştu. Çamurla kaplanmış, yağmurdan sırılsıklam olan üç çocuk şemsiyenin altında duruyordu. Bir yanlarında sinirli ifadesiyle Lord Livingston, onun yanında da Bayan Dilloway vardı.

"Çok özür dilerim," dedim, nefes nefese kalmış bir şekilde onlara koşarak. "Yürüyüşe çıkmıştık ve yağmura yakalandık."

"Anlaşıldı, Bayan Lewis," diye bağırdı Lord Livingston.

"Ama baba," dedi Abbott yüksek sesle. "Bayan Lewis yaralandı!"

Lord Livingston'ın gözleri bir anlık endişeyle parladı. "Ne oldu?"

"Ah, önemli bir şey değil," dedim. "Sadece sıyrık."

"Çocuklar, hemen banyoya gidin," diye araya girdi Bayan Dilloway. "Birazdan geleceğim. Islak kıyafetlerinizi Sadie'ye verin. Ve acele edin, hasta olacaksınız!"

Katherine ve oğlanlar yere bakarak eve koşuştururlarken, Bayan Dilloway de kucağımda duran Janie'ye uzandı. "Buraya gel, tatlım," dedi. "Zavallı şey. İliklerine kadar ıslanmış." Lord Livingston'a baktı. "Ben onu yıkarım."

Nasıl göründüğümü tahmin edebiliyordum. Sırılsıklam olmuştum ve allığım da yanaklarımdan aşağı akıyordu. Arkadaşım Pearl, güle güle hediyesi olarak bana pudra vermişti. Saçma bir nedenle, o sabah onu sürmeye karar vermiştim. "Lütfen, efendim," dedim. "Çok özür dilerim, ben-"

"Duygusallığını kendine sakla," dedi Lord Livingston sert bir şekilde. "Çocukları bir daha bahçeye çıkarmayacaksın. Ne demek istediğimi anlatabildim mi?"

"Evet, evet, elbette," dedim içi suyla dolan ayakkabılarıma bakarak. *Ben burada ne yapıyorum? O kamelyayı bulmanın bu kadar kolay olabileceğini nasıl düşünürüm?*

Gözlerim dolmaya başlamıştı ama yaşların akmasına engel olabilmiştim.

"Git ve üstünü değiştir," dedi. "Sonra benimle misafir odasında buluş."

Başımla onayladım ve arka kapıya koştum. Islak ayakkabılarımı olabildiğince hızlı bir şekilde çıkarıp hizmetçi merdivenlerinden arkamda ıslak ayak izleri bırakarak parmaklarımın ucunda indim.

Aşağıya indiğimde, uzun koridoru geçip odama geldim. Az kalsın evin şoförü Bay Humphrey ile çarpışacaktım. "Özür dilerim," dedim. "Altüst olmuş durumdayım."

"Belli," dedi. "Ve neredeyse ayağına basacaktım. Ayakkabıların nerede?"

"Kapıda bıraktım," dedim. "Bahçede çamurlandılar." Islak çoraplarıma bakarken, onun ayakkabılarının da çamurla kaplandığını gördüm. "Siz de çamura girmişsiniz."

"Ah, bu mu? Yoldaki su birikintisine bastım."

"Şey," dedim, "üstümü değiştirsem iyi olacak."

Bezlerin olduğu dolaptan bir havlu aldım ve alelacele odama geçtim. Üzerimdekileri çıkarmadan önce perdeyi çektim ve sonra kurulandım. *Bugün orada gerçekten biri var mıydı? Ahır evinde? Abbott annesinin ağlaması hakkında ne demişti?* Yeni bir çift çorapla elbise giydim. Sonra saçlarımı tarayıp tekrar topladım. Ardından dolabın üzerindeki küçük aynadan kendime baktım. Lord Livingston'ın beni kovmasına izin veremezdim. Henüz değil. Daha fazla zamana ihtiyacım vardı. Middlebury Pembesi yakında açacaktı. Onu bulacaktım. Bulmak zorundaydım.

Misafir odasına girmeden önce elbisemi düzelttim. Bay Beardsley sağ olsun, bileğimi temizlemiş ve bandajlamıştı. Lord Livingston, yüzü şömineye dönük bir şekilde, yeşil kadife kumaşlı sallanan sandalyesinde oturuyordu. Alevler büyüyor ve çıtır çıtır sesler çıkarırken, yansıması gözlerine vuruyordu. "İçeri girin," dedi yüzüme bakmadan.

Alevlerden gelen sıcaklığı yüzümde hissederek ona doğru yürüdüm. Yaşadığım aksilikten dolayı hâlâ ıslak olan saçlarımı düzelttim. "Lütfen özür dilememe izin verin, efendim, yani, Lord Livingston demek istedim," dedim. Alçak çıkan sesimi ben bile tanıyamıyordum.

Lord Livingston uzun bir süre yanan ateşe doğru baktıktan sonra bana döndü. "Bayan Dilloway, çocukların bahçeye çıkmasını yasakladığımı söylemedi mi?"

Kucağımda kenetlediğim ellerime baktım. "Evet, efendim, yani-"

"O zaman neden dediğimin aksine onları oraya çıkardınız?"

"Lordum," dedim, "onlar için çok üzülmüştüm. Çocuklar dışarıda olmayı severler. Eğlenceli olacağını düşünmüştüm."

"Eğlenceli mi?"

"Evet," dedim. "Ve sağlıkları için de iyidir."

Ayağa kalkıp, ellerini siyah saçlarının arasından geçirdi. "Çocuklarım için en iyisini ben bilirim," dedi Lord Livingston. "Her pazar şehre giderler ve oğlanlar her hafta ata biner. Onları kilitli kapılar ardında tuttuğumuz yok, Bayan Lewis."

Gülümsemeye çalıştıysam da beceremedim. "Onu demek istemedim, efendim. Sadece, şey, onları eğlendirmek istiyordum yalnızca."

Lord Livingston ellerini birbirine kenetleyerek, "Bir daha çocukları bahçeye çıkarmamaya söz verirsen, bugün bahçede yaşanan kazayı affedeceğim," dedi. "İlla çıkarmak zorundaysan terasta oynayabilirler, lakin bahçede asla dolaşamazlar. Güvenli değil. Buradan birkaç metre uzaklıkta kamp kuran serseriler var. Orada kimlerin saklanıyor olduğunu tahmin edemezsin." İfadesi yumuşamıştı. "Bileğin ne durumda?"

Gözlerime dolan yaşları hissederek bandaja baktım. Annemi ve babamı özlemiştim. Evimi özlemiştim. "İyi, teşekkür ederim," diye geçiştirdim. "Ama sanırım pis bir yara olarak kalacak."

Nazik bir ifadeyle bileğime doğru uzandıktan sonra elini çekip kol saatine baktı. "Çocuklar banyodan çıkmıştır şimdi," dedi geri çekilerek. "Bayan Dilloway seni çocuk odasında bekliyor."

"Elbette," dedim. "Şimdi gidiyorum."

Çocuk odasına gittiğimde, Abbott yüzü asık bir şekilde koltukta yatıyordu. Nicholas sessizce oyuncak treniyle oynarken, Katherine pencerenin yanındaki koltukta kitabını okuyordu. Bayan Dilloway ise Janie'nin elbisesinin düğmelerini iliklİyordu.

"Babam sana kızdı mı?" diye sordu Nicholas endişeli gözlerle.

Katherine sabırsızlıkla bana bakıyordu.

"Elbette hayır," dedim.

"Seni kovdu mu?" diye sordu Katherine.

"Katherine," diye azarladı Bayan Dilloway.

"Beni *kovmadı*," diye yanıt verdim. "Ama sizi bir daha bahçeye çıkarmamam konusunda katı emirler verdi."

"Lanet olsun," dedi Abbott. "Keşke geri dönebilsek, belki-"

"Abbott, Bayan Lewis'in ne dediğini duydun," diye bağırdı Bayan Dilloway, Janie'nin ıslak saçlarına yeni bir kurdele takmaya çalışıyordu. Sonra bana döndü. "Bayan Lewis, sizinle dışarıda konuşabilir miyiz?"

Koridora çıkıp, çocuk odasının kapısını ardımızdan kapattım. "Ne oldu?"

"Lord Livingston'ın küs olduğu oğlunun buraya geldiğini bilmeniz gerekiyor," dedi memnuniyetsiz bir şekilde.

"Biliyorum," dedim.

"Biliyor musunuz?"

"Evet," dedim. "Biz, şey, tanıştık."

Bayan Dilloway'in gözleri iri iri açıldı. "Ah."

"Neden 'küs olduğu' dediniz?"

"Aralarındaki sorun korkarım ki çok büyük, nereden başlasam bilemiyorum," diyerek devam etti. "Ama şehre bir günlüğüne gitti ve bu sabah Lord Livingston onu görmeden çıktı. Eşyalarını toplamak için geri geleceğini tahmin ediyorum. Burada uzun süre kalmamalı." Kararlı bir şekilde bana bakıyordu. "Hem zaten, düğünden sonra geliniyle beraber güneye taşınacak."

Bir anda mektupları ve üzerindeki elyazısını hatırladım. *Vivien.* Bayan Dilloway'in yanaklarımdaki kızarıklığı görmemesini umut ediyordum. "*Gelini* mi?"

"Evet," dedi. "Bir kontesle evlenecek. Bana soracak olursanız, bu onun başına gelen en güzel şey."

On Beşinci Bölüm

Addison

Sağ elimde malayı tutarken, nefes alış verişim hızlanmıştı. "Merhaba?" diye seslendim. Begonvillerden ötesini göremiyordum. "Kim var orada?"

Çardağın oradan birinin geldiğini gördüm. "Sizi burada bulacağımı biliyordum," dedi Bayan Dilloway.

"Siz burada… Ama sizi ben şey yapıyor zannediyordum-"

"Saçlarımı mı yaptırıyorum zannediyordunuz?"

Başımla onayladım.

"Cüzdanımı unuttuğum için geri döndüm ve avizenin sallandığını fark ettim. Görüyorsunuz ya, avize sadece biri serada geziniyorsa sallanıyor." Bayan Dilloway biraz daha bana yaklaşınca içim ürpermişti. "İnsan, bir evde benim kadar uzun yaşadığında, evin huylarını öğrenir hale geliyor. Bunlar gözden kaçan acayip şeyler." Limon ağacının önünde durdu. "Duydunuz mu?" diye sordu.

Başımı iki yana salladım.

"Tam burada yer gıcırdıyor," dedi, ayağının altındaki eğri yer döşemesini işaret ederek. "Her zaman dikkatli olmalıydım." Yanında duran masanın üzerindeki orkidenin solmuş yaprağını kopardı. "Sanırım burası hakkındaki her şeyi bilmek istiyorsunuz," dedi, "bunca yıldan sonra buranın neden hâlâ böyle kaldığını..."

Sessiz bir şekilde durdum.

"Leydi Anna'ya söz vermiştim," dedi. "Doğru olacağını düşünmüştüm... ona olandan sonra."

"Bayan Dilloway, ona ne *oldu*?"

Bayan Dilloway pencerelere bakınca güneş ışığı sayesinde yanağından süzülen yaşı seçebilmiştim. Kelimeleri dökmek, bir şeyler söylemek ister gibi ağzını açtı. Ama sonra vazgeçip, "Gelin," dedi sert bir şekilde ve kapıya yöneldi. "Randevuma geç kalacağım."

On Altıncı Bölüm

Flora

19 Nisan 1940

Kahvaltıdayken, Sadie normalden daha yorgun görünüyordu. Yulaf lapasını yerken esniyordu. "Bu sabah, saat ona kadar çocuk odasında çocuklarla buluşmak zorunda değilim," diye fısıldadım. "Müzik dersleri var. Üst kattaki yatakları yapmanda sana yardım etmeme izin verir misin?"

Sadie'nin gözleri parlamıştı. "Gerçekten mi?"

"Elbette," dedim. "Memnun olurum." Desmond'ın nişanlı olduğunu bir türlü kafamdan atamıyordum ve çocukları beklerken aşağıda onunla karşılaşmak istemiyordum. Onunla ilgilendiğim için kendimi salak gibi hissediyordum, yine de *neden bana bu konuda dürüst davranmamıştı* diye düşünmeden de edemiyordum. Gemide dans edişimiz ve merdivenlerdeki bakışı hep gözümün önündeydi.

Oda bir anda sessizleşti.

Hizmetçiler odasının kapısında Desmond'ın dikildiğini gördüm. "Günaydın," dedi gergin bir şekilde gülümseyerek.

"Desmond," dedi Bay Beardsley ayağa kalkarak. "Size yardımcı olabilir miyiz?"

"Hayır," dedi. "Yani, evet. Şey, ben... ben Bayan Lewis ile konuşmak istiyordum, eğer mümkünse."

Ben başımı olumlu anlamda sallarken, Bayan Dilloway ile Bay Beardsley birbirlerine bakıyorlardı. Desmond ile birkaç adım atıp, hizmetçi odasından duyulmayacağımız bir yere kadar yürüdük.

"Dün gece gelmedin," dedi kırgın bir şekilde. "Seni bekliyordum."

"Nasıl gelebilirdim, Desmond?" diye sordum büyük yeşil gözlerine bakarak. "Bayan Dilloway bana nişanlı olduğunu söyledi."

"Ah," dedi ellerimi ellerinin içine alarak. "Bu doğru. Nişanlıydım, ama seni temin ederim ki artık değilim."

Yüzüne baktım. "Ne diyorsun sen?"

"Nişanı attım. Dün nişanlımı görmeye gitmiştim." Kendi kendine başını salladı. "Çok yanlış bir şeydi. Bunu o şeyden sonra tahmin etmeliydim..." Sesi canlılığını yitirmişti. "Neyse, evlilik aşk üzerine kurulmalıdır, iş üzerine değil."

"İş mi?"

"Vivien ile evlenirsem, ailem için köşkün geleceğini kurtarabilecektim," diye açıkladı. "Babamın gözünde bir kahraman olacaktım. Ama kendime inanamıyordum. Onu sevmedim ve hiç sevmeyecektim."

Yüzünün takındığı ifadeyi inceledim. Beklediğim bir şekilde adeta gururlanmıştım.

"Şimdi," dedi. "Seni tekrar ne zaman görebilirim?"

"Bu akşam," diye cevap verdim.

Beni alnımdan öpüp merdivenlere yöneldi.

Kahvaltıdan sonra Sadie yüzünde gülümsemeyle, "Desmond'ın kararlılığı, senden hoşlandığını gösteriyor," dedi.

İkinci katın merdivenlerini çıkarken ben de ona gülümsedim. Ardından doğu kanadına giden koridoru takip ettik.

"Bekle," dedim, sağdaki kapalı kapıyı fark ederek. "Burası kimin odası?"

"Doğu kanadı Leydi'ye aitti," diye cevap verdi Sadie, gözlerini iri iri açarak. "Şimdi buraya kimse çıkmıyor... Şey, Bayan Dilloway dışında kimse."

"Neden?" diye sordum merakla kapıya bakarak.

Sadie omuz silkti. "Muhtemelen, suçluluk duygusundan dolayı."

"Suçluluk mu?"

Sadie dertli görünüyordu. "Bak," dedi, "en iyisi yatak odalarından başlayalım."

"Yardımların için teşekkür ederim," dedi Sadie, son yastığı da kabartarak.

"Lafı bile olmaz," diye cevap verdim odadan çıkarken. Sadie elinde çamaşır sepetiyle hizmetçi merdiveninden inerek gözden kayboldu.

İkinci katta tek başına kalmıştım. Doğu kanadını ve Leydi Anna'yı düşünmeden duramıyordum. Bayan Dilloway neden onun odalarına giriyordu ve Sadie suçluluk duygusu derken neyi kastetmişti?

Koridorda ilerlemeye başladım. Yürürken omzumun üzerinden iki defa arkama baktım. Kapıya geldiğimde, elimi tokmağın üzerine koydum. Kilitli olduğunu zannediyordum, ama tokmak dönünce kapı hemen açıldı.

İçerde yoğun ve sıcak bir hava vardı. Vanilyayla lavantanın yarattığı misk kokusunu duyabiliyordum. Perdeler tamamen kapatılmıştı. Yine de loş ışığa gözüm alışınca dört direkli yatak gözüme çarpmıştı. Yakınlaştım ve elimi yorganın üzerinde gezdirdim. Beyaz danteli avucuma değdiğinde kalbim hızla atmaya başlamıştı. Burası *onun* odasıydı. Onun yatağıydı. Onun çarşaflarıydı.

Gardırobu açıp, içindeki onlarca elbiseye baktım. Beyaz bir ipek gecelik gözüme takılınca askısından alıp üzerime tuttum ve sonra da süslü elbise dükkânında olan küçük bir kız gibi kendi etrafımda döndüm. Ardından geceliği yerine tekrar astığımda etekleri hışırdadı. Makyaj masasına doğru ilerledim, aynadan kendimi gördüğümde yanaklarım kızardı. Leydi Anna beni burada, odasında, en özel eşyalarını karıştırırken görse benim hakkımda ne düşünürdü? Böyle düşünmeme rağmen, parfüm şişesine dokunmadan edememiştim. Sıktığımda, sarı borusu cam şişesine ulaştı ve etrafa tatlı, çiçeksi bir koku yayıldı. Çarpıcı kokuyu içime çektiğim sırada koridordan ayak seslerinin geldiğini duydum. *Kim geliyor? Kendimi nasıl izah edebilirim?* Merakıma engel olamamıştım ve çok ileri gitmiştim. *Saklanmalıyım.* İleri doğru baktığımda, karanlık koridorun, açık bırakılan iç kapıyla birleştiği yeri gördüm. Muhtemelen Leydi Anna'nın çalışma odası olan bu yere hemen sızdım. Masada çerçeveli botanikle alakalı çizimler ve bir kitaplık vardı.

Derin bir nefes aldım ve kapı aralığından içeri baktım. Neyi veya kimi gördüğüm hakkında en ufak bir bilgim yoktu. Birisi pencereye doğru yürüdü ve perdeleri açtı. Işığın altında Lord Livingston'ın yüzünü görünce ağzımı elimle kapattım. Leydi Anna'nın yatağının yanına çömeldiğinde, oldukça üzgün ve yas dolu görünüyordu. Başını eğişini ve gözyaşlarına boğuluşunu izledim. "Çok üzgünüm, aşkım," diye mırıldandı. "Çok ama çok üzgünüm."

Öylece donakalmıştım. Sonra kapı tekrar gıcırdadı. Bayan Dilloway yaklaştığında, Lord Livingston arkasını döndü ve kaşlarını çattı.

"Sizi rahatsız ettiğim için beni affedin," dedi endişeli bir şekilde. Elinde bir vazo pembe çiçek vardı. Şakayıklarla dolu bir vazoydu bu. "Sizi yalnız bırakayım."

Lord Livingston gözlerini bir mendille silerek, Bayan Dilloway'in yüzüne baktı. "Yanıldık," dedi, "hem de çok yanıldık."

Bayan Dilloway ise ağırbaşlı bir şekilde birbirine kenetlediği ellerine bakıyordu. "Evet," dedi, "yanıldık."

Kalbim hızla atıyordu. *Neden bahsediyorlar? Ne demeye çalışıyorlar?*

Lord Livingston benim olduğum yere doğru baktı. "Ben sadece şey yapacaktım..." Adeta gücü tükenmiş bir şekilde başını iki yana salladı.

Bayan Dilloway bir adım atarak Lord Livingston'ı kendine doğru çekti ve adamın başını göğsüne yasladı. "Lütfen, Edward," dedi ona bakarak. "Bu yükü yalnız başına taşımak zorunda değilsin. İzin ver-"

Lord Livingston ilgisiz bir şekilde elini tuttu. Bir anda samimi anları uçup, gitmişti. "Hayır," dedi her zamanki gibi ciddi bir şekilde. "Bu şekilde devam etmemeliyiz." Lord Livingston odadan ayrılırken, Bayan Dilloway'in yüzünün nasıl değiştiğini görebiliyordum. Paylaştıkları ve kastettikleri şey her neyse, gözlerinden bir anda kaybolmuştu.

Lord Livingston odayı terk ettikten sonra, Bayan Dilloway şakayıklarla dolu olan vazoyu yatağın yanındaki masaya koydu. Yorganı düzeltmek için duraksadı ve ardından yüzünü kollarına yaslayarak ağlamaya başladı. Başka bir yana baktım. O acı çekerken, onu izlemem bana yanlış geliyordu.

Kapının kapandığını duyunca, derin bir nefes aldım ve o anda kitaplıktan bir kitabın düşmüş olduğunu gördüm. Bu kadar düzenli bir çalışma odasında bunun yeri burası değildi. Kitabı yerden almak için eğildim ve kapağına ilgiyle baktım. "Livingston Köşkü'nün Kamelyaları; Derleyen- Anna Livingston." Kolumun altına sıkıştırıp, hızla kapıya yöneldim. Odaya geçip, oradan koridora çıktım.

Çocuk odasına geçtiğim sırada, Katherine merakla, "Elindeki ne?" diye sordu. *Ne kadar zaman geçmişti?* Duvardaki saate baktım; onu çeyrek geçiyordu.

"Geç kaldığım için çok özür dilerim," dedim. "Bu sabah Sadie'ye çarşafları yerleştirmesinde yardım ettim."

Janie yanıma geldi, kitabı daha önce de görmüş gibi çekiştiriyordu. "Çiçek kitabı," dedi kapağını göstererek.

"Annemin kitabını nerede buldun?" diye sordu Katherine etrafımda dolanarak.

Koltuğa otururken, dikkatli bir şekilde kitabı çıkardım. "Benimle beraber bakmak ister misiniz?" dedim soru sormalarından çekinerek.

Katherine başını olumlu anlamda sallarken oğlanlar da etrafıma toplandı. Kitabı açıp, kamelyaların olduğu sayfalarda gezindim. Her sayfaya resimler yapıştırılmıştı ve her birinin yanında elyazısıyla not düşülmüştü. *Reticulata Kamelyası*'nın olduğu sayfada büyük ve somon renkli bir çiçek vardı, yanına, *Edward bunu Çin'den getirdi. Narindir. Ona bahçenin en iyi ışık alan yerini verdim*, yazılmıştı. Diğer sayfadaki *Sasanqua Kamelyası*'nın yanında ise şunlar yazılıydı: *Edward'dan ve çocuklardan gelen Noel hediyesi. Bunun daha çok sevgiye ihtiyacı var. Japonya'dan getirilirken zar zor hayatta kalmış. Bahar ayını onu sağlığına kavuşturmaya çalışarak geçireceğim.*

Her sayfada, kamelyaların bakımı ve beslenmesi hakkında titizlikle hazırlanmış notlar bulunuyordu. Ne zaman ektiğini, ne sıklıkla sulanması gerektiklerini, ne zaman tohumlanacağını ve budanacağını tek tek yazmıştı. Bazı sayfaların sağ kenarında, sıra dışı rakam dizisi de vardı.

"Bu ne demek?" diye sordum çocuklara.

Nicholas omuz silkti. "Bu annemin en sevdiği çiçekti," dedi son sayfayı açarak. Pembe noktalı beyaz çiçeğe hayran kalmıştım ve o an kalbim deli gibi atmaya başlamıştı. Middlebury Pembesi.

Leydi Anna'nın elyazısına iyice baktım. "Bunun, dünyada kalan tek örneği olduğunu söylüyor." Katherine'e döndüm. "Bu çiçek, diğerleri gibi hâlâ bahçede mi?"

"Muhtemelen," dedi ayağa kalkarak. "Bay Blythe, onu ortadan kaldırmadıysa tabii. Hep bir şeylerin yerini değiştiriyordu. O ve Bay Humphrey."

Başımı iki yana doğru salladım. "Bay Humphrey mi?"

"Bazen bahçedeki işlere yardım eder," diye ekledi Abbott gözlerini devirerek. "Annem onun etrafta sinsice dolaşmasını hiç sevmezdi. Bir keresinde onun gül bahçesini mahvettiğini söylemişti."

"Şey," dedim, "eminim, sadece yardımcı olmaya çalışmıştır." Kitaba tekrar baktım. Middlebury Pembesi'nden önce gelen son sayfalarda, Leydi Anna'nın eski bir ansiklopediden bir sayfayı buraya koyduğunu gördüm. Üzerinde kamelyaların Yeni Dünya'ya girişi hakkındaki detaylı bilgiler yazıyordu.

Birkaç dakika okuduktan sonra çocuklara baktım. "Tohumları Asya'nın her yanından gemiyle getiriliyor ve çok değerli olarak nitelendiriliyormuş," dedim. "Bu kitaba göre, kamelyalar yüzlerce yıl yaşayabilirmiş. Bu da onların, tüm bitki ve ağaçların içinde en çok sır tutan çiçekler olduğunu gösteriyor."

"Bana çok aptalca geldi," dedi Katherine ilgisiz davranmaya çalışarak, ama büyülenmiş olduğunu görebiliyordum. "Ağaçlar sır tutmaz."

"Eee," dedim, "Victoria zamanında insanlar, eğer bir kamelya ağaççığının altında dilek tutarsan, gerçekleşeceğine inanırlardı."

Nicholas sırıttı. "Bu, dilek tutarken çeşmeye şilin atmak gibi bir şey mi?"

"Evet," dedim. "Anneniz, kamelyaları bu kadar çok sevdiğine göre, çok özel bir insanmış."

"O zaman ağaçlar neden onu korumadı?" dedi Nicholas. "Onun öldüğü gün?"

Abbott, pencerenin yanındaki koltukta tepinmeye başladı. Hepsinden çok annesinin ölümünden onun etkilendiği anlaşılıyordu.

Kitabı kapattığımda, annelerinin anısının onların katlanamayacağı kadar fazla olduğunu fark ettim. "Haydi, başka bir şey okuyalım," dedim kitabı yan masaya bırakarak. Başka bir zaman kamelya kitabına tekrar bakacaktım. İçinde belki Middlebury Pembesi'nin nerede bulunduğuna dair bir bilgi vardır diye düşündüm.

"Ne kokuyor?" diye sordu Abbott, havayı koklayarak.

"Bilmiyorum," diye yanıt verdim, biraz paniklemiştim.

"Annemin kokusuna benziyor," dedi Nicholas.

Annelerinin parfümü.

Katherine ofladı. "Annemin parfümü değil o, ahmak şey," dedi burnunu havaya kaldırarak. "Mutfaktan geliyor. Aşçı muhtemelen eti yine yakmıştır."

Nicholas annesinin kamelya kitabına baktıktan sonra bana döndü. "Bayan Lewis, size bir soru sorabilir miyim?"

"Elbette," dedim.

İç geçirdi. "Bizim bir önceki dadımız olan Bayan Fairfield, kovulduğu gün annem hakkında kötü şeyler söylemişti."

"Ah, tatlım, ne dedi?"

Nicholas ellerini birbirine kenetledi. "Dedi ki, dedi ki... Annem gerçek bir Leydi değilmiş."

Köşkte on yıl bile yaşayacak olsam, Bay Beardsley etrafımda dönerken onunla yemek yemeye alışabileceğimi sanmıyordum. Bayan Dilloway tarafından getirilen yemekleri servis ediyordu. Kendi kendime uzanamayacakmışız gibi, tabaklarımıza tek tek ekmeklerimizi yerleştiriyordu. Bunların hepsini gördükçe evimi, sessizliği ve fırınımızın üstündeki apartman dairemizdeki mutfakta yediğimiz gösterişsiz yemeklerimizi özlüyordum. Annem ile babam güler, konuşurlardı ve annemin patates çorbasına ekmeklerimizi banardık. Eğer bir parça daha istersek ya da biraz daha yağ isteyecek olursak, almak için kendimiz uzanırdık. New York çok uzakta kalmış gibi geliyordu.

Bay Beardsley, elindeki tabaktan her birimizin kâsesine balık yahnisinden koydu. Yanımdan geçerken bana soğuk bir şekilde baktığını düşünmüştüm. Evdeki resmiyete hâlâ alışamamıştım.

"Yaa," diye sızlandı Nicholas. "Yine mi balık yahnisi!"

Babası onu azarlamadan önce ona bir bakış fırlattım. “Nicholas ‘Teşekkür ederim, Bay Beardsley’ demeye çalıştı aslında.”

Lord Livingston başıyla beni onayladıktan sonra yahnisini kaşıklamaya başladığı sırada Bay Beardsley yanına geldi. “İzin verirseniz, Lord Livingston,” dedi. Gergin bir şekilde mendille kaşlarını siliyordu. “Sizinle bir şey konuşabilir miyim?”

Lord Livingston başını evet der gibi salladı ve boynundaki peçeteyi çıkardı. “Affedersiniz.”

Bir dakika sonra geri dönmüştü. Tekrar yerine oturdu ve avucunda gümüş bir bozuk para olan elini uzattıktan sonra otoriter bir şekilde boğazını temizledi. “Anladım ki koleksiyonumdaki Roma paralarından biri...” Duraksadı ve direkt bana baktı. “Bayan Lewis’in odasından çıkmış.”

Duyduklarım karşısında ağzım açık kalmıştı, olanlara inanamayarak başımı iki yana sallıyordum. “Anlamıyorum,” dedim hemen. “Olamaz.”

“Buradan derhal gitmenizi istemekten başka çarem yok, Bayan Lewis.”

“Ama efendim, ama, lütfen, ben-”

Lord Livingston elini havaya kaldırdı. “Lütfen durumu daha fazla zorlaştırmayın.”

Ayağa kalktığımda yanaklarım kıpkırmızı olmuştu. Peçetemi masaya koydum. Bayan Dilloway aşağılar bir tavırla bana bakıyordu. Janie ağlamaya başlamıştı. Diğer çocuklar bana bakamıyordu bile.

Yemek odasının kapısına geldiğimde, sandalyenin tahta zeminde çıkardığı gıcırtılı sesi duydum. “Durun,” dedi Abbott. “Gitmeyin, Bayan Lewis.”

"Abbott," dedi Lord Livingston, "ben çoktan kararımı verdim. Benimle ters düşme, genç adam."

"Ama baba," dedi, "parayı alan Bayan Lewis değildi." Başını gergin bir şekilde kaşıyordu. "Ben aldım."

Bay Beardsley şok olmuş bir şekilde Bayan Dilloway'e baktı.

Lord Livingston ise bir an için utanmış gibi görünüyordu. "*Ne* yaptın?"

Sonra Nicholas kardeşinin arkasında durdu. "Suçlanacak kişilerin arasında ben de varım, baba," dedi. "Onu Bayan Lewis'in odasına koyan bizdik."

Katherine de onlara katıldı. "Ben de biliyordum," dedi. "Onların bunu yapmasına asla göz yummamalıydım."

"Çocuklar," dedi Lord Livingston, "böyle kötü bir şeyi neden yaptınız?"

Abbott, Nicholas'a bakıyordu. "Biz," dedi heyecanlı bir şekilde, "biz Bayan Lewis'i sevmemiştik. En başta ama. Onun da diğer dadılar gibi olduğunu düşündük. Onu kovdurtmaya çalışmıştık." Durdu ve özür diler gibi gülümsedi. "Sonrasındaysa onun farklı olduğunu anladık, baba. O diğerleri gibi değildi. Ama artık çok geç olmuştu. Parayı geri almaya çalıştık, ancak odasına gittiğimizde parayı bulamadık."

"Çok özür dileriz, Bayan Lewis," dedi Nicholas.

Lord Livingston yumruğunu masaya vurdu. "Abbott, Nicholas ve sen Katherine... Çocuklarım beni hiç bu kadar hayal kırıklığına uğratmamıştı." Bana döndü. "Bayan Lewis, lütfen en içten özürlerimi kabul edin... bu yanlış anlaşılmadan dolayı."

"Elbette, efendim," dedim aceleyle. Katherine ağlamaya başlamıştı. "Lütfen, Lordum, onları cezalandırmayın. Çok şey atlattılar zaten, böyle şeyler olması çok doğal-"

"Ne oluyor?" dedi Lord Livingston birden, Ferris koşup kucağına bir şey bıraktığında. Köpek, kuyruğunu bir şey beklercesine sallıyordu ve odadaki gergin havadan bihaberdi. "Beardsley, Ferris burada ne yapıyor?" Taba rengi yırtık bir kumaşı havaya kaldırdı. "Şey, sanırım idam edileceğim," dedi. "Galiba o benim çorabım."

Odada derin bir sessizlik olmuştu. Lord Livingston'ın çalışma odasına mı gideceğini yoksa çocukları odalarına mı göndereceğini kestiremiyordum. Belli ki ikisini de yapmayacaktı. Ama sonra peçetesini alıp, ağzını kapattı. Peçetenin ardından güldüğünü anlamıştım. Bay Beardsley de ona katıldı ve kıkırdamaları kahkahaya dönüştü. Çocuklar da, hatta Katherine bile onlara eşlik etmeye başlamıştı.

"Sinsilik peşinde olan iki tane oğlum var," dedi Lord Livingston, buruk bir şekilde gülümseyerek. "Ama işin en garip kısmı ise, Bayan Dilloway," diyerek konuşmasına devam etti. "Bu akşam Sadie'ye bulaşıkları yıkamasında yardımcı olmaktan mutluluk duyacaklarını söylemişlerdi. Sadie'nin mutfakta biraz yardım almasında bir sakınca olduğunu sanmıyorum?"

Bayan Dilloway kaşlarını kaldırarak önce bana, sonra Bay Beardsley'ye baktı. "Nasıl isterseniz," dedi. "Bayan Lewis, yemekten sonra çocukları aşağı indirirsiniz."

Abbott ve Nicholas yemek yediğimiz süre boyunca gülümsediler. Uzun zaman sonra babalarının ilk defa gülümsediğini gördükten sonra, bulaşıkları yıkamak zorunda olmalarını kafalarına takmadıklarını biliyordum. Ben de gülümsemiştim. Çocukların takdirini kazandığımı artık biliyordum.

"Umarım bulaşık yıkamanda sana sorun çıkarmamışlardır," dedim Sadie'ye o gecenin ilerleyen saatlerinde.

"Hayır," diye cevap veren Sadie, örgülü saçlarıyla oynuyordu. "Ellerinden geleni yaptılar. Nicholas çay tabağını kırdı, ama bu evin bütün ülkeyi çaya davet etmeye yetecek kadar çay tabağı var zaten." Duraksadı. "Lord Livingston'ın yemekte güldüğünü duydum."

O sahneyi yeniden hatırlayınca, gülümseyerek başımı olumlu anlamda salladım.

"Bu evin daha çok kahkahaya ihtiyacı var," dedi Sadie. "Lordumuz omuzlarında büyük bir yük taşıyor, biliyorsun."

"Tam olarak ne demeye çalışıyorsun?"

Sadie örgüsünün ucunu bakmadan düzeltti. "Bana soracak olursan, Leydi Anna kutsal biriydi," dedi. "Tüm kadınların içinde en kutsalıydı."

Başımı iki yana salladım. "Onun şey olduğunu söyleme-"

"Karısına sadakati olmadığını mı?" Sadie omuz silkti. "Bu, o ve Tanrı arasındaki bir şey." Örgüsünü beyaz başlığının içine soktu. "Ama evet, çok şey var, hem de-" Düşüncelerinden kurtulmak istercesine başını iki yana salladı. "Dedikodu yapmamalıyım. Şey, iyi geceler, Bayan Lewis. Uyusam iyi olacak."

Lambamı söndürmeden hemen önce kapımın çalındığını duydum. "Evet," dedim.

Bayan Dilloway, geceliğiyle kapımda dikiliyordu.

"İçeri girin," dedim.

"Beni affedebilecek misiniz? diye sordu Bayan Dilloway.

"Ne için affedeceğim?"

"Eşyalarınızı karıştırırken ne düşündüğümü bilmiyorum," dedi, masamın yanındaki sandalyeye oturarak. "Sizin mükemmel duruşunuzdan endişelendim ve odanızda bir şey bulabileceğimi düşündüm. Size güvenmememi gerektirecek hiçbir şey yoktu. Parayı bulduğumda bile, bunu sizin alacağınızı düşünmemiştim, ama ben-"

"Kırgın değilim," dedim. Ne demek istediği kafama dank etmişti. "Anlıyorum. Ne yapmanız gerekiyorsa onu yaptınız."

Bayan Dilloway mendiliyle gözlerini silerken başını iki yana sallıyordu. "Hayır," dedi. "Çizgiyi aştım." Gözlerimin içine bakıyordu. "Beni affetmeniz için size yalvarıyorum, Bayan Lewis."

"Yalvarmanıza gerek yok. Sizi affediyorum."

"Teşekkür ederim," diyerek ayağa kalktı.

"Bayan Dilloway," dedim, tam tokmağa uzandığı anda. "Lord Livingston'a ne kadar zamandır âşıksınız?"

Soruma bir an bile olsun şaşırmamıştı. Belki de bu akşamki olay, herkese eşit fırsat tanımıştı. Aramızdaki ast üst ilişkisi bitmiş, sadece, kendi mücadelelerini veren, kendi aşklarını ve kalp kırıklıklarını yaşayan iki kadına dönüşmüştük. "Ah," dedi efkârlı bir biçimde, "galiba köşke geldiğim ilk günden beri."

Başımla onu onayladım.

"Ben kimseyi incitmek istemedim," dedi. "Özellikle Leydi Anna'yı."

"Biliyorum," dedim onu temin ederek. "Lütfen, kendinizi kanıtlamaya çalışmak zorunda olduğunuzu düşünmeyin."

Bayan Dilloway derin bir nefes aldı. "Bayan Lewis," dedi, duygu yüklü gözlerle bana bakıyordu. Bu dostane bir bakıştı. "Fark ettim ki insan çoğu şeyle mücadele edebilir, ama seveceği kişiye asla kendi karar veremez. Kalbin seçtiği kişiyi, istese de değiştiremez. Korkarım, bu hayatımda yaşadığım en büyük felaket olacak."

Yatağımın yanında duran lambayı açmaya yeltenmedim. Ay ışığı, odayı kırk voltluk lambadan gelen ışıktan daha iyi aydınlatıyordu. Çekmeceden kalem, kâğıt ve bir zarf çıkarıp mektup yazmak için masanın başına oturdum:

Sevgili anneciğim ve babacığım,

Sizi çok özledim, lakin çocukları bırakma konusunda endişeliyim. Onları bu kısacık zaman zarfında sevmeye başladım. Annelerini kaybettikleri ve babaları da onlarla neredeyse hiç ilgilenmediği için onlara acıyorum. Şey, belki de babalarını yanlış değerlendirmişimdir. Onun da her şeye rağmen bir kalbi olamaz mı? Hey neyse, ben burada olmazsam, çok büyük acı çekecekler, özellikle de en küçükleri olan Janie. Daha iki yaşında ve ihtiyacı olduğu sevgiyi ona verebilecek bir ailesi yok. On yaşındaki Katherine ise, benim için en çetin ceviz. Annesini deliler gibi özlüyor. Ve onun büyük olanı Abbott çok sorunlu. Nedenini henüz anlayamadım. Neyse, bir şey daha var: Evin hanımının ölümüne ilişkin evde büyük bir sır dönüyor. Benim için endişelenmeyin. Burada tehlikede olmadığımı biliyorum, ama onun ölümüne dair soruları kimse cevaplamayacak. Ben de bunu kendim çözeceğim, buna ne dersiniz? Şey, lütfen yazabiliyorsanız, siz de bana yazın. Bazen kendimi burada çok yalnız hissediyorum ve evimden gelecek olan mektup beni çok mutlu eder. Sizden bana ekmek de göndermenizi isteyeceğim. Sanırım buraya gelene kadar sertleşir ve bayatlar. Yine de babamın tam buğday ekmeğini düşünecek ve evde olmanın hayalini kuracağım.

Sevgili kızınız,
Flora

Mektubu katladım ve masaya bırakmadan önce mühürleyip adresini üzerine yazdığım zarfın içine yerleştirdim. Yarın onu göndermesi için Bay Humphrey'ye verecektim. Sonra yatağa geçip, Bayan Dilloway'i, Leydi Anna'yı ve kamelya kitabını düşündüm. Sessiz olursam, kimseyi rahatsız etmeden çocuk odasına gidebilir ve okumak için odama getirebilirdim.

Çocuk odasına girer girmez, masanın üzerine bırakmış olduğum kitabı aldım. Merdivenlerden inerek odama götürdüm ve hemen arka sayfalarını açtım. Ama Middlebury Pembesi neredeydi? Hangi sayfanın yırtıldığını anlamak için daha yakından baktım. Geriye kalan tek şey, yırtık kenarlarıydı.

On Yedinci Bölüm

Addison

Uykusuz geçen geceden sonra, doğu kanadına doğru ilerledim. Karanlık yatak odasına girdim. Dantelli beyaz yatak örtüsü dört direkli yatağın üzerine güzelce serilmişti. Yatağın yanında duran masadaki vazoda pars zambakları vardı. Gözlerim, loş ışığa alıştığında, maun masada su damlalarının olduğunu fark etmiştim. Birisi buraya gelmişti. Belki de birkaç dakika önce.

Arkamdaki kapı gıcırdadı.

"Leydi Anna'nın odası hakkında ne düşünüyorsunuz?" diye sordu Bayan Dilloway kapının eşiğinden. Yüzünün üzerine gölge geldiği için ifadesini tam olarak göremiyordum. "Bıraktığı gibi."

"İçeri paldır küldür girdiğim için özür dilerim," dedim, makyaj masasının üzerinde bulduğum el aynasını yerine bırakarak. "Uyuyamadığım için yürüyüşe çıkmıştım." Kelimeler dilimden, hızlı hızlı ve kendimi savunur bir şekilde dökülüyordu. "Kapının önünden geçiyordum. Açık kalmıştı. Sanırım merakıma yenik düştüm."

Bayan Dilloway makyaj masasına doğru yürüdü ve ona

sevgiyle baktı. "Leydi Anna gibisi yoktur. Ondan önce de olmadı, ondan sonra da olmayacaktır," dedi. Aynadan gördüğüm gözleri heyecanla parlasa da yüzü yas tutar gibiydi ve neşenin acıya karıştığı bir ifadeyle bakıyordu.

Ona çok yakın durduğum için kendimi rahatsız hissetmiştim. Kapıya koşup odama, Rex'e dönmek istedim, ama bacaklarım adeta donmuştu. Sonra Bayan Dilloway'in soğuk elini bileğimde hissettim. "Size bir şey göstermek istiyorum," dedi. "Benimle gelin, lütfen."

Bayan Dilloway, boynundaki altın zinciri çıkardı. Ucunda iki anahtar asılıydı. Birini, odanın içindeki kapının yuvasına soktu. Bayan Dilloway, kapıyı açıp ayaklı lambayı yaktığında önüme serilen manzara karşısında gözlerim kamaşmıştı. XVI. Louis zamanından kalma altın işlemeli sandalye, pencerenin yanında duruyordu. Karşısındaki masada ise açık bir kitap vardı. Güneş ışığı, kitabın sayfalarını soldurmuştu. Yanında, dağınık bir şekilde duran kâğıtlar, fotoğraflar, bir defter ve onun bitişiğinde ise bir kalem vardı. Leydi Anna, sanki bir yazışmaya daha yeni imzasını atmıştı. Belki de Londra'daki bir yemek davetine ya da bir dükün evindeki resmi bir etkinliğe cevap yazmıştı. O an, A harfini uzun ve kenarı kuyruklu bir şekilde nasıl yazdığını hayal ettim. Belki o da imzasını, benim gibi kenarına küçük bir çiçek kondurarak atmıştı. Birkaç adım daha attım. Pencerenin yanındaki kitaplığa hayran kalmıştım. İçindeki kitaplar romanlardan değil, tamamen bitki bilim kitaplarından oluşuyordu. Raftaki bir kitabı kendime doğru çektim. *Güllerin Bakımı ve Sulanışı.* Uzun ömürlü bitkiler hakkında olan daha kalın bir kitabın kapağında ortancaların resmi vardı.

"O kendi kendini yetiştirmişti," dedi Bayan Dilloway. "Bitkiler ve çiçekler hakkında, herkesten çok bilgisi vardı."

Başımı evet der gibi salladım. Yaşlı kadının odaya bakışını izliyordum. Pencerenin yanındaki deri kanepeyi işaret ederek bana doğru yaklaştı. Arkasından gidip yanına oturdum. Burada, çocukların annelerine nasıl koştuklarını hayal ediyordum. Küçük kız, annesi çalışırken, kanepeye uzanarak bahçelere bakıyordu. Oğlanlar ise çizgi romanlarına dalmışlardı. Ne büyük bir mutluluktu bu. Bunu mahveden şey neydi?

Bayan Dilloway, hiç olmadığı kadar üzgün görünüyordu. Lambadan gelen ışık, cildindeki kırışıklıkları ve gözlerindeki yorgunluğu açığa çıkarıyordu. "Yaşlanmış olduğum gerçeği, artık bir sır değil," dedi. "Çok vaktim kalmadı artık." Cılız ve beyaz saçlarına hafifçe vurdu. "Bayan Sinclair, çarşamba günleri güzellik salonunu ziyaret etmiyorum. Doktora gidiyorum. Kanser hastasıyım. Tedavim yakında başlayacak ve buradaki görevime artık devam edemeyeceğim."

"Ah, çok üzgünüm. Ben bilmiyordum-"

"Bana acımanızı istemiyorum," diyerek tersledi. "Ama yardımınıza ihtiyacım var." Masanın çekmecesini açtı ve içinden bir sürü gazete kupürü çıkardı. "O ölmeden önce, Leydi Anna önemli bir konuda bana güvenmişti. Bunca yıldır kabullenemediğim bir konuda."

İlk kupüre baktım. "Bu kaybolan kızdan bahsediyor," dedim. "Lila Hertzberg."

"Evet," diye cevap verdi Bayan Dilloway. "Başkaları da var."

Diğerine baktım. "Jane Ianella," dedim ve sonra diğerlerini de okudum. "Ellen Hanover, Doris Wheeler, Beatrice Crane, Lisbeth O'Neely." Başımı iki yana doğru salladım. "Hepsi kaçırılmış."

Bayan Dilloway başını evet dercesine salladı ve kitaplığın üzerinde duran kalaylı mücevher kutusuna uzandı. "Bunu Leydi Anna buldu," dedi.

Kutuyu elime aldım ve kapağını açtım. Mavi kadife kumaşın üzerinde altın bir bilezik vardı. Elime alıp Bayan Dilloway'e baktım. "Anlamıyorum. Bu ne?"

"Üzerinde yazan şeyi okuyun," dedi.

Bileziği ters çevirdim ve arkasına işlenmiş olan yazıyı gördüm. "Lila'ya, Sevgilerimle."

"Sizce bu…"

Bayan Dilloway gazete kupürlerini parmağıyla işaret etti.

Kol saatimi çekiştirmeye başlamıştım. "Ama Lila, o zamanlar çok yaygın olan bir isimdi, değil mi? Bunun *o* Lila'ya ait olduğundan nasıl bu kadar emin olabiliyordu?"

Bayan Dilloway, bileziği eline alıp arkasını çevirerek, kopçasındaki "H" harfini gösterdi. "Çünkü babası kuyumcuydu," dedi. "*Hertzberg* Kuyumcusu."

Nefesim kesilmişti. "Leydi Anna bileziği nerede buldu?"

Bayan Dilloway cevap vermeden önce duraksadı. "Lord Livingston'ın yatak odasında."

"Bu sabah Bayan Dilloway'i gördün mü?" diye sordu Rex, terasta yaptığımız kahvaltıdan sonra.

"Evet, kısa bir süreliğine," diye cevap verdim. Onunla gece karşılaştığımızdan bahsetmemiştim henüz. "Ne oldu ki?"

"İyi görünmüyordu."

"Dinlenmeye ihtiyacı var," dedim endişeli bir şekilde. "İzin alması için artık ona ısrar etme vakti geldi."

Bayan Dilloway bir günlük izne karşı çıksa da, o öğlen Bayan Klein ile birlikte terasta bizimle oturmuştu.

Beraber iskambil oynamıştık ve Bayan Dilloway başta isteksiz görünmesine rağmen dört eli de kazanarak güçlü bir rakip olduğunu kanıtlamıştı.

Rex şezlongda dinlenirken, Bayan Klein bahçeye bakıyordu. "Bir yeri yıllarca gördüğünüz zaman," dedi düşünceli bir şekilde, "ne kadar güzel olduğunu fark etmeyi bırakıyorsunuz."

"Çok güzel," dedim başımı olumlu anlamda sallayarak.

"Bazen onun için üzülüyorum," diyerek devam etti.

"Kimin için?"

"Leydi Anna için," dedi.

Bayan Dilloway bir an sandalyesinde doğruldu, ama konuştuğumuz şeyle hiç ilgilenmiyormuş gibi uzaklara bakıyordu.

"Neden?" diye sordum.

"Şey, elbette onu hiç tanımadım," diyerek konuşmasına devam etti Bayan Klein, "ama onun nasıl zor durumda kaldığını hayal edebiliyorum. Yaratıcılığının, birçok şeyi hayata döndürmesiyle oluşan keyfi hiç yaşamayan yetenekli bir bahçıvan, yaptığı tatlıların yarattığı gülümseyişleri ve takdirleri göremeyen bir aşçı gibidir."

"Ne demek istediğinizi kesinlikle anlıyorum," dedim. "New York'ta bulunan bahçemdeki türüne ender rastlanan çay gülleri açtığında, Rex de benimle birlikte sevinmeseydi, aynı etkiyi yaratmayacaktı."

Bayan Klein kendi kendine başını salladı.

"Belki de yukardan buraya bakıyordur?" dedim bir süre sonra.

"O şimdi, cennette melekler için çiçek ekmekle meşguldür," dedi Bayan Dilloway usulca. Başını bir an için kaldırdıktan sonra terasın altındaki ortancalara bakmaya başladı. Yeni yeni çiçek veriyordu ve mavi bir duvar gibi görünüyordu. Mavi ortancalar sadece asidik toprakta yetişirdi ve Leydi

Anna'nın o yıllar içerisinde köklerine kahve çekirdeği serpip serpmediğini merak ediyordum. Çünkü müşterilerin ortancalarının menekşe rengine dönmesi için uyguladığım tek yöntem buydu.

"Şey," dedim. "Sanırım biraz kestirsem iyi olacak." Kendime bir fincan çay koyup ikinci kattaki yatak odamıza döndüm. Attığım her adımda Leydi Anna'yı düşünüyordum. Ölmeden önce, bulduğu şeyi acaba birine bildirmiş miydi? Lord Livingston ile yüzleşmiş miydi? Bunların bütün detaylarını Rex ile konuşmak için sabırsızlanıyordum.

Kapıyı ardımdan kapattığım sırada Rex'in çantasından gelen telefon sesini duydum. Telefonu bulmak için çantayı açtığımda üzerinde "Amanda" yazan bir dosya bulmuştum.

On Sekizinci Bölüm

Flora

Desmond köşkte olduğu zaman içerisinde, Bay Beardsley ve Bayan Dilloway'in sayesinde babasından kaçmayı çok iyi bir şekilde başarmıştı. Çocukları görmeyi çok istese de şimdilik sessiz kalmanın en iyi yol olduğu konusunda anlaşmıştık. Katherine veya Janie'den çıkacak tek bir söz bile Lord Livingston'ın sinirini tepesine çıkarmaya yetecekti, ama Desmond'a detaylar konusunda baskı yapmamıştım ve o da zaten bunları paylaşmak için pek hevesli görünmüyordu.

Kahvaltı yaptığımız günün öğleninde, onunla misafir odasında buluşmuştum. Kapıyı ardımızdan kapatıp, beni kollarına almıştı. "Az önce birlik komutanımdan bir telgraf aldım," dedi. "Korkarım ki bunu Londra'ya bildirmem gerekiyor."

"Ah, Desmond," dedim ağlamaklı bir şekilde. "Lütfen bana her şeyin yolunda gideceğini söyle. Lütfen bana tehlikede olmayacağını söyle."

"Evet," dedi yüzüme düşen saçlarımı düzelterek. "En azından, ben öyle olacağını düşünüyorum."

"Orada ne kadar kalacaksın?"

"Bilmiyorum."

"Ama çocuklar, daha onları görmedin bile. Onlara ne söyleyeceğim?"

"Onlara bir şey söyleme," dedi hemen. "Onları endişelendirmek istemiyorum. Hem sen daha ne olduğunu anlamadan geri dönmüş olacağım." Parmaklarını yüzümde gezdirdi. "Hiçbir yere gitmeyeceğine söz verir misin?"

"Söz veriyorum."

Gitmeden önce yanağıma öpücük kondurmuştu.

Aylar ayları kovaladı. Bir süre sonra, köşkün önünde her araba sesi duyduğumda yerimden zıplamayı bırakır olmuştum. "Bu kadar korkma," dedi bir öğlen Bayan Dilloway. "Tekrar eve gelecek." Aklımdan geçenleri okuyor gibiydi.

Onu beklerken, kendimi çocuklarla beraber rahat bir rutine sokmuştum. Middlebury Pembesi'ni ve bahçeyi tam da unuttum derken, bir akşam, güneş battıktan hemen sonra gökyüzünde azıcık bir ışık huzmesi kaldığında, yatak odamın penceresinden kamelyalara bakıyordum. Ağaçların arasından bir gölge belirip kaybolmuştu. *Orada biri var.*

"Affedersiniz, efendim," dedim uşağın odasının kapısını çalarak. Bay Beardsley, her kahvaltıdan sonra buraya gelirdi. Burası odadan çok ofis sayılırdı ve içeride gümüşlerin saklandığı bir dolap bulunuyordu. Hemen bitişiğinde, sürekli kilitli tutulan şarap mahzeni vardı.

"Evet, Bayan Lewis," dedi Bay Beardsley, masasından bana doğru bakarak. Onun bu sert tutumu karşısında düşüncesizce davranamazdınız.

"Rahatsız ettiğim için özür dilerim, efendim," dedim. Çocuklar hâlâ kahvaltıdaydı ve çocuk odasında onlarla buluşmak için on beş dakikam daha vardı. "Size bir şeyden bahsetmek istiyorum. Gördüğüm bir şeyden."

"Ah? Ne gördünüz, Bayan Lewis?"

"Geçen gece," dedim, "uyumadan önce, penceremden dışarı bakarken, bahçede bir adam gördüm, efendim."

"Bir adam mı?"

"Evet," diye cevap verdim. "Tuhaf görünüyordu. O kadar geç bir saatte kim orada yürür ki?"

"Gerçekten de tuhaf," dedi. "Bay Humphrey'ye bu öğlen oraya gidip bakmasını söyleyeceğim."

O sabahtan sonra, çocuk odasının önünde Bayan Dilloway ve Sadie ile karşılaştım. "Her şey yolunda mı, Bayan Lewis?" diye sordu Sadie. "Yorgun görünüyorsunuz."

"Evet," dedim. "İyiyim."

"Geldiğinizden beri çok çalışıyorsunuz," diyerek devam etti. "Neden..." Sadie, bir Bayan Dilloway'e bir bana baktı.

"Ne oldu, Sadie?"

"Şey," dedi. "Haddimi aşmak istemem, ama konu şu ki, şey, Bayan Dilloway, Bayan Lewis geldiği günden beri bir kere bile izin kullanmadı."

Bayan Dilloway'in ciddi duruşu bir anda yumuşamıştı. "Evet," dedi. "Haklısın, Sadie. Bayan Lewis, eğer bir günlük izin istiyorsanız, izninizi kullanabilirsiniz."

Sadie zafer kazanmış bir edayla gülümserken, çocuk odasına geçtim. Konuşmalarımızı dinleyen Nicholas, Bayan Dilloway'in arkasından suratını ekşitti.

"Sen izinliyken, ben çocuklarla ilgilenirim," dedi Sadie kapıdan seslenerek. "Kasabaya gidip etrafı gezsene? Geldiğinden beri çocukların arkasından koşup, kıyafetlerini katlamaktan başka bir şey yapmadın." Bayan Dilloway'e baktı. "Lord Livingston ile gidip, bu öğlen onunla geri dönebilir."

Bayan Dilloway tereddüt etmişti. "Ama, ben-"

"Bir şey demez," diye ekledi Sadie. "Bayan Fairfield her cumartesi izin alırdı ve Lord Livingston onunla kasabaya gitmesine izin verirdi."

Bayan Dilloway başıyla onayladı. "Pekâlâ," dedi isteksizce. Saatine bakıp gülümsedi. "Odana inip, çantanı almak için yeteri kadar vaktin var."

"Şey," dedim, "Lord Livingston'ın bir şey demeyeceğini düşünüyorsanız, olur."

"Ah, unutmadan," dedi Bayan Dilloway cebinden bir mektup çıkararak, "*bu* sana geldi."

"Bana mı?" Zarfa göz gezdirdim. Annem ve babamdan olduğunu düşünüyordum, ama ne elyazısını ne de gönderenin Londra adresini çıkaramamıştım. "Teşekkür ederim," dedim merdivenlere yönelerek.

Odama gelince, kapıyı ardımdan kapatarak zarfı yırttım ve mektubu elime aldım.

Oraya çok fazla alışmayın, Bayan Lewis. Yapmanız gereken bir iş var. Görevinizi tamamlamazsanız, babanızı ziyaret edeceğim ve bu hiç de arkadaş canlısı bir ziyaret olmayacak. - Philip

Gözlerimi sımsıkı kapattım ve mektubu yumruğumun içinde buruşturdum.

Evle cadde arasındaki yola yaklaştığımda, Bay Humphrey'nin başı bagajdan yana dönüktü. "Ah, merhaba, Bayan Lewis," dedi tedirgin bir gülümsemeyle. Kirlenmiş eldivenlerini bagaja attı ve kapağını kapatıp, bana kapıyı açtı. Arka koltuğa geçtim ve siyah çantamı ayağımın kenarına aldım. O sırada yerde, üzerine güneş vuran metal bir şey olduğunu fark ettim. Yakından bakabilmek için eğildim. "Bay Humphrey, sanırım bir şey buldum-"

"Ah, evet," dedi gümüş kolyeye benzer bir takıyı yerden alarak. "İşte burada. Kaybettiğimi sanıyordum. Bunu anneme hediye edeceğim. Dün kasabadan aldım." Torpidoyu açıp, kolyeyi içine atışını izledim. Sonrasında uzaktan çakıltaşlarından bir sesin geldiğini duyunca arkasına baktı.

Gergin bir şekilde eldivenlerimi çekiştirdim. Mavi yerine çantamla uyum sağlayan siyah şapkamı taksam daha iyi olacaktı. Hoş ne fark ederdi ki? Kasabada kiminle karşılaşmayı umuyordum sanki? Koltuğa yaslanmıştım, ama Bay Humphrey'nin duruşunu düzelttiğini görünce, yerimde doğruldum.

"Bayan Lewis de burada, Lordum," dedi. "Kasabaya giderken o da bize katılacak."

"Güzel," dedi Lord Livingston başını arabadan içeri sokarak. "Merhaba, Bayan Lewis."

"Merhaba," diye yanıtladım.

Bayan Dilloway'in bir gece önce ütülediği, ince çizgili gri takım elbisesiyle yanıma oturmuştu Lord Livingston. Genç kâhyanın ütüleyişini izlerken, göğüs kısmındaki pililere nasıl özendiğini ve mükemmel olana kadar üzerinden defalarca geçtiğini fark etmiştim.

Lord Livingston'ın oda hizmetçisi olmadığı için Bayan

Dilloway'e fazladan görevler düşüyordu, ama o da buna aldırmıyordu. Ellerimi üç farklı şekilde birbirine kenetledikten sonra pencereye döndüm.

"Çocuklar sözünüzü dinliyor, değil mi Bayan Lewis?"

"Evet, teşekkür ederim," dedim dikkatimi ön camdaki görüntüye vererek.

"Peki odanızdan memnun musunuz?"

"Gayet iyi."

Lord Livingston uzun bir süre sessiz kaldıktan sonra bana döndü. "Bayan Lewis," diyerek devam etti. "Demek istediğim... Size anlatmak istediğim şey..." Bakışları yüzümün kızarmasına neden olmuştu. "Çocuklar konusunda sizden oldukça memnunum. Burada olmanızdan mutlu olduğumu bilmenizi isterim."

"Ah," dedim. Dedikleri karşısında şaşırmıştım. "Teşekkürler."

"Sormamda sakınca yoksa, Bayan Lewis," diyerek konuşmasına devam etti, "nasıl dadı oldunuz? Yani demek istediğim, şimdiye kadar Amerika'da genç bir delikanlıyla evli olmanız gerekirdi."

İşte bu soruyla yanaklarım tamamen kıpkırmızı olmuştu. "Bu sanırım uzun bir hikâye," dedim.

Anladığını belirtircesine başını salladı. "Şey, bugün kasabaya gelmenize sevindim. Özel bir planınız var mıydı?" diye sordu Lord Livingston.

Başımı iki yana doğru sallayarak, "Hayır, özel bir şeyim yok," diye yanıt verdim. "Dükkânlara bakarım diye düşünmüştüm, efendim... Yani, Lord Livingston, efendim... Yani..." *Neden böyle dilim tutuluyordu?* Fırına gelen zengin kişilerle de fevkalade konuşabiliyordum. Bir keresinde vali uğramıştı ve onunla bizzat kendim ilgilenmiştim.

Cebimden aileme yazmış olduğum mektubu çıkardım. "Ve bunu eve göndermek için postaneye uğrayacağım."

Lord Livingston mektubu elimden alarak, "Postanede sıra bekleyerek değerli vaktinizi öldürmenize gerek yok," dedi. "Bırakın, sizin yerinize Humphrey bunu halletsin."

Ön koltuğa doğru eğildi. "Humphrey, Bayan Lewis'in mektubunu götürürsün, değil mi?"

Şoför, dikiz aynasından baktı. "Evet, Lordum," diye cevap verdi.

"Teşekkür ederim," dedim.

Fundalıklarla kaplanan tepeleri işaret eden Lord Livingston, "Ben dünyayı gezdim, Bayan Lewis," dedi, "ama böyle güzel fundalıkları başka yerde görmedim."

Başımı olumlu anlamda salladım. "Bu manzarayı resmetmeyi çok isterdim," dedim üzerinde rüzgâr esen yeşilliği göstererek.

"Ah, resme ilgi duyar mısınız?"

"Şey, evet," diye cevap verdim. "Manzara resimleri."

"Bu manzarayı aynı bu şekilde resmedebilir misiniz?"

"Şey, sanırım," dedim. "Doğru malzemelere ihtiyacım olacak. İyi bir sehpa, tuval ve biraz boya işte. İngiltere'ye sadece karalama defterimi getirdim."

"Ah, ne güzel," dedi. "Çizimleriniz harika olmalı."

Birkaç dakika sonra Bay Humphrey ile şehre gelmiştik. İlk olarak tren istasyonunda durdu.

"Şey," dedi Lord Livingston. "Ben birkaç günlüğüne Londra'da olacağım."

"İyi yolculuklar," dedim.

Lord arabadan inmeden önce, benim yaşlarımdaki güzel bir kadın kaldırımdan bize doğru el salladı. Krem rengi elbisesi vücudunu sarmış, hatlarını ortaya çıkarmıştı. Arabaya doğru yaklaşırken, sanki Lord Livingston ile iki eski arkadaşmışçasına gülümsüyordu. Lord Livingston ise oldukça soğuk bir şekilde ona bakarak camı indirdi.

"Merhaba, Theresa," dedi. Bay Humphrey dikiz aynasından onlara bakıyordu.

"Bugün gelecek misiniz, Lord Livingston?" diye sordu kadın, yüzünde bir gülümseme hâkimdi. Ta ki beni fark edene kadar. "Ah, özür dilerim. Misafiriniz olduğunu bilmiyordum."

Lord Livingston gönülsüz bir şekilde bana döndü. "Bayan Lewis, bu Theresa Mueller," dedi. "Theresa caddenin sonundaki restoranda çalışıyor."

"Şimdi gidiyorum," dedi Theresa, son bir kez arabaya bakıp kaldırıma çıkarak.

"Bunun için özür dilerim," dedi Lord Livingston.

Bay Humphrey boğazını temizleyerek, "Lordumuz kasabada biraz ünlüdür," diye ekledi.

"Şey, artık geç oluyor. Trenimi kaçıracağım," diyen Lord Livingston, çantasına uzanıp tekrar bana baktı. "Bayan Lewis," dedi kaldırıma çıkmadan önce, "demek istediğim..." Gözlerime bakıyordu. "Şey"-bir an durup alnını kaşıdı- "bozuk para meselesinde size yüklendiğim için çok özür dilerim."

"Sorun değil."

Lord Livingston'ın ifadesinden rahatladığı anlaşılıyordu. "Şey, umarım beni affedersiniz."

Başımı evet dercesine salladım.

Ardından Lord Livingston arabadan indi ve lordun inmesi için kapıyı tutan Bay Humphrey de onu uğurladı. "İyi yolculuklar, Lordum."

"Teşekkür ederim, Humphrey," dedi Lord, Bayan Mueller'ın

durduğu kaldırıma bir an için bakarak. "Bayan Lewis'in işini hallet."

"Elbette, efendim," diye yanıt verdi Bay Humphrey.

O akşam Bayan Dilloway kapımı çalmıştı. "Gününüz nasıl geçti?"

"İyiydi, teşekkür ederim," dedim kasabada geçen günümü hatırlayarak. Meydanda dolanmış, kendimi bir banka atmadan önce bir kese kâğıdı dolusu fıstık almıştım ve çeşmenin çevresinde oynayan çocukları izlemiştim. Sonra kafeteryada bir fincan çay sipariş edip bir koltuğa yayılarak *Yıllar* adlı kitabı okumaya devam ettim, en sonunda kitabı bitirmiştim. "Çocuklara iyi geceler diyecektim, ama çoktan uykuya dalmışlardır diye tahmin ediyorum."

"Öyle," dedi Bayan Dilloway odama grip, kapıyı ardından kapatarak. "Sizinle özel olarak konuşsam, sorun olur mu?"

"Elbette olmaz," dedim. "Ne oldu?" Gözlerimi kısmıştım. "Her şey yolunda mı? Janie nezle olmadı, değil mi? Dün burnunu çekiyordu ve ben de-"

"Janie iyi," dedi. "Onlara karşı çok iyi davranıyorsun. Belki de fazla iyi. İşte bu yüzden seninle konuşmak istedim."

"Anlamadım."

"Bayan Lewis," dedi, "sizin gibi dadılar sonsuza dek burada kalmaz. Kalamazsınız da. Önünüzde koca bir hayat var. Evlilik var. Kendi çocuklarınız bile olacak."

"Şey, belki bir gün, ama-"

"Ama sonsuza dek kalmayacaksınız, değil mi?"

"Hayır," diye kabul ettim.

"İşte ben de tam olarak bunu diyorum. Sadece çocukları düşünüyorum, hepsi bu. Bu haberi nasıl karşılarlar diye düşünüyordum. Eğer niyetiniz..." Doğru kelimeyi seçmek istercesine duraksadı. "Beklenenden *farklı* çıkarsa."

Tüylerim diken diken olmuştu. Bir şey mi ima etmeye çalışıyordu? "Affedersiniz, ne demek istediğinizi anlamadım."

"Demek isteğim şey, herhangi bir nedenle gitmeye karar verirseniz, onlara bu fikre alışmaları için zaman verin," diye açıklama yaptı Bayan Dilloway. "Anneleri onları bu şekilde terk etti ve bu eve birçok dadı gelip gitti. Yaşadıkları bunca şeyden sonra, sizi de bu şekilde kaybetmelerini görmeye dayanamam."

Başımı evet dercesine salladım. "Onları seviyorsunuz, değil mi Bayan Dilloway?"

"Sanırım evet," dedi duvar saatine bakarak. "Şey, geç oldu. Saat neredeyse dokuz buçuk olmuş. Bayan Marden'e, yatmadan önce eti sosa bırakacağıma dair söz vermiştim. Etin, yemekten on iki saat önce tam olarak soslanmış olmasını istiyor." Koridora yürümeden önce kısa bir şekilde gülümsedi. "İyi geceler, Bayan Lewis."

"İyi geceler," dedim.

O gittikten sonra, Bayan Dilloway'in seçmiş olduğu yalnız yaşamı düşündüm. Başımı yastığa koyup iç geçirdim. Aslında haklıydı. Zavallı çocuklara birinin bakması gerekiyordu. Abbott adım adım erkek oluyordu, ama hâlâ kırılgan ve hassastı. Keşke babası ona daha çok özen gösterseydi. Ve Nicholas... Güzel yüzlü, siyah saçlı ve arsız gülüşlü tatlı Nicholas... Tek istediği dikkat çekmekti. Katherine'in sorunları, anlamayacağım kadar çoktu ve ona yardım edebilmeyi çok istiyordum. Janie annesini hatırlayamayacak kadar küçüktü ve sırf bu yüzden diğer çocukların taşıdığı yükü, kalbinde barındırmıyordu. Bu yük o kadar ağırdı ki hissettikleri acıyı gözlerinden ve mesafeli yaklaşımlarından anlaşılıyordu. Ve Desmond. *Desmond.* Dönecek miydi? Peki ya ne zaman?

Babaları anlaşılması zor bir adamdı. İlk geldiğim zaman, çok katı ve dikkatli bir adam gibi duruyordu, ama bugün beklemediğim bir şekilde sıcak davranmıştı. Onun bu sıcaklığını çocuklarına da göstermesini nasıl sağlayacaktım? Çocukların ona ne kadar ihtiyacı olduğunu nasıl Lord Livingston'a gösterecektim? Esnedim ve yatağın ucundaki yün battaniyeye uzandım. Bu büyük evde geceler soğuk geçiyordu.

Bayan Dilloway haklıydı. Burada sonsuza dek kalmayacaktım, ama kalabildiğim kadar duracaktım. Bay Price'tan gelen mektubu düşündüm. Çok vakit kalmamıştı artık. Kamelyayı öyle veya böyle bulmam gerekiyordu.

Lord Livingston'ın Londra'da olduğu zaman süresince, ev rahat bir nefes almış gibi görünüyordu. Ayaklı duvar saati bile zaman kavramı tatile çıkmışçasına daha sakin çalıyordu sanki. Çocukların gül bahçesinde oynamalarından veya Janie'nin halıya bezelye çorbasını dökmesinden rahatsız olmamıştım. Hepimiz daha rahattık.

Her gece, uyumadan önce üçüncü kattaki seraya gidiyordum. Çiçek saksısına takılma ve bir alt kattaki Lord Livingston'ı rahatsız etme endişesi olmadan orada bulunmak çok güzeldi. Yine de dikkat çekmemem gerektiği için lamba ışığının altında işlerimi yapıyordum.

Orayı sevmeye başlamıştım ve Leydi Anna'nın da neden

böyle hissettiğini anlamıştım artık. Orkideler bir harikaydı. Her çiçeğin üzerine, botanikte geçen isimlerini yazmıştı, ama en çok her tomurcuğa takma isim vermesini sevmiştim. Mesela, harika bir çiçek olan *Catteya*'ya "Leydi Catalina" adını vermişti. Kabarık parti elbiseli leydileri anımsatan sarı *Oncidium* çiçeğinin adı ise "Bayou Leydisi Aralia" idi.

Lord Livingston'ın Londra'dan dönmesinden önceki son gece, birkaç gün boyunca uğrayamayacağımı düşünerek, seraya çiçekleri sulamaya gittim. Çocuklar yataklarına girdikten sonra, her zamanki gibi parmaklarımın ucunda merdivenlerden çıktım ve halının altında duran anahtarı aldım. Orkideleri güzelce suladıktan sonra musluğun oradaki sulama kabını tekrar doldurdum. Limon ağacının gövdesini sularken, geceliğimin bir kısmı ıslanmıştı. Gökyüzüne baktığımda, Lord Livingston'ın robdöşambrı ile terasta nasıl öylece durduğu aklıma gelmişti. Düşüncükçe utandım. O gece kamelya bahçesine bakıyordu. Çocukları mı düşünüyordu? Anna'yı mı? Yoksa pişmanlıklarını mı?

Kilden yapılan kabın içindeki hurma ağacına, son kalan su damlalarını döktükten sonra fenere uzandım. Tam o sırada gözüme bir şey takılmıştı. Dikkatli bir şekilde baktığımda bahçede bir şeyin parladığını gördüm. Fener miydi bu? Birkaç adım uzağa gidip kaybolmuştu.

Kapıya doğru koştum ve koridora çıkıp etrafı kolaçan ettikten sonra ardımdan kapıyı kilitledim. O sırada birinin burnunu çektiğini duydum.

Yerde top gibi yusyuvarlak duran gölgeye bakınca, üzerindeki pembe geceliğin kime ait olduğunu anladım. "Katherine?"

Duvara yaslanan Katherine, dizlerini göğsüne kadar çekip oturmuştu ve gözyaşlarının ıslattığı yanaklarıyla bana bakıyordu.

Yanına çömeldim. "Katherine, sorun ne, hayatım?"

"Seni takip ettim," dedi. "Buraya neden her gece geldiğini öğrenmek istemiştim."

"Ah," dedim feneri yere bırakarak.

"Annem oraya girmeme hiç izin vermemişti," diye itiraf etti Katherine, kapıyı işaret ederek. "Saatlerce içerde kalırdı. Tek istediğim çiçeklerini görmekti. Sadece görmek istemiştim."

"Ah, Katherine," dedim siyah saçlarını okşayarak.

"Boş verin," diyerek ayağa kalkan Katherine, kendini yatıştırmaya çalışıyordu. "Bu şekilde davranmam çok saçma."

"Değil. Annenin seni seraya girmene neden izin vermediğini belki hiçbir zaman bilmeyeceğiz ama bir sebebi olduğundan eminim." İç geçirdim ve Bayan Dilloway'in yaptığı uyarıları hatırladım. *Annesini bu kadar özleyen kıza, seranın neşe getireceğini bile bile kapılarını kilitli tutmak niye?* "Biliyor musun, Katherine," diyerek konuşmaya devam ettim, "bence şimdi görebilirsin."

Katherine gözlerini iri iri açarak, "Öyle mi?" diye sordu.

"Evet," dedim. "Ama bunu ne oğlanlara ne de Janie'ye söylemelisin."

Başını istekli bir şekilde salladı. "Söylemeyeceğim."

"Güzel," dedim. "Bu bizim sırrımız olacak." Anahtarı yuvasına tekrar yerleştirdim. "Haydi."

Peşimden içeri giren Katherine'in görüntü karşısında ağzı açık kalmıştı. "Bu... burası çok güzel," dedi. Limon ağacının yanından geçerken hayranlıkla bakıyordu. "Annem eskiden bize kamkat getirirdi." Durdu ve mahcup bir tavırla gülümsedi. "Özür dilerim, Bayan Lewis. Size çok kötü davrandım."

"Sorun değil," dedim gözlerinin içine bakabilmek için eğilerek. "O zamanlar beni tanımıyordun." Ağaçtan bir kamkat koparıp ona uzattım. "Ama şimdi tanıyorsun."

Koluna nazikçe dokundum. "Tatlım, kolundaki bu izlerin ne olduğunu sorabilir miyim? Ne oldu?"

Katherine içgüdüsel bir hareketle kolunu geri çektikten sonra rahatlayarak derin bir nefes aldı. "Kimseye anlatmayacağına söz veriyor musun?"

Başımı evet dercesine salladım.

Katherine geceliğinin kolunu yavaşça açıp kolunun yaralı olan kısmını bana doğru çevirdi. Bazıları yeniydi, bazıları ise kabuk bağlamıştı. Ürkmüştüm.

"Ah, Katherine!" diye haykırdım. "Bunu sana kimin yaptığını lütfen bana söyle."

Ayaklarına bakarak, "Ben yaptım," diye yanıt verdi.

Elimi ağzıma götürdüm. "Anlamıyorum."

"Annemi daha fazla mutlu etmem gerekirdi," dedi ağlamaya başlayarak. "Eğer daha iyi bir kız olsaydım, o bu kadar üzgün olmazdı."

"Hayır, hayır, Katherine," diyerek kollarımla onu sardım. "Bu hiç de doğru değil. Onun mutsuzluğunun seninle bir ilgisi yoktu. Seni temin ederim."

Yüzünü omzuma gömmüştü.

"Kendine zarar vermeyi artık bırakmalısın," dedim. "Lütfen, bunu bir daha yapmayacağına söz ver."

Katherine daha fazla kendini tutamayarak, "Çok utanıyorum," diye ağlamaya başladı.

"Utanılacak bir şey yok, tatlım," diyerek ellerini ellerimin içine aldım. "Annen böyle hissetmeni istemezdi." Gözlerinin içine baktım. "Bahse girerim şu an yukardan bakıyor ve seni tekrar gülerken görmek istiyordur."

"Gerçekten öyle mi düşünüyorsun?"

Başımla onu onayladım.

"Burada seninle beraber olmama kızmıyor mudur?" diye sordu Katherine. Saçı gözünün önüne düşmüştü, onu kulağının arkasına sıkıştırdım.

Bunun cevabını elbette bilmiyordum. Yani tam olarak değil. Leydi Anna hakkında öğrendiğim her bilgi, onu daha gizemli gösteriyordu. Onun, çocuklarını sevdiğine ve onlar için en iyisini dilediğine inanmak istiyordum. Ama artık işin aslının ne olduğu önemli değildi. Önemli olan tek şey, Katherine'in buna inanması gerektiğiydi.

"Tabii ki kızmazdı, tatlım," dedim. "Aslında bence, burayı göstermek için on yaşına gelmeni bekliyordu. On yaş, çok önemli bir yaştır ya hani."

"Öyle mi?"

"Aynen."

Katherine başını azıcık kaldırıp, hurma ağacına yakından bakmak için cama doğru yöneldi. "Bu Tayland Kralı'ndan gelen çiçeklerden mi?"

"Tayland Kralı mı?"

"Evet," dedi. "Babamın onun hakkında konuştuğunu hatırlıyorum."

"Belki de," dedim. Sera hazinelerle doluydu. Fakat Katherine'in de kendine ait bir hazinesi olmasını istiyordum. O bunu hak ediyordu. Katherine, kamkat ağacına hayranlıkla bakarken, orkidelerin olduğu yere doğru yürüdüm ve bir tanesinin etiketinde hiçbir şey yazmadığını gördüm. Cam tavandan yayılan ay ışığının altında, mor çiçekleri neredeyse mavi gibi görünüyordu. Masada duran kalemi aldım ve etiketin üzerine "Mağribilerin Leydisi Katherine," yazdım.

"Katherine," dedim. "Bunu görmelisin."

Yanıma koşmuştu. "Ne oldu?"

"Bu annenin orkidelerinden bir tanesi. Botanikteki adı *Dendrobium*'dur, ama bak o üzerine başka bir şey yazmış."

Etiketi okumak için eğildi ve şaşkınlıkla bana baktı. "Adını Katherine koymuş," dedi. "Benim adımı vermiş."

"Gördün mü?" dedim sırıtarak. "Adını, en güzel orkideye vermiş. Eminim, bunu sana göstermek için sabırsızlanıyordu."

Kolunu belime sarıp, beni sımsıkı tuttu. "Teşekkür ederim, Bayan Lewis. Sizinle buraya girmeme izin verdiğiniz için çok teşekkür ederim."

"Bir şey değil," dedim.

Bir an pencereden dışarı baktığımda bahçedeki ışığın tekrar parladığını fark ettim.

"Haydi," diye fısıldadım Katherine'e. "Seni yatağına yatıralım."

On Dokuzuncu Bölüm

Addison

Rex, bir elinde mektup, bir elinde vazo dolusu çiçekle antrede belirmişti. Sabahını kafeteryada araştırma yaparak geçirmişti. "Kapıda seni bekleyen şeye bir baksana."

Mektubu kapının girişindeki masaya bıraktı ve turuncu renkli gülleri bana uzattı. "Gizli bir hayranın olmalı," dedi sırıtarak.

Mektubu titrek ellerle açtım. Üzerinde tek bir şey yazıyordu: "Hatırladın mı?"

"Bunları kim gönderdi?" diye sordu Rex.

"Ah... Arkadaşım Kelly," dedim hızlı düşünmeye çalışarak.

Rex başını kaşıdı. "Kelly mi? Üniversiteden mi?"

"Evet," diye onayladım. "O, şey, evlilik yıldönümümüzü önceden kutlamak istemiş."

Rex başını evet dercesine salladı. "Vay be, hatırlaması çok güzel." Çiçeklere bir an için meraklı gözlerle baktı.

"Araştırmaların nasıl gidiyor?" diye sordum, çiçekleri mektubun yanına bırakarak.

Rex alnını kaşıyarak, "İyi," diye yanıt verdi. "Bu hikâyenin çok önemli bir parçasının eksik olduğunu düşünmeden edemiyorum-"

"Bir fikrim olabilir aslında," dedim. "Dün gece uyuyamadım, o yüzden yürüyüşe çıkmıştım. Ve şey, Bayan Dilloway bana Leydi Anna'nın üzerinde çalıştığı şeyi gösterdi. Rex, sanırım çok uzun zaman önce burada kötü bir şey olmuş."

"Gerçekten mi? Ne gibi bir şey?"

"Şimdilik emin değilim," dedim. "Sanırım, bir şeyleri ortaya çıkarmak için bu öğleden sonra kasabaya ineceğim."

"İyi fikir," diye onayladı Rex. "Keşke sana eşlik edebilseydim, ama bugün için bir kez dışarı çıkmam yeterli. Hem öğlen ustayla buluşacağım."

"Usta mı?"

"Evet, babamın tamirat için tuttuğu adam."

Birtakım değişiklikler yapılacağını biliyordum, ama köşkte büyük değişikliklerin yapılması fikrinden de nefret ediyordum. "Kötü bir şey yapmazlar, değil mi?"

"Emin değilim," dedi. "Ama bu benim karar verebileceğim bir şey değil. Ailem çoktan planlarını yapmış. Ben yalnızca son detaylara imzamı atacağım."

Serayı düşünüyordum. Buranın yerle bir edilmesine mi karar verilmişti? Acaba burayı sinema odasına mı çevireceklerdi? Begonviller, düz ekran televizyona yer açılsın diye yerinden sökülecek miydi?

Kalbim hızla atmaya başlamıştı. "Rex?"

"Addison?" dedi gözlerimin içine bakarak.

Yüzündeki son derece dürüst ve güçlü olan ifadeyi inceledim. O benim değerlim, huzurum, sahip olduğum tek ailemdi. O zaman neden ona kalbimden geçen şeyi söyleyemiyordum? Sera, Bayan Dilloway ve geçmişimdeki korku dolu zamanları simgeleyen turuncu gülleri… Ağzımı açsam da dudaklarımdan hiçbir kelime dökülmemişti.

"İyi misin, hayatım?" diye sordu Rex, boynum ve sağ omzum arasında kalan yeri öperek. Çantasını merdivenlere koyduğunda, üzerinde "Amanda" yazan bir dosya dahil, birkaç dosya yere düşmüştü.

Dosyaları çantasına koymak için hemen eğildi ve sonra yüzüme baktı. O an, gözlerinde mesafeli bir bakış sezdiğimi sanmıştım. Bu sanki, birbirimiz hakkında hiçbir şey bilmediğimizin bir göstergesiydi.

Zorla gülümsedim. "Elbette iyiyim."

Rex merdivenlerden meraklı gözlerle bana bakıyordu. "Kasabaya giderken dikkatli ol, tamam mı?"

Başımı evet dercesine salladım ve yaprakları parlak bir alevi andıran turuncu çiçeklerin yanından geçtim.

Kasabaya giderken, yaklaşmakta olan bir aracı fark etmeyip son anda arabayı bir sola bir sağa sürdüm. Yanından geçtikten sona, arkamdan korna çalmıştı. Rex ile sık sık İngiltere'ye gelmemize rağmen, sağdan akan trafiğe hiç alışamamıştım.

Gün içindeki planlarımı bir daha düşünerek, arabayı park yerine çektim. Burada ne bulacağımı düşünüyordum ki? Arnavutkaldırımlı yol boyunca uzanan vitrinlere göz gezdirdim. Postane. Ayakkabı tamircisi. Gretchen'ın Kafeteryası. Milton'ın Barı. Belinde copu sallanan bir polisin kırmızı kapılı bir tuğla binaya girişini izledim. Adımlarımı hızlandırıp yanına yaklaştım.

"Size yardım edebilir miyim, hanımefendi?" Orta yaşlı, John Lennon tarzı bir gözlük takmış olan bir kadın, tezgâhın arkasından bana seslendi. Mükemmel bir şekilde küt kesilmiş olan perçemi alnına düşüyordu.

"Evet," dedim, göğsümün sıkıştığını hissediyordum. "Küçük bir araştırma yapıyorum ve bana doğru yolu gösterebilir misiniz diye merak etmiştim."

"Ah, siz Amerikalısınız," dedi sıcakkanlılıkla. "Clivebrook'a hoş geldiniz."

"Teşekkür ederim," dedim.

"Sizi buraya getiren şey nedir?"

"Eşimin ailesi yakın zaman önce Livingston Köşkü'nü satın aldı," diye yanıt verdim. "Yazı burada geçireceğiz."

"Ah," dedi. "Demek ki siz Sinclair Ailesi'ndensiniz."

"Evet," diye onayladım. "Adım Addison Sinclair."

"Memnun oldum," dedi elini uzatarak. "Ben Maeve." Masasına yaklaşan polise bir dosya verip, bana döndü. "O eski evde birilerinin gülümsediğini görmek çok güzel olacak. Hele ki orada yaşanan mutsuzluktan sonra." Başını iki yana doğru salladı. "Buradaki bazı kişiler o evin lanetli olduğunu düşünüyor."

Başımı evet dercesine salladım. "İşte ben de bu yüzden buraya geldim. Anladığım kadarıyla 1930 ve 40'lı yıllar arasında birkaç kadın kaybolmuş."

"Öyle," dedi kapının yanındaki afişi göstererek. "İsimleri burada."

"Hiç bulunamadılar mı?"

Maeve başını usulca iki yana sallayarak, "Tarihimizin karanlık sayfaları işte," dedi. "Tabii, ben bunları hatırlamak için oldukça gencim, ama annem, Clivebrook'un Karındeşen Jack'inin hâlâ buralarda bir yerlerde olduğundan bahsedip durur."

"Aman Tanrım," dedim. "Siz de öyle olabileceğini düşünüyor musunuz?"

"Ah, Tanrı korusun," dedi. "Öyle olsaydı, şimdi doksan yaşına gelmiş olurdu." Başını iki yana doğru salladı. "Hayır, 1940'da bu tür olaylar durdu. İçimden bir ses o zamanlar bu kişinin öldüğünü söylüyor. Ama asla bilemeyiz."

Defterimi çıkarıp, tarihi not ettim. Bunu sonradan Bayan Dilloway'e soracaktım. "Lord Edward Livingston hakkında bir şeyler biliyor musunuz?"

"Sadece 1960'da öldüğünü biliyorum," dedi. "Çok gizemli biriydi. Kimse onun hakkında bir şey bilmez. Bilinenler dedikodudan ibaret. Ben küçükken, bir keresinde kasabaya geldiğini hatırlıyorum. Fıskiyenin orada iskambil kâğıtlarıyla oynarken çocuklardan biri ona bağırmıştı. Ona katil demişti. Onun için çok üzülmüştüm." Kadın bir iç geçirdi. "Eşini öldürecek bir tipe benzemiyordu. Bana soracak olursanız, öyle bir cinayet için oldukça güler yüzlüydü."

Başımı evet dercesine salladım. "Aklınıza gelen başka bir şey var mı? Zamanında köşkte çalışmış olan başka biri?"

"Şey, bir tane hizmetçi vardı," dedi sırıtarak. "Neydi adı, Bayan-"

"Dilloway mi?"

"Evet," dedi. "Beni ürperten kadın, evet o. Yetmiş yıldır, o eski evde yaşıyor. Bir şeylerden saklanıyor olsa gerek."

"Leydi Anna Livingston'a çok önem veriyor," dedim. "Bahçelerine bakmak için orada yaşamaya devam ediyor."

"Size böyle mi söyledi?"

"Evet, bunun doğru olduğuna inanmam lazım."

"O zaman neden Leydi Anna'nın otopsi raporunun gizli tutulması için mahkemeye başvurdu?"

"Ne?" Masanın kenarından destek alarak sabit durmaya çalışıyordum.

"Oturun," dedi. "Dosyayı bulabilir miyim diye bir bakayım."

Meave, bir dakika sonra elinde bir zarfla döndü. "İnanır mısınız," dedi, "hâkim, onun talebini kabul etti. Belgeler mühürlenmişti, ama talebi buradan görebilirsiniz." Bir fotokopi sayfasını eliyle işaret ediyordu. "Bakın, en altta imzası var."

Bir saat boyunca caddelerde gezinip, Bayan Dilloway'in dediklerini anlamaya çalıştım. Eğer Leydi Anna'yı çok sevdiyse, eğer onu korumak istemişse, neden onun ölümünü gizlemiş olabilirdi ki?

Kaldırım boyunca ilerleyip, kasabanın en uç tarafında bulunan parka kadar yürüdüm. Küçük bahçesinin yanında çocuklar oyun oynuyordu. Kahkahalarını dinledim ve iki küçük kızın salıncaklarında nasıl havaya kalktıklarını izledim. Mutlulardı. Kuş kadar özgürlerdi.

On Beş Yıl Önce

"Manda!" diye bağırdı küçük çocuk.

Kanepeden fırlayıp, gözlerimi ovuşturdum. Ne kadar zamandır uyuyordum? Jean teyze, eğlenceye gitmişti ve Miles'a göz kulak olmamı istemişti. Dün dönmesi gerekiyordu, ama dönmemişti. Yatak odasına koştum, fakat Miles, Jean'in yatağının yanındaki karyolada yatmıyordu. Üzerinde Susam Sokağı karakterlerinden biri olan Minik Kuş baskılı battaniyesi kırışmış bir şekilde tahta zemindeydi.

"Manda!" diye bağırdı yine. Bu sefer pencereye koştum ve yangın merdivenin arasından arka yoldaki, yıllar önce apartmanın hayırsever komşuları tarafından yapılan alüminyum salıncaklara baktım. Nefesim kesilmişti. Sean. Miles'ı salıncakta oldukça yükseğe doğru sallıyordu. Küçük çocuğun minik elleri, salıncağın paslı zincirlerini tüm kuvvetiyle tutuyordu. "Dur!" Açık pencereden bağırdım. "Sean, Miles düşecek şimdi!"

Ayakkabılarımı giyip ceketimi kaptım. Ceketin kolunu yaramın üzerinden geçirirken irkilmiştim. Sean, bir gece önce sigarasını bileğimde söndürmüştü. Miles uzaktan çığlık atıyordu. "Geliyorum, Miles!" Bir yandan bağırıyor, bir yandan yangın merdiveninden inerken, çok uyuduğum için ayılmaya çalışıyordum. Sean bana işkence edebilirdi, ama o küçük çocuğu incitmesine izin vermeyecektim.

Caddeye çıkıp, ara yola çıkan köşeyi döndüm. Eski ve çökecek gibi duran salıncak, devrilip küçük Miles'ı da beraberinde götürecek gibi sallanıyordu.

"Manda!" diye bağırdı. "Bana yardım et!"

"Kes şunu, Sean!" diye çığlık attım.

"Sıkıyorsa beni durdur," dedi Sean sırıtarak.

"Lütfen!" diye feryat ettim. "Düşecek şimdi."

Jean teyzenin bizi bu canavarla yalnız bırakmasından nefret ediyordum. Kısa bacakları havada sallanan, daha üç yaşındaki Miles'a baktım. Birkaç dakika sonra düşecekti. Tutunmaya takati kalmamıştı. Kayıyordu.

"Bak yine altına yapacak," dedi Sean kahkaha atarak. "Bakalım ne kadar zaman sonra gerçekleşecek."

"Dur!" diye bağırdım, onu geriye çekmeye çalışarak.

"Bunun bir bedeli var," dedi beni ittirerek. "Ne istediğimi biliyorsun."

"İğrençsin," dedim. Ürpermiştim ve dişlerimi sıkıyordum. "Bana dokunmana izin vermeyeceğim."

O dakikadan sonraki yaşadıklarımız sanki ağır çekimde gerçekleşmişti. Sean'ın eli Miles'ın sırtına dokundu. Bu küçük çocuğun son bağırışıydı. Küçük bedeni havaya fırlayıp, saçları rüzgârda uçuşurken, yüzünde üzüntü, korku ve yenilgi vardı. Ve sonra başı betona çarptı. Gözleri açık bir şekilde, burnundan kanlar akarken, yerde öylece yatıyordu. Bu, sevginin ne demek olduğunu asla bilmeyen bir çocuğun yüzüydü.

Ona doğru koşup, başını kollarıma aldım. "Miles," diye bağırdım. "Tatlım, hayır, hayır, lütfen ölme. Ben buradayım. Ben buradayım. Onun seni incitmesine bir daha asla izin vermeyeceğim. Söz veriyorum." Ancak Miles cansız bir şekilde yatıyordu. Sabit duran bedenine başımı yasladım. Sonra öfkeli bir şekilde Sean'a döndüm. "Onu öldürdün!" Gözlerimden yaşlar akıyordu. "Bunu nasıl yaparsın?"

Sean ise hiçbir şey olmamış gibi sırıtıp, kollarını göğsüne kavuşturdu. "Ben hiçbir şey yapmadım."

"Onu ittin," dedim. "Onun tutunamayacak kadar küçük olduğunu biliyordun!" Küçük çocuğun yanağına dokunduğumda, elime kan bulaşmıştı. "Ben polise gidiyorum."

Sean göğsünde kavuşturduğu kollarını çözerek bana yaklaştı. İlk defa korkmuş gibi görünüyordu. "Hayır, gitmeyeceksin."

"Gideceğim," diye cevap verdim dişlerimi sıkarak. "Bundan kurtuluşun yok."

Güldü. "Hayır, sen yanlış anlamışsın. *Senin* bundan kurtuluşun yok asıl."

"Sen neden bahsediyorsun?"

"Cinayet," dedi. "Jean, Miles'ı sana emanet etmişti. Sen onun dadısıydın. Ve şimdi eline kan bulaştı. Kelimenin tam anlamıyla hem de."

Çocuğun kanıyla kaplanan ellerime baktım. "Hayır," dedim. "Yanılıyorsun. Gerçeği anlayacaklar ve seni-"

"Ama asıl soru, kime inanacakları." Güldü ve altıncı kattaki açık duran pencereyi gösterdi. "Onlara, çocuğun seni sinir ettiğini ve senin de onu ittiğini söyleyeceğim."

"Sana inanmazlar," dedim. "Sen yalancısın."

"İnanacaklar. Seni temin ederim."

Ellerim titriyordu. Haklı olabilir miydi?

Sean, elini bileğimin üzerine koydu. "Yapacağın şey şu," dedi. "Yukarı çıkıp, çöp poşeti alacaksın."

"Hayır," dedim inleyerek.

"Evet," dedi. "Bronx'ta gönüllü olarak çalıştığın aptal bahçenin adı neydi?"

"Botanik Bahçe," dedim belli belirsiz.

Başıyla onayladı. "Anahtarın var mı?"

"Evet, ama ben-"

"Güzel," dedi. "Bu akşam, karanlık çöktükten sonra, onu oraya gömeceğiz. Kimse bilmeyecek. Harika bir şekilde örtbas edeceğiz."

Gözyaşlarım elverdiğince baktım. Dünya gözüme artık sisli, gri ve yalnız görünüyordu. "Jean'e ne diyeceğiz?" Hıçkırıyordum. "Miles'ın sosyal güvenlik uzmanı ne olacak?"

"Kaçtığını söyleyeceğiz," dedi sırıtarak. Yeni yeni bıyığı çıkmaya başlamıştı. "Üvey evlatlar hep kaçar zaten. Kimse umursamayacaktır."

"Hayır," dedim. "Bunu yapmayacağım."

Sean sert bir şekilde bileğimi kavrayınca koluma ağrı girmişti. O sırada tek yapmak istediğim, onu ve her şeyi durdurmak, acıya ve üzüntüye son vermekti. "Lütfen!" diye haykırdım. "Canımı yakıyorsun."

"Yukarı çık, Amanda," dedi tane tane. "Çöp poşetini al."

Ayağa kalktığımda, vücudum titriyordu. Başka bir seçeneğim var mıydı sanki?

"Acele et," dedi Sean arkamdan. Miles'ın bedenini üç kat poşete koyduktan sonra Jean'in dolabında bulduğu silindir şeklindeki kamp çantasına geçirmişti. "Daha hızlı!" diye bağırdı.

Botanik Bahçe'nin girişine doğru yürürken bütün hislerim yok olmuştu sanki. Kilidi yuvasına yerleştirirken, ellerim beceriksizleşmişti. Bir gün önce bahçeler, benim Sean'ın bana zarar veremeyeceği yer olan gizli sığınağımdı. Haftada iki kez buraya gelip, bitkileri sular, yaprakları süpürürdüm. Mesaim bittiğinde eve dönmekten nefret ederdim. Jean artık neredeyse eve uğramıyordu bile. Ama Miles için geri dönüyordum. Onu bazen bahçelere getiriyordum. Burayı çok severdi. Meşe ağacına tırmandığı günü dün gibi hatırlıyordum. Nasıl güldüğü hâlâ hatırımdaydı. Ve şimdi oraya gömülecekti. Gözlerimden yaşlar boşalmıştı.

"Burada kimsenin olmadığından emin misin?" diye fısıldadı Sean.

Kapıdan geçerken başımı olumlu anlamda salladım. Akşamları çalışan bahçıvanlar dokuzda işten çıkarlardı. Yürürken, yangın alarmına göz gezdirdim. Uzanıp, alarmı devreye geçirebilirdim. Sonra ne olacaktı sanki? Sean kaçacak ve ben küçük çocuğun cansız bedeniyle burada kalacaktım. Kendimi nasıl ifade edebilirdim? Ya Sean haklıysa? Ya kimse bana inanmazsa? Şu an için hiçbir şey fark etmiyordu. Hiçbir şey Miles'ı geri getirmeyecekti.

Sean, duvardaki raftan küreği alıp, uzaktaki bahçeyi eliyle işaret etti. "Onu oraya gömelim," dedi. "Haydi."

Kapıdan geçerken onu takip ettim ve oradan gül bahçesine çıktık. Ortada duran toprak yeni sürülmüştü. Kimse bahçeye birinin girdiğinden şüphelenmeyecekti. Sean, kamp çantasını dikkatsizce yere küt diye bıraktı. Küreği toprağa kaldırırken onu izliyordum. Alnından, siyah bıyıklarına terler iniyordu. İğrenerek uzaklara baktım. Birkaç adım ötedeki turuncu gül ağacına odaklanarak gözlerimi dinlendirdim. Miles'ın hayatı çok acıklı geçmişti. Dünyadaki güzelliklerin çok azına tanık olmuştu. En azından şimdi bu güzelliklerle etrafı kaplanacaktı. Sean, üstünkörü yaptığı mezara kamp çantasını attı ve kaşlarında biriken teri sildi. Güller gece esen rüzgârla birlikte sallanıyordu. Onlar küçük çocuğa göz kulak olacaktı. Güller de bir nevi anne sayılırdı.

Sean, açtığı çukuru doldurmaya başladığında onu durdurdum. "Bekle," dedim, ceketimin cebinden Miles'ın en çok sevdiği ve titizlikle geri diktiğim oyuncak ayısını çıkararak. Oyuncağı yanağıma bastırdıktan sonra onu son yolculuğuna uğurladığımız yerin yanına bıraktım.

Üşümemek için kollarımı ovaladım. Rüzgâr çıkmıştı. Çocuklar ne zaman parkı terk etmişti? Ayağa kalkıp, çantamı aldığım anda onun akçaağaca yaslanmış öylece durduğunu fark ettim. Sigarasını içine çektikten sonra yere atıp, izmariti ayağıyla ezdi.

"Merhaba, Amanda," dedi sırıtarak.

Donakalmıştım. Aynı korku geri dönmüştü işte. Aynı şekilde bakıyordu. Tam da hayal ettiğim gibi. Uzunca ve yağlanmış kahverengi saçları. Kalın kaşları. Çenesinde tıraşı gelmiş olan sakalı.

"Gönderdiğim çiçekleri aldın mı?" diye sordu.

"Beni yalnız bırak, Sean," dedim. Yumruğumu sıkmıştım ve birini, herhangi birini görmek için etrafıma bakındım. Park bomboştu. "Sana söyledim, istediğin para bende yok."

"Ah be Amanda, sen hep zekiydin," dedi iyice yanıma yaklaşarak. "Söylediğin şey çok akıllıca. Şöyle ki…" Yüz yüze gelmiştik artık. Yıkanmamış saçlarının ve teninin ekşiliğinin kokusunu duyabiliyordum. "Parmaklıklar ardındayken düşünmeye çok vaktim oldu. Hapishanede tam on yıl geçirdim."

"Bu benim suçum değildi," dedim. "Sen bir kıza tecavüz ettin." Başımı iki yana doğru salladım. "Gazetedeki haberi okudum. Kız daha on üç yaşındaymış, adi herif."

Dediklerim onu eğlendirmişçesine gülümsedi. "Miles'ı hatırlıyor musun? Nasıl yardım etmen için ağladığını?"

Başımı iki yana doğru salladım. "Sen hastasın."

Kendi kendine kıkırdadı. "Beni durdurabilirdin."

"Denemiştim."

"Yeterince değil," diyen Sean hâlâ sırıtıyordu. "Ne var biliyor musun? Sen haklısın. İstediğim şey aslında para değil. En son çalıştığım işimden kalan yeterince param var. Polisler yurtdışındaki hesabıma ulaşamadılar." Kendi kendine başını salladı. "Anlayacağın üzere, tatlım"-parmağını yüzümde gezdirdi- "istediğim şey aslında *sensin.*"

Yüzüne tükürdüm, Sean ise yüzüne bulaşan kısmını koluyla silip bileğimi kavradı. Saatimi aşağıya doğru çekiştirdi. "Hâlâ orada," dedi. Dokunuşu midemi bulandırmıştı. "Kocan, bir çocuğu öldürdüğünü öğrendiğinde kim bilir ne düşünür?"

"Bana dokunma!" diye çığlık attım.

Uzakta duran bir adam ve bir kadın bize doğru döndü. "Yardım edin, lütfen!" diye bağırdım.

"Kes sesini, Amanda," diye uyardı Sean.

Adam hemen bize doğru koşarak, "Hanımefendiyi rahat bırakın," dedi. Arkadaşı uzakta duruyordu. Kadın kısa saçlıydı ve güneş gözlüğü takmıştı. Tanıdık gibi gelmişti, ama o anki adrenalinle emin olamamıştım.

Sean o iğrenç gülümsemesiyle geri çekilip, anacaddeye çıkan yola doğru koşmaya başlamıştı. "Bu burada bitmez, Amanda!" diye bağırdı.

"Polise gidelim," dedi yanıma gelen adam. "Bunu bildirmek isteyeceksinizdir."

"Hemen geri mi döndünüz?" diye sordu polis merkezinde tanıştığım Meave. "Clivebrook Cinayetleri dosyasını çözdünüz mü?" Gözlerimde biriken yaşları gördüğünde ise endişeli bir ifadeyle bakmıştı. "Her şey yolunda mı, hanımefendi?"

"Saldırıya uğradı," dedi adam. "Tam zamanında bulduk onu."

"Gelin," dedi Meave ayağa kalkarak.

Kadın bir polis beni arkada duran odadaki sandalyeye götürdü. "Lütfen, oturun," dedi. "Adım Lucy."

İçi su dolu plastik bir bardak uzattı. Bardağı masaya bırakıp tırnaklarımı yemeye başladım. Ağzımda taze kanın tadı vardı.

"Ne zamandır öyle yapıyorsunuz?" dedi elimi işaret ederek. İçgüdüsel olarak parmaklarımı geri çektim ve bakımsız tırnaklarımı sakladım.

"Yıllardır yenmeye çalıştığım kötü bir alışkanlık."

"İnsanlar bunu kendilerini kapana kısılmış ve korku dolu hissettiklerinde yaparlar," dedi. "Bilirim. Uzun süredir bu meslekteyim."

Ellerimi açıp, tırnaklarıma başka bir gözle baktım.

"Sorun değil," dedi.

Bir damla gözyaşı yanağımdan aktı. Ne olduğunu sorduğunda kendimi tutamamıştım. Ona Miles'a olanları, bileğimdeki yanıkları, tehditkâr mektup ve telefonları, asıl kimliğimi kocama anlatacağıma dair verdiğim sözü, saklamak için çok çabaladığım geçmişimi ve olanlardan sonra yaşamaya nasıl devam ettiğimi, kısacası her şeyi anlattım. İçimi tamamen döktüğümde, bir şekilde kendimi hafiflemiş hissetmiştim.

"Kendinizi suçlamayın, hanımefendi," dedi Lucy. "On beş yaşındaydınız. O zamanlar daha çocuktunuz. Sizin yerinizde kim olsa aynı şeyi yapardı. Önemli olan, çocuğa yardım etmeye çalışmış olmanız."

Başımı evet dercesine salladım.

"Burada beklerseniz, Amerika'daki meslektaşlarımı arayacağım ve bu Sean adlı kişiyi araştırmalarını söyleyeceğim," dedi. "Onun hakkında ne biliyorlarmış, bir öğreneyim."

Başımı onu onaylarcasına salladım. Yarım saat sonra, faks makinesinden yeni çıkan kâğıtlarla geri döndü. Onun vesikalık fotoğrafını bana uzattı. "Bu o, tamam," dedi. "Üç eyalette hırsızlıktan, tecavüzden ve çocukları tehlikeye atma suçundan ve diğer cinayetlerden aranıyor. Eğer onu bulursak, sizin de vereceğiniz ifadeyle onu Amerika'ya ve ait olduğu parmaklıkların ardına tekrar yollayacağız."

"Teşekkür ederim," dedim.

"Arabanız nerede?" diye sordu.

"Caddenin sonunda."

Başını onaylarcasına salladı. "Hava karanlık. Size eve kadar eşlik etmesi için bir polis göndereceğim. Güvenliğiniz için."

"Teşekkürler," dedim.

"Asıl ben *sana* teşekkür ederim, Amanda," diyerek konuşmaya devam etti. "Cesaretinden dolayı."

Başımı iki yana doğru salladım. "Adım Addison. Ben o kız değilim artık."

Köşke vardığımda, Rex'e parkta olanı anlatmayı planlamıştım, ancak yatak odasına girip onun yüzünü gördüğümde yapamamıştım. Eğer ona bunu anlatacaksam, her şeyiyle anlatmak zorundaydım. Ama yıllarca, çok dikkatli bir şekilde üzerinde oluşturduğum izlenimi sarsmaya henüz hazır değildim.

Rex uykuya daldıktan sonra, bütün kapıların kilitli olduğundan emin olmak için merdivenlerden aşağı parmak uçlarımda indim. Misafir odasına gelip, rulo şekline getirilmiş olan kâğıtları gördüğümde duraksadım. Onlar proje miydi? O tarafa doğru ilerledim ve kâğıtları önüme dizerek yerde açtım. Evin çoğu kısmının aynı kalacağını görmek beni mutlu etmişti. İlk kata yeni bir mutfak yapılacaktı. Giriş, yeni kolonlar eklenerek yenilenecekti. Güzel olmuştu. En azından bu çizimlere göre, çocuk odası, Anna'nın çalışma odası ve odalarının birinde sera olan üçüncü kat aynı şekilde bırakılacaktı. Köşk ve bahçenin detayları çizimlerinin olduğu diğer sayfaya geçtim. Bahçe başkasına mı verilecekti? Rex, bunu cidden benden saklamış mıydı? Geçen gün onu biri aradığında nasıl davrandığını ve gizli gizli konuştuğunu hatırlamıştım. Başımı iki yana doğru salladım ve kâğıdın üzerindeki kabaca çizilmiş olan golf sahasına göz gezdirdim. Kenarına elyazısıyla yazılan notta, "Kullanılmayan bahçe bu yaz yok edilecek," diyordu. En altta ise eşimin başharfleri olan RLS yazılıydı.

Yirminci Bölüm

Flora

1 Ağustos 1940

Lord Livingston'ın Londra'dan döndüğü sabah, evin atmosferi bir anda değişmişti. Masa örtüleri titizlikle ütülendi. Gümüşler ikinci kez parlatıldı. Çocuklar bile gergin görünüyorlardı. Janie, bütün sabah peşimde kuyruk gibi dolanmış, uyumayı reddetmişti. Özel öğretmen de Nicholas'ın aritmetik derslerinde dikkatinin oldukça dağınık olduğunu söylemişti.

Lordun ne zaman eve varacağını biliyorduk çünkü Bay Humphrey onu tren istasyonundan almaya gitmişti. Kasabaya gidip gelmek on beş dakika sürüyordu. O yüzden saat on buçukta çocukları, babalarını beklemeleri için dışarı çıkardım. Oğlanlar kavisi dönüp, eve yaklaşmakta olan arabayı gösterdiklerinde, Janie cırlamıştı. Arabaya doğru yürümeye başladığında onu kucağıma aldım.

Katherine örgülerini düzeltti. Örülmüş saçlarını topuzla tutturup, iğne takmıştım. Bu şekilde çok olgun göründüğü için çok şaşırmıştım. "Sence babam saçımdaki değişikliği fark eder mi?" diye sordu.

"Evet," dedim. "Eminim fark eder, tatlım. Dünyanın en güzel kızı olduğunu düşünecek."

"Umarım bize Londra'dan hediye getirmiştir," dedi Nicholas sırıtarak.

Abbott bize döndü. "Sizce, ona bahsettiğim maket uçağı almış mıdır? Harrods'ın kataloğundaki hani?"

Çocukların hatırı için ben de Lord Livingston'ın kendi çocukları kadar heyecanlı olmasını umut ediyordum. Ama araba durup, dışarı adım attığında yüzünde gülümsemeden eser yoktu.

"Eve hoş geldin, baba!" dedi Nicholas yüksek sesle.

Lord Livingston eve doğru yürüyüp, bize başıyla selam verdi. "Merhaba, çocuklar," dedi duygusuz bir şekilde. Sonra şapkasını ve ceketini Bay Beardsley'ye verdi. "Çayımı derhal çalışma odasına getirin. Üzerinde durmam gereken acil bir husus var."

Alelacele eve girdi ve kapı arkasından hızla kapandı. Dışarı çıktığımızda hava soğuk değildi ama şimdi rüzgâr esmeye başlamıştı. Janie tir tir titrerken, Katherine de kollarını ovuşturuyordu. Nicholas ise dudak bükmüştü. "Gelin, çocuklar," dedim. "Babanızı sonra görürüz."

Abbott bir çakıltaşına vurdu ve taş, arabaların geçtiği yola kadar gittikten sonra Bay Humphrey'nin dibindeki jant kapağına çarptı. "Abbott!" diye bağırdım. "Hemen Bay Humphrey'den özür dile."

"Dilemeyeceğim," diye bağırdı terasa doğru koşarken.

Bay Humphrey hemen yere eğilip, mendiliyle jant kapağını silmeye koyuldu. Anlaşılmayan bir ses tonuyla bir şeyler mırıldanıyordu.

"Üzgünüm," dedim şoföre. "Bunun hakkında onunla konuşacağım."

"Bir faydası olmayacaktır," dedi sert bir şekilde bakarak. "Sana onun tam bir şeytan olduğunu söylemiştim."

Öğle yemeğine kadar Lord Livingston'ı görmedik ve o vakte kadar çocuklar da sabahı asık suratla geçirdiler. Ancak masaya vardıklarında, her birinin koltuğunda onları hediyeler bekliyordu. Kutular mavi kâğıtlarla kaplanmış, sicimle bağlanmıştı. Katherine, kendi hediyesini gördüğünde neşeyle çığlık attı ve hemen kâğıdı yırtarak pembe ipek elbiseli porselen bebeğini kutudan çıkardı. Janie'ye çocuk kitabı seti, Nicholas'a ise tren gelmişti. Abbott hediyesini açtığında onun adına biraz üzülmüştüm. Yüzünün ifadesinden hediyesinin maket uçak olmadığını anlamıştım. Sert bir şekilde bakıyordu. "Teşekkür ederim, baba," dedi bir çift binici çizmesini havaya kaldırarak. "Severek giyeceğim."

Masanın başındaki yerini alan Lord Livingston'ın yüzünde bir gülümseme hâkimdi. "Sizin için de bir hediye var, Bayan Lewis," dedi, masanın köşesinde duran pembe ambalajla kaplı kutuyu göstererek.

"Ah," dedim şaşırmış bir şekilde. "Ne kadar naziksiniz, ama gerçekten bana bir şey getirmek zorunda değildiniz."

Gülümsedi. İlk geldiğindeki o kötü ifadesinden eser kalmamıştı. "Getirmek istedim. Haydi, açın."

Katherine büyük bir beklenti içinde başını salladı. "Evet, açın lütfen!"

Kutuyu önüme koydum ve kurdelesini dikkatli bir şekilde çözdüm. Sonra ambalajını yırtarak kapağını açtım. İçinde üç küçük tuval, bir önlük, akrilik boya seti ve beş tane de boya fırçası vardı.

"Bay Humphrey'ye şövaleyi odanıza götürmesini söyledim," dedi. Gözleri parlıyordu. "Umarım memnun kalırsınız."

"Evet," dedim sesimi kontrol ederek. "Size nasıl teşekkür edeceğimi bilmiyorum."

"Buna gerek yok. Sadece tadını çıkarın yeter."

Başımı evet dercesine salladım. "Ah, zaten öyle olacak. Sizi temin ederim."

Nicholas bana meraklı gözlerle bakıyordu. "Bayan Lewis, sizin ressam olduğunuzu bilmiyorduk."

"Şey, aslında değilim," dedim. "Ama çiçekleri ve doğayı resmetmekten zevk alıyorum."

"Annem de severdi," dedi Katherine bana gururla gülümseyerek.

Lord Livingston, rahatsız olmuş bir şekilde boğazını temizledi. "Şey, umarım bizim için de bir şey çizersiniz, köşkün resimlerinin arasına ekleyebileceğimiz bir tablo mesela?"

"Ah, köşke asılmaya değer bir şey olacağını düşünemiyorum bile."

"Maalesef sizinle aynı görüşte değilim," dedi Lord Livingston, çorbasını kâsesine koyan Bay Beardsley'yi başıyla onaylayarak.

Çocuklar yemeklerini neşe içinde yediler. Sonrasında onlara hediyeleriyle oynamaları için çocuk odasına gitmelerine izin verdim. Bayan Dilloway ve Bay Beardsley yemek odasını terk ettiklerinde ben de gitmek için ayaklanmıştım. Ama Lord Livingston bir şey demek istermişçesine boğazını temizledi.

"Biraz bekleyebilir misiniz, Bayan Lewis?"

Kapıda durdum. "Evet, tabii."

"Teşekkürler," dedi.

"Ne için?"

"Bana olanları gösterdiğiniz için"

Başımı iki yana salladım. "Anlamadım."

Lord Livingston bir iç geçirerek, "O kadar kederliydim ki çocukların bana ihtiyacı olduğunu fark edemedim," dedi. Alnını gergin bir şekilde kaşıdı. "Bugün eve geldiğimde, onları beni karşılamak için dışarıya çıkarmanız, şey, bana çok dokundu. Aslında o anda fark edememiştim. Öyle ya da böyle son zamanlarda kötü bir baba olduğumun bilincindeydim zaten."

"Siz *kötü* bir baba değilsiniz," dedim. "Çocuklarınız sizi çok seviyor."

"Şey," dedi, "telafi etmem gereken şeyler var."

Durumu anladığımı belirtircesine başımı salladım. "İşe Abbott ile başlayabilirsiniz. Aklında hâlâ istediği maket uçak var."

"Öyle mi?"

"Evet," dedim. "Babası *onunla birlikte* maket uçağını uçursa daha iyi bile olacaktır."

Oğlu hakkında bildikleri, gazetedeki dünden kalma haber kadar önemsizmiş gibi hissetmişçesine gözlerini yere dikti. "Ben…" Durdu ve sıkıntılı bir ifadeyle yüzüme baktı. "Bunu düşüneceğim."

"Şey," diye ekledim, resim eşyalarını göstererek. "Hediyeleriniz için tekrar çok teşekkür ederim. Çocuklara baksam iyi olacak."

Çocukları yataklarına yatırdıktan sonra odalarını topladım. Merdivenlerden aşağı inerken esniyordum. Benim için uzun bir gün olmuştu ve uyumak için sabırsızlanıyordum, ama Janie'ye bebeğinin elbisesini dikeceğime dair söz vermiştim. Oyuncağını misafir odasındaki koltuğa bırakmıştı. Bayan Dilloway onu benden önce bulup, kumaşına uygun tondaki pembeyi aramaya çalışmadan önce bu işi ben halletmeliydim.

Hızlı bir şekilde misafir odasına girdim ve Janie'nin bebeğinin nerede olduğuna baktım. *Hayret, buraya bırakmıştı halbuki.*

"Bunu mu arıyorsunuz?"

Korkudan yerimden sıçradım ve arkamı döndüğümde, elinde sarı saçlı bebekle duran Lord Livingston'ı gördüm.

"Ah, evet," dedim derin bir nefes alarak.

"Özür dilerim, sizi korkutmak istememiştim," dedi bana yaklaşıp bebeği uzatarak.

"Agnes'ı bulmuşsunuz," diyerek gülümsedim.

"Agnes mı?"

"Evet, şey Aggie," diye ekledim.

"Evet," dedi, yan masada duran radyoya bakarak. "Şimdi bu saçma şeyin frekansını bulabilsem iyi olacak."

Bu radyo modelini iyi biliyordum. Fırındaki radyomuz hep unla kaplansa da frekansını hep bulurdum. Müziksiz hamur yoğuramazdım. "Bakmamı ister misiniz?" diye sordum, masaya doğru ilerleyerek. "Bu makinelerde iyiyimdir."

"Teşekkür ederim," dedi Lord Livingston. "Eğer size zahmet olmazsa."

Radyonun kadranını dikkatli bir şekilde çevirdim ve bir yükselip bir alçalan sesi dinledim. Makine karışık, cızırtılı sesler çıkarıyordu. "Bu radyonun anteni," dedim arkasına uzanarak. Kablosunu cama doğru çekince hoparlörden bir erkek sesi gelmeye başladı. Ses o kadar canlı çıkıyordu ki konuşan adam sanki önümüzde duruyordu.

"Çok güzel," dedi Lord Livingston.

Kapıya tekrar baktım. "Şey, gitsem iyi olacak."

"İsterseniz kalın," dedi koltuğa göz gezdirerek. "Yani demek istediğim, savaşla ilgili son haberleri duymak isterseniz."

"Korkarım ki bu benim için oldukça iç karartıcı bir şey," dedim.

Garip bir şekilde uzaklara baktığı anda yüzündeki ifade birden sertleşti. "Doğru, evet," dedi.

Radyonun hoparlöründen davul sesleri geliyordu. "Hitler ve ordusu ilerliyor. Bu İngiltere ve dünya için ne anlama geliyor?"

Gözlerim radyoya kilitlenmişti. Düşündüğüm tek şey Desmond'dı. "Şey," dedim, bir an bile düşünmeden oturarak. "Belki de kalsam iyi olacak. Sadece birkaç dakikalığına."

Arabada olduğu gibi, Lord Livingston'ın bu kadar yakınına oturmak çok garipti. Hele ki loş ışıkla aydınlatılmış odada. Ama ufukta savaş vardı ve durumun ciddiyeti, duygusallığın korkuluklarını bir bir yıkıyordu. Radyodan gelen silah sesini duyduğumda yumruğumu sıktım ve dikkatli bir şekilde dinlemeye koyuldum: "Hitler ve adamları Doğu Avrupa'da hızla yayılıyorlar. Çoğu, sivil nüfusun koruyucuları olarak adlandırılıyor," diyen radyo spikeri, savaşın durumu hakkında detaylı bilgi vermeye koyuldu. Yirmi dakika kadar sonra sunucunun son sözleri, "Sadece umut edip, yurdumuzun savaşın vahşetinden korunması için dua edebiliyoruz. Tanrı İngiltere'yi ve Kraliçe'yi korusun!" oldu.

Lord Livingston ayağa kalktı ve kadranı, kulüplerden eve dönerken dinleyeceğiniz bir türdeki temposuz bir müzik çalana kadar çevirdi. Sonra tekrar yanıma oturdu.

"Sizce dedikleri doğru mu?" diye sordum. "Savaş İngiltere'ye sıçrar mı?"

"Hiçbirimiz buna inanmak istemiyoruz, elbette," dedi. "Ama hazırlıklı olmak zorundayız."

Başımı evet dercesine salladım.

"Daha vaktimiz var," dedi. "İngiliz Kraliyet Hava Kuvvetleri'nde yüksek rütbeli olan Londra'daki iş ortaklarımdan biri, savunmayı arttırdıkları için böyle bir şeyin olmayacağını garanti ediyor."

O anda yavaş ve ahenkli bir müzik çalmaya başladı. Şarkıyı hemen tanımıştım. Louis Armstrong. *Her yanıma, neden her yanıma sahip olmayasın ki?* Lord Livingston'ın bana baktığını fark edince, gözlerimi yere diktim.

"Evinizi özlüyor musunuz?"

"Özlüyorum," dedim kucağımda tuttuğum ellerime bakarak. Tam da o anda, ailem için, fırınımız için, New York'un hareketli sokakları ve bu garip aile ve sorunları için içim cız etmişti. "Burayı gerçekten seviyorum ama evimden daha yeni ayrılmışken dünyanın düzeninin değişeceğini hiç ummuyordum sadece." Yanağımdan süzülen bir damla gözyaşını sildim.

"Buyurun," dedi Lord Livingston ceketinden bir mendil çıkararak.

"Teşekkürler," dedim ve mendili kabul ederek gözlerimi sildim.

Arkamızdan gelen ayak seslerini duyunca, döndüm. Bayan Dilloway kapının girişinde duruyordu. "İzinsiz girdiğim için affedersiniz," dedi sert bir şekilde.

Lord Livingston'ın ardından ben de ayağa kalktım.

"Katherine kâbus gördü," dedi. "Çıkıp, baksanız iyi olacak." Benimle konuşmasına rağmen sanki bana bakmıyordu. Bitkin ve acılı bir ifadeyle direkt Lord Livingston'daydı gözleri. Orada öylece durduğum için kendimi garip ve istenmeyen kişi gibi hissetmiştim.

"Elbette," dedim. Sesim sessizliği bıçak gibi kesmişti. Bayan Dilloway'in yanından hızla geçip, antreye çıktım. Kapı ardımdan kapandığında mırıldanışlarını duyabiliyordum.

Üst kata çıktığımda, Katherine yatağının ucunda, dizlerini göğsüne çekmiş bir şekilde oturuyordu. "Rüyamda annemi Bay Humphrey ile kasabaya giderken gördüm ve, ve..." Elleriyle yüzünü kapatarak ağlamaya başladı. "Ve Bay Humphrey arabayı çarpıyordu." Ağlamaya devam etti. "Bay Beardsley annemi kurtarmaya çalıştı, ama yapamadı."

"Benim canım Katherine'im," dedim sevgiyle saçlarını okşayarak.

Kaşlarını çatmıştı. "Babam çoktan annemi unuttu, değil mi?"

"Tabii ki hayır," dedim hemen.

"Unuttu işte!" diye bağırdı Katherine. Gözleri tekrar yaşlarla dolmuştu. "Unuttu ve ben bundan nefret ediyorum!"

Hizmetçi odasına gitmeden önce seraya uğradım. Yanımda fener olmadığında, burası oldukça karanlık oluyordu. Büyük bir parçası bulutun arkasına saklanmış olan ay, çok az bir ışık yaysa da çiçekleri sulamam için yeterliydi. Bayan Dilloway beni yarasalara karşı uyarmış olmasına rağmen cam tavanın tepesinde bir yarasanın tiz bir ses çıkardığını duyunca yerimde zıplamıştım.

Pencereden dışarı baktım. Hurma ağacının dalları yanağımı gıdıklıyordu. Katherine ne söylemişti? Bu Anna'ya Tayland Kralı'ndan gelen bir hediye miydi? Çocukların, krallardan hediye alacak kadar emsalsiz bir çekiciliği olan bir kadına duyduğu sevgiyle kendimi yarıştıramazdım ve yarıştırmamalıydım da. Orada bir nedenden dolayı bulunuyordum. Yine bunu hatırlatıyordum kendime. Middlebury Pembesi.

Pencereden dışarı, aşağıda duran Lord Livingston'ın terasına doğru baktım. Sessiz bir şekilde müzik çalıyordu ve çıkardığı romantik ezgisini dinlemek için duraksadım. Sonra karanlığa sığınmış iki gölgenin ay ışığının altındaki terasta duruşlarını izlemeye başladım.

Ertesi sabah kahvaltıdan sonra Bay Humphrey, Lord Livingston'ı tren istasyonuna götüreceğini duyurdu.

"Ah, erkenden gidiyor mu?" diye sordu Sadie, her sabahkinden daha yorgun gözüken Bayan Dilloway'e bakarak.

"Sadece şehirde çok önemli bir işi olduğunu biliyorum," dedi şoför. "Geç kalmadan, saat ona kadar onu oraya ulaştırmamı istedi."

Kahvaltısını yapmaya devam etmeden önce Bayan Dilloway ile göz göze gelmiştim.

Bayan Marden omuz silkti. "Bana soracak olursanız, iyi ki gidiyor derim. Bir boğaz eksik olur işte."

Bay Beardsley kaşlarını çatarak, "Bayan Marden, Lord Livingston hakkında bu şekilde konuşmanıza izin veremem," dedi. "Lordumuzun Londra'da bu kadar çok zaman geçirmesinin nedeninin köşkte geçimimizi sağlamak olduğunu siz de çok iyi biliyorsunuz."

"Ne demek istiyorsunuz?" diye sordu Bayan Marden.

"Onu kötülemeden önce," diyerek konuşmaya devam etti Bay Beardsley, "onun bu ev için ve hepimiz için çok çalıştığını hatırlayın."

"Bay Beardsley," dedim, "Desmond'dan haber alan oldu mu?"

"Korkarım ki hayır," diye cevap verdi.

Bay Humphrey birden ayağa kalktı. "Şey, gitsem iyi olacak." Bayan Marden'e bakıyordu. "Kasabaya indiğimde sebzeleri alırım. Ve mektubu olan varsa, postaneye de uğrayabilirim." Annem ve babam için yazdığım mektubu uzattıktan sonra Bay Beardsley'ye döndüm. "Bana gelen bir posta olmadı, değil mi?"

"Üzgünüm, gelmedi," diye yanıt verdi. "Bir şey mi bekliyordunuz?"

"Ah, hayır," dedim. Hem Bay Price'tan bir şey gelmediği için rahatlamış, hem de annemden ve babamdan hiçbir şey alamadığım için endişelenmiştim.

"Şimdi fark ettim de," dedi Sadie, Bayan Dilloway'e dönerek, "bugün o gün."

"Ne günü?" diye sordum merakla.

"Leydimizin doğum günü," dedi Sadie efkârlı bir biçimde. "Kahvaltıda Lord Livingston'ın ona nasıl sürpriz yaptığını hatırladım ve-"

Masanın altında bir porselenin kırıldığını duydum. "Şey, şu yaptığıma bir bakın," dedi Bayan Dilloway.

Sadie hemen Bayan Dilloway'in yanına koştu ve beyaz porselenin parçalarını toplayıp, masanın üzerine koydu. "Merak etme," dedi Bayan Dilloway, elini tutarak. "Ben hallederim." Bay Bearsley'ye döndü. "Bu maaşımdan düşülsün lütfen."

Bayan Marden omuz silkerek, "Lanet olasıca bir çay fincanı için bu kadar telaş niye?" diye sordu. "Güzel bir elma alabilmek için mutfaktaki bütün çay fincanlarını verirdim." Bayan Dilloway'e baktı. "Bu sabah gelen elmaları gördünüz mü?" diye sordu kibirli bir şekilde. "Hepsi çürük ve kurtlu çıktı. Bu kötü malzemelerle adam gibi bir tart nasıl yapmam bekleniyor, anlamıyorum."

Sadie gazeteyi ona doğru uzatarak, "Buna alışmamız gerek," dedi. "Dün, Bay Beardsley'yi koridorda Lordumuzla konuşurken duydum ve şey, dinlemek istemedim aslında, ama Lord Livingston maddi olarak sıkıntıda olduğunu söyledi."

"Eh," dedi Bayan Marden burnundan soluyarak. "Parayı nasıl harcadığına bakılırsa, şaşırmamalı. Dün Güney Amerika'dan gelen sigaralarını gördün mü?"

"Bana soracak olursan, para sıkıntısı içinde olmak için çok kötü bir zaman," diye cevap verdi Sadie. "Savaşın tam ortasındayken işimden olmak istemem. Gazetede Almanların ilerlediği yazıyor. Daha biz ne olduğunu anlayamadan, kapımıza gelip, onlar için domuz eti ve yumurta pişirmemizi isteyecekler neredeyse."

"Bunlar hep fasa fiso," dedi Bayan Marden, ayağa kalkıp kalın beline bağladığı önlüğünü sıkılaştırarak. "Görmeden inanmam. Bence şu an için bunları kafaya takmanın bir anlamı yok."

Evden ayrıldığımda, ailem Avrupa'da devam eden savaş için endişeliydi, ama olayların bu derece önemli olacağını ve gerçek bir tehlikede olacağımızı kimse tahmin edemiyordu. Gazeteye uzanıp ilk sayfaya göz gezdirdim. Muhakkak yanlıştı. Yanlış bir haber olması gerekiyordu.

Sonra çocuklarla buluştuğumda, Bayan Dilloway Abbott'a kahverengi bir ambalajla sarılmış, beyaz kurdeleyle bağlanmış bir kutu uzattı. "Baban bunu sana vermemi söyledi," dedi bana bilmiş bilmiş bakarak.

"Bana mı?" diye bağırdı Abbott.

Bayan Dilloway, başını evet dercesine salladı ve kutuyu verdi. Abbott kutuyu hemen yırtarak açtı. Kutudan bir maket uçağı çıkmıştı.

"Teşekkür ederim," diye fısıldadı Bayan Dilloway bana doğru.

Yirmi Birinci Bölüm

Addison

"Benimle gelmek istemediğinden emin misin?" diye sordu Rex, saçlarımı kulağımın arkasına sıkıştırarak. Onunla Londra'ya gitme fikrini düşünmüştüm aslında. Orada eski bir arkadaşıyla buluşmayı planlıyordu. Kasabada yaşadıklarımdan sonra yalnız kalmak istememiştim, ama köşkteki sırrı çözmek üzereydim. Bu yüzden buradan ayrılmak istememiştim. Sean'ın pusuya yatmış olma ihtimalini de göz ardı edemezdim.

"Gelmeyeceğim," dedim. "Sanırım burada kalıp, tekrar kamelya kitabına bakarım. Bahçe konusunda kaçırdığımız bir nokta olduğunu düşünüyorum. Bir ipucu."

"Pekâlâ," dedi. "Yarın dönmüş olurum ve sonrasında beraber bakarız. Ne kadar çok şey öğrenirsek, romanın da bir o kadar ilerleyeceğini fark ediyorum."

Rex çantasını omzuna astığı sırada üzerinde "Amanda" yazan dosyayı hatırladım. Ona bunu sormamıştım.

"Seni özleyeceğim," dedi yanağımı öperek.

"Kevin ile iyi eğlenceler."

Rex meraklı bir şekilde gülümsedi. "Anlamıyorsun, değil mi?"

"Neyi anlamıyorum?" diye sordum.

"En çok *seninleyken* eğlendiğimi."

Gülümsedim. Bana duyduğu gerçek aşkı için ona minnettardım. Ama geçmişi öğrendiğinde acaba yine aynı şeyleri hisseder miydi?

"Bu benim arabam olmalı," dedi, dışarıda bir araba durduğunda.

"Dikkatli ol," diyerek onu öptüm.

"Arabayla çıkarsan, hangi yönde kullanman gerektiğini unutma sakın."

Şakacı bir şekilde gözlerimi devirdim.

"Seni otelden ararım," dedi.

Arabanın kasabaya gidişini izledikten sonra kapıyı kilitledim. Bir anda burada kaldığım için pişman olmuştum. Antika saatin sinsice tik tak edişini dinledim. Yumruğumu sıktım. Hissettiğim korkuyu görmezlikten gelmek için kararlıydım. Hayır, Sean'ın beni delirtmesine izin vermeyecektim. İyi olacaktım. Polis onu bulamasa bile, bölgede sık sık devriyeye çıkıyorlardı ve polis merkezinin numarasını hızlı aramaya kaydetmiştim.

Yukarı çıktım. Nicholas Livingston'dan gelen mektubu açıp, numarasını tuşladım.

"Alo," dedim. "Ben Addison Sinclair. Kayınvalidem ve kayınpederim köşkü kısa zaman önce satın aldı. Şimdi Asya'da seyahatteler, o yüzden mektubunuzun geldiğini görünce onlar adına açtım."

"Evet, elbette," diye yanıt verdi. "Merhaba, Addison." Boğazını temizledi. "Sizinle baş başa görüşmek istediğim bir konu var, izin verirseniz. Yarın müsait misiniz?"

"Evet," dedim. "Burada olacağım."

"Güzel. Sabah dokuz trenini yakalamaya çalışacağım ve yemek vaktine kadar varmış olurum."

"Benim için uygun," dedim. "Bay Livingston, şey, ben düşündüm ki, evin satış durumunu ve aileyi düşününce, şey, sizin köşke tekrar dönmek istemeyeceğinizi düşünmüştüm."

"Doğru," dedi hemen. "Hele ki şeyden sonra... Şey, bunları yarın konuşuruz, Bayan Sinclair."

O gece tam başımı yastığa koyduktan hemen sonra kapımın çalındığını duydum. "Bayan Sinclair, uyanık mısınız?"

Yatağın yanındaki sandalyede asılı olan sabahlığı giydim ve kuşağını belime bağladım. Bayan Klein nefessiz kalmış bir şekilde kapının önünde duruyordu. "Rahatsız ettiğim için çok özür dilerim, hanımefendi, ama Bayan Dilloway. O bayıldı. Başını tezgâha çarptı. Ambulansı aradım."

Hemen Bayan Klein'ın arkasından merdivenlerden inip mutfağa girdim. Bayan Dilloway yerde, dolaba yaslanmış bir şekilde oturuyordu. Gözleri uykulu gibi görünüyordu. Yanına, dizlerimin üstüne çöktüm. "İyi misiniz?"

Anlaşılmayan bir şeyler mırıldanmıştı. Elini sıktım ve Bayan Klein'a döndüm. "Ambulans ne zaman gelir?"

Pencereden dışarı baktı. Gecenin karanlığında araba farları parlamıştı. "Sanırım şimdi geldi."

Bayan Klein kapıya koştu ve sağlık ekibini mutfağa yönlendirdi. Bayan Dilloway, onu sedyeye yatırmalarından önce bana döndü. "Lütfen... Mektup..."

Elini sıkarak başımı iki yana doğru salladım. "Gücünü tüketme."

"Felç geçirmiş gibi görünüyor," dedi sağlık ekibinden biri. "Konuşma kaybı buna bir işarettir."

"Sizinle hastaneye geleceğim," dedim.

"Geç oldu," dedi Bayan Klein. "Siz kalın. Dinlenin. Ben yirmi yıldır Bayan Dilloway ile çalışıyorum. Ben giderim. Kafası karışacak gibi olursa, tanıdık bir yüz görmesi daha iyi olur."

Durumu kabullenerek, "Ama gelişmelerden beni haberdar edin," diye ısrar ettim.

Onlar gittikten sonra, birinci katın perdelerini kapattım. Evde yalnız kalma fikri garip gelmişti. Köşkteki bir ruh, yüzlercesine ev sahipliği yapacaktı. Ya da yüzlerce ruh şu an benimleydi. Uzun zaman önce ölen kişilerin ruhlarıydı bunlar. İzliyor, bekliyorlardı. Yatak odasına çıktığımda içim titremişti. Lord Livingston zamanında burada uyumuştu. Anna ile birlikte. Ya da başkalarıyla?

Bir anda üşüdüğümü hissettim, o yüzden başka bir battaniye bulmak için dolaba gittim. O sırada üst rafta tahta bir kutunun kenara sıkıştığını fark ettim. Onu almak için uzandığımda üst üste duran battaniyeler başımın üzerine düşmüştü. Kutuyu yatağa taşıdım ve kapağını yavaşça açtım. İçinde kare şeklinde katlanmış bir kâğıt vardı. Daha açmadan bunun ne olduğunu anlamıştım. Anna'nın kamelya kitabındaki eksik sayfaydı bu. Middlebury Pembesi'nin olduğu sayfa. Üzerine iliştirilmiş olan çiçek yoktu, ama yazılar hâlâ duruyordu. Lord Livingston almıştı. Neden? Ve neden saklamıştı?

Pencereye doğru yürüyüp, karanlığın altında kalan bahçeye baktım. Middlebury Pembesi oralarda bir yerlerdeydi, biliyordum. Ve –gözlerim iri iri açılmıştı- biri daha vardı. El fenerinin yaydığı ışık, çizgi halinde ilerliyordu. Perdenin arkasına saklandım ve cep telefonumu almak için yatağımın yanına koştum.

"Alo, evet, ben Addison Sinclair. Livingston Köşkü'nden arıyorum," dedim polis merkezindeki görevliye. "Sanırım bahçede biri var. Buraya bir polis yollayabilir misiniz?"

Yirmi İkinci Bölüm

Flora

18 Eylül 1940

Yaz çok yorucu geçmemişti ve Desmond'dan da hâlâ tek bir haber bile yoktu. Lord Livingston, Londra'daki dairesine kapanıyor, zamanının çoğunu orada geçiriyordu. Bay Beardsley'ye işlerinin onu alıkoyduğunu söylemişti ama ben başka bir şeyden, daha önemli bir şeyden şüpheleniyordum. Yağmurlu bir salı sabahı, Londra'dan telefon etmişti ve Bay Beardsley onunla telefonda konuşurken kulak misafiri olmuştum.

"Lordum," dedi Bay Beardsley, "sizden haber almak çok güzel... Evet, evet, çocuklar iyi... Evet, Bayan Lewis de... Ah? Bunu duyduğuma çok üzüldüm... Yapılması gereken bir şey var mı? Pekâlâ, evet, tabii... Ah, öyle mi? ... Lord Desmond mı efendim? Yoksa... Şey, bir fikrim yok, efendim. Hiçbirimizin yok... Evet, evet, elbette."

"Affedersiniz, bayım," diye seslendim kapıdan, Bay Beardsley telefonu kapattığında.

"Evet," diye yanıtladı Bay Beardsley, ceketini düzelterek. "Lord Livingston ile konuşuyordum. Çocukları sormak için Londra'dan aramış. Sonbaharın geri kalanı için eve dönmeden önce iki hafta daha orada kalacağını söyledi."

"Güzel," dedim. "Çocuklar onu çok özledi."

Başını evet dercesine salladı.

"Size bir şey sorabilir miyim?" dedim tereddütle.

"Evet, ne oldu, Bayan Lewis?"

"Demin telefondayken, Desmond'ın adı geçti. Her şey yolunda mı?"

Bay Beardsley ceketinin cebinden mendil çıkarıp, terlememesine rağmen alnını sildi. "Sizin endişeleneceğiniz bir şey yok, Bayan Lewis," dedi, bez parçasını tekrar cebine koyarak.

"Tabii," dedim. Garip bir sessizlik çökmüştü. "Anlıyorum."

"Şey, izninizle."

"Evet, efendim," dedim, ardından merdivenlere doğru gidişini izledim.

Ah, Desmond. Lütfen eve gel.

"Fırtına çıkacak," dedi Bayan Marden, mutfakta eliyle kremayı çırparken. Bay Beardsley ona, düzgün ayaklı ve makineli çırpma teli olan modern bir mikser almayı teklif etmişti, ama o kabul etmemişti. "Bu hile olur," demişti. "Ben aşçıyım. Bana bir şeyleri çırpmam için para ödüyorlar, ee, ben de çırpacağım."

"Yazın bitmesine katlanamıyorum," diyen Sadie, mutfak penceresinden bahçelere özlemle bakıyordu.

Bayan Marden, önünde duran beyaz kâseye parmağını daldırıp, havaya kaldırdı ve yaptığı kremanın kıvamına baktı. Memnuniyetsiz bir şekilde başını sallayarak çırpmaya devam etti. "Beraber piknik yapabileceğin bir sevgilin yoksa," dedi, "havanın değişmesinin ne önemi var?"

Sadie, huysuz aşçıyı görmezlikten gelerek, kendine bir fincan çay koydu ve önümde duran fincan tabağının üzerine yerleştirdi. "Sanırım yakın zaman içinde Amerika'ya dönmek istiyorsun."

"Evet," dedim. "Ama bu konuyu dün Bay Beardsley ile konuştum. En azından şu an için Atlantik'teki yolcu güzergâhları kapatılmış." Bayan Marden'in sebzeleri soyarken oturduğu sandalyeye kendimi atarak iç geçirdim.

Sadie sırtımı sıvazladı. "Eminim evdekileri çok özlemişsindir."

"Özledim," diye yanıt verdim, bir iç geçirerek. "Keşke bana mektup yazsalar. Neden yazmadıklarını anlayamıyorum. Beş ay oldu."

"Adresi ve diğer şeyleri doğru yazdığından emin misin?" diye sordu Sadie.

"Evet," dedim. "Pek çok kez kontrol etmiştim."

Sadie omuz silkti. "Belki de meşgullerdir."

"Hayır," diye karşı çıktım. "Kötü bir şey olmasından endişeleniyorum." *Bay Price ya onlara ulaştıysa? Ya...?*

Bayan Marden bana bir çuval patates ve soyma bıçağı verdi. "Seninle bir anlaşma yapacağım," dedi ve çarpık dişlerini ortaya çıkararak gülümsedi. "Bana bunları soymamda yardım edersen, Lord Livingston'ı çıplak gördüğüm zamanı anlatırım."

Sadie kahkaha attı. "Bunu kaçırmak istemezsin," dedi.

Gülümsedim. "Şey, çocuklar yarım saat kadar daha dersleriyle meşgul olacaklar. Sanırım bir kısmını soyabilirim."

Haftalar, haftaları kovaladı. Bahçedeki akçaağacın yaprakları dökülmüştü ve sanki etrafımızda dolanan belirsizliği bize hatırlatmak istercesine rüzgârda adeta dans ediyordu. Savaş İngiltere'ye adeta kara bir bulut gibi çökmüştü, biz de bunun fırtına misali geçmesi ve beklendiği kadar kötü sonuçlanmaması için dua ediyorduk.

Bir ekim ayının sabahında, kahvaltıdan sonra çocukların radyo dinlemesine izin vermiştim. Yayın bittiğinde ayağa kalktım. "Pekâlâ çocuklar, bu sabah Bay Beardsley misafir odasını boyatacak, o yüzden çocuk odasına dönme vakti geldi."

Çocuklar merdivene yöneldiğinde, ön kapı çarptı ve Bay Humphrey bize doğru koştu. "Kasabadan yeni döndüm," dedi nefes nefese kalmış bir şekilde. Yağmurdan ıslanmış olan gazeteyi uzattı. "Bakın!"

Manşette şunlar yazılıydı:

ALMAN UÇAKLARI LONDRA'YI VURDU! ÇOK SAYIDA ÖLÜ VAR.

"Aman Tanrım!" diye bağırdı Bayan Dilloway, eliyle yüzünü yelleyerek.

"Peki ya Lord Livingston?" diye sordum. "Ondan haber alan oldu mu?"

"Henüz değil," dedi Bay Humphrey. "Bay Beardsley ile karşılaştım. Biz konuşurken, Londra'ya telefon ediyordu."

Hemen uşağın odasına koştuk. Bay Beardsley sandalyesinde oturuyordu.

"Lord Livingston'dan haber var mı?" diye sordu Bayan Dilloway. Sesi, hiç tahmin edemeyeceğim bir şekilde titremişti.

"Korkarım ki yok," dedi. "Telefon hatları kopmuş durumda. Beklemek zorundayız." Masasının altına uzanıp şarabın olduğu sürahiyi çıkardı. "Ve dua etmeliyiz."

Bay Beardsley telefonun başına oturmuş, Londra'dan haber bekliyordu. O sabah badanacılar geldiği için Bayan Dilloway ne kadarını bitirdiklerini kontrol etmemi istemişti. Canlı renklerin duvarda nasıl durduğunu merak ediyordum. En son, benim de çok sevdiğim zümrüt yeşilinde karar kılınmıştı.

"Affedersiniz," dedim misafir odasındaki adama. Sırtı bana dönük ve ayaklarını sedire dayamış bir şekilde Lord Livingston'ın sandalyesine oturmuştu. Ne kadar rahatsız edici bir görüntüydü. Bay Beardsley haklıydı. İşçiler bugünlerde pek bir tembeldi. Onları iş yapması için tutsan da onlar sizden rahat bir sandalyeyle açık büfe usulü yemek bekliyorlardı. "Derhal ayağınızı oradan kaldırın."

Adam sandalyesinde döndü. *Desmond.*

"Günaydın," dedi ayağa kalkarak.

"Desmond!" diye bağırmamla ona doğru koşmam bir oldu. Desmond kollarını bana dolayarak beni kucakladı.

"Ben de seni özledim," dedi kulağıma.

Ona bakmak için kendimi geri çektim. "Neden bana yazmadın? Neden aramadın?"

"Yapamadım," dedi. "Sevk edilmiştim. Görevimiz, kimsenin beklemediği kadar uzun sürdü. İletişim kurmamız yasaklanmıştı."

"Şey," dedim, "sanırım seni bunun için affedebilirim."

"Buraya gel," dedi beni tekrar kendine yaklaştırarak. "Seni ne kadar özlediğimi anlatamam."

Yirmi Üçüncü Bölüm

Addison

"Evin her tarafına baktık ama kimseyi bulamadık," dedi kapıda duran polis. "Birini gördüğünüzden emin misiniz?"

Başımı olumlu anlamda sallayarak, "Gördüğümü sandım," diye yanıt verdim. "Vaktinizi harcadığım için üzgünüm." New York Polis Departmanı olsa, aynı ilgiyi hayatta göstermezdi.

"Vaktimiz harcanmadı," dedi. "İsterseniz ve kendinizi daha iyi hissedecekseniz güneş doğana kadar dışarıda oturabilirim."

Derin bir nefes aldım. "Evet, isterim. Teşekkür ederim."

Polis arabası köşkün önünde durduğu için içim rahatlamıştı. Ancak Sean'ın yakınlarda olduğunu bildiğim için gözüme uyku girmemişti. Onun varlığını ve etrafta kol gezen o karanlık halini hissedebiliyordum.

"Burada kendinizi iyi hissedecek misiniz, hanımefendi?" diye sordu ertesi sabah polis. Esniyordu. "İsterseniz, daha sonra size bakması için gündüz vardiyasında olan birini gönderebilirim."

"Böyle bir şeyi teklif ettiğiniz için çok kibarsınız," dedim gözlerinin altında oluşan morlukları fark ederek. "Ama merak etmeyin. Kocam bugün Londra'dan gelecek."

"Şey," dedi, "o zaman aynı şekilde kapıları kilitleyin."

"Teşekkür ederim," dedim ve o gittikten sonra kapının sürgüsünü çektim.

Girişteki masada duran cüzdanıma uzandım. Polis merkezindeki Meale, Sean'ın bana saldırdığı gün, bir zarf vermişti, ama bakamayacak kadar yorgundum. "Bulduğum bir şey sadece," demişti. "Sizin için ve *diğer* soruşturmalar için."

Zarfı açıp içindeki kâğıtları çıkardım. İçinden, kasabadaki bir kafeteryanın garsonunun, aynı zamanda Teresa Mueller'ın iş arkadaşı olan dostunun kaybolmasına ilişkin verdiği 1942 tarihli yeminli ifadesinin fotokopisi çıkmıştı. Sayfaların üzerindeki yapışkanlı not kâğıdında, *40'lı yıllarda kaybolan bir kız daha. Aralarında bir bağlantı olabilir mi? Sana bol şans!* yazılıydı.

Kamelya kitabını açtım ve 25 Haziran 1940'da kaybolan birinin olması ihtimaline karşı kitaptaki sayıları karşılaştırdım. Öyle bir şey bulamamıştım. Merdivenlere oturdum. İçimdeki ses belki de tamamen yanılıyordu. Kaybolan kızların birbiriyle ya da Leydi Anna ile bir ilişkisi yoktu galiba.

İfadeye göz gezdirdim. Tam vazgeçecektim ki ikinci sayfanın sonunda yazan Lord Livingston ismini fark ettim.

MEMUR RANKINS: Kızın kaybolduğu gün, Bayan Mueller'ın Lord Livingston'a servis yaptığını söylüyorsunuz.

SUE GILMORE: Evet, efendim. Lord Livingston o gün trenini kaçırmıştı ve yemek yemeye gelmişti. Bunu hatırlıyorum çünkü Theresa arka tarafa koşup, rujunu tazelerken, önünü kapatmamı söylemişti.

MEMUR RANKINS: Bayan Mueller ve Lord Livingston'ın birbirlerini kafeterya dışında da gördüklerine dair bir izlenim edindiniz mi?

SUE GILMORE: Theresa'nın olayın o şekilde olmasını istediğini biliyorum, fakat hiç beraber olup olmadıklarından emin değilim. Ne demek istediğimi siz anladınız. Theresa, onunla Londra'ya gidebilmeyi çok istediğini söylemişti. Hep fazla ileri gider, çok da münasip olmayan şeyler söylerdi.

MEMUR RANKINS: Lord Livingston onunla Londra'ya gelmesini teklif etmiş miydi?

SUE GILMORE: Bildiğim kadarıyla hayır, efendim. O gün erken çıktı. Baş ağrısından yakınıyordu. Tek bildiğim, onunla gitmiş olabileceğiydi. Ama bir şey söylememişti.

Kafamda bir şeyler canlanmıştı. Demek ki bir bağlantı *vardı*. Peki neden kitapta bununla ilgili bir sayı yoktu? Kızın kaybolduğu gün neden kamelya kitabına kayıt edilmemişti? Düşünürken dudağımı ısırıyordum. Sonra aklıma bir şey geldi. Theresa Mueller'ın kayboluşu, Leydi Anna'nın ölümünden *sonraki* tarihe denk geliyordu. Öldüğü için bunu da kayıtlarına geçirip, araştırmasını kanıtlayamamıştı. Kocasından mı şüphelenmişti? Başkasından mı yoksa? Gerçeğe çok yaklaştığında biri onu susturmak mı istemişti?

Kâğıtları zarfa tıkıp, araştırmamı misafir odasındaki masaya taşıdım. Rex, masanın üzerine köşkün projelerini bırakmıştı. Çekmeceden küçük bir not kâğıdı çıkardım ve kamelya kitabında listelenen tarih içerikli altı sayısal kodu not ettim. Ardından bu sayıları kızların kaçırıldığı tarihlerle karşılaştırdım. Kalbim deli gibi atıyordu. Bahçenin planını gösteren kâğıttakilerle kitaptaki notları birebir eşleştirmiştim.

Geriye doğru bir adım attım. Planın üzerindeki dairesel şekli gördüğümde nefesim kesilmişti. *Aman Tanrım, ya bu zavallı kadınlar tam oraya gömüldüyse?*

Yirmi Dördüncü Bölüm

Flora

6 Kasım 1940

Yemekten hemen sonra, hizmetçi odasının girişinde, nefes nefese kalmış bir şekilde Bay Beardsley belirmişti. Elinde bir telgraf vardı. "Şimdi Londra'dan haber geldi. Lord Livingston yaşıyormuş ve iyiymiş. Yarına kadar dönecekmiş."

Hepimiz sevinçle bağırmıştık ve hava saldırıları haberlerinden sonra ilk defa Bayan Dilloway'in rengi yerine gelmişti. Bu elbette alabileceğimiz en iyi haberdi, ancak Lord Livingston gittiğinden beri çok şey değişmişti. Dünyanın ekseniyle beraber, Livingston Köşkü'nün de ekseni değişmişti.

"Ve Bayan Lewis bana Desmond'ın döndüğünü söyledi," diye ekledi Bayan Dilloway.

"Lordumuz buna ne diyecek?" diye sordu Sadie mutfak havlularını özenle katlarken.

"Şey," diyerek konuşmaya devam etti Bayan Dilloway, "Lord Desmond'ı kabul etmek zorunda kalacak. Ne de olsa, o onun oğlu."

Bay Beardsley boğazını temizleyerek, "Lordumuz geldiğinde, ben onunla konuşurum," dedi. "Şimdilik, en iyisi Desmond'ın eski odasında konaklamaması. Konuk odalarından birinde kalması daha iyi olur. Lord Livingston, onunla muhtemelen o odalardan birinde karşılaşamaz."

"Evet," dedi Bayan Dilloway koridora doğru yürüyerek. "Bayan Lewis, gelin. Çocuklar sizi odalarında bekliyor."

Merdivenlerin yarısına gelmeden, Sadie bize yetişmişti. "Bayan Dilloway, size telefon var."

"Bekleyemez mi?"

"Hayır, hanımefendi," dedi Sadie. "Bakkaldan arıyorlar. Siparişte bir sorun olmuş."

"Bayan Marden bunu halledemez mi?" diye sordu Bayan Dilloway.

Sadie başını iki yana salladı. "Yumurta olayından beri bakkal onunla konuşmayı istemiyor."

Bayan Dilloway bilmiş bilmiş güldü. "Pekâlâ, ben konuşurum." Bir iç geçirdi. "Bu evin bir işi de bensiz hallolmaz mı?" Bana doğru baktı. "Bayan Lewis, siz bensiz devam edin ve Desmond'ı odasına yerleştirin. Sizinle birazdan yukarda buluşurum."

İkinci kata çıktım. Koridordan geçerken aniden durdum. Ön kapının yanında, elinde büyük silindir bir çanta olan bir adam duruyordu. Yüzünü döndüğünde, donakalmıştım.

"Bay Price!" dedim. "Burada ne yapıyorsunuz?" Elindeki çantaya baktım. "O çantayı neden taşıyorsunuz?"

"Ah, bu mu?" dedi gülümseyerek. "Bunu sorman çok enteresan." Altın kaplı masa lambasının üzerinde parmaklarını gezdirdi. "Bu tür eski köşklerde neler bulabileceğin aklına bile gelmez. Hepsi birer hazine."

"Livingstonları rahat bırakın," diye yalvardım.

"Hatırlatayım, Bayan Lewis," dedi. "Bu tavrın ailene iyilik getirmez." Şapkasını çıkarıp, halinden memnun bir ifadeyle gözlerini bana dikti. "Çalışanımı ziyarete gelmişken, böyle tatsız şeylerden bahsetmenin bir anlamı yok." Bay Price yavaşça ve dikkatli bir şekilde bana doğru yürüdü. "Sana mektupla ulaşmak için pek çok girişimde bulunduğumu sen de biliyorsun."

"Ama ben, ben-" Kekelemiştim. "Ben bir tane mektup aldım. Yemin ederim." Birisi bizi dinliyor mudur acaba diye etrafı kolaçan ettim.

"Yalan söyleme, genç bayan," dedi. Sadece birkaç karış uzağımdaydı artık. "Bu çok yanlış."

Merdivenden ayak sesleri geldiğinde paniklemiştim. "Lütfen, burada konuşmayalım. Birisi bizi duyabilir."

"Ve olduğunu söylediğin kişinin aslında sen olmadığını öğrenemedin mi?"dedi. "Bak sen, bu mesleği gerçekten sevdin mi yoksa? Şimdi de kendini titiz bir dadı olarak mı görüyorsun?"

Onu kolundan tuttum ve ön kapıdaki oturma odasına götürdüm. Kapıyı ardımdan kapatarak iç geçirdim. "Lütfen, gitmek zorundasınız."

"Kamelyanın nerede olduğunu öğrenmeden asla," dedi. "Şimdiye kadar bulduğunu varsayıyorum."

"Şöyle ki bulamadım," diye açıkladım. "Daha çok zamana ihtiyacım var."

"Daha çok zamana mı? Bayan Lewis, aylardır buradasın. Kamelya ya buradadır, ya da değildir. Öğrendiklerini kendine sakladığını düşünmeye başlıyorum artık." Bana bir adım daha yaklaştı. "Ama sen bunu bana yapmazsın, değil mi?"

"Bana birkaç ay daha verin," diye yalvardım. "Bahçede daha fazla zaman geçirmem gerek. Çiçekleri daha açmadan kamelyaları tespit etmek neredeyse imkânsız."

Bay Price başını evet dercesine salladı. "Pekâlâ. Ancak,

kamelyayı kasım sonuna kadar bulmazsan, adamlarımı tekrar babanla konuşmaya yollayacağım."

"Bunu yapanın siz olduğunu biliyordum," dedim yumruklarımı sıkarak. "Lütfen, babamı bunun dışında bırakın. Size yalvarıyorum."

"Bu sana bağlı, Bayan Lewis," diyerek sırıttıktan sonra elimi tuttu. "Şimdi, tatlım, bu benim kartım. Diğer verdiğimi kaybetme ihtimaline karşı bunu sana veriyorum." Kapıya döndü. "Kamelyayı bulduğunda beni ara. Bir dahaki sefere bu kadar sabırlı olmayacağım."

Kapının kapanma sesini duyana kadar bekledim ve bir cesaretle antreye çıktım. Neyse ki kimse yoktu.

Misafir odasına gitmeden önce kendime gelmek için biraz bekledim.

"Ah, işte buradasın," dedi Bayan Dilloway, birinci katın merdivenlerinde belirerek.

"Özür dilerim," diye cevap verdim. "Ben sadece acenteden gelen aracıyı uğurluyordum."

Beraber misafir odasına geçtik ve tam o sırada Desmond sandalyeden fırlayarak Bayan Dilloway'i havaya kaldırdı. "Bayan Dilloway!" diye bağırdı, onu havada döndürerek.

Bayan Dilloway'in çizgi şeklindeki dudaklarında bir gülümseme belirmişti. Üniformasındaki rozete dokundu. "Asker olmak sana yakışıyor."

Desmond hemen ciddileşip, selam vererek esas duruş pozisyonunu aldı. "Teğmen oldum."

Bayan Dilloway'in endişeyle bakan gözleri buğulanmıştı. "Savaşa mı gideceksin?"

"Evet, madam," diye yanıt verdi Desmond gururla. "İlk görevimden döndüm ve birliğim bu sefer bir ay içerisinde güneye doğru yola çıkacak." Benimle göz göze geldikten sonra uzaklara baktı. "Son birkaç haftamı burada geçiririm diye düşünüyordum. Tabii istenmeyen misafir değilsem."

"Saçmalamayın," dedi Bayan Dilloway. "Eve geldiğinize çok sevindim. Hatta hepimiz sevindik.

"Peki ya babam?" diye sordu Desmond.

"Bunu söyleyemem işte. Onunla kötü bir şekilde zıt düşmüştünüz. Bunu zaman gösterecektir. Zaten şu anda Londra'da kalıyor."

Desmond'ın ağzı açık kalmıştı.

"Güvende," diye onu teselli etti Bayan Dilloway. "Bugün ondan bir telgraf aldık. Evi, Londra'nın savaştan en kötü etkilenen yerine birkaç blok uzaklıktaymış. Ama şansı yaver gitmiş."

"Güzel," dedi Desmond rahatlayarak. "Eve ne zaman gelecek?"

"Yarın," dedi.

"İzninizle çocukları görmek istiyorum."

Bayan Dilloway başıyla onayladı. "Bayan Lewis sizi, onları görmeniz için yukarı çıkarır şimdi."

"Haydi onlara sürpriz yapalım," dedi Desmond bana. Gözlerinde muzip bir ifade hâkimdi.

"Tamam," diye fısıldadım çocuk odasına yaklaşırken. Abbott'ın bir şey için mızmızlandığını ve Nicholas'ın itfaiye arabası sesi çıkardığını duyabiliyordum.

Desmond bana doğru eğilip, "İçeri gir ve özel ders hocalarının geldiğini söyle," diye fısıldadı.

"Çok sinirlenecekler," dedim sırıtarak. "Cumartesi gününde ders!"

"Sonra," diye devam etti Desmond, "kapının arkasında bekleyip, onları şaşırtacağım."

Başımla onu onaylayıp kapıya yöneldim.

Odada, Abbott bacakları oyuncak sandığına dönük bir şekilde yerde uzanıyordu. Okuduğu çizgi romanı yere fırlattı. "Hayat bu kadar sıkıcı olmak zorunda mı?"

Katherine ve Janie bebek evinin yanına oturmuştu. Nicholas ise küçük eve itfaiye arabası çarpmış gibi yapıyor, kızlar da ona bağırıyordu.

"Çocuklar," dedim, "bugün özel dersinizin olduğunu üzülerek söylemek zorundayım."

"Ders mi?" diye bağırdı Abbott. "Ama bugün cumartesi. Bu… kurallara aykırı!"

Mahcup bir şekilde gülümsedim. "Seni temin ederim ki bu kanunlara aykırı *değil*."

"Fasa fiso," dedi Janie sırıtarak.

"Bayan Janie," dedim kahkahamı tutamayarak. "Sen *fasa fiso* kelimesini nereden öğrendin?"

"Nicholas," diyen Katherine gülümsüyordu.

"Pekâlâ, hepiniz dinleyin," dedim. "Belli bir sebepten dolayı cumartesi günleri için de bir öğretmen tuttum. Hatta öğretmen şu an dışarıda."

Katherine, "Sanırım ölebilirim," diye söylendi.

"Ölmeyeceğinden *fazlasıyla* eminim."

"Öğretmen kim?" diye sordu Nicholas. "Umarım yine o sıkıcı, yaşlı ve bıyıklı tuhaf adam değildir."

"Bay Worthington sıkıcı, yaşlı ve tuhaf bir adam değil," diye karşı çıktım. "Çok iyi bir adamdır." Önce Janie'yi, sonra da Katherine'i ayağa kaldırdım. "Gelin," diye devam ettim. "Haydi, onunla tanışın."

Çocuklar suratları asık bir şekilde, ayaklarını sürüyerek tek sıra halinde koridora çıktılar. Tam o sırada kapının arkasından Desmond belirdi. "Sürpriz!" dedi.

"Desmond?" diye bağırdı Nicholas ağzı kulaklarına vararak.

"Desmond!" diye çığlık attı Katherine. Yanına koştu ve en büyük ağabeyinin beline dolandı.

Desmond'ı hatırladığını düşünmesem de Janie ellerini çırpmaya başlamıştı.

Desmond Janie'nin yanına çömelerek, "Seni en son gördüğümde, daha bebektin," dedi. "Ne kadar büyümüşsün!" Janie'nin yüzü sevinçle parlıyordu. Ardından Desmond, kaşları çatık bir şekilde kollarını kenetleyen Abbott'a baktı.

"Sorun ne, Abbott?" diye sordum.

Gözlerini Desmond'dan alamıyordu. "Bu hiç doğru değil!" diye bağırdı Abbott. "Hiçbir şey olmamış gibi buraya gelemezsin!"

Desmond'ın rengi kül gibi solmuştu.

"Bu adil değil!" diye bağırdı Abbott ve bizi ittirerek odasına koştu.

"Sen burada çocuklarla kal," dedim. "Ben onun yanına giderim."

Abbott'ın odasına koştum. Kapı kilitliydi. "Abbott," dedim, "lütfen kapıyı aç, tatlım. Lütfen, bana kendini nasıl hissettiğini söyle."

"Beni yalnız bırak!" diye bağırdı. "Lütfen, beni yalnız bırak!"

"Pekâlâ," dedim. "Ama sana bakmak için tekrar geleceğim."

Çocuklar günün geri kalanını Desmond ile birlikte misafir odasında geçirdiler. Janie ve Katherine onunla vals yapıyorlardı.

Desmond, kızları etrafında döndürürken, onlar da sevinçle çığlık atıyorlardı. Nicholas ise ellerini çırparak onlara eşlik ediyordu.

Desmond gramofonu açarak, "Bunu şehirdeki bir müzik dükkânından aldım," dedi, bir yandan da cihazın iğnesini bulmaya çalışıyordu. "Glenn Miller. Amerika'da çok önemli biridir. Onu biliyor musun?"

"Evet," dedim. Bronx'taki Cabana kulübündeki müzik gruplarını hatırlamıştım. Bana teklifte bulunan erkeklerle dans edebilecek kadar cesur olmak istemiştim hep, ama her zaman hayır diyecek bir neden bulurdum. Dans ettiğim ilk erkek Desmond'dı. Gemideki o an hâlâ aklımdaydı.

"Pekâlâ," dedi. "O zaman 'Moonlight Serenade'ı* biliyorsundur." Ellerime uzandı.

Sağ kolunu belime doladığında, Katherine sırıttı. Ellerimiz birbirine kenetlendiğinde, onu omzundan tuttum.

"Çok güzel bir şarkı, öyle değil mi?"

"Evet," dedim ona hak vererek. Tekrar kollarında olduğum için mutluydum.

Şarkının ne kadar sürdüğünü bilmiyordum, ama bana sonsuza kadar devam etmiş gibi gelmişti. Desmond, beni nazikçe odanın etrafında döndürürken, kendimi müziğe ve onun kollarına bırakmıştım.

"Affedersiniz," dedi Bayan Dilloway kapının girişinden. "Rahatsız ettiğim için özür dilerim. Bayan Lewis, sizinle konuşabilir miyim?"

Desmond'dan ayrıldım ve hemen koridora çıktım. Bayan Dilloway misafir odasının kapısını kapattı.

---

* *İng.* Ay Işığı Serenadı. (Ed. N.)

"Özür dilerim," dedim. "Sanırım kendimi fazla kaptırdım."

"Sizi azarlamak için gelmedim," diye cevap verdi Bayan Dilloway. "Tanrı biliyor ya, aşk konusunda konuşacak en tecrübesiz insan benim." Derin bir nefes alarak konuşmasına devam etti. "Konu Abbott. Az önce ona bakmaya gittim ve ateşi vardı. Doktoru arayacağım."

Abbott, o akşam bizimle yemek yemek istememişti. Onun için endişeleniyordum. On iki yaşındaydı, ama ona ne çocuk ne de koca adam diyebilirdiniz. Onu böyle mutsuz görmekten nefret ediyordum. *Desmond'ı görmek onu neden bu kadar çok etkilemişti ki?* O akşamüzeri doktor gelmiş ve Abbott'ın nadir görülen bir menenjit hastalığına yakalandığını söylemişti. Dinlenmeye ve zamana ihtiyacı vardı.

Abbott'ın hastalığı ciddi olsa da, Katherine ve Nicholas yemek boyunca Desmond'la gevezelik etmişti. "Gerçek bir silahın var mı?" diye sordu Nicholas.

"Evet," dedi Desmond, "silahım var."

"Burada mı?" diye devam etti Nicholas. "Bakabilir miyiz?"

"Yemek masasında ateşli silahlardan konuşmama Bayan Lewis'ın müsaade edeceğini sanmıyorum," dedi Desmond bana doğru gülümseyerek. "Bu uygun olmaz."

O sırada yemek salonuna gelen Sadie, şömineye odun attıktan sonra Desmond'a reverans yaptı.

"Sadie," dedi Desmond. "Seni yeniden görmek ne güzel."

"Sizi de," diye yanıt veren Sadie, Livingstonlardan biri onu fark ettiğinde her zaman yaptığı gibi yine heyecanlanmıştı.

Bay Beardsley başını iki yana doğru salladıktan sonra Desmond'a ekmek sepetini tuttu. Uşak, maşasını daha eline almadan, Desmond sepetten bir tanesini aldı ve havaya attıktan sonra arkasına uzanarak tuttu. Nicholas kocaman gözlerle onu izliyordu.

"Söylesenize," dedi Desmond, "kim bu gece yıldızlara bakmak ister? Tıpkı eski günlerdeki gibi."

Nicholas ayağa kalktı. "Ben! Ben!"

"Ben de!" diye ekledi Katherine.

Başımı iki yana salladım. "Zalim biri olmaktan nefret ediyorum, ama çocuklar banyo yapıp, yataklarına geçmek zorunda."

"Yaa," diye sızlandı Nicholas, keyifsiz bir şekilde kendini sandalyesine atmıştı.

Katherine ise kollarını göğsünde kavuşturdu.

"Bir ay boyunca burada olacağım, o yüzden daha yapacağımız çok şey var," dedi Desmond sırıtarak.

Nicholas ayağa kalktı. "Ben gidebilir miyim, Bayan Lewis?"

"Evet," dedim tabağına bakarak. "Ama yemeğine neredeyse dokunmamışsın bile."

Nicholas omuz silkti. "Abbott yemek yiyemiyorsa, ben de yemeyeceğim. Bunu onun için yapıyorum."

"Bu bezelyelerini yememek için çok yaratıcı bir bahane," dedim ve Desmond'a baktım. "Ben Abbott'a bakarken, sen burada çocuklarla oturur musun?"

"Elbette," dedi.

Nicholas, Bayan Dilloway'in getirdiği pastayı görünce kardeşi için girdiği dayanışmadan hemen vazgeçmişti. "Ben çok kalın bir dilim alayım," dedi ve Desmond'a merakla sordu. "Kılıcın da var mı?"

Elimi, Abbott'ın alnının üzerine koydum. "Adeta yanıyorsun." Elbezini sıktırarak, alnına yerleştirdim. Yatağında titriyor, anlaşılmayan bir şekilde bir şeyler söylüyordu. "Zavallı şey, ateşin çok kötü." Saçını düzelttim. "Geçecek, tatlım. Seni bundan kurtaracağız."

Odadan çıktığımda, koridorda Bay Beardsley ile karşılaştım.

"Durumu nasıl?" diye sordu.

"Korkarım ki çok iyi değil."

"Abbott, güçlü bir çocuktur," dedi bana moral vererek. "Sanırım her şeyden çok iyi bir gece uykusuna ihtiyacı var. Doktor Engstrom yarın ilk iş olarak buraya gelip, onu kontrol edecek."

Bay Beardsley merdivenlere yönelmeden önce, bana gülümsedi. "Teşekkürler," dedi.

"Ne için?"

"Çocuklarla böyle ilgilendiğiniz için."

"Çok özel bir şey yapmıyorum ki," dedim.

"Ama özel olan sizsiniz. Leydi Anna görse, size minnettar olurdu."

Abbott uykuya dalınca, diğer çocukları da yataklarına yatırdım ve çocukların çamaşırlarının olduğu sepetle, parmak uçlarımda aşağı indim. Nicholas'ın pantolonlarından biri yere düşünce almak için yere eğildim. Tam o sırada Desmond araya girerek, "Ben alırım," dedi.

Pantolonu sırıtarak bana verdi. "Seni burada çok çalıştırıyorlar, değil mi?"

"Kafaya takmıyorum," dedim belli belirsiz gülümseyerek.

Desmond'ın yüzünde muzip bir gülümseme vardı. "Haydi, Bayan Marden'in pastasından bir dilim daha çalalım."

Başımı hayır dercesine salladım. "Bayan Marden'in, mutfağında hırsız gibi dolananlara ne yaptığını biliyorsun."

Gülümsedi. "Ee, neden sana suç ortağım olmanı teklif ediyorum sanıyorsun?"

"Sinsi şey," dedim gülerek.

Desmond birkaç pasta kırıntısını da ağzına attıktan sonra uşağın odasına doğru yürüdü. "Buraya yaşamaya geldiğimden bu yana hiçbir şey değişmemiş. Beardsley'nin masası da, çamaşır dolabı da hâlâ aynı duruyor." Koridorda tavandan sarkan ampule baktı. "Her şey aynı."

Gözlerimi kıstım. "Ah, ben senin burada doğduğunu ve ailenin başından beri burada yaşadığını zannediyordum."

"Şey, Ben… Bu uzun bir hikâye," dedi.

Beraber yatak odamın kapısına kadar yürüdük. "Bu gece," dedi Desmond, arka kapıya bakarak, "güzel bir gece. Haydi, yıldızları seyredelim."

İlk tanıştığımızda, yıldızları nasıl seyrettiğimizi hatırlayarak gülümsedim. "Gemide olduğu gibi mi?" diye sordum.

"Aynen," diye cevap verdi. "Eminim yıldızların daha söyleyecek çok şeyleri vardır." Kapıyı bana açtı ve beraber dışarı çıktık. "Bak," dedi yukarıyı göstererek. "Gökyüzünde tek bir bulut bile yok."

"Hiç bu kadar geç bir saatte dışarı çıktığımı hatırlamıyorum," dedim tepemizde duran aya hayranlıkla bakarak. "Dürüst olmak gerekirse, burası geceleri biraz korkunç oluyor."

Desmond, "Merak etme," diyerek sırıttı. "Burada seni uyku saatini geçirene dek tutmayacağım." Elime uzandı. "Buz gibisin," dedi ellerime sıcak hava üfleyerek.

"Göründüğünden daha da soğukmuş."

"Hemen ön kapıya gidip, sana ceketimi getireceğim."

İlk gecemizde, ceketini omuzlarıma koyuşunu hatırlayıp, gülümsedim. Bunu çok uzun zaman önce yaşamışım gibi geliyordu.

Desmond bir dakika sonra yanıma gelerek, ceketini giymem için bana tuttu. Ceketi ağır ve kalındı. Terasa yürürken verdiği sıcaklığı hissettiğim için memnun olmuştum.

"Geceleri buraya gelmeyi severdim," dedi bahçelere bakarak. Kurumuş gül bahçesini aştık ve ilgilenilmemesine rağmen pembe renkte açan çiçeğin yanından geçtik. Ardından bahçeye bakan çimenlerle kaplı yamaca baktık. İlerde duran taş bankı gösterdi ve oraya doğru gidip oturduk.

"Desmond, babanla aranızda ne geçti?"

"Bu karışık bir durum," diye yanıt veren Desmond, Lord Livingston'a pek benzemiyordu. Leydi Anna'ya çektiğini düşünüyordum.

"Ben küçük bir çocukken, ne yapmayı severdim, biliyor musun?"

"Ne?"

"Annemle buraya gelirdim ve çimlerde uzanıp, bulutlardan oluşan resimlere bakardık. Bir keresinde gerçekten bir lokomotif görmüştüm."

"Annenle sen çok yakındınız, değil mi?"

"Öyleydik," dedi.

Tekrar konuşmaya başlamadan önce bir an duraksadım. "O nasıl öldü?" Bunu sadece Sadie'nin anlattığı kadarıyla biliyordum.

Desmond iç geçirdi.

"Bundan bahsetmek senin için zor geliyorsa, anlarım. Ben sadece-"

"Hayır," diye karşı çıktı Desmond. Bahçeye bakmak için gözlerini yerden kaldırmıştı. Bir süre suskunluğunu koruduktan sonra tekrar konuşmaya başladı. "Annem ve babam çok kötü bir şekilde kavga etmişlerdi. Hep kavga ederlerdi. Onu, altın kafeste sergilenen bir kuş misali evde tutmak, olmadığı bir kişiye dönüştürmek istiyordu. Annem bu şekilde hapsedilemezdi. O özgür olmak istiyordu." Yamaca doğru bir çakıltaşı fırlattı. "Bir gün, onu terasta ağlarken buldum. Ne olduğunu sorduğumda bir süreliğine uzaklara gitmeyi düşündüğünü söylemişti. Onu tren istasyonuna götürmemi istedi. Elbette, onu vazgeçirmeye çalıştım. Ama ısrar etti. Charleston'daki evine yalnız başına gitmek istiyordu ve kafasını boşalttıktan sonra geri dönecekti."

"O zaman sen onu bıraktın, değil mi? Tren istasyonuna?"

"Hayır," dedi kucağına bir an için bakarak. "Babam üst kattan konuşmalarımızı duymuş. Delirmiş gibi aşağıya indi ve işine karıştığım için beni suçladı. Aslında her şey için beni suçlamıştı."

"Anlamadım," dedim. "Neden bu kadar sitemli olabildi ki?"

"Onunla hiçbir zaman aynı fikirde olmadık," diye açıkladı Desmond, "ve hiçbir zaman da olamayacağımızı artık anladım."

Dirseklerini dizine dayayarak öne eğildi. "Her neyse, babam çok sinirliydi. Onu daha önce hiç öyle görmemiştim. Annem kendini kaybetmişti. Birbirlerine bağırıyorlardı. Babam hiddetle onun yanından ayrılmıştı. Daha sonra annem Bay Blythe'i gül bahçesinden çağırdı ve terasta çay içmeye davet etti. Bunu babama inat yapmıştı. Çalışma odasından onları görebileceğini biliyordu. Bay Blythe anneme âşıktı. Herkes bunu bilirdi. Abbott ise bu duruma sinir olurdu. Bay Blythe'ten nefret ederdi."

"Öyle mi?"

Desmond başını olumlu anlamda sallayarak, "Neyse işte, annem çay içerken Bay Blythe de ona katıldı," dedi. "Sonrasında ise annem tek başına bahçeye gitti."

"Sonrasında baban anneni aramaya gitmedi mi?"

"Hayır," dedi. "Bir şeyden şüphelendiğini sanmıyorum. Kavga etmek onlar için olağan bir şeydi ve annem her zaman bahçede yalnızlığın tadını çıkarırdı." Kollarını bağlayıp, sonra geri çözdü. "Ama annem yemeğe gelmeyince, endişelenmeye başlamıştım. Bu yüzden onunla konuşmaya ve eve gelmesi için onu cesaretlendirmeye karar vermiştim. Hava kararmaya başlamıştı ve geceleri bahçeyi hiç sevmezdi. Yamaçtan aşağıya inip merayı geçtim. Bahçenin bir köşesinde, çimlere yatıyor haldeyken buldum onu."

"Ona ne oldu?"

"Onu bulmadan çok önce kalbi durmuştu," diyen Desmond'ın sesi hafiften titriyordu. "Oraya daha erken gitseydim, acaba bugün her şey daha farklı olur muydu diye hâlâ merak edip dururum. Eğer babam ona o şekilde bağırmasaydı, eğer onu başından savmasaydı..."

"Ah, Desmond," dedim, "bu senin için ne kadar kötü bir şey."

"Öyleydi," dedi. "Onu eve taşıdım. Neyse ki çocuklar uyumuştu. O yüzden annemi o haldeyken görmediler."

"Neden yere düştüğünü biliyor musun?"

"Bundan kimse emin değil," diye yanıt verdi Desmond. "Ve inan bana üzülmüştük. Bayan Dilloway ve özellikle Abbott. Anneme karşı çok koruyucu bir tavır içerisindeydi. Bir müddet, hepimiz şüpheli konumundaydık. Ama doktor en sonunda, annemin doğal sebeplerden dolayı öldüğünü söyledi. Zayıf bir kalple doğmuştu. Ama babam, annemin ölümü için hâlâ beni suçlar. Ve sanırım bir şekilde, ben de onu suçluyorum."

"Ama ikiniz de suçlanacak kişiler değilsiniz," dedim.

Desmond başını hayır dercesine salladı.

"Öldüren kişinin…?"

"Hayır," dedi. "Hayır, demek istediğin buysa, babam onu öldürmedi. Sanırım annem mutsuzluktan öldü."

Bunun düşüncesi bile içimi titretmişti.

"Sanırım gerçeği asla bilemeyeceğiz," dedi. "Şimdi hayatımı yaşamaya ve her şeyi arkamda bırakmaya hazırım. Babam, annemin ölümünde rol oynasa da, oynamasa da, ondan sonsuza dek nefret edecek değilim. Nefret kanser gibidir, kalbi yıpratır. Onu geçmişte yaşananlar için affetmeye karar verdim. Eve gelip, onu görmek istememin sebebi de bu. Savaş, aramızdaki buzları eritmem için bana bir şeyler söyledi sanki."

"Eminim baban söylemek zorunda olduğun şeyleri takdir edecektir."

"Umarım," dedi Desmond iç geçirerek. "Keşke annemi koruyabilseydik diyorum sadece. Hikâyeyi kafamda yüzlerce kez canlandırdım ve hâlâ bundan bir anlam çıkaramıyorum. Onu çok özledim." Tepemizde parlayan büyük yıldıza baktı. "Bunu çok düşündüm ve insanların da gökyüzündeki yıldızlara benzediğine kanaat getirdim. Bazıları milyonlarca yıl, belli belirsiz parlar. Onlar hep orada olmasına rağmen bunu fark etmezsin bile. Tuvaldeki bir nokta misali birleşirler. Ama diğerleri öyle bir parlar ki gökyüzünü aydınlatırlar. Onları fark etmeden, hayranlık duymadan edemezsin. Bunların ömrü uzun sürmez. Süremez. Enerjilerini çabuk tüketirler. Annem de onlardan biriydi işte."

"Bu çok güzel," dedim.

Desmond gökyüzüne bakmaya devam etti.

"Eve dönebileceğini düşünüyor musun," diye sordum, "savaştan sonra?"

Bir an için düşünceli bir şekilde baktı. "Bilmiyorum. Ben küçükken, annem beni buraya getirirdi, hayattan ve büyük bir adam olduğumda ne olacağımdan konuşurduk. Yönümü bulana kadar aramayı bırakmamamı söylemişti."

"Yönünü mü?"

"Belirli bir istikametten veya eksenden bahsetmiyordu. Hayatımdaki konumumu, hayat ve aşkın kesişim noktasını, daha doğrusu doğru olanı bulmamı ima ediyordu." Durdu ve bana döndü. "Liverpool'da gemiden indiğimde," dedi, "kendime söz vermiştim."

Merakla, utangaç bir gülümsemeyle ona bakarken cümlesini tamamlamasını bekliyordum.

"Eğer seni bir daha görecek olursam, seni gözümün önünden hiç ayırmamaya yemin etmiştim."

Dedikleri beni şaşırtmıştı. Ama yine de çok yürekten söylemişti. Biliyordum çünkü ben de öyle hissediyordum. Yüzüne baktım. "Sen ne diyorsun?"

"Savaştan sonra, bunların hepsi geride kaldığında, hayatımın her gününü seninle geçirmek istiyorum, Flora Lewis."

Ağzım açık kalmıştı. "Bu söylediklerinde ciddi misin?"

"Tüm kalbimle," dedi Desmond, ardından beni nazikçe öptü.

Elbette, onu çok az tanıyordum. Ama onu sevdiğimi biliyordum. Belki de gördüğüm ilk günden beri.

"Beni dünyanın en mutlu adamı yap," dedi, "ve beni bekleyeceğine söz ver. Savaştan sonra da burada olacağına söz ver."

Aklımda annemin, babamın, Bay Price'ın, çocukların görüntüsü dolanıyordu; ama Desmond'ın gözlerinin içine baktığımda bunların hepsi yok olmuştu. "Söz veriyorum."

Bahçeden yamaca doğru ağır ağır çıkan bir gölge bir anda belirince soluma doğru baktım. Desmond ayağa kalktı ve beni koruyarak önümden yürüdü. "Buranın hemen doğusunda çingene kampı var," dedi sessizce. "Bazen böyle serserilerimiz oluyor."

"Evet," dedim, "baban söylemişti."

Yürüyenin kim olduğunu görmek zordu, ama gölgesi giderek büyüyordu. "Kim o?" diye bağırdı Desmond.

Bir adam bize bakmak için durduktan sonra yanımıza yaklaştı. Evden gelen ışık yüzünü aydınlatmıştı.

Nefesim kesilmişti. "Bay Humphrey?"

"Bayan Lewis," dedi şapkasını çıkartarak. Bir elinde kürek, diğer elinde ise çuval vardı. "İyi akşamlar, Lord Desmond."

"Merhaba, Humphrey," diye cevap verdi Desmond ters bir şekilde. "Bu saatte bahçede ne yapıyorsun?"

Bay Humphrey rahatsız olmuşçasına kımıldamaya başlamıştı. "Ahır evini kontrol ediyordum, efendim," dedi. "Bir gün önce orada bir ışık gördüğümü sandım ve oraya birilerinin girip girmediğinden emin olmak istedim."

"Pekâlâ," dedi Desmond. "Her şey yerli yerinde mi?"

"Evet, lordum."

Desmond, Bay Humphrey'nin elinde tuttuğu çuvala baktı. "Onun içinde ne var, Humphrey?"

"Ah, bu mu, Lordum? Önemli bir şey değil. Sadece, şey, eğer biraz patates bulursam Bayan Marden'e getiririm diye düşünmüştüm."

"Patates mi?"

"Evet, efendim. Orada yabani patatesler büyüyor."

"Tamam, Humphrey, biz seni tutmayalım o zaman," dedi Desmond.

"İyi geceler, Bayan Lewis," dedi Bay Humphrey eve doğru yürümeden önce.

Desmond bana döndü. "Ondan hoşlanmıyorum," diye fısıldadı. "Hem de hiç."

"İyi niyetli biri," dedim.

"Yine de ona güvenmiyorum."

Desmond ayağa kalktı ve arabaların geçtiği yola baktı. "Araba," dedi. "Kim var orada?"

Lord Livingston'ın arabadan inişini izledik. "Erken saatteki bir trene binmiş olmalı," dedim. "Bay Beardsley onun yarına kadar geleceğini ummuyordu. Umarım her şey yolundadır." Ayağa kalkıp, eve döndüm; ama Desmond elimi tutmuştu.

"Yapamam," dedi. "Onu göremem. Henüz değil. Hazır değilim."

"O zaman ne yapacaksın? Çocuklar da seni gördüğüne göre artık seni *saklayamayız*."

"Ben de sana tam olarak bunu soracaktım," dedi. "Sadece yarına kadar bekleyelim. Çocuklar yataklarındayken ve babam uykusunu aldığında, ruh hali hep daha iyi olur. O yorgunken ve kim bilir Londra'da ne çileler çektiğini bilmezken, bu gece onu şaşırtmak istemem."

"Haklısın."

"Beni bodruma kadar geçir," dedi. "İkinci katta kalamam. Bu gece onunla karşılaşmayı göze alamam. İnan bana, babamı sinirliyken görmek istemezsin."

"Bekle," dedim. "Bir fikrim var. Benimle gel."

Arka kapıdan, parmaklarımızın ucunda bodruma indik. Bay Beardsley'nin odasının önünden geçerken, onu uyandırmamaya çalışmıştık. Horlama sesi duvarları titretiyordu. Çarşafların olduğu dolabı yavaşça açtım. Kapısı gıcırdayınca, korkudan iki büklüm olmuştum. "İşte," diye fısıldadım, ona battaniye ve fazladan bir tane daha yastık vererek. "Merdivenlere gidebiliriz artık."

Arka merdiven en çok çarşafları ve çamaşırları taşıyan Sadie tarafından kullanılıyordu. Üçüncü katın kapısını açtıktan sonra koridora çıkmadan önce etrafı kolaçan ettik. "Beni nereye götürüyorsun?" diye fısıldadı Desmond.

"Görürsün," dedim sırıtarak.

Yere eğilip, halıyı kaydırarak anahtarı aldım. Sonra da yuvasına yerleştirdim. Desmond da arkamdan içeri girdi. "Burası neresi?"

"Buraya hiç gelmedin mi?"

"Hayır," dedi. "Kapısı hep kilitliydi. Tavan arası olduğunu sanıyordum." İçeri geçti ve çardaktan sarkan pembe begonvile hayranlıkla baktı. Limon ağaçlarının kokusunu içine çekti. "Burası annemindi, değil mi?"

"Evet."

Desmond orkidelerin olduğu masaya yönelerek, "Gittiği her yeri güzelleştirirdi," dedi. "Babamın burayı ortadan kaldırmaması çok ilginç."

"Burayı Bayan Dilloway korumuş. Annenin bıraktığı gibi saklamış. Onları sulamak ve çiçeklerle ilgilenmek için buraya geliyorum. Katherine'i de getirdim. Çok sevdi." Orkidelerden birinin kararmış yaprağını kopardıktan sonra Desmond'dan yana döndüm. "Bu gece burada kal. Pencerenin orada yosunların olduğu birkaç poşet var. Onlardan güzel şilte olur. Güneş ışığı buraya vurduğunda harika olacaktır."

Desmond, yosunların üzerine battaniyeyle yastığı koydu. "Evet," dedi, annesinin hayalini içine çekerek. "Harika olacak."

Desmond seranın ucuna kadar gidip pencereyi açarken menteşelerin gıcırdamasına neden olmuştu.

"Şişşt," dedim. "Baban duyacak."

Desmond kulağını cama yasladı. "Dinle, duyuyor musun?"

Açık pencereden içeri hafif tempolu bir müzik giriyordu. "Seni Rüyalarımda Görüyorum," dedi.

Gülümsedim. "Anlamadım?"

"Şarkı," dedi. "Bu şarkıyı biliyorum. Django Reinhard." Dikkatle bana doğru yürüdü ve ellerimi ellerinin içine aldı. "Dans et benimle."

Müzik, muhtemelen Lord Livingston'ın alt kattaki odasından geliyordu, ama umursamamıştım. Vücudum Desmond'ınkiyle beraber rahatlıkla ve doğal bir biçimde hareket ediyordu. Uyumluyduk. Yanağımı göğsüne bastırıp dans etmek tarifsiz bir mutluluktu benim için. Desmond, şarkı bittiğindeyse beni kendine çekti ve dudaklarını dudaklarımla birleştirdi.

Ertesi sabah kafam karışmış bir şekilde uyandım. Rüyamda Leydi Anna ile kamelya bahçesinde karşılaşıyordum. En çok sevdiği kamelya olan Middlebury Pembesi'ni korumam için benden yardım istiyordu. Uzaktan, elinde meşalesi, yakasında siyah bir örümceği olan kafasız bir adam yaklaşıyordu. O ağacı yakmadan önce, kamelyayı kurtarmak için koşmuştuk. Anna tahmin edemeyeceğim kadar tatlı biriydi ve onun yanındayken kendimi sıradan biri gibi hissetmiştim.

Hemen üstümü giyindim ve annesini düşünerek üst kattaki Abbott'ın yanına çıktım.

Abbott'ın yatak odasına geldiğimde kapıyı çaldım. "Ben Bayan Lewis," dedim. "Bu sabah kendini nasıl hissediyorsun?"

"İçeri girin," diye seslendi.

O doğrulup gerinirken, ben de yatağının yanına, içinde tost ve çay olan tepsiyi bıraktım.

"Daha iyiyim," dedi.

Elimi alnına koydum. "Ateşin düşmüş. Çok rahatladım."

"Desmond bizimle ne kadar kalacak?"

"Şey, istediği kadar sanırım. Burası onun da evi, Abbott."

Çocuk yüzünü duvara döndü.

"Neden Desmond konusunda bu kadar üzgün olduğunu keşke bana da anlatsan," dedim.

"Bundan bahsetmek istemiyorum!" diye bağırdı ve tekrar yatarak yastığıyla yüzünü kapattı.

"Pekâlâ," dedim. "Bugün dinlen, ama bunun çaresine bakmamız gerek. Ne de olsa siz kardeşsiniz."

Aşağıya indiğimde Sadie mutfaktan bana el salladı. "Bay Beardsley seni arıyor," dedi. "Bize hizmetçi odasında ihtiyacı varmış."

"Neler oluyor?"

"Bilmiyorum," dedi. "Ama önemli bir konu sanırım."

Seradaki Desmond'a çay ve hamur işi götürmek için can atıyordum. O yüzden Bay Beardsley'nin haberi bir an önce vermesini ummuştum. Ve zahmetsizce.

"Sence ne diyecek?" diye fısıldadı Sadie.

"Hiçbir fikrim yok," diye yanıtladım.

"Abbott nasıl?"

"Daha iyi, çok şükür."

"Sen çocuklarla beraberken, bu sabah ona bakmaya gitmiştim," dedi.

"Teşekkürler," diye fısıldadım.

Bay Beardsley ve Bayan Marden birbirlerine bakarak odaya girip masada yan yana oturdular.

Bay Beardsley uzaklara baktı. "Kristallerin ve gümüşlerden birinin kaybolduğunu fark ettim."

Sadie'nin nefesi kesilmişti.

"Bunlar evin aile yadigârlarıdır," diye devam etti, ikimize de dikkatle bakarak. "Ve onları bulana kadar vazgeçmeyeceğim. Anladınız mı?"

İkimiz de başımızı evet dercesine salladık.

Kahvaltıdan sonra Bayan Marden'in arkasından Sadie ile beraber mutfağa girdik. "Eşyaların kaybolması ne kadar ilginç," dedi Sadie. "Sence neler oluyor? Evde gerçek bir hırsızın olduğundan şüphelenmiyorsun, değil mi?"

Suçlu gibi görünmemek için dua ediyordum. Livingstonlardan bir şey çalmayı aklıma bile getirmemiştim ama niyetimin ne olduğu önemli değildi.

"Ne fena," diye ekledi Bayan Marden. "Kim bilir bu işe kim karıştı."

"Bana bakmayın!" diye bağırdı Sadie yüzünü buruşturarak.

Bayan Marden sesini alçalttı. "Pazar ve çarşamba günleri eve gelen kurnaz görünümlü bir sütçü var. Hep mutfakta dolanıp, kasabaya dönmeden önce dost canlısı bir şekilde konuşur. Depoya indiğim an, kendine ekmek ve yağ çıkarır!"

Gülümsedim. "Sütçülerin kurnaz olabileceğini hiç fark etmemişim."

"Hem de en kötüleri onlardır," dedi.

"Ah, bu arada, patatesler hakkında bir şeyler biliyor musun diye soracaktım?"

"Patatesler hakkında bir şeyler biliyor muyum?" diyerek dediklerimi papağan gibi tekrar etti Bayan Marden. "Bu, doktora ilaçlar hakkında bir bilgisi olup olmadığını sormak gibi bir şey! Bak kızım, ben patatesleri kızartırım, pişiririm, haşlarım, fırınlarım. Onları karıştırabilir, ezip püre de yapabilirim. Patatesler hakkında bir bilgim var mı? Hah!"

Gülümsedim. "Hayır, hayır," dedim. "Yani nasıl meydana geldiklerini kastetmiştim. Nasıl *büyüdüklerini* merak ediyordum. Tohumla yetiştirilebilirler mi?"

"Sihirli bir şekilde büyümüyorlar tabii, çocuğum," dedi kahkaha atarak.

"Yabani bir şekilde yetişmiyorlar o zaman?"

"Mümkün değil," diye yanıtladı. "En azından buralardaki sert ve inatçı topraklarda olmaz. Leydi Anna'nın burada her şeyi yetiştirebilmesine şaşırıyorum zaten. Hem patatesler zor bitkilerdir. Bu küçük şeytanları dikmek zorundasın. Diksen bile bazen buruş buruş bir şekilde büyürler." Çorbayı karıştırdı. "Neden sordun ki?"

"Hiç," dedim. "Sadece merak ettim."

"Amerikalılar!" diye kendi kendine mırıldandı. Cebime ekmek koyduktan sonra merdivenlere yöneldim.

"Desmond?" diye fısıldadım seradan içeri girerken.

Desmond sersemlemiş bir şekilde yerinden doğruldu. "Günaydın," dedi esneyerek.

Kendi kendime güldüm. İleride, bu kelimeleri her sabah ondan duymayı umut etmiştim.

Gerindi ve gün ışığının yeni yeni içeri girdiği seranın cam tavanına baktı. "Vay, saat kaç?"

"Yedi buçuk," dedim. "İyi uyuyabildin mi?"

Gözlerini ovuşturdu. "Evet. Eğer bir girişimci olsaydım, yosunlardan şilte yapma işine girerdim. Sanırım, uzun süredir ilk defa bu kadar iyi uyudum."

"Bunu duyduğuma sevindim," dedim cebimdeki ekmeği ona uzatarak. "Bunu senin için çaldım. Çay da getirmek istemiştim ama ne diyeceğimi o an bilemedim. Çayı çocuklar için getireceğimi söyleyemedim."

"Çok kibarsın," dedi, ekmeğinden bir ısırık alarak. "Burada, kendi evimde kaçak oldum işte."

Çekinerek yanına oturdum, aklımda bir gece öncesi olduğu için yüzüm kızarmıştı. "Çocuklar demişken," dedim kendimi toparlamaya çalışarak, "sana Abbott hakkında bir şey soracaktım."

"Evet?" dedi.

"İkinizin arasında ne geçti? O neden bu kadar kızgın?"

"Ah, yerinde olsam onun için bu kadar endişelenmezdim," diye yanıt verdi Desmond. "Kendine gelecektir. Kapris yaptığından eminim. On iki yaşındayken herkes kaprisli olur."

Başımı iki yana doğru salladım. "Ama o genelde böyle değildir. Senin buraya gelmen onda bir şeyleri tetikledi. Keşke neden böyle olduğunu bilseydim."

Desmond ayağa kalktı ve ekmeğinin son parçasını da ağzına attıktan sonra üniformasına düşen kırıntıları temizledi. "Bu yorgun askerin sıcak bir kahvaltı yapmasının imkânı yok mu?"

"Bay Beardsley kahvaltıyı her sabah tam sekizde hazırlar."

"Eski Beardsley işte," dedi gülerek. "Günler geçse de

hep aynıdır. Onun biraz kendini yenilemesini sen de istemez miydin?"

"Şey, ben-"

"Varsa yoksa programlar ve gelenekler, gelenekler ve programlar." Başını iki yana doğru salladı. "Bu bana göre değil."

Yüzüne baktım. "Sen farklı birisin, değil mi? Onlar gibi değilsin."

"Değilim," dedi.

O anda ardına kadar açık olan pencereden bir ses gelmişti. Desmond ile meraklı bir şekilde birbirimize baktık.

"Muhtemelen baban terasa çıkmıştır," dedim. "Kahvaltıya inmeden önce bazen orada gazetesini okur." Bir an için durdum. "Onu görmeye hazır mısın?"

"Hem de hiç olmadığım kadar."

Kapıya gittik. Açmadan önce Desmond'a döndüm. "Abbott'a gelince," dedim. "Onunla konuşmayı deneyebilir misin?"

"Kesinlikle deneyeceğim," diye cevap verdi. "Ama öncesinde halletmem gereken bir şey var ve bunun kolay olacağını pek sanmıyorum."

"Haydi," dedim. "Ben de seninle geleceğim."

Yirmi Beşinci Bölüm

Addison

Sean antrede miydi? İlk kata göz gezdirdikten sonra ön kapıya doğru parmak uçlarımda ilerledim ve camdan dışarı baktım. Yolda park halinde duran bir araba olmadığını görünce rahatlayarak iç geçirdim. Kimse yoktu. Gözlerim bana adeta oyun oynuyordu. Pencereden bir adım uzaklaştığımda, bir arabanın sesini duydum. Bir taksi geliyordu.

Altmış yaşlarında, yaşlı bir adam arabadan indiğinde, Nicholas Livingston'ın eve geleceğini hatırlamıştım.

"Merhaba," dedim dışarı çıkarak. Geldiği için memnun olmuştum.

"Addison," dedi. "Tanıştığımıza sevindim. Ben Nicholas Livingston." Köşke sakin bir şekilde bakarken, bir an için gözüme sersemlemiş gibi göründü. "Tam da hatırladığım gibi."

Bunca zaman köşke el değmediğini düşündüm o an. Yıllar geçebilirdi. Dış cephe dökülebilirdi. Taşları çizgili bir hale gelebilirdi. Ama iyi ya da kötü köşk hep aynı kalacaktı.

Evin pervazlarından birindeki tahta güvercine baktı. "O kadar yıldan sonra," dedi Nicholas Livingston. "Bu eski evin bende böyle bir etki yaratacağı aklıma bile gelmezdi. Eskiden olduğu gibi, kuş sesleri bile hâlâ kasvetli geliyor."

"Evin yakın zaman içerisinde birazcık değişeceğini bilmek istersiniz belki," dedim. "Kayınvalidem ve kayınbabam burayı yenileyecek." Bahçelere baktım. Rex'in, kamelya bahçesini ortadan kaldırıp burayı golf sahasına dönüştürülmesine nasıl imza attığını hâlâ merak ediyordum. "Şey, en azından evin tadilat isteyen kısımları değişecek."

Nicholas Livingston'ın arkasında duran şoför, girişteki taş aslanlara bakıyordu. Vücut dili, eve bir adım daha yaklaşamayacağını gösteriyordu. Kasabadaki kadın gibi, onun da bu evin lanetli olduğunu düşünüp düşünmediğini merak etmiştim. "Teşekkürler," diyen Nicholas, adama para uzattı. Adam da buradan kurtulduğuna sevinerek hızlı bir şekilde arabasını sürdü.

"Ben de sizinle bunu konuşmak istiyordum," dedi. Yerin kulağı var düşüncesiyle etrafına baktı. "Özel olarak... konuşabileceğimiz bir yer var mı?"

Başımı olumlu anlamda salladıktan sonra onu eve geçirdim. "Köşkte en son bulunduğum zaman, on üç yaşındaydım," dedi antreye adımını atarak. "Yatılı okula gittikten sonra bir daha eve gelmedim. Direkt üniversiteye geçmiştim."

"Anlamadım," dedim. "Neden bu kadar uzun süre uzakta kaldınız?"

Saçları yaşlılıktan beyazlamıştı. Çocukluk fotoğraflarındaki yanaklarını hatırlamıştım. Yine de Lord Livingston'a göre yüzü daha narin ve yumuşak görünüyordu. Birlikte oturma odasına geçtik ve bahçeye bakan pencerenin yanındaki kanepeye oturduk. "Burada çok üzücü anılar var," dedi. "Katherine de evlendikten sonra Abbott'ın durumu iyice kötüleşti. Sanırım artık bana burada ihtiyaçları kalmamıştı. Her şey değişmişti."

"Abbott'ın *durumu* derken ne demek istiyorsunuz?"

Ağır bir şekilde başını salladı. "Abbott 1940'ta ateşlendi. Doktorlar hastalığının menenjit olduğunu söylemişti. Tam iyileşecek derken kalbi zayıfladı. Ondan sonra hiç eskisi gibi olmadı. Büyüdükçe durumu kötüleşti. Ben üniversiteye giderken, yatalak olmuştu."

"Ne kadar acı," dedim. "Babanız onunla ilgilendi o zaman?"

"Hayır," dedi. "Babam 1963'te öldü. Abbott geçen sene ölünceye dek Bayan Dilloway ona baktı."

"Çok üzgünüm," dedim. "Bunu bilmiyordum."

"Abbott'ı ziyaret etmeye çalıştım, ama Bayan Dilloway, aileden birinin buraya gelmesinin onun sinirleri için iyi olmayacağını söyledi."

"Anlamadım."

"Ben de anlamamıştım," dedi Nicholas. "O yüzden 1970'li yılların sonuna doğru bir gün, kızım on yaşındayken eşimle onu ziyaret ettik. Abbott'ın, yeğeniyle tanışmasının iyi olacağını düşünmüştük. Yanına geldiğimizde Bayan Dilloway yoktu. Kardeşim terastaki sallanan sandalyesinde oturuyordu. Çok kötü görünüyordu, sanki orada oturan o değildi. Yüzünün o zayıflığını ve solgun halini asla unutamam. Yaşına göre çok yaşlı görünüyordu." Gömleğinden mendilini çıkardı. "En başta beni tanımadı. Sonra gülümsedi ve o"-Nicholas gözlerini sildi- "o dedi ki, bunu asla unutamam, 'Ağabey?' dedi."

"Biraz konuştuk," diye devam etti Nicholas. "Aklımdan hiç çıkmayan bir şey söylemişti. Tabii bunu hastalığın verdiği etkiyle mi söyledi, emin değilim; ama..."

"Ne söyledi?"

Nicholas şöyle bir arkasına baktıktan sonra konuşmasına devam etti. "Annemin öldürüldüğünü söyledi."

"Ama o zamanlar daha çocuktu," dedim. "Bunu nasıl bilebilirdi ki?"

"Dürüst olmak gerekirse," dedi Nicholas, "hastalığının onun kafasını karıştırdığını düşünmüştüm. Ama yine de bundan birinin sorumlu olduğunu ve bunun bedelini ödemesi gerektiğini söyleyip durdu. Hem de defalarca."

"Peki kimmiş o?"

"Şey, tam olarak bilmiyorum, ama bununla ilgilenmek zorunda olduğumu hissetmiştim," diye yanıt verdi Nicholas. "Bir avukat tuttum. Annemin dosyasını tekrar açtırmaya, Bayan Dilloway'in altına imza attığı otopsi raporuna bir uzman tarafından baktırmaya çalıştım."

"Biliyorum," dedim. "Kayıtları incelemiştim. Ama sizce neden Bayan Dilloway böyle bir şey yapmış olabilir?"

"O zamanlar, dilekçesinde annemin haysiyetini korumak istediğini söylemiş. Bazı kasabalıların, otopsi raporundaki annemin çıplak fotoğraflarını olur olmaz görmek istediklerini iddia etmiş." Nicholas omuz silkti. "Ama durumun öyle olduğunu sanmıyorum. Katherine, onun babamı nasıl sevdiğini anlatınca, bunun devamında hiçbirimizin bilmediği başka bir hikâye daha olup olamayacağını merak etmeye başlamıştım."

Nefesim kesilmişti. "Ona âşık mıymış?"

Nicholas iç geçirdi. "Evet, elbette o zamanlar biz de bilmiyorduk, ama Katherine'e göre Bayan Dilloway, babamı annem hayattayken de seviyormuş."

"Şey, ne derseniz diyin," dedim, "ama o şu an hastanede. Dün gece felç geçirdi."

"Ah," diyen Nicholas, biraz afallamıştı. "Bunu duyduğuma

çok üzüldüm." Ayağa kalkıp pencereye doğru yürüdü, ardından elini pervazda gezdirmeye başladı. "Buraya gözümden kaçan bir şey var mı diye bakmak için gelmek istemiştim. Annem için. Sizin de söylediğiniz gibi, aileniz burada birtakım değişiklikler yapacaktır. Bu yapılmadan önce, emin olmak istedim."

"Ailemin sizin etrafa bakınmanızda bir sakınca görmeyeceğinden eminim," dedim.

"Teşekkür ederim," dedi Nicholas. "Benim küçük araştırmamdan mutlu olurlar mı bilmiyorum. O yüzden kendim için iki tane özel dedektif tuttum."

"Özel dedektif mi?"

"Umarım beni affedersiniz," diye devam etti Nicholas. "Sizi gözetlemiyorlardı. Sadece, ahırda kayda değer bir şey bulabileceklerini görmek için evle alakalı planları öğrenmek ve bahçeyi aramak istemiştim."

"Demek o gün orada dolaşan dedektifti," diye mırıldandım. Arkasından ben de bahçeye bakan pencerenin önüne gittim. "O zaman size golf sahasından bahsetmeme gerek yok. Siz zaten biliyorsunuzdur."

Bir an için kafası karışmış gibi görünse de gözleri bir anda terasa kilitlenmişti. "Bahçe!" diye bağırdı. "Annem, buranın kendi bıraktığı gibi kaldığını görseydi, çok mutlu olurdu. Biraz birbirine girmiş olsa da, hâlâ harika."

"Evet," dedim. "Bay Livingston, size göstermek istediğim bir şey var. Misafir odasında."

Kaybolan kızlarla ilgili olan gazete kupürlerini ona uzattım. Sonra üzerinde notlar olan bahçe haritasını gösterdim.

"Bu ne?" diye sordu.

Annesinin kamelya kitabını elime alıp, Petelo Kamelyası'nın olduğu sayfayı açtım. "Bunu daha önceden gördünüz mü?"

Gözleri buğulanmıştı. "Evet," dedi. "Flora'nın bunu bulduğu günü hatırlıyorum."

"Dadınız mı?"

"Evet," diye onayladı Nicholas, gazete kâğıtlarına bakarak. "Flora ortadan kaybolduğunda, en kötü ihtimalin gerçekleşmesinden korkmuştuk. Görünüşe göre, bir anda izini kaybettirmişti. Bize veda bile etmedi." Anılar içinde kaybolarak, kitabın sayfasına baktı. "Annem kamelyalarını çok severdi. Onu hâlâ, bahçede yürürken ve kendi kendine sessizce mırıldanırken hayal edebiliyorum. Burası ona çok sevdiği Charleston'ı hatırlatıyordu."

"Bay Livingston," dedim, "annenizin, ölmeden önce bir gizemi açığa çıkarmaya çalıştığına inanıyorum." Sayfanın başındaki sayısal kodu parmağımla işaret ettim. "Kadınların kaybolduğu tarihlere göre bu numaraların izini sürdüm. Sanırım anneniz, bu köşkte çok korkunç bir şeyin olduğuna dair bir ipucu yakalamıştı. Bir şey hatırlayabiliyor musunuz? Hatırlayacağınız küçük bir detay bile, o kadınlara ne olduğunu açıklayabilir."

"Şey," dedi, "dedektiflerim bahçede bir şey buldu."

Bunun üzerine bir süre sonra dışarı çıktık. Mavi bir arabanın önünde bir çift duruyordu. Kısa sarı saçlı kadın, güneş gözlüğünü çıkarıp gülümsedi.

"Siz," dedim. "Siz beni parkta kurtaran çiftsiniz."

"Evet," dedi adam. "Ben James ve bu da Mira. Biz Bay Livingston için çalışıyoruz. Kasabada sizinle tesadüfen karşılaşmıştık. Ahır evinin orada sizi gördüğümüzü hatırlamıştık. Bunun için özür dilerim. Sizi korkutmak istememiştik."

"Sorun değil," dedim. "O kişinin siz olduğuna sevindim, en azından o…"

"Yüzünüzü tanıdım," diye devam etti James. "Parkta arkanızdan yürüyen adamı görünce, biz de takip etmeye başladık."

"İyi ki öyle yaptınız," dedim.

"Onu yakaladılar mı?"

"Hayır," diye cevap verdim. "Ama yakalayacaklar. Yakalayacaklarını biliyorum."

Yoldaki mavi üstü açık arabayı işaret ettim. Buraya geldiğimiz ilk gün, gizemli bir kadın Rex ile konuşmak için yolda durmuştu. "Siz buradaydınız," dedim, ona merakla bakarak. "Eşimle konuşmuştunuz. Kargocu olduğunuzu söylemişti."

"Ah o mu?" dedi kadın. "Evet."

Nicholas Livingston bahçeyi gösterdi. "Her şeyi açıklayacağız."

Başımı evet dercesine salladım ve uzakta duran kamelyalara döndüm. "Tamam, yağmur başlamadan oraya gidelim."

"Anneniz ne güzel bir bahçe yapmış," dedim Nicholas'a. "Ben bahçe tasarımcısıyım ve bakın söylüyorum, ben böyle bir şey daha önce görmedim."

"Evet," diye onayladı Nicholas beni. "Koleksiyonuyla gurur duyardı. Burada nadir görülen türler de bulunuyordu. En azından bir zamanlar."

Kamelya kitabından yırtılmış olan sayfayı çıkardım. "Bu," dedim. "Adı Middlebury Pembesi. Bunu biliyor musunuz?"

Nicholas sayfayı eline aldı. "Hatırlıyorum," dedi. "Sadece

bir kez açtı, o da annemin ölümünden sonra." Başını iki yana doğru salladı. "Çiçeklerini hiç göremeden öldü."

"Nerede peki?" dedim, sayısal koda göre olması gereken alanı göstererek. Çiçeklerin hepsi toprağın altında bir yerde kalmıştı.

Bir şey aklına gelmişçesine gözleri parladı. "Şurada," dedi Nicholas ahır evini göstererek. "Eğer hatırladığım şey oysa, babam onu başka bir yere taşımıştı. Annem öldükten sonra, nedense bu kamelyayı birinin çalmaya çalıştığını iddia etmişti. Çiçek hırsızlarını kastediyordu. Onu buraya, ahır evinin arkasına taşımıştı." Eski binanın arkasına geçtik, ama kamelya ağaççığının olması gereken yerde sadece eski bir kök kalıntısı vardı.

"Yazıklar olsun," dedi ve hayal kırıklığı içerisinde kendini yosun tutmuş toprağa attı.

James, ahır evinin yanından Nicholas'ın yanına geldi. "Bulduğumuz şeyi görmek ister misiniz?"

Onlarla kapıya kadar yürüdüm. "Kilitli," dedim paslanmış kilidi zorlayarak.

James gülümsedi. "Bu benim uzmanlık alanım. Bir saniye." Hemen sonra asma kilidi kapıdan söktü ve kapıyı ittirdi.

Erkeklerin ardından Mira ile içeri girdik.

"Burası eski bir bahçe kulübesine benziyor," dedim.

Mira ve James birbirine baktı. "Küçük kapıyı görüyor musunuz?" dedi James.

Başımı evet dercesine salladım.

James kapıyı açtığında, ortaya küçük bir oda daha çıktı. Birkaç kürek ve tırmığın yaslı bir şekilde durduğu duvarda, elle kabataslak yazılmış bir mesaj vardı. Odaya bakınarak, duvara yaklaştım ve yazan kelimeleri okudum: "Çiçekler onun kanıyla sulansın ve güzelliğini ortaya çıkarsın."

"Bu nedir?"

Mira tekrar James'e baktı. "Bayan Sinclair," dedi bana dönerek, "bunun kanla yazıldığını düşünüyoruz."

"Bir tane polis raporu dolduracağız," dedi James, bir süre sonra köşke yeniden girdiğimizde. "Sanırım Leydi Anna'nın ölümüyle ilgili soruşturmayı tekrar açabilmek için elimizde yeteri kadar kanıt var." Verdiğim dosyalarla bahçe haritasını sıkıca tutuyordu. "Ve sizin yardımınızla, Addison, sanırım elimizde artık somut bir şeyler var."

"Haberleşelim," dedim Mira arabaya binerken.

"Haberleşeceğiz," dedi ve uzaklaştılar.

"Şey," dedi Nicholas. "Ben de gitsem iyi olacak. Eşim buraya gelmemi sevmiyor. Bu eski ev onu korkutuyor."

"Buranın öyle bir etkisi olabilir," dedim gülümseyerek.

Ceketinden telefonunu çıkarıp taksi durağından bir araba çağırdı.

"Diğer kardeşinize ne oldu?" dedim. "Kız kardeşiniz? O da mı köşkten uzaklaştı?"

"Babam öldükten sonra Katherine ve Janie bir daha asla buraya dönmediler," diye yanıt verdi Nicholas. "Belki de benim gibi aynı nedenlerden dolayı gelmemişlerdir. Katherine Londra'da bir bankacıyla evlendi ve kendi ailesini kurdu. Janie ise İsviçre'ye taşındı."

"Demek dört kardeşsiniz?"

Uzaklara baktıktan sonra bana döndü. "Bir tane daha vardı," dedi. "Desmond."

"Desmond mı?"

"En büyük kardeşimiz," dedi. "Savaş sırasında kayboldu. Maalesef onu bulamadılar."

"Üzgünüm," dedim.

"Şey, Bayan Sinclair," dedi taksi köşkün önüne geldiğinde, "sizinle tanışmak benim için bir zevkti. Soruşturmamızın gidişatından sizi de haberdar edeceğim. Polis muhtemelen sizin de ifadenizi alıp, etrafa bakacaktır."

"Sorun değil," dedim. "Rex'in ailesine ben söylerim. Taksinin gidişini izledikten sonra bahçede bolca yetişmiş olan şakayıklara hayranlıkla baktım. Çiçekleri o kadar bol ve ağırdı ki çakıltaşlı olan zemini öpecek gibi eğilmişlerdi. "Zavallı şeyler," dedim. "Birinin sizi sırığa bağlaması lazım." Ayağa kalktım. "Evde sırık var mı diye bir bakayım."

Basamağa geldiğimde, onun orada durduğunu fark etmemiştim bile. Gri taşla kendi rengi bütünleşmişti. Ama gördüğüm zaman, kalbim adeta durmuştu.

"Tekrar merhaba, Amanda," dedi.

Yirmi Altıncı Bölüm

Flora

Yemek odasına girdiğimde, girişte Desmond bekliyordu. Her zamanki gibi Janie'nin yanına oturdum. Lord Livingston hemen ayağa kalkıp, peçetesini masaya koydu. "Bayan Lewis," dedi neşe içinde gülümseyerek. "Sizi tekrar görmek ne kadar güzel."

"Sizi de," diye cevap verdim.

İki aylığına gitmiş olsa da o gideli yıllar geçmiş gibi geliyordu. Fark edilir bir şekilde zayıflamıştı ve saçları biraz daha beyazlamıştı.

"Eve sağ salim döndüğünüz için hepimiz çok mutluyuz," dedim.

"Teşekkür ederim," dedi.

Bay Beardsley, çocukların su bardaklarını doldurduktan sonra girişe doğru gergin bir şekilde baktı. Bayan Dilloway zamanı geldi dercesine Desmond'a başıyla işaret etti.

"Araya girdiğim için beni affedin, Lordum," dedi Bay Beardsley dikkatli bir şekilde, "ama sizi görmek isteyen biri var."

Lord Livingston peçetesini masaya koydu. "Öyle mi? Birinin geldiğini duymamıştım."

Bay Beardsley, odanın girişine doğru baktı ve yavaşça yemek odasına giren Desmond'a başıyla onay verdi.

"Merhaba, baba," dedi Desmond masanın başında durarak.

Katherine neşeyle bağırdı. "İnanabiliyor musun, baba? Desmond eve geldi!"

"Görüyorum," dedi Lord Livingston, ancak başka tarafa bakıyordu.

Odaya derin bir sessizlik çökmüştü. Neyse ki Janie çatalını tabağına vuruyor ve tiz sesler çıkarıyordu.

"Mutlu değil misin, baba?" diye sordu Katherine endişeli bir şekilde.

Lord Livingston ayağa kalkıp Desmond'a baktı. "Seninle özel olarak konuşacağım."

Girişe doğru ilerlediler ve Bay Beardsley de onların arkasından gittikten sonra kapıyı kapattı.

Muhtemelen duyacağımız bağrışmaları çocukların duymamasını sağlamaya çalıştım. Birkaç dakika sonra Desmond ön kapıdan hızla çıktı ve kapıyı ardından çarptı. Lord Livingston ise alışılmadık bir şekilde dağınık görünen saçlarını düzelterek yemek odasına girdi. Bize dönmeden önce derin bir nefes aldı. "Eşyalarını toplayıp, derhal evi terk etmesini söyledim."

"Ama baba," dedi Nicholas. Belli ki yıkılmıştı.

Katherine ağlamaya başladı.

"O burada kalamaz," dedi Lord Livingston soğuk bir şekilde. Kendi kanından olmayan biri hakkında konuşuyor gibiydi.

"Ama baba, neden?" diye bağırdı Katherine. "Bu kadar zalim olmak zorunda mısın?"

"Ben kararımı verdim," dedi Lord, Bay Beardsley'ye dönerek.

"Efendim," dedi Bayan Dilloway cesurca, "size bunu bir

daha düşünmeniz için yalvarıyorum." Sesini alçalttı. "Leydi Anna'nın hatırı için."

"Evet," diye ekledi Bay Beardsley. "O da aileden biri. Ailenize sırtınızı dönemezsiniz."

Lord Livingston peçetesini masaya fırlatıp, ayağa kalktı. "Öyle bir de dönerim ki," dedi, "kadim dostum." Hepimize tek tek baktı. "Benden sakladığınız başka bir şey var mı?"

Bayan Dilloway başını evet dercesine salladı. "Abbott'ın bir süredir hasta olduğunu belki bilmek istersiniz," dedi dikkatle. "Çok ateşi vardı. Doktorlar menenjit olduğunu söylediler, ama iyileşiyor."

"Onu görebilir miyim?" diye soran Lord Livingston'ın gözlerinde şimdi hüzün hâkimdi.

"Şimdi uyuyor," dedi Bayan Dilloway. "Önce *diğer* oğlunuzla ilgilenmelisiniz."

"Baba!" diye bağırdı Katherine. "Lütfen, Desmond'ın kalmasına izin veremez misin? Bir istisna yapamaz mısın? İngiltere şu an savaşta!"

Lord Livingston elini masaya sertçe vurunca bardaklar titredi. "Savaşın durumunun farkındayım."

O an Katherine ve Janie hıçkırarak ağlamaya başlamış, Nicholas'ın ise rengi atmıştı.

Hemen ayağa kalkıp Janie'yi kollarımın arasına aldım. "Geçti tatlım," dedim sırtını okşayarak. Daha fazla sessiz kalamazdım. Lord Livingston'a bakarken kalbim deli gibi atıyordu. Artık ne Middlebury Pembesi'yle ne de hassas aile mevzularıyla ilgileniyordum. Sadece çocukları önemsiyordum. "Köşk için en iyisinin ne olacağını bilebilirsiniz," dedim, "ama çocuklarınız için neyin en iyisi olacağını kesinlikle bilmiyorsunuz." Çocuklara dönüp elimi onlara uzattım. "Katherine, Nicholas, benimle gelin."

Lord Livingston'a bu şekilde karşı çıkmamın evdeki pozisyonuma ne yapacağını, çocukları özel öğretmenlerine emanet ettikten sonra düşünecektim. Pencere camına baksam da, kendi yansımama bakmaya tahammül edememiştim.

Odamdaki pencereden güneş ışığının kamelya ağaçlarına vuruşuna, zümrüt yeşili yapraklarını parlatışına baktım. Dolaba doğru gidip, Lord Livingston'ın benim için aldığı şövaleyi çıkardım. Ardından yatağın altındaki, içinde resim malzemelerinin olduğu kutuyu aldım.

Boyaları palete yerleştirip, kendime küçük bir tuval seçtim. Palette renk çeşitliliği yarattıktan sonra gözlerimi kapatıp, Lord Livingston ile kasabaya inerken gördüğümüz fundalığı hatırladım. Londra'ya gitmeden önce o gün, kasabaya giderken, normalden çok farklıydı. Acaba Leydi Anna'nın onun âşık olduğu yönü bu muydu? Fırçamı siyah boyaya batırdım ve grinin doğru tonuna ulaşana dek, beyazla karıştırdım. Ardından fırçayla tuvale dokundum. Boya fırçasının elimde yarattığı hissi çok seviyordum. Bana bu resim malzemelerini alarak kibarlık etmişti, ama yemek odasındaki ve daha önceki davranışlarını hatırımdan çıkaramıyorum. *Nasıl bu kadar zalim ve insafsız olabilirdi?*

Bulutları çizdikten sonra sıra tepelere gelmişti. Adaçayı yeşiliyle çimenleri boyadım, ardından da ön plandaki fundaların rengini yakalamak adına biraz da eflatunla tuvale dokundum. Tuvalden bir adım geri çekildim ve kaşlarımı çattım. Bir şeye daha ihtiyacım vardı. Ama ne? Pencereden bahçeye baktım.

Middlebury Pembesi. *Leydi Anna'nın kitabından o sayfayı kim koparmıştı? Lord Livingston mı?* Fırçamı kahverengiye batırıp, ağacın gövdesini oluşturdum. Sonrasında ise dallarını, kalp şeklindeki yapraklarını, pembe noktalı geniş, beyaz ve kocaman çiçeklerini çizdim. Resme bakmak için tekrar bir adım geri çekildim.

"Çok güzel yakalamışsın."

Arkamı döndüğümde, irkilmiştim. Lord Livingston kapıda dikiliyordu.

"Bu benim eşimin en sevdiği kamelyaydı," dedi. "Middlebury Pembesi. Kamelyanın yerini belirlemek çok zamanımı ve enerjimi almıştı. Çiçeğini eski bir botanik kitabında görmüştü ve her şeyden çok onu istemişti. Aynı tür Buckingham Sarayı'nda yetişmişti." Lord fazlasıyla düşünceli görünüyordu. "Anna böyleydi işte. Bir şeye tamamen kapılıp gidebiliyordu. Ama kamelyalar kadar dikkatini çeken bir şey olmamıştı. Bölgeyi araması için bir bahçıvan tutmuştum. Bir yılın sonunda, neredeyse vazgeçecektik. Varlığı bize artık efsane gibi geliyordu. Nadir bulunan çiçekleri araştıran bitki bilimciler, bu türü bulmak için tüm ülkeyi aramışlardı. Elbette, kimse bulamadı. Lakin Anna'yı hayal kırıklığına uğratamazdım. Bunu yapmazdım zaten. Sonra kasabadaki bir adam, Middlebury Pembesi'nin Livingston Köşkü'nün arazisinde olduğuna inandığını söyledi. Tabii en başta onun sözlerini dikkate almadım, sonrasındaysa kamelyayı ahır evinin yanında bulduk. Bir bitki bilimci, çiçekleri açmadan bunun o olduğunu bilmek kolay olmasa da onun aradığımız ağaççık olduğunu tespit etti." Başını iki yana doğru salladı. "Yüzyıllardır keşfedilmemiş olan kamelya, burnumuzun dibindeymiş. Bu sırrı kendime sakladım ve bir Noel sabahı ona sürpriz yaptım." Alnını kaşıdı. "Kör olası kamelya, Leydi Anna için ne yazık ki açmadı. Eşim, bu kamelyanın kendi dünyasındaki huzuru ve doğruluğu bulduğunda açacağını söylerdi hep." Gözlerini tuvale dikip, gülümsedi. "Evet, resmi çok güzel yapmışsınız, Bayan Lewis," dedi, gözündeki yaşı silerek. "Botaniğe karşı bu kadar ilgili olmanız gerçekten hayret verici."

Bir süre sonra Lord Livingston yatağa oturup bahçeye baktı. "Hayatta, pişmanlık duyduğum çok şey var," dedi. "Ama en çok da Anna ile ilgili pişmanlıklarım var."

"Lütfen," dedim. "Hepimiz hata yaparız. Kendinizi suçlamamalısınız."

Başını iki yana salladı. "Ama ben kendimi suçlamalıyım," dedi. "Ve şimdi bedelini ödemeliyim." Kendini toparlayıp ayağa kalktı. "Sizi rahatsız ettiğim için özür dilerim." Kapıya yöneldi.

"Lütfen bekleyin," dedim. "Peki ya Desmond? Yaşadığınız anlaşmazlık, oğlunuzu sonsuza dek kaybetmenize değmez."

Lord Livingston çekimser bir şekilde iç geçirmişti. "Barışacağımızı garanti edemem," dedi, "ama ona burada kalmasını söyledim."

"Onun buna verdiği cevap ne oldu?"

"Düşünecekmiş."

"Güzel," dedim. "Yakında savaş için tekrar gidecek ve onunla zaman geçireceğiniz için siz de mutlu olacaksınız."

Göz göze gelmiştik. "Sanırım hepimiz mutlu olacağız."

Ertesi sabah hizmetçi odasında yaptığımız kahvaltıda, Bay Beardsley başını defterinden kaldırıp birdenbire ayağa kalktı. "Bayan Lewis," dedi. "Sizinle konuşabilir miyim?"

"Elbette, efendim," diye cevap verdim ve onun arkasından odasına girdim.

"Oturun," dedi kapıyı kapatarak. "Kayıt defterinin üzerinden geçiyordum ve tesadüf olabilecek bir şeyle karşılaştım. Sorduğum için beni affedin, ama geçtiğimiz günlerde sizi bir beyefendi ziyaret etmiş. Bu kişi sizin neyiniz olur?"

Avuçlarım terlemişti. *Bay Price.* "Ben bunu sizin bildiğinizi-"

"Bayan Dilloway söyledi," dedi. "Köşke gelenlerin kayıtlarını tutuyoruz. Bu bir gelenektir."

"Ah," dedim sarsılmış bir şekilde. *Onu içeri alan Bayan Dilloway olmalıydı.*

"Bayan Lewis," diye devam etti Bay Beardsley. "Bu sabaha kadar bunu fark etmemiştim, ama gümüş ve kristal eşyaların kaybolduğu gün, bu ziyaretçinin geldiği günle aynı. Endişemi anlıyorsunuzdur."

Başımı evet dercesine salladım.

"Kimdi bu, Bayan Lewis? Lütfen söyleyin."

Alnımı kaşıdım.

"Bayan Lewis," dedi Bay Beardsley tekrar. "Başınız bir tür belada mı? Çünkü eğer öyleyse, size yardım etmemize izin verin."

Onun büyük ve nazik suratına baktım. Ben bu insanları kandırmıştım, bu nedenle kendimden utanıyordum. Hem de çok. "Evet," dedim. "Başım belada. Ama kendi başımın çaresine bakabilirim. Ne size ne de köşkteki başka birine yük olmak istemem. Verilen bu rahatsızlık için beni affedin. Eğer bu adam evden bir şeyler çalmışsa, bu suçu kendi üstüme alabilirim."

"Ama Bayan Lewis," dedi. "Bu eşyaları ödemeniz mümkün değil. Bu sizin en az dört yıllık maaşınıza patlar."

"O zaman öyle olsun," diye kabul ettim. "Benim buradaki varlığım, bu köşke bir hırsız getirdiyse, bedeli neyse öderim."

"Bu çok onurlu bir davranış," dedi. "Ama şu konuda açık olayım. Kimse size hırsız demiyor."

Masaya oturmuş, iki kaşık yerine bir kaşık esmer şeker attığım lapamı karıştırdım. Bayan Marden, savaştan dolayı yemekleri depolamamız gerektiği konusunda hepimizi uyarmıştı. "Tanrı'ya şükür, hâlâ şekerimiz var," demişti.

"Ne oldu?" diye fısıldadı Sadie. "Bay Beardsley hırsızı yakalamış mı?"

Başımı iki yana doğru salladım.

"Muhtemelen yaşlı Beardsley, gümüşü başka bir yere koymuştur," dedi. "Geçen ay, kaybolan ayakkabı çekeceğini bulmak için evin altını üstüne getirmişti ve masasının üzerinden çıkmıştı."

"Bunun Bay Beardsley'nin başının altından çıktığını sanmıyorum," dedim. "Mutfaktaki her şeyin yerini adı gibi biliyor."

Lapasına biraz daha krema kattı. "Aramızda bir hırsız olduğunu düşünmekten nefret ediyorum."

"Dikkatli olun, küçük hanım," diye uyardı Bayan Marden. "Kemerleri sıkmak zorundayız. Bay Beardsley daha kahvesini içmedi. Onun krema sevdiğini biliyorsun."

Sadie sütlüğü yerine bıraktı. "Evet, efendim."

"Savaş iyice alevlendiğine göre, hepimiz alıştığımız bazı lüksler olmadan yaşamaya başlayacağız," dedi Bayan Dilloway.

"Aynen öyle," diye ekledi Bayan Marden. "Dün kasabadaki bir aşçıyla konuştum ve un dahi alamadıklarını söyledi. Şeker pekmezlerinden bahsetmiyorum bile. Neyse ki Lord Livingston'ın Londra'da tedarikçisi var, ama ona da sonsuza kadar güvenemeyeceğimizi duydum. Her şey artık pay ediliyor. Kim olsanız, kimi tanıyor olsanız bile. Dağıtılanlar ise az miktarda."

Sadie bana doğru eğilerek, "Birilerinin bir şeyleri çaldığından şüphe yok," diye fısıldadı.

Geçen gece Bay Humphrey'yi gördüğümü hatırlamıştım. Özellikle Bayan Marden ile konuştuktan sonra, bu olay bana iyice garip görünmeye başlamıştı. "Sadie," dedim sessizce, "Bay Humphrey'nin bahçede bir görevi var mı?"

Başını kaşıdı. "Bahçede mi? Neden bahçede işi olsun ki? O şoför."

"Doğru ya," dedim.

Yirmi Yedinci Bölüm

Addison

Sean, tüylerimi diken diken eden gülüşüyle bana doğru bir adım attı. "Seni unuttuğumu mu sandın?"

Buradan gitmeliyim.

Gülmeye devam ediyordu. "Dilini mi yuttun?"

Yavaşça geriledim.

"Aslında," dedi, "konuşma. Konuşma kısmını ben hallederim. Görüyorsun ya, hapishane zamanları, düşünme zamanlarıdır." Şimdi yakınımdaydı. Hem de çok yakınımda. "Seni bir kez daha görürsem, sana ne söyleyeceğimi düşünmeye zamanım olmuştu. Ve sana ne yapacağımı." Bileğimi tuttu. "Aman Tanrım, çok güzelsin. Bu sabah üzerini giyişini izledim." Başını kendi kendine salladı. "Ve, kahretsin. On üzerinden onluksun, Amanda. Hatta belki de on bir. Ama yatak odana perde almayı bir düşün derim. Seni kimlerin izlediğini tahmin bile edemezsin."

Yüzündeki o iğrenç ve saçma gülümsemeye bakmak yerine, uzaklara baktım.

"Ona daha söylemedin mi?" dedi, bileğimi sımsıkı tutmaya devam ederek. "Ne yaptığını söyledin mi ona?"

Sanki şimdi yine on beş yaşındaydım. Kapana kıstırılmıştım. Beni bu duruma tekrar sokmasından nefret ediyordum.

"Sana bir soru sordum, Amanda," dedi Sean gözlerini kısarak. Ağzından sinirli bir şekilde hırıltılı sesler çıkıyordu.

Yoldan gelen bir araba sesi duydum. Arabanın köşke dönmesi için dua etmiştim. *Lütfen, Tanrım. Lütfen, gelen Rex olsun.* Bu sabah arayıp, öğlene kadar eve döneceğini söylemişti. Motor sesi giderek arttı, yaklaştı. Ta ki araba gelip geçene dek. Darmaduman olmuştum.

Sonra Rex'in bana bıraktığı anahtarların cebimde olduğunu hatırladım. Anahtarların biri ön kapı, diğeri ise araba içindi. Eğer kurtulabilirsem, eğer hızlı olabilirsem, yoldaki Rolls-Royce marka arabaya ulaşabilirdim. Araba, göbekteki fıskiyenin önünde park halinde duruyordu. Çok uzakta değildi. Ama oraya ulaşabilir miydim?

"Amanda!" dedi yine. Bu sefer oldukça ısrarcıydı.

Sean bileğimi bırakıp kolunu belime dolayacağı sırada geri çekildim. "Bana Amanda deme!" diye bağırdım ve arabaya koşmaya başladım. Birkaç adım daha kalmıştı. Ayaklarının çakıltaşlarında çıkardığı sesi duyabiliyordum. Sanki ağır çekimde hareket ediyordu. Kapıyı ardına kadar açtım ve arabanın içine atladım. Kapının mandalını kapattığımda, elini kapıya uzatmıştı. Diğer kapının kilidini de kapatmak için eğildim. Anahtarları ararken ellerim titriyordu. Sırtımda bir darbe hissettiğimde, anahtar elimden düşüverdi. Sean, pencereye ayaklı vazoyla vurup, camı kırmıştı. Cam parçalara ayrılmış, vurduğu yerde beyzbol topu büyüklüğünde delik açılmıştı. Sean, avının yakınında olan bir hayvan misali elini delikten sokup, kırık alanı zorluyordu. Arabanın camından kanlar damlarken, bana küfrederek elini çekti. Anahtarı yuvasına yerleştirmemle gaza basmam bir oldu.

Sean'ın bağırarak arkamdan koştuğunu dikiz aynasından görebiliyordum. Hiç hız kesmeden yola devam ettim.

Rex'i ve polisi arayabilmek için cep telefonumu yanıma almış olsaydım diye geçirdim içimden. Kasabaya sadece on altı kilometre kalmıştı. Canımı yakan gözyaşları yüzünden gözlerimi zar zor açabiliyordum. Arabanın eskiyen hoparlörlerinden belli belirsiz gelen şarkıyı tanımıştım. *Günün iyi geçsin, gün ışığım. Günün iyi geçsin.* Şarkının sözleri benimle adeta dalga geçiyordu. Bu günün iyi geçmesi mümkün değildi. Gözyaşlarımdan önümü göremiyordum ve ne zaman gözlerimi silmeye çalışsam arabanın kontrolünü kaybetmeye başlıyordum. Yolun bu kısmında keskin virajların olduğunu unutmuştum. Araba sola doğru kayarken, fren yaptım. Yol kenarındaki dayanıksız bariyerlere çarptığımda, metalin metale değmesinden çıkan sesi duymuştum. Yamaçtan aşağı yuvarlanıyordum...

Hayır, hayır, lütfen Tanrım, hayır hayır hayır...

Uzun otların ve ağaçların yanından hızla uçtuğumda, araba yüksek bir sesle yamacın kenarına çarptı ve karanlık ormanın zemininde kayboldu. Burnumdan akan ılık kan, ağzımda ekşi ve metalik bir tat bırakmıştı. Uzaktan bir kuş ötüyordu. Hissettiğim korkunun aksine, kuşun sesi sakin ve tatlı geliyordu. *Hayır, bu şu an gerçekleşmiyor.* Bacaklarımı kaldırmaya çalışsam da yerinden oynamıyorlardı. Bacaklarım, üzerine yük treni binmişçesine acıyordu. *Hayır, bu şekilde ölemem. Bir başıma. Evden çok uzakta.* Sean beni burada bulabilir miydi? Peki ya Rex? Hayatım gözlerimin önünden bir film şeridi gibi geçiyordu. Alakası olmayan ve rasgele görüntüler de vardı. Kırmızı elbiseli eski püskü bir oyuncak bebek, tığla örülmüş ve bir kısmı sökülmüş olan beyaz bir bebek eldiveni, parlak kırmızı renkteki sıra sıra laleler; Rex'in gülümseyişi, rüzgârda dönen paslı bir rüzgârgülü…

Gözkapaklarım, açık kalmak için mücadele verircesine titriyordu. Kapandıklarında ise bana gel işareti yapan bir görüntü belirmişti. Bana rahatlık ve uzun süredir beklediğim huzuru vereceğini söylüyordu.

Kamelyalar.

Uçsuz bucaksız kamelyaları görebiliyordum. Büyük, gür ve yeşil ağaçlarının parlak, gösterişli ve kocaman çiçekleri vardı. Alice Harikalar Diyarı'ndaki Kırmızı Kraliçe, açmakta olan çiçekleri pembelere ve kırmızılara boyamıştı sanki.

Yirmi Sekizinci Bölüm

Flora

4 Kasım 1940

Kasım, nadir görülen kar yağışıyla başlamıştı. Tabii çocuklar, yemekten sonra zevkten dört köşe olmuş bir şekilde kardan adam yapmak için dışarı çıkmıştı. Tanrı'ya şükür ki kışlık kabanlarını dolaptan çıkarıp temizlettirmiştim.

O gün Desmond birtakım işleri için babasıyla beraber kasabaya gitmişti. Henüz dönmemişlerdi. Evden çok neşeli bir şekilde çıktıklarını fark etmiştim. "Anlaştıklarını görmek çok güzel," diye yorum yaptı Bayan Dilloway, kahvaltı tabaklarını yıkarken.

Çocuklar kara doyamadıkları için uyku saatinden önce biraz daha oynamalarına izin verdim. Sadece bu seferlik. Kabanımı giyip terasta onlara katıldım. Janie ve Katherine dillerini dışarı çıkarmış, ağızlarıyla kar tanelerini toplamaya çalışıyorlardı. Abbott ile Nicholas ise çetin bir kartopu savaşı içindelerdi. Rüzgâr çıktığında, Abbott'a soğuk havanın dokunmasından endişelenmiştim. Daha tam iyileşmemişti. "Sadece birkaç dakika daha," dedim, "ardından sıcak çay içmek için içeri girelim. Soğuktan donmanızı istemem."

Nicholas bir anda durdu ve gökyüzünü işaret etti. "O ne, Bayan Lewis?" diye sordu.

Baktığımda tam olarak bir şey görememiştim. Görüntü sadece karartıdan ibaretti. "Ne gördün?" dedim.

"Orada," dedi uzakta alçaktan uçan uçağı göstererek. Uçağın yaydığı ışık, karanlığı deliyordu.

Kalbim hızla atmaya başlamıştı. "Çocuklar!" diye bağırdım. "Hemen içeri geçin!"

Hizmetçilerin giriş kapısından onları içeri aldım.

"Aman Tanrım!" diye bağırdı Bayan Dilloway. "Sence bu...?"

"Bilmiyorum," dedi Bay Beardsley. "Ama her ihtimale karşı ışıkları söndürmeliyiz." Duvardaki ışığın düğmesini indirdiğinde, ev karanlığa bürünmüştü.

Minik bedenini bana yaslayan Janie'nin titrediğini hissedebiliyordum. "Geçti, tatlım," dedim. "Her şey yolunda."

"Ölecek miyiz?" diye sordu Katherine.

"Tabii ki hayır, bebeğim," diye yanıt verdim. Bir yandan da sesimin titrediğini fark etmemiş olmasını içten içe diliyordum.

Arkamdan birinin burnunu çektiğini duydum. Başımı çevirdiğimde, karanlıkta Abbott'ın gözlerini sildiğini görebilmiştim sadece. "Babam ve Desmond dışarıda," dedi. "Ya, ya onlar-"

"Endişelenme, sevgili Abbott," dedim. "Baban ve Desmond birazdan eve gelecektir. Bundan eminim."

Abbott yüzünü ellerinin arasına gömdükten sonra tekrar gözleri yaşlı bir şekilde bana baktı. "Sanırım Desmond, yakında savaşa gidecek."

"Evet, galiba," dedim efkârlı bir şekilde. Geçtiğimiz haftalarda, ağabeyine iyice kanı kaynamıştı ve ben de bu durumdan memnundum.

"Desmond'a davranış şeklimden dolayı utanıyorum," dedi, "eve ilk geldiğinde."

"Peki neden öyle davrandın, Abbott?"

Abbott konuşmaya başlamadan önce derin bir nefes aldı. "Annem öldükten sonra, babamın Beardsley ile çalışma odasındaki konuşmalarına kulak misafiri olmuştum. Evin durumunu tartışıyorlardı. Babam, Desmond'ın kendi oğlu olmadığını ve bir gün *beni* köşkü miras edinmek için dolandıracağını söylemişti."

"Anlamadım," dedim. "Desmond nasıl onun oğlu olmaz? O-"

Bayan Dilloway boğazını temizledi. "Başka bir şeyden bahsetsek olmaz mı?"

"Evet," dedim hemen.

Yatağıma geçmeden önce Bayan Dilloway'in yatak odasının kapısını çaldım. "Affedersiniz," dedim kapıdan seslenerek. "İçeri girebilir miyim?"

Bayan Dilloway beni içeri davet edip oturmam için mavi renkteki eski bir sandalyeyi gösterdi. Kendisi ise yatağında doğrulmuştu.

"Bugün Abbott'ın Desmond hakkında söylediği şey neydi öyle?" diye sordum. "Bu doğru mu?"

Gözleri ne onaylayarak ne de inkâr ederek bakıyordu. Anıların içinde kaybolmuş gibi bir hali vardı. "Lord Livingston, Leydi Anna ile Londra'daki bir sosyete balosunda tanıştı," dedi. "Leydi Anna Amerika'dan ziyarete gelmişti ve Lord Livingston ona ilk görüşte âşık olmuştu. Bazıları, bunun Leydi Anna'nın kaderi olduğunu söylese de, durum öyle değildi. Lord Livingston onu seviyordu. Hem de delicesine ve derinden. Ama Leydi Anna'nın geçmişini bilmiyordu."

"Geçmişi mi?"

"Onun bir oğlu vardı," dedi. "Amerika'da."

"Desmond."

"Evet," diye yanıtladı Bayan Dilloway. "Desmond doğduğunda, Leydi Anna daha on beş yaşındaymış. Bizim Katherine'den sadece birkaç yaş büyükmüş yani. Desmond'ın babası Charleston'da çiftlik işçisiymiş. Leydi Anna onunla beraber kaçmak istese de ailesi bunu kabul etmemiş. Desmond'ın babasını başka bir yere göndermişler ve bebek doğduktan sonra kızlarını Londra'daki özel bir okula göndermek üzere gemiye bindirmişler. Anna, ailesi Desmond'ı ondan ayırdığı için onları asla affetmedi."

"Lord Livingston evlendiğinde bunu bilmiyor muydu?"

"Hayır," diye cevap verdi Bayan Dilloway. "Öğrendiğinde ise Leydi Anna'nın onuru iki paralık olmuştu. Lord Livingston bu olaydan sonra ona bir daha aynı gözle bakamadı. Özellikle Desmond köşke geldiğinde. Desmond'ın varlığı, Lord Livingston'ı huysuz bir adama çevirmişti. Lordumuz, telafisi olmayan bir şekilde yaralanmıştı ve Leydi Anna ise kendi mutsuzluğuna gömülmüştü. Ardından vaktinin çoğunu bahçelerde geçirmeye başladı. Ve Lord Livingston... Onun hayatında pek çok kadın oldu."

"Peki ya Desmond?"

"Uzun yıllar Amerika'da kaldı ve buraya geldiğinde sanırım en fazla dokuz yaşındaydı. Lafı gelmişken söyleyeyim, Leydi Anna da Lord Livingston'a ilk görüşte âşık olduğunu söylemişti. Ama Lord Livingston Desmond'a hiç ısınamadı. Leydimiz ona yalvardıktan sonra bile."

"Peki ya sen?" dedim. "Burada yaşamaya nasıl tahammül ettin, ona böylesine-"

"Yüzlerce kez istifamı vermeye kalkıştım," diye yanıtladı Bayan Dilloway. "Tahammül edemeyeceğim çok zamanlar oldu." Bir iç geçirdi. "Ama burada kalmaya ve kendimi Leydi Anna'ya adamaya karar verdim. Bu benim kefaretim, çektiğim cezaydı. Her zaman bahçelerine bakacağıma söz verdim ve bu söze sadık kaldım."

"Senin onu sevdiğini biliyor muydu?"

Bayan Dilloway kederlenmiş görünüyordu. "Bilmiyorum," dedi. "Ama eğer biliyorduysa, umarım beni affeder." Başını iki yana doğru sallarken yüzünde hüzünlü bir ifade hâkimdi. "Şehirde bazı kadınlar kaybolmaya başlamıştı. Ve sanırım o bundan şüphelenmişti."

"Sence tam olarak ne olduğunu düşünmüş olabilir?"

"Lord Livingston'ın"-boğazını temizledi-"*vakit geçirdiği* kızlardan birkaçı, şey, kayboldu."

"Ve Leydi Anna da Lord Livingston'ın bununla bir ilgisi olduğunu mu düşündü?"

"Neye inanacağını şaşırmıştı," dedi. "Ben de öyle."

Kendimi zayıf hissederek yerimden kalktım. "Neden polise gitmediniz?"

Tuhaf bir şekilde bana baktı. "Galiba anlamadınız, Bayan Lewis," dedi. "Bir hizmetçi, ne olursa olsun efendisine ihanet etmez."

Yirmi Dokuzuncu Bölüm

Addison

Karanlık, bana iki beden büyük gelen bir mont misali beni içine almıştı. Gözlerimi kısarak etrafıma bakmaya çalıştım. *Neredeyim?* Uzakta cırcırböcekleri ötüyordu. Birbirlerinden ayrılan bulutların arasından gelen ay ışığı, ağaçların arasındaki boşlukları dolduruyor, başımın çarptığı ön camdaki kırıktaki örümcek ağını aydınlatıyordu sadece. *Kaza.* Elimle yüzüme dokundum ve kanadığını hissettim. İçim titremişti. *Ne kadar zamandır buradayım? Saatler mi geçmişti? Yoksa günler mi?* Bacaklarımı kaldırmaya çalıştım, ama hâlâ yerinden oynamıyorlardı ve ayaklarımda da bir yanma vardı. Ardından mideme bir sancı girmişti. *Aman Tanrım, kapana kısıldım!*

Zar zor yutkundum, boğazımdaki kuruluk yüzünden canım yanmıştı. Ayağımın yanında duran su şişesini fark edince parmaklarımı ona doğru uzattım. *Az kaldı, biraz daha uzan.* Arkadaşım Emma'nın beni pilates derslerine nasıl sürüklediğini hatırlamıştım. *Esne, Addison.* Sonunda parmaklarım şişenin ağzına dokundu. Titreyen parmaklarımla şişeyi elime aldım ve kapağını açarak ağzını dudaklarıma dayadım. Birkaç damla su ancak dudaklarımı ıslatmıştı ve şişeyi daha fazla tutamadığım için elimden yere düşüp uzanamayacağım bir yere, koltuğun altına yuvarlanmıştı.

Ay, bir bulutun arkasında kaybolmuştu yine. Sonrasında gök gürültüsünün sesini duydum. "Tanrım!" diye bağırdım. "Eğer beni duyuyorsan, lütfen, lütfen bu şekilde beni öldürme. Lütfen beni Rex'e götür." Hıçkırdım. "Lütfen, Tanrım, her şeyin düzeleceğine dair bana bir işaret gönder."

Gözlerimi açtığımda, ay ışığı huzmesi ön cama vuran ağaç dalını aydınlatmıştı. Açık pembe renkte çiçeği olan, sarı anterli tipik bir kamelyaydı bu. Yıllar içinde bunlardan belki yüz tane görmüşüm. Ama o gece, öyle bir güzelliği hiç bu kadar çok incelememiştim. Gök bu sefer daha şiddetli bir şekilde gürlemiş, ses tüm alanı doldurmuştu. Tek bir pembe çiçeğin kucağıma düşüşünü izledim. Arabanın tavanına düşen yağmur damlalarının sesini dinliyordum. Başta ince ince yağıp, az ses çıkarsa da sonradan daha gürültülü, daha hızlı yağmaya başladı ve sağanağa döndü. Gözlerimi sımsıkı kapattım. Anna'yı, Flora'yı düşünerek çıkan seslerin beni uyutmasını bekledim.

Otuzuncu Bölüm

Flora

5 Kasım 1940

"Amerika nasıl bir yer?" diye sordu Nicholas yemek yerken. Fırının camından New York'un nasıl göründüğünü hatırlayıp, babamın tezgâhın arkasında duruşunu ve annemin ekmekleri vitrine dizişini aklıma getirince, ev özlemi çektiğimi anlamıştım. "Harika bir yerdir," dedim.

"Bizi bir gün oraya götürecek misin?" diye sordu bu kez.

Yanağını sıkarak, "Belki bir gün," dedim. "Şimdi kardeşinle yukarıya çık. Çocuk odasında buluşuruz."

Tabaklarını mutfağa taşırken, çöp kutusuna poşet atan Bay Humphrey ile neredeyse çarpışıyordum.

Ceketinin yanına sürtünmüştüm. "Affedersiniz," dedim. O sırada cebinden bir mektup düşmüştü.

Yerden almak için hemen eğildi, ama anında elyazısını fark etmiştim ve ondan önce davranarak ilk ben aldım. Bu annem ve babam için yazdığım mektuplardan biriydi. Kenarı yırtılmıştı. "Bay Humphrey," dedim irkilerek. "Anlamıyorum. Bunun haftalar önce postalanması gerekiyordu. Neden-"

"Çok çok özür dilerim, hanımefendi," dedi. "Öğrenmenizi istemedim, ama artık size anlatmaktan başka çarem kalmadı. Mektuplarınızı göndermememi isteyen Lord Livingston'dı."

Başımı iki yana doğru salladım. "Neden?"

Özür diler gibi bir hali vardı. "Hepsini saklamamı söyledi. Bunu Londra'dan dönerken arabada okumuştu."

"Bu çok alçakça," dedim kaşlarımı çatarak.

"Sinirlenmekte çok haklısınız."

"Şey," dedim kendime gelerek, "gerçek yüzünü gösterdiği için mutlu oldum."

"Telefon orada," dedi Bay Beardsley, odasındaki masayı göstererek. Olup biten her şeyi biliyormuşçasına özür diler gibi gülümsüyordu. "Eğer Lord Livingston bunu problem ederse, maaşımdan bunu düşerim."

"Çok kibarsınız," dedim ve operatörü tuşlayarak, beni fırınımızın yanındaki kuru temizlemeciye bağlamalarını söyledim. Eli mesajımı onlara iletebilirdi.

"Eli!" diye bağırdım. "Ben Flora. Flora Lewis... Evet, dinle, Eli, İngiltere'den arıyorum... Evet, İngiltere... Evet, iyiyim... Annemi çağır. Bunu yapabilir misin?"

Ahizenin alıcısını elimle kapattım. "Annemi çağırıyor! Bu kadar çok beklediğime inanamıyorum."

Bir dakika sonra annem telefona çıktı. "Flora?" Sesi ruhuma ilaç gibi gelmişti. Dizlerim çözüldü ve Bay Beardsley benim için bir sandalye çekti.

"Anne!" diye bağırdım. "Sesini duymak ne güzel."

"Ah, Flora," dedi. Hat gidip geldikçe, aramızda koca bir okyanus olduğunu hatırlıyordum. "Senin için çok endişelendik."

"Ah, anne, size anlatacağım çok şey var," dedim. "Nerden başlasam, bilemiyorum."

"Neredesin?" Burnunu çektiğini duyabiliyordum. "Güvende misin?"

"Evet, evet, emin ellerdeyim. İngiltere'nin kırsal kesiminde, üç çocuğa dadılık yapıyorum."

"Neden mektup yazmadın?"

"Yazmıştım," dedim. "Ama mektuplar, şey" -Bay Beardsley'ye baktım- "mektuplar hiç gönderilmemiş. Ama lütfen her gün sizi düşündüğümü bilin. Çok meşgul olduğunuz için mektuplarıma yanıt vermediğinizi düşünmüştüm hep."

"Ah, tatlım," dedi. "Sen gittiğinde, senin için çok korkmuştum. Kendine bir macera yarattığını umut etmiştim hep. Baban sana inanıyordu. Ben biraz daha kalın kafalıyım."

"Babam nasıl?" diye sordum.

"Üzgünüm," dedi. "Baban hastalandı."

"Anne, ne oldu?"

"Ciğerleri. Muhtemelen yıllardır un solumaktan ciğerleri zayıflamış. Doktor istirahat ederse, iyileşebileceğini söyledi." Ağlamaya başlamıştı. "Ah, Flora. İyileşsin diye dua ediyorum."

"Ah, Anne!" dedim yüksek sesle. "Eve geleceğim. Eve gelmek için elimden gelen her şeyi yapacağım."

"Ama nasıl geleceksin, tatlım? Savaştan dolayı gemi geçişleri kapatıldı."

"Bir yolunu bulacağım. Bulmak zorundayım."

Ertesi sabah Lord Livingston'ın çalışma odasına gittiğimde, Bayan Dilloway de çocuklarla birlikte odalarındaydı. "Ah, Flora," dedi Lord Livingston, başını masasından kaldırıp biraz şaşırmış bir şekilde bakarak. "Bu sabah seni görmek ne güzel."

"Mektup konusunu biliyorum," diyerek hemen konuyu açtım.

Başını masaya eğdi.

"Nasıl bunu yapabilirsiniz?" diye devam ettim. "Ve şimdi de babamın hasta olduğunu öğreniyorum. Ölse haberim bile olmayacaktı!"

"Eh, o zaman olayları tersine çevirmenin vakti geldi," diye karşı çıktı. "Asıl *sen* bunu nasıl yapabildin?"

Masasının karşısında duran sandalyeye oturdum. "Biliyor muydunuz?"

"Evet," dedi.

"Ne zamandır?"

"Bir süredir biliyorum," dedi. "Tabii, sen Anna'nın kitabını bulduktan sonra şüphelenmeye başlamıştım. Sonra Londra'daki bir adamım senin Philip Price adında bir dolandırıcıyla bağlantın olduğunu söyledi." Arkasına yaslandı ve bundan zevk alırmışçasına sırıttı. "Bunu başarabilecek misin diye görmek istedim. Buna yeteneğinin olup olmadığını anlamak istedim." Masasının çekmecesine uzandı ve katlanmış bir kâğıt çıkardı. "Bunu mu arıyordun?"

Bu, Leydi Anna'nın kitabından yırtılmış olan sayfaydı.

"Size ve çocuklara ihanet etmemeye uzun zaman önce karar vermiştim," dedim. Konuşurken çenem titriyordu.

Lord Livingston soğuk soğuk gülümsedi. "Ama bunu düşündün, değil mi?" Sayfayı buruşturup masanın altındaki çöpe attı.

"Hayır," dedim. "Bu hiç doğru değil. Ben çiçekleri, hepinizi çok sevdim. Ve Desmond'ı."

"Ve şimdi kim bilir senin hakkında ne düşünecek," dedi Lord Livingston masasına tekrar uzanarak, "senin hakkındaki iğrenç gerçeği öğrendikten sonra?"

Kalbim hızla atmaya başlamıştı. "Peki ya *sizin* hakkınızdaki gerçeğe ne olacak?" diye karşı çıktım. "Onca kadın ve kaybolan o kadınlara ne olacak?"

Yüzündeki ifadeyi gördüğümde, dediğim şeyi geri alabilmeyi dilemiştim.

Başını iki yana doğru salladı. "Ne demek istediğini anlamadım," dedi. Çekmeceyi açıp, anneme ve babama yazmış olduğum mektupları çıkardı. Kaç aydır yazdığım mektuplar, birbirine bağlanmıştı. Mektuplara uzandığımda yanaklarım kıpkırmızı oldu. Sonra da koşarak kapıya ilerledim.

"Bekle, Flora," diye seslendi.

Antreye koştum.

Nereye gittiğimi bilmeden araba yolunu geçerek yamaçtan aşağı indim. Sonra bahçeyi gördüm. Tekrar kar yağmaya başlamıştı ama umursamamıştım. Attığım her adımda, evin bana vermiş olduğu kederden uzaklaşıyordum. Daha fazla dayanamazdım. Anna da çok sevdiği bahçesine kaçarken, böyle bir acı mı hissetmişti? Kamelyalara göz gezdirdim. Pudra şekeriyle kaplanmış şekerlere benziyorlardı.

Yolu izlemeye devam ederek ahır evine geldim ve kapıyı açtım. Bu sefer kilitli değildi. İçeride ipe bağlanmış kancalar, bir testere, bahçe makasları ve diğer eşyalar vardı. Karşı duvarın hemen yanındaki küçük kapının dibinde bir çuval duruyordu. Kapıyı açıp içeri baktım. Duvarda koyu kırmızıyla yazılı olan esrarengiz mesajı görünce nefesim kesilmişti: "Çiçekler onun kanıyla sulansın ve güzelliğini ortaya çıkarsın."

Dışarıda bir dalın çıtırdadığını duydum. Nefes alış verişim

hızlanmıştı. Odanın soğukluğundan dolayı ağzımdan buhar çıkıyordu. *Buradan gitmeliyim.* Yavaşça kapıyı açtım ve dışarı doğru bir adım attım. O sırada karda oluşan başka bir ayak izi daha olduğunu fark ettim. Bunlar yeniydi. Önce sağa, sonra sola baktım ve ayak izlerini takip etmeye karar verdim. "Kim var orada?" diye seslendim. Kelimeler, karlı havada adeta buharlaşıp uçmuştu.

Ahır evinin güney cephesinde, daha önce hiç görmediğim bir kamelyanın olduğunu fark etmiştim. Alt dalının tam aşağısında ise pembe bir şey gözüme takılmıştı. Yanına yaklaştım. Ve orada, ince bir dalda bir çiçek sallanıyordu. Çok küçüktü, ama beyaz üzerine pembe noktalı ve harika bir çiçekti bu. Nefesim kesilmişti. Middlebury Pembesi.

"Kar çiçeği." Tok bir ses arkamda yankılanmıştı.

Arkamı döndüğümde, Desmond'ı gördüm.

"İşte bu yüzden kamelyaları çok severdi," dedi. "Hiçbir bitki açmazken, kamelyalar çiçeklenir."

"Burada ne yapıyorsun?" diye sordum biraz korkarak.

Her zamanki gibi, kabanını çıkarıp omuzlarıma koydu. Ve beni kendine doğru çevirdi. Yüzüne baktım. Çok güçlü ve kendinden oldukça emindi. Bu, hayatım boyunca bakabileceğim ve asla bıkmayacağım bir yüzdü. Yine de ona güvenebilir miydim? Ellerimi ellerinin içine aldı. "Parmakların buz gibi olmuş," dedi Desmond. Tıpkı beni sevdiğini söylediği gece yaptığı gibi ellerimi hızlı bir şekilde ovuşturdu. Ama şimdi her şey farklı geliyordu.

"Ben eve gidiyorum," dedim.

"Anlamadım," dedi. Dediğim şeyden dolayı bariz bir şekilde yaralanmıştı. "Neden?"

"Babam hasta. Bana ihtiyacı var. Savaştan dolayı gemiye binebilir miyim bilmiyorum, ama deneyeceğim."

Desmond arkasını dönerek, "Eğer gidersen, kalbimi paramparça edeceğini biliyorsun," dedi. "Bin bir parçaya bölünecek."

"Bunu yapmak istemiyorum."

Yüzüme baktı. "Kalman için seni nasıl ikna edebilirim?"

"Üzgünüm, Desmond," dedim, "gitmek zorundayım." Onu ne kadar sevsem de tükenmiştim. Hem de çok tükenmiştim. Ve korkuyordum.

Desmond elini cebine sokarak, "Sana bir şey vermek istiyorum," dedi. Ardından elimi açtı ve avucuma gümüş bir zincir bıraktı.

"Bu ne?" diye sordum.

"Çok özel bir kolye. Annemindi."

Havaya kaldırdım ve zincirine takılı olan kolye ucuna baktım. Önüne kamelyaya benzeyen bir çiçek işlenmişti. Bu şüphesiz, Bayan Dilloway'in bahsetmiş olduğu, ucunda özel bir şeyin gizli olduğuna inandığı kolyeydi.

"Desmond," dedim başımı hayır dercesine sallayarak, "bunu nereden buldun? Bayan Dilloway bunun-"

Desmond gülümseyerek, "Annem bunu boynundan hiç çıkarmadı," dedi. "Onun annesinindi. Antikadır. Saf gümüşten yapılmıştır. Artık böylesini üretmiyorlar."

Kopçasını açmaya çalıştım, ama sıkışmıştı.

"Sana bunu takmama izin ver," dedi. "Bunu taşımanı o da çok isterdi."

Soğuk elleri boynuma değdiğinde ürpermiştim. Kopçasını taktığında kalbim hızla atmaya başlamıştı. *Bunu nasıl bulmuştu?*

"Çıkar şunu," dedi sert bir ses. Lord Livingston arkamızdan belirmişti. "O kolye benim eşime aitti."

"Ama ben, ben-" Kekelemiştim.

"Annem, bunu Flora'nın takmasını isterdi, baba," dedi Desmond.

Lord Livingston gözlerini kıstı. "Annenin ne isteyeceğini sen ne bilirsin? Sen sadece şımarık bir çocuktun. Sadece ona yük oluyordun."

Bu tür çirkin kelimeleri duymaktan nefret ediyordum.

Desmond, yumruklarını sıkarak babasına doğru yürüdü. "Bunu söylemeye nasıl cüret edersin!"

Lord Livingston'ın gözlerinden öfke okunuyordu. Uzağa baktım. "Anneni, onun beni sevmediğine ikna ettin," dedi. "Aklına soktun."

"Aklına sokmama gerek yoktu," diye karşı çıktı Desmond. "Zaten öyleydi."

Lord Livingston, Desmond'ın üstüne saldırdı ve karla kaplanmış zeminin üzerine düştüler. Etraflarında dönerek, durmaları için yalvarıyordum. Yaşlı adamın gözleri, acıyla, hatta çılgınca bakıyordu. Ayağının üzerine düştü ve topallayarak ahır evine yürüdü. Kapısı açılmayınca, kırarak içeri girdi. Bir dakika sonra elinde baltayla geri döndü.

"Hayır!" diye çığlık attım. "Ne yapıyorsunuz?"

Bize doğru yürüdü, ama gözleri arkamızda duran başka bir şeye kilitlenmişti. Kamelyaya. Nefesim kesildi. *Middlebury Pembesi.*

"Bu ağacı çok önceden ortadan kaldırmalıydım," dedi. Öfkenin çaresizliğe karışan sesini artık tanıyamıyordum. "Burada hayat hakkında düşünecek kadar çok fazla zaman harcadı. Benden ayrılacak kadar çok." Baltayı başının üzerine kaldırdı. "Geri çekilin!" diye bağırdı.

Desmond ile beraber yolundan çekildik, ama ona durması için yalvarıyordum. "Ne yaptığınızı bilmiyorsunuz! Bu kamelyaya yapmayın. Bu çok nadide bir çiçek. Bunu siz söylediniz!" Beni duymazlıktan geldi ve ağacın görkemli gövdesine baltayı sapladı. Baltayı ilk savuruşunda ürkmüştüm. Dalları cesur bir biçimde sallandı. Dayanmaya, parçalanmamak için kendini savunmaya çalışıyordu adeta. Ancak Lord Livingston baltayı bu sefer tüm kuvvetiyle sapladı. Acı içinde kalan yüzüne bakıyordum. Ne Anna'nın ölümünün ne de kendi üzüntüsünün bedelini birilerine ödetebilmişti. Bunun acısını kamelyalardan çıkarıyordu. *Bu* kamelyadan.

"Lütfen!" diye bağırdım. Onu nafile bir çabayla durdurmaya çalışıyordum.

Balta bu sefer, ağacın gövdesini ortadan ikiye bölmüştü. Dalları savruldu ve tepesi karla kaplı olan zemine düştü. Sonrasında Lord Livingston dizlerinin üstüne çöküp yüzünü ellerinin arasına aldı. Desmond'la yumruklaşırken, dudağını kanatmıştı. Yüzünden yerlere damla damla kan akıyordu.

"Baba, yaralanmışsın," diyen Desmond, yarasına yakından bakabilmek için yanına koştu. "Oldukça derin. Ben Beardsley'yi getiriyorum. Doktora ihtiyacımız var!" Bana döndü. "Onun yanında kal. Geri geleceğim." Sonra yamaca ilerleyip eve doğru koştu.

Ona doğru bir adım atarak yakından baktım.

"Artık gitmeniz gerek, Bayan Lewis," dedi.

Başımı evet dercesine salladım.

"Durumu daha fazla zorlaştırmayın," diye devam etti. "Kamelyayı buldunuz. Ve artık o da gitti. Şimdi kimse ona sahip olamaz."

Yanağımdan bir damla yaş süzüldü.

"Desmond'a ve çocuklara bir şey söylemeyeceğim," dedi.

"Bu onların kalplerini kırar." Kaşını ovdu. "Artık vakit geldi. Lütfen burayı terk edin."

Geriye doğru bir adım attım ve hemen yola döndüm. Karların arasından geçerek eve çıkan tepeye yöneldim. Kimse fark etmeden hizmetçilerin olduğu bölümden geçtim ve hızla eşyalarımı eski deri valizime doldurmaya başladım. Çocukları düşündükçe kalbime ağrılar saplanıyordu. Yola çıktığımda, Bay Humphrey arabanın camında biriken karları temizliyordu. "Beni tren istasyonuna götürebilir misiniz?" diye sordum nefes nefese kalmış bir şekilde.

"Elbette, Bayan Lewis," dedi merakla gülümseyerek. Gözlerindeki garip parıltıyı fark etmiştim. "Her şey yolunda mı?"

"Gitmem gerek," dedim omzumun üzerinden arkama bakarak. "Hemen."

Bay Humphrey direksiyona geçerken, kendimi arka koltuğa attım. Dikiz aynasından Desmond'ı görmüştüm. Araba hareket ettiğinde, o da arkamızdan koşmaya başlamıştı. "Flora, dur!" diye bağırdı. "Lütfen, dur!"

Bay Humphrey, beklenmedik bir şekilde gaza bastı ve araba çakıltaşlarının üzerinde sarsılarak ilerledi. Birkaç dakika boyunca sessizlik içerisinde arabayı sürdü. Ara sıra dikiz aynasından bana bakıyordu. Bay Humphrey en sonunda konuşmaya başladı. "Üzerinizde güzel durmuş," dedi.

Başımı iki yana doğru salladım. "Affedersiniz," dedim, gözyaşlarımı silerek. "Ne demek istediğinizi anlamadım."

"Leydi Anna'nın kolyesi," diye yanıtladı. Hâlâ dikiz aynasından bana bakıyordu. Gülerken, göz kenarlarının kırıştığını görebiliyordum.

Elimi boynuma götürdüm. "Siz bunu nereden-"

"Tam bir aptaldım," dedi sırıtarak. "Evdeyken cebimden

düşmüş olmalı. Desmond onu benden önce bulmuş. Tabii o bir şeyden şüphelenmedi. O an için en azından. Ama şüphelenecektir."

"Bay Humphrey," dedim, yanaklarımın kızardığını hissedebiliyordum, "anlamıyorum." Sonra bir zamanlar arabada gördüğüm zinciri hatırladım. *Bunca zaman onda mıymış?*

"Haydi ama, Bayan Lewis. Siz zeki bir kadınsınız. Şimdiye kadar anlamanız gerekirdi." Ceketinden bir tabanca çıkardı ve görmem için bana doğru tuttuktan sonra yan koltuğa koydu.

Elimle ağzımı kapattım.

"Diğer kızların tamamını ele geçirmek çok kolaydı," dedi. "Petunya misali boynu büküktü hepsinin. Ama Anna öyle değildi. Ona asla sahip olamazdım. Ben onu ele geçirmeden önce ölmek zorunda mıydı sanki. O lanet olası Abbott yok mu? Elbette, çayı Bay Blythe için hazırlamıştı. Ama fincanlar karışmış." Kıkırdadı. "Çocuk kendi annesini öldürdü resmen."

Konuşmaya çalışsam da tek bir ses bile çıkaramamıştım.

"Şimdi Desmond muhtemelen eve dönmüş, kafasındaki her şeyi birleştiriyordur," diye devam etti Bay Humphrey. "O gün arabada kolyeyi bulduğun zaman, suyum artık ısındı diye düşünmüştüm. Ve başka bir gece beni bahçeden gelirken gördün." Zevk alarak dudaklarını yaladı. "Kasabadaki Theresa'yı hatırlıyor musun? Onu buraya getirdim. Bahçenin bitimindeki son kamelyanın altına gömdüm."

Ellerim titriyordu. Neden bunu daha önceden anlamamıştım. Çamurlu botlar. Bahçedeki fener ışığı. Çuval. *Aman Tanrım.*

"Ya Desmond çuvalın içine bakmak isteseydi?" dedi. "İşte o zaman bir sürprizle karşılaşacaktı." Başını iki yana doğru salladı. "Babası gibi o da bana asla karşı çıkamazdı. Korkaklar."

Konuşamıyordum. Zar zor nefes alıyordum. Araba yolda hızla ilerliyordu ama zaman yavaşlamış, hatta adeta durmuştu.

"O kolyeyi saklamamalıydım," diye devam etti Bay Humphrey. "İşimin titiz olmayan yanı oldu bu. Ama Anna'yı bahçede bulduğum zaman, kolyeyi boynundan kopardım. İnan bana, kolyesinden daha fazlasını istemiştim." Gözleri dikiz aynasına kilitlendi. "Ama o sırada Desmond, evden bahçeye doğru geliyordu. Alabileceğim kadarını almak zorundaydım." Kendi kendine kıkırdadı. "Sanırım o kolyeye on sterlin verirler. Seninle işim bittikten sonra, o işle ilgileneceğim."

Korku vücudumun her noktasına işlemişti, fakat buna boyun eğemezdim. Aralık olan camdan içeri kar taneleri giriyordu. Kapı koluna baktım. Kaçabilir miydim? Kendimi arabadan aşağı atabilir miydim?

"Sana, Leydi Anna için planladığım şeyi yapacağım," dedi.

"Aman Tanrım!" diye bağırdım. "Lütfen, Bay Humphrey. İyi değilsiniz. Beni kasabaya götürün. Size orada yardım edecek birini buluruz."

Bay Humphrey başını hayır dercesine salladı. "Ağaçlar... Onların kana ihtiyacı var."

Yüzümü buruşturmuştum. "Kana mı?"

"Çiçekler onun kanıyla sulansın ve güzelliğini ortaya çıkarsın."

"Ahır evinin duvarındaki kelimeler bunlar," dedim. "*Bunu yazan sizdiniz.*"

"Evet. Bilmiyor muydun? Onların çiçek açması için gereken tek şey bu."

"Ama bu doğru değil," diye itiraz ettim. "Onlar çiçeklenir. Sadece zaman vermek gerekir. Bir bitkiyi çiçek vermesi için zorlayamazsınız."

"Ah, Bayan Lewis, elbette zorlayabilirsiniz," dedi. "Kendiniz de gördünüz. Middlebury Pembesi on yıldır açmıyordu. Ağaççığın tepesindeki o çiçek ne oluyordu peki?" Bandajla sarılmış olan bileğini havaya kaldırdı. "Onu ben beslemek zorunda kaldım. Benim kanım, sadece bir çiçek açmasına yetti, ama seninkiyle..." Duraksadı. "Seninle beraber, tüm ağaç bir kez daha çiçeklenecek."

"Siz delisiniz," dedim.

Bay Humphrey kendi kendine gülümseyerek, "Lord Livingston bunu hiç bilmiyordu," dedi. "Ah, ama o kızları bana getirirken çok yardımcı oldu. Hepsiyle sevişti. Cesetleri bahçeden çıktığında, doğal olarak cinayet sanığı olarak görülecek. Ben olsam, kendime, oldukça zeki biri derdim."

Korkuyla başımı salladım.

"Hizmetçilerin bunu fark etmeyeceğini zannediyorlar," diye devam etti. "Duymayacağımızı düşünüyorlar. Ama onu izledim. Kadınları odasına nasıl soktuğunu, kasabada onlarla nerede buluştuğunu biliyordum. Birkaç ay geçtikten sonra kadınlardan bir bir bıkıyordu. Ve sıra bana geliyordu." Radyonun ayarlarıyla oynadı. "Şimdi o kadar uzun sürmeyecek. Daha ilk gün, senin yüzünün bahçede gömülü olduğunu görmeyi istemiştim."

"Ahır evindeki sizdiniz, değil mi?"

"Ben ve Genevieve Preus," dedi. "Cesur bir kadındı." Gülümsedi. "Evet, bugün senin, sonra da o lanet olası hizmetçinin işini halletmeliyim. Bir daha o kadının bağrışlarını duyacak olursam..." Kendi kendine başını salladı. "Leydi Katherine de yakında hazır olur. Onu yakından takip ediyorum." Alnını kaşıdı. "Thomas Jefferson ne demişti?" Dikiz aynasından doğrudan gözlerime bakıyordu. "Sen Amerikalısın, bunu senin bilmen gerekir." Dikkatli bir şekilde düşündü. "Evet, demişti ki, 'Özgürlük ağacı, belirli aralıklarla vatanseverlerin kanlarıyla sulanmalıdır.'"

Cebime uzanıp, annemin köşesine başharflerimi nakışla işlediği, FAL, yazan mendilimi çıkarırken ellerim titriyordu. Gözlerimin kenarlarını sildim. Ancak bu bana nedenini anlayamadığım bir şekilde güven ve güç vermişti. Sanki annem ve babam bana, "Korkma," diyordu. Georgia'nın *Yıllar* adlı kitabın kapağına ne yazdığını hatırlamıştım. "İşin gerçeği şu ki, ikimizde doğru olanın ne olduğunu biliyoruz. Bunun en zor kısmı ise faaliyete geçirmek."

İşte o sırada ne yapmam gerektiğinin farkına vardım. Öne doğru eğildim ve parmaklarımı Bay Humphrey'nin gözlerine soktum. Parmağımla iyice gözünü oyduğumda, sağ gözü fırlamıştı. Midem altüst olmuştu. Bay Humphrey çığlık attı ve ellerini direksiyondan çekerek ellerimi ittirdi. O anda araç bir sağa bir sola savrulmaya başladı. En sonunda araba yolun yanındaki bariyerlere çarparak, yamaçtan uçmuştu. Boynumdan kolyeyi çektim ve kopçasının koptuğunu hissettim. Onun mu, yoksa benim mi hayatta kalacağımdan emin değildim. Ama eğer o yaşarsa, bu kolyeyi on sterline satamayacaktı. Ne kolyeye ne de başka bir kıza elini bile süremeyecekti. Zinciri pencereden dışarı fırlattım ve gözlerimi kapattım.

Otuz Birinci Bölüm

Addison

Gözlerimi kırpıştırarak açtım. Ufuktan doğan güneş, ön cama vurarak çakılıp kaldığım koltukta beni ısıtıyordu. Duyduğum sıcaklıkla birlikte sabaha çıkabildiğim için çok mutluydum. Güneş, üzerimdeki buzları adeta eritmişti. Nemden üstüm yapış yapıştı. Aşağıya baktığımda pantolonumun ıslandığını fark ettim. Ne zamandır buradaydım? Günler mi geçmişti? Rex beni bulabilecek miydi? Peki ya Sean? Başım ağrıyor, bacaklarım zonkluyordu. Ama olsun, en azından hissedebildiklerim bunlardı. Ön cama yapışan kamelyaya dokundum ve dallanıp budaklanmış olan çiçeğini inceledim. Taçyapraklarından bazıları solmuş, hezimete uğramışçasına büzüşmüştü. "Hayır," diye fısıldadım. "Ölemezsin. Sen benim tek umudumsun."

Ölmeden önce ne yaşadığını kimse bilmez. Hayatın bir film şeridi gibi gözlerinin önünde akıp gider mi? Hafif bir müzik çalarken, çırpılmış bir kremaya benzeyen bulutların üzerinde, güzel ve rahat bir rüyaya mı dalarsın? Melekler şarkı söyler mi? İsa elini uzatıp, seni cennetin kapılarından içeri davet eder mi? Gerçekten cennetin kapıları diye bir şey var mı peki?

Ezilmiş olan arabanın içinde otururken, bir anda bunun son anlarım olup olmadığını merak ettim. Tepemdeki kamelya çiçeğinin üzerindeki çiy damlası parıldıyordu. Ağzımı açtım ve kuruyan dilime yağmur damlasının düşmesini bekledim.

Esen rüzgâr arabayı salladığında içim ürpermişti. Tepemdeki kamelya kaydı ve taçyaprağı koltuğa düştü. *Dayan, küçük çiçek. Dayan.*

Aradan bir saat geçmiş olmalıydı. Belki de bir ya da üç gün. Bilmiyordum. Uzaktan bir ses, "Arabanın içinde!" diye bağırdı. Bir erkek sesi. Derinden geliyordu. Oldukça aceleciydi. Köpek havlamalarını ve koşuşturma seslerini duyuyordum.

"Şimdi, yavaş," dedi birisi. "Sıkışmış. Kıskacı kullanmak zorundayız. Dikkat edin. Çok hızlı olmasın."

Bir an için gözlerimi açtım ama her şey bulanıktı.

"Uyandı!"

Kısa bir süreliğine dudaklarım aralandı. Bacaklarımın üzerindeki baskıyı hissedebiliyordum.

"Konuşmaya çalışmayın, hanımefendi," dedi tepemde duran bir adam. "Kımıldamadan oturun sadece. Sizi buradan çıkaracağımıza söz veriyoruz."

"Addison!" Bu ses çok tanındıktı. "Addison, sevgilim!"

Gözlerimi açtım ve onun yüzünü görene kadar bekledim. *Rex.*

Gözlerim yeniden kapandı, ardından her şey karanlığa gömüldü.

Solumda duran makineden sürekli bir bip sesi geliyordu. Soğuk bir el kolumu tutup, derimin içine iğne soktuğunda korkmamıştım bile. *Neredeyim? Ne oluyor?* Gözlerimi açmaya çalıştım, ama tuğlalı yolun sonundaki kamelya bahçesi, beni kendine çekiyordu. *Sadece birkaç adım kaldı.* Sarmaşık gülün altından geçerek taş meleğin yanına geldim. Sislerin altındaydım. Ahır evinin yanındaki paslanmış rüzgârgülü esintinin etkisiyle dönüyordu. Ve o ağaç. *Onun* ağacı. Hayalimde, yumuşak toprağı ayağımın altında hissederek bir adım daha attım. Yeni bir dünyaydı burası. Çoğu kişinin haykırışlarıyla yankılanan yerdi. Haykıranlar, şimdi huzuru bulabilirdi. Peki ya ben?

Gözlerimi açtım. "Seni neredeyse kaybediyorduk," dedi genç bir hemşire, saçını kulağının arkasına atarak. "Şimdi güvendesin, tatlım. Seni uçakla Londra'daki First Memorial Hastanesi'ne getirdik. Korkunç bir kaza sonucu dört gün boyunca aracın içinde sıkışıp kalmışsın. Ölümden döndün."

Yakınlarımda bir yerlerde, bildiğim bir şarkı çalıyordu. Sözlerini dinledim: *Günün iyi geçsin, gün ışığım...*

"Bu şarkı," diye mırıldandım.

"Ah, özür dilerim," dedi hemşire, televizyonu göstererek. "Beatles ile ilgili bir belgesel. Paul McCartney'yi çok severim." Bana göz kırptı. "Kapatırım şimdi." Uzaktan kumandanın düğmesine bastı ve gülümseyerek bana döndü.

Kalın çerçeveli gözlüğü olan bir kadın, yatağı biraz kaldırmak için yanında duran düğmeye bastı. "Merhaba, ben Doktor Hollis," dedi. Hasta dosyasına baktı ve başını kendinden emin bir şekilde salladı. "Başınızı çok kötü çaprmışşınız. Son kırk sekiz saattir komadasınız. Sizi yeniden uyanık gördüğümüz için çok mutluyuz." Solunda duran şeye baktı. "Bu senin sevgilin mi?"

"Addison." İngiliz aksanlı tok bir sesti bu. Gözkapaklarım ağırlaşmıştı. Hemşire keşke bana bu kadar ilaç vermeseydi diye düşünüyordum. Gerçek hayatla, başka bir şeyin arasındaki bulanık bir çizgide adeta gidip geliyordum. Başka bir *yer*. Belki de cennetti bu? Cennette miydim? Gözlerim istemsiz olarak kapanmıştı.

"Addison." Sesi bu sefer daha yüksek ve daha ısrarcı geliyordu. Yanaklarıma sıcak bir elin değdiğini hissettim. Gözlerimi kırpıştırdım ve bir gayretle açıp, odaya göz gezdirdim. Sonra onu -taba ceketini ve içten bakan gözlerini- gördüm ve hayata geri döndüğümü hissederek gülümsedim.

"Rex," dedim. Soğuk bacaklarımın içinde bir anda bir sıcaklık hissettim. O anda yaptığım kazayı hatırlamıştım. Ona yüzlerce şeyi -Sean'ı, geçmişimi, kamelyayı, hayatını kaybeden kadınları, Leydi Anna'yı- anlatmak istiyordum. Fakat ağzımı açtığımda, dudaklarımdan içeri giren hava ses tellerimde adeta dans ediyordu. Nefes almak için duraksadım.

"Sorun yok, tatlım," dedi. "Buradayım. Buradayım ve gitmene asla izin vermeyeceğim."

"Peki ya o-"

"Onun için endişelenmene gerek yok artık," dedi hemen. "Onu yakaladılar. Şimdi onu Amerika'ya gönderiyorlar. Artık sana zarar veremeyecek." Akan gözyaşını, yanağına değmeden önce sildi. "Keşke bana söyleseydin. Keşke seni ondan koruyabilseydim."

O an gözümde biriken yaşlar yanaklarımdan süzülmeye başladı. "Demek biliyordun," dedim başımı iki yana doğru sallayarak. "Tabii ya, en başından beri biliyordun. Rex, çantandaki dosyayı gördüm."

Kafası karışmış gibi duruyordu. "Ne dosyası?"

"Üzerinde 'Amanda' yazan dosya," diye fısıldadım utanarak.

"O mu?" diye sordu Rex. "O karakterlerin olduğu dosyaydı, tatlım. Romanımdaki baş kadın karakterinin adı Amanda. Bunu biliyorsun zannediyordum."

Ellerime bakarken kolumun üzerindeki çürüğü fark ettim.

"O cesur ve güçlü biri," diye devam etti Rex konuşmasına. "Tıpkı senin gibi."

"Geçmişim konusunda sana dürüst olmadığım için bana kızgın değil misin?" Gözyaşlarıma hâkim olmaya çalışarak dudağımı ısırdım. "Sana yalan söylediğim için?"

"Haklı sebeplerin vardı," dedi. "Ve buna saygı duyuyorum. Ama bir şeyi açığa kavuşturmama izin ver, lütfen." Gözlerimin içine baktı. "Geçmişinle ilgili hiçbir şey benim sana olan aşkımı değiştiremez. Hiçbir şey." Bileğimi öptü ve yıllarca saklamaya çalıştığım yaraların olduğu kısmı ovdu. Hemşire saatimi çıkarmış olmalıydı, ama önemsememiştim. Artık o yaraların etkisi bana tesir etmiyordu.

"Rex," diye bağırdım, daha fazla kendimi tutamayarak. "Ben on beş yaşındayken, küçük bir çocuk vardı. Daha üç yaşındaydı. Sean onu öldürdü, Rex. Onu salıncaktan itti." O an hıçkırarak ağlamaya başladım. "Onu kurtarmak istemiştim. Hem de çok." Rex, yatağa çıkarak bana sarıldı. "Ama yapamadım. Zamanında yetişemedim. Adı Miles'dı. Sean, onu gömmemi istedi. Kimseye anlatmadım, Rex. Bunca yıl boyunca hiç anlatmadım. Korkuyordum. Ah, Rex, çok utanıyorum."

Rex yanağımı okşayarak, "Hayır, hayır, utanmana gerek yok," dedi. "Lütfen, bebeğim. O zamanlar daha çocuktun."

Başımı hayır dercesine salladım. "Polise anlatmam gerek. Onlara ne olduğunu söylemem lazım."

Rex başıyla beni onayladı. "Yapacağın her şeyde seni destekleyeceğim. Ailemin bir avukatı var. Bunu atlatmamızda bize yardımcı olabilir."

Başımı omzuna gömerken hıçkırarak ağlıyordum. "Kimseye zarar vermek istemiyorum."

"Gerek de yok zaten. Artık bu böyle gitmeyecek." Rex beni öptü, ardından cebinden bir mektup çıkardı. "Üst kattaki makyaj masasının üzerinde buldum bunu. Sana gelmiş."

Zarfın kenarını yırttım. Bayan Dilloway'in ambulansa binmeden önce bir şeyler mırıldandığını hatırlamıştım.

Sevgili Addison,

Durumum kötü ve fazla zamanım kalmamış olabilir. Bu yüzden Leydi Anna hakkındaki gerçeği öğrenmenin vakti geldi. Diğer kadınlar nasıl öldü bilmiyorum, huzur içinde yatsınlar. Ancak Anna farklı bir şekilde öldü. Bahçenin kenarında zehirli bir bitki türemişti. Leydi Anna bunun sökülmeyecek kadar güzel bir bitki olduğunu söylüyordu, ama o bitki onu sonunda öldürdü. Abbott bu bitkinin zehirli olduğunu biliyordu ve dallarından birkaç tanesini toplamıştı. Ben çay yaparken yardım etmeyi teklif edince, onun kafasında ne olduğunu tahmin etmeliydim. Bay Blythe'ten nefret ederdi. Annesine duyduğu ilgiyi sevmezdi. O yüzden çaya zehir kattı. Bunu Bay Blythe'in içmesi için yapmıştı ve annesi için başka bir demlik hazırladı, fakat işler planladığı gibi gitmedi. Fincanlar karıştı ve çayı, onun yerine annesi içti. Leydi Anna için çocukları hayatından daha önemliydi. Oğlunun cezalandırılmasını ve böyle bir suçu taşımasını istemezdi. O yüzden onun ölümünden sonra Abbott bana çayı servis edip etmediğimi sordu. Bunu neden sorduğunu bildiğim için çayları vermediğimi söylemiş-

tim. Demliklerden birinin içine sinek düştüğü için fincandaki çayları döktüğümü ve yeniden demlediğimi söyledim ona.

İşte böyle. Soruşturmacı, davayı tekrar açıp otopsi raporunu tekrar incelemeye çalışınca, belgeleri mühürlettirdim. Abbott'ı düşündüğüm için yaptım bunu. Bir çocuk, böyle bir suçla yaşamamalıydı.

Saygılarımla,
Bayan Dilloway

"Rex," dedim mektubu kenara bırakarak. "O... Bayan Dilloway nasıl?"

"Bu sabah hastaneden aradılar," diye yanıt verdi Rex. "Ciddi bir felç geçirmiş. Ne olacağını zaman gösterecek."

Kapıdan hemşire göründü. "Affedersiniz, Bayan Sinclair. Sizi rahatsız ettiğim için üzgünüm, ama sizi görmek isteyen bir sağlık görevlisi var. Sizi kurtaran ekipten biriymiş. Kendinizi onunla görüşebilecek kadar iyi hissediyor musunuz? Öyle değilse, başka bir zaman gelmesini söyleyebilirim. Sorun olmaz."

Başımı evet dercesine salladım. "Evet, lütfen, içeri gelsin. Ona teşekkür etmek isterim."

Siyah saçlı uzun bir adam utana sıkıla odaya girdi. "Kendinize gelmiş olduğunuzu görmek ne güzel," dedi gülümseyerek. Ardından belindeki telsizin sesini kısmak için duraksadı. "Uzun bir süredir, iyi olduğunuzdan emin olamadık." Elini uzattı. "Ben John Simmons."

"John," dedim elini sıkarak. "Hayatımı kurtardığınız için size nasıl teşekkür edeceğimi bilmiyorum."

"Keşke sizi dana önce bulabilseydik," dedi. "Tam bir savaşçısınız. Dört gün boyunca oradaydınız."

"Ben Amerikalıyım," diyerek gülümsedim. "Bu bizim kanımızda var."

Sırıtarak elini cebine soktu. "Bayan Sinclair, burada olmamın sebebi... Şey, olay yerinin yakınında bir şey buldum ve size ait olabileceğini düşündüm." Parmaklarının arasından sallanan kolyeyi avucuma bıraktı. Kararmış zincirinin ucunda, üzerine kamelya işlenmiş oval bir uç vardı. *Leydi Anna'nın kolyesi.* Köşkteki resimden hemen tanımıştım.

Nefesim kesilmişti. "Anlamadım, ben..."

"Kaza sırasında kaybetmiş olmalısınız," dedi doğrularak. "Şey, ben sizi tutmayayım. İyileştiğinizi görmek çok güzel. Bizimkiler bunu duyduğuna çok sevinecek."

"Ama," diye mırıldandım kolyeye bakarak.

Kapıya yönelen John, yeniden bizden yana döndü.

"Ah, az kalsın söylemeyi unutuyordum. Dağ geçitinde oldukça önemli bir şey keşfettik. İnanır mısınız bilmem ama, içinde bir cesetle birlikte 1940'lardan kalma bir Rolls-Royce marka araba bulundu."

Nefes nefese kalmıştım. "Ceset mi?"

"Evet," diye onayladı John. "Cüssesine bakılacak olursa, muhtemelen bir erkek. Sizi korkutmak istemem, hanımefendi. Kaza yapmak için harika bir yer bulduğunuzu bilmek istersiniz diye düşündüm. Sayenizde, yıllardır orada olan zavallı birini bulmuş olduk." Gülümsedi. "Neyse, geçmiş olsun, Bayan Sinclair." Rex'e başıyla işaret etti. "Ve belki de kaldığınız süre boyunca, arabayı sürme işini eşinize bıraksanız iyi olur."

"Öyle yapacağım," dedim ve omzumu tutan Rex'e baktım.

"Tüm bunlara inanamıyorum," dedim sağlık görevlisi odadan çıkınca. Kolyenin üzerine işlenmiş olan deseni gösterdim. "Görüyor musun? Bu bir kamelya."

"Fark etmişsin," diyen Rex, beni alnımdan öptü. Yakından bakabilmek için kolyeyi eline aldı.

"Evet," diye cevap verdim. Bu kolyenin resimdeki Leydi Anna'nın üzerinde nasıl durduğunu hatırlamıştım. O üzgün gözler. Özlemin ve sırların getirdiği o ifade.

Rex kolyenin ucunu kulağıma tuttu. "Dinle," dedi. "Sanırım içinde bir şey var." Kopçasını açtıktan sonra omuz silkti. "Sıkışmış. Kuyumcuya baktırmamız gerekecek."

"Bir de ben deneyeyim," dedim kolyeyi yeniden elime alarak. Büyük bir beklenti içindeydim ve kalbim hızla atıyordu. Leydi Anna bunun içine ne koymuştu? Kopçasını çekiştirdim ama inatçı bir şekilde tutunuyordu. Sonra bir anda kendini bırakarak açıldı. İçinden küçük bir şey sekerek yere düşmüştü. Rex, yerden almak için eğildi ve bakmam için avucuna koydu.

"Ne kadar garip," dedi. "Bu ne sence?"

Gözlerim yaşlarla dolmuştu. "Tohum," dedim. "Tabii ya. Bu bir kamelya tohumu."

Rex afallamış görünüyordu. "Gerçekten mi?"

Başımı evet dercesine salladım. Nicholas ile beraberken ahır evinin arkasında bulduğum ağaç kökünü hatırlamıştım. Kıymetli kamelyasına bir şey olursa diye Anna kolyesinde tohum saklamıştı. Flora bunu bulup, korumuş muydu? O da o arabanın içinde miydi? Peki kiminleydi?

"Bu Middlebury Pembesi," dedim. "Biliyorum."

"Yıllardır bu kolyenin içinde kalan bir tohumun büyüyeceğini nereden biliyorsun?" diye sordu Rex.

Yıllarca, tohumların çimlendirilmesi hakkında pek çok makale okumuştum. Bu yazılardan biri, mumyayla beraber gömülen bir buğday tohumunun, bahçıvanlar tarafından başarılı bir şekilde tohumlandırıldığını anlatıyordu. "Kamelyalar sabırlıdır," dedim. "Büyüyecektir."

Kolyeyi ışığa tuttum ve içine dikkatle baktığımda üzerinde bir yazının olduğunu fark ettim. "Sevgili Edward, benim doğru yolum," yazıyordu.

"Ağlıyorsun," dedi Rex, yanağını yanağıma bastırarak.

"Rex," dedim, "sil baştan başlamak için bana yeni bir şans verildiğine inanıyorum."

"Ben de," dedi. "Seni neredeyse kaybedecektim."

Kolyeyi sımsıkı tuttum. "Köşkün bahçeleri ortadan kaldırılmasa keşke."

Rex şaşkın bir ifadeyle bana bakıyordu. "Ne demek istediğini anlamadım."

"Projeler," dedim. Ev için çizilen planları gördüğümde nasıl üzüldüğümü hatırlamıştım. "Onları gördüm. Bahçenin olduğu yere yapılması planlanan golf sahasını da gördüm. Rex, keşke onların altına imza atmasaydın."

Boynumu öptü. "Böyle bir şeyi *asla* imzalamam," diye cevap verdi. "Gördüğün şey, muhtemelen annemlerin Cambridge'in kuzeyindeki imar projesi olan, *Watson*'dı."

"Hayır," dedim. "Doğru gördüğümden eminim. Üzerinde ağaçların olduğu bir bahçe ve köşk vardı."

Rex başını kaşıdı. "'Bahçe' dediğin şey kurtlanmış yer elmalarının olduğu bir alan, 'köşk' ise bir ahır." Gülümsedi. "Projeye pek dikkatli bakmadığını düşünüyorum."

Yanaklarımın kızardığını hissetmiştim. "Ama ben düşündüm ki-"

"Ailemin bir buldozerle, eşimin âşık olduğu bahçeyi yerle bir etmesine izin vereceğimi mi düşündün?" Başını iki yana salladı. "Hem, o kamelyalar bana yeni romanım için ilham verdi."

Sırıttım. "Gerçekten mi?"

"Evet," dedi. "Çiçekler, sırlar ve o köşk. Sen o ipuçlarını bulmasaydın, bu hikâyeyi oluşturamazdım."

Kapı çalındığında ikimiz de başımızı kaldırdık. Yaşlı bir adam kapıda duruyordu. Başında bir kasket vardı ama bana baktığında, onu daha önce bir yerde gördüğüm hissine kapılmıştım. Ama nerede? Boğazını temizledi. "Affedersiniz. Ben bir tanemi arıyordum da. Onun üç yüz otuz dört numaralı odada kaldığından emin olduğumu zannediyordum." Elinde bir bardak kahve tutuyordu.

"Kafanız karışmış olmalı," dedi Rex. "Dediğiniz yer, köşeyi dönünce koridorun diğer tarafında kalıyor."

"Rahatsız ettiğim için çok özür dilerim," dedi ellerine bakarak. "Vay canına, Flora'nın süt tozunu yine unutmuşum. Kafeteryaya tekrar dönersem, kahvesi soğuyacak." Bu tanıdık ismi duyunca, gözlerim iri iri açılmıştı.

"Buyurun," dedi Rex, yatağımın yanındaki tepsiden iki paket süt tozunu alarak. "Bunları alın."

"Teşekkür ederim," diye cevap verdi adam. "Amerikalı kadınları ve meşhur kahvelerini bilirsiniz."

Rex gülümsedi. "Ben de onlardan biriyle evliyim."

Şapkasıyla beni selamlayıp, gülümsedi. "İkinize de iyi günler," diyip kapıdan çıktı.

Aklıma birden bir şey gelerek gözlerimi kırpıştırdım. *Olabilir miydi?* Flora. Livingston Köşkü'ndeki merdivenlerin başında ayakta duran adamın fotoğrafı. Sis perdesi aralanmaya başlıyordu. "İyi günler," dedim sessizce.

Rex elimi sıktı. "Her şey yolunda mı, aşkım?"

Başımı evet dercesine salladım. Avucumun içindeki kolyeyi sımsıkı tutarak gülümsedim. "Düşünüyordum," dedim ve sesim titreyince duraksadım, "bu tohumu nereye ekeceğimi biliyorum."

"Köşke mi?"

"Hayır," dedim. "New York'taki Botanik Bahçesi'ndeki dört nolu seraya."

Rex, dediğimi onaylarcasına elimi sımsıkı tuttu.

Uzandığım yerde gözlerimi kapattım ve kamelya ağacının büyüyüp, harika çiçekler açmasını gözümde canlandırdım. Onun macerası da benimki gibi yürek parçalayıcıydı ve belirsizliklerle dolu bir savaş içinde geçmişti. Acılarda doluydu. Ama şimdi köklerini salıp, serpilecekti. Onurla, huzurla ve affedilmiş bir şekilde hayatını sürdürecekti.

Ve ben de öyle.

Sonsöz

Köşk, temmuz ayı güneşinin altında adeta göz kamaştırıyordu. İki yıl geçmesine rağmen binanın taş cephesine sanki ömrüm boyunca bakmışım gibi geliyordu. Yaz gelmeden önce, Rex'in ailesi evin yenilenmiş halini görmemiz için bizi çağırmıştı, fakat buna hazır değildim. Henüz değildim. Ancak sonradan Katherine Livingston'dan bir mektup gelmişti. O ve küçük kız kardeşi Janie, Rex'in ebeveynleri James ve Lydia tarafından yapılan, 1930 ve 40'lı yıllarda ölen kadınların anısına dikilen mezar taşını görmek istiyorlardı. Köşke dönmenin vakti artık gelmişti.

Arabadan dışarı adımımı attım ve eski evin ön cephesine dikkatle baktım. Buraya ilk geldiğimde kendimi nasıl hissettiğimi hatırlıyordum. Belirsizlik içinde, geçmişimdeki hayaletlerden korkar haldeydim. Şimdi ise kendimden fazlasıyla emindim. Rex'e baktım. Sean'ın duruşmasında, kürsüden şahitlik yaparken arkamda nasıl durduğunu hatırlıyordum. Ve daima arkamda durmaya devam edecekti.

"Addison, Rex!" diye bağırdı kayınvalidem Lydia, merdivenlerin başından. Burayı yazlık olarak kullanmak için almışlardı, ama o ve James son iki yılın büyük bir kısmını burada geçirmişlerdi. Bunun nedeninin ne olduğunu biliyordum. Bu evin bir büyüsü, hiçbir şeye benzemeyen bir gizemi vardı. "Tam zamanında geldiniz. Livingstonlar her an gelebilir. Haydi bahçeye inelim. Susuzluktan yanmışsınızdır. Bayan Brighton'a soğuk bir şeyler getirmesini söylerim."

"Bayan Brighton mı?"

"Yeni hizmetçi," dedi Lydia. "Altı ay önce işe başladı. İşini çok iyi yapıyor. Bayan Dilloway ölmeden önce onu bizzat kendisi seçmiş."

"Ah," dedim sessizce. "Bilmiyordum." Bahçeye doğru yürürken, boğazım düğümlenmişti. Uçak yolculuğu boyunca elimde tuttuğum küçük çantayı sımsıkı tutuyordum.

"Mobilyalar hakkında ne düşünüyorsunuz?" diye sordu Lydia, şezlongları, tik ağacından yapılmış olan masayı göstererek. "Haftaya burayı ışıklandıracağım. James de ızgarayla bahçe şöminesi yaptırmak istiyor."

Gülümsedim. "Bence harika."

Arkamızdan bize yetişen Rex'in babası, "İkinize de merhaba," dedi. Sağ elinde bir kitap tutuyordu. Gururla gülümsedi. "Geçen hafta Heathrow Kitapçısı'nda bak ne buldum." Kapağındaki çiçeği tanıyıp Rex'e gülümsedim. "İmzalı kitabını almam ne kadar sürer peki?"

Rex kitabı eline aldı ve cebinden bir kalem çıkararak, iç kapağını New York'taki gibi imzaladı. Ne kitabın kapağına *–Son Kamelya, yazar Rex Sinclair-* ne de ithaf sayfasına bakmaktan vazgeçebilecektim: "Eşim Addison'a, sonsuz sevgilerimle." Elini sımsıkı tuttum.

"Bakın," dedi Lydia, tepeden bize doğru gelen üç kişiyi göstererek. "Geldiler."

Nicholas'ı hemen tanımıştım. Saçları son gördüğümden daha beyazdı ve yüzü iyice küçülmüştü. Yılların benim çehremi nasıl değiştirdiğini merak ediyordum. "Addison," dedi Nicholas, ellerimi samimiyetle tutarak. "Seni tekrar görmek ne güzel." Yanında duran kadınlara döndü. "Bunlar benim kardeşlerim, Katherine ve Janie."

"Sizinle tanıştığıma çok mutlu oldum," dedim ikisine de. "Sanki sizi daha önceden de tanıyor gibiyim."

Janie gülümsedi. "Siz olmasaydınız, buraya hiç dönmeyebilirdik."

Katherine de başıyla onaylayarak ağabeyinin elini tuttu. "Burada olmak..." dedi. "Şu anda hissettiklerimi tarif edecek kelime bulamıyorum."

Elimde tuttuğum çantayı gösterdim. "Mezar taşını görmeden önce, size New York'tan getirdiğim özel bir şeyi göstermek istiyorum."

Herkes başını salladı ve uçuş boyunca elimde tuttuğum küçük çömleği çıkarırken büyük bir beklenti içinde bana baktı. Uçakta suladığım için dışı hâlâ nemliydi. Kolyenin içinde bulduğum Middlebury Pembesi tohumundan büyüttüğüm otuz santim uzunluğundaki filizi gösterdim. "Annenizin en çok sevdiği kamelya," dedim kamelyayı görmeleri için havaya kaldırarak.

Katherine'in nefesi kesilmişti. "Nasıl-"

"Tohumunu saklamış," diye yanıt verdim.

Nicholas, Katherine'e mendilini verince yaşlı gözlerini sildi.

"New York Botanik Bahçesi'nde yeni bir fidan yetiştirdim. Geçen kış da çiçek açınca, bu boya kadar getirmeyi başardık. Çok geçmeden ağaç haline dönüşecek. Bunu nereye dikeceğimi biliyorum."

Kamelya ağacının eski kök kalıntısının olduğu ahır evine doğru yürüdük. "Orada," dedim, eğilirken karnımı tutarak.

"Her şey yolunda mı, tatlım?" diye fısıldadı Rex.

Başımı onaylarcasına sallayarak gülümsedim. "Sanırım bebek tekmeledi."

"Torunum tam bir sporcu olacak," diye lafa karıştı James gülerek.

"Ya da annesi gibi bahçıvan olur," diye ekledi Lydia.

"Oğlumuz, meslek olarak ne seçerse seçsin," dedi Rex, elini belime dolayarak, "çok sevilen birisi olacak."

Lydia elime bir kürek verdikten sonra küçük bir çukur açtım. Önceki bulunduğu yerden kalan toprağını üzerinden atarak, kamelyayı İngiltere'nin soğuk topraklarına bıraktım. Küçük kamelyanın yaz esintisinde nasıl sallandığına bakıyorduk. "Bahçıvanınızın ona göz kulak olduğundan emin olun," dedim. "Biraz büyüdüğünde sırığa bağlanması gerekecek. Çok fazla da sulanmasın, boğulur."

Lydia başını onaylarcasına salladı.

"İşte," dedim, toprağı düzelttikten sonra Nicholas, Katherine ve Janie'ye bakarak. Bir an için onları eski halleriyle gözümde canlandırdım. Bahçede duran üç küçük çocuk. "Anneniz burada olsaydı sizce ne derdi?"

Katherine bana doğru yaklaşarak, "Bence size teşekkür ederdi," dedi. "Hem de çok."

Janie, elini kız kardeşinin omzuna koydu. "Keşke Abbott da bunu görebilseydi," dedi. "Bu onu çok mutlu ederdi."

Bir süre sonra mezar taşının olduğu yere sessizce yürüdük. Mezar taşının üzerinde yazan kadınların adlarına huşu içinde bakmamızın ardından eve yöneldik. Her yanda kuşlar ötüyordu.

İki kişi -yaşlı bir adamla bir kadın- evin yanındaki tepenin başında duruyordu. Rex'le göz göze geldiğimde, kalbim deli gibi atmaya başlamıştı.

Çift bize iyice yaklaşınca Katherine şaşkınlık içinde Janie'ye döndü. "Bu gerçekten... ?"

"Gözlerime inanamıyorum," dedi Nicholas.

Rex ile kayınvalidemin ve kayınpederimin arkasında durarak, bu büyük ana tanık olmuştuk.

Boynumdaki kolyeyi elimle kavrayarak gülümsedim. Huzurun ve şifanın tohumuydu bu. En başından beri kolyenin içinde duruyordu. Sadece birinin onu dikmesi gerekiyordu, hepsi bu.

Benim Bahçemden Dökülenler

Benim Bahçemden Dökülenler